城里城外

渔 盾——著

陕 西 新 华 出 版
太白文艺出版社·西安

图书在版编目（CIP）数据

城里城外 / 渔盾著. -- 西安 : 太白文艺出版社,
2025. 5. -- ISBN 978-7-5513-2937-8

Ⅰ. I247.5

中国国家版本馆CIP数据核字第2025UA5141号

城里城外

CHENGLI CHENGWAI

作　　者　渔　盾
责任编辑　张　鑫
封面设计　刘柏宸
版式设计　建明文化
出版发行　太白文艺出版社
经　　销　新华书店
印　　刷　三河市同力彩印有限公司
开　　本　787mm × 1092mm　1/16
字　　数　294 千字
印　　张　17
版　　次　2025 年 5 月第 1 版
印　　次　2025 年 5 月第 1 次印刷
书　　号　ISBN 978-7-5513-2937-8
定　　价　88.00 元

如有印装质量问题，可寄出版社印制部调换
联系电话：029-81206800
出版社地址：西安市曲江新区登高路 1388 号（邮编：710061）
营销中心电话：029-87277748　029-87217872

目 录

引　子

穷困潦倒的人一定不快乐，腰缠万贯的人不一定快乐。

面对圪塄村五十年未遇的暴风雪，鲁金虎真的分不出自己是“不快乐”的那一类，还是“不一定快乐”的那一类。

关中平原的这场暴风雪已经连续不断地下了七天，但没有丝毫停歇的迹象。巍峨的秦岭被这漫天的大雪隐藏了起来。平原、丘陵和山坡被白茫茫的暴雪覆盖着，到处都是一片白。树冠上、松枝上落满白雪，积聚多日的白雪相互挤压着，变得晶莹剔透，看起来像一颗颗白珍珠。鲁金虎顺着雪地一点一点地向前挪着身子，脚下发出吱吱的声响。平日蜿蜒曲折灌木丛生的小棕溪现在已没了踪影，和大地一起被厚厚的冰雪覆盖着，偶尔能听到潺潺的流水声。几枝想出风头的灌木枝从雪缝中挣扎着露出“头”，却被凛冽的寒风吹得瑟瑟发抖，没了当初的霸气。

甜杏像鸵鸟似的抻长了脖子，不停地向小棕溪张望。最后，实在没有了耐心，生气地去了后屋。她坐在暖烘烘的火炕上，不再关心那个不怕冷的人。

天色将晚，村里村外渐渐暗下来，小棕溪那边走来一个“雪人”。不久，堂屋有了一点儿动静，这“雪人”用笤帚把自己头上、身上的雪使劲地拍打着，然后把帽子和外衣脱下来，挂在衣架上。

甜杏从里屋出来，没好气地看了一眼这人。他六十岁开外，雪白的头发里夹杂着几根黑丝，脸颊上深浅不一的皱纹，写满了他大半生的经历和沧桑。他上身穿着黑色老式棉袄，下身穿着宽大的黑色棉裤，脚上套着黑色的“窝窝”。“窝窝”是关中农村对老式棉鞋的称呼。虽然穿得厚，但在这隆冬的季节里，一点儿也不显得臃肿。这身装束是立冬前甜杏刚给他做的。

看着站在堂屋的男人，甜杏忍不住骂道：“死哪去了？不怕冷的货。”

鲁金虎端起甜杏提前烧好的热茶，美美地呷了一口，笑着说：“老婆子，在雪地里胡转，外面不冷。”

甜杏看了看鲁金虎冻得发紫的脸，说：“不冷？你到镜子里照照，脸色都快赶上茄子那颜色了。”

鲁金虎任由甜杏骂，拔下脚上的“窝窝”扔在一旁。甜杏看见鲁金虎扔在一旁的“窝窝”，弯腰捡起来，递到鲁金虎面前，说：“你看，鞋都湿透了，不冷吗？”

鲁金虎望了一眼甜杏捧着的鞋，笑着问：“还记不记得，你尿在我鞋上的事？”

甜杏“唉”了一声，没好气地骂道：“呸，都快抱孙子的人了，还提那事！”

一　湿漉漉的鞋

那时，甜杏才七八岁，乌黑的头发用橡皮筋扎起两个羊角辫，高高地竖在脑后，圆圆的小脸蛋上常泛着一丝红晕，平常爱穿印着一些蓝色小花花的粉红色粗布上衣，黑色的粗布裤子，脚上配着妈妈做的绣花粗布鞋。

那时，关中农村的人们还不富裕，粗布衣裤就是小孩的标配。

这一天，鲁金虎正在村口玩，甜杏跑过来问鲁金虎：“金虎哥，你见过火车吗？”

鲁金虎说：“没见过，就是听大人说过，火车前面有一个大大的车头，呼哧、呼哧地冒着白烟，后面拉着长长的车厢，跑得可快了。”

甜杏问：“金虎哥，那铁路离咱这里远不远？”

“我也没去过，听说不远，到罗古村车站就能看见。”

“金虎哥，我想去看火车，你带我去看看吧。”

“那你不怕你妈打你？”

“你不是说不远嘛，咱俩快去快回，看完就回来。”

“那好吧。”

二十世纪六七十年代的关中农村，人们出行的方式就是步行。若要出远门就要走几里或者几十里的路，才能到达最近的乘车点，步行就是家常便饭。鲁金虎和甜杏这些常年生活在山区、丘陵地带的娃，走几十里山路也是习以为常。

鲁金虎比甜杏长几岁，他拉着甜杏按着大人提示的路线，沿着山间小路一直往北走。走了七八里地，翻过了两座山崖，已经能够看见关中平原宽阔的影子了。再走了几里路，隐隐听见了火车呜呜的汽笛声。鲁金虎和甜杏很兴奋，越走越快。他们早就忘记了饥饿与疲倦，一门心思地想着看火车。

很快，他们来到铁路旁。一列长长的货车冒着白烟、喘着粗气从他和甜杏面前疾驶而过，巨大的气流冲击着他俩瘦小的身体，差点儿把他们吹倒。他俩掩饰不住激动的心情，紧盯着远去的火车。鲁金虎和甜杏看到，火车上有除了像房子一样的车厢外，还有敞篷的车厢，以及拉着各式材料的平板车厢。他俩还在兴奋地讨论刚才看见的火车时，又一列绿皮火车从远方驶来，慢慢停在车站。背着行李的、抱着小孩的、提着各式包裹的乘客，三三两两高高兴兴地从火车上走下来，边走边说，兴致极高。看着这些兴奋的乘车人，鲁金虎和甜杏好羡慕，他们梦想着有一天也能坐上火车，感受一下这飞驰的快乐。

一列一列的火车从他俩眼前飞速而过，他们一边数着，一边用心记着，看看到底有多少列火车从他们身边驶过，哪里还记得时间过了多久。

太阳已经西斜，鲁金虎一看变得越来越红的太阳，想着糟了，忙拉着甜杏往回走。他们急匆匆地走了几里地，甜杏又渴又饿，早就没有了来时的冲动和激情。

甜杏对鲁金虎说："金虎哥，我饿得很，走不动路。"

鲁金虎看了看天，现在也没啥办法，就威胁说："甜杏，你再不好好走，一会儿天黑了，狼把你吃了，我可不管。"

听了鲁金虎的话，甜杏吓得浑身一哆嗦，马上有了精神，加快了脚步跟紧鲁金虎。

太阳慢慢地沉向西山，发出橘黄色的光，高大巍峨的山岭和葱茏的树木渐渐萎缩在浓浓的薄雾中。甜杏再也没有了力气，瘫坐在地上，不管鲁金虎怎么威胁和劝说，甜杏就是不动弹。

鲁金虎也累得不行，就和甜杏坐在路边一棵小树旁休息。他也饿得肚子咕咕叫，不停地向四周张望。山里长大的孩子知道啥东西可以充饥，他让甜杏在路边等着，自己跑到附近的山梁观察，他发现不远处是片豌豆地，山里人种植的豌豆结出了不少豆角，他偷偷钻进田里去摘。

甜杏对鲁金虎说："金虎哥，你小心，让人发现要打断你的腿。"

鲁金虎说："不要紧，现在天都黑了，没有人。"

鲁金虎把自己的上衣脱下来铺在地上，将摘下的豌豆放在衣服上，不一会儿就摘了一大堆。他看摘得差不多了，就把衣服一卷，背着豌豆去找甜杏。

豌豆可是个好东西，刚长出来时，又甜又嫩，吃了又顶饿还解渴。好大一堆豌豆让他俩一会儿就吃完了。有了体力，鲁金虎又领着甜杏往回走。

天色越来越暗，山梁也变成了黑影，高大而茂密的树林也隐藏在这黑色的影子里。黑魆魆的山沟里没有了星光，即使再有经验的山民也寸步难行。幼小的鲁金虎和甜杏没有了办法，只能恐惧地望着群山。鲁金虎毕竟是山里长大的孩子，他借着月光，发现不远处有山里人搭建的一个临时小窝棚，就领着甜杏走过去。鲁金虎观察了一下小窝棚，见里面没有人，黑乎乎的，只好对甜杏说："甜杏，天太黑了，哥也找不到路了。听大人讲，晚上狼和野猪都要出来觅食，咱俩不能再走了，路上危险得很。如果胡乱走，路上碰见狼和野猪就完了。"

甜杏胆怯地说："金虎哥，我害怕得很。"

鲁金虎安慰甜杏说："甜杏，不怕，有哥在，我会保护你。"

其实，他内心也充满恐惧。夜越来越深，不远处传来猫头鹰的叫声，那叫声凄惨而悲凉。虽然他们生活在山区，各种恐怖的鸟叫声和野兽叫声常常听到，但那是在家里，有大人陪着，可现在既不在家，也没有父母陪。听到那些奇奇怪怪的叫声，甜杏害怕极了，急忙抱住鲁金虎。

鲁金虎也倒吸了一口凉气，忙把甜杏紧紧地抱在怀里。他们相互依偎着，用各自身体的温度给对方以力量，以减少彼此的恐惧。

一会儿，那些恐怖的鸟叫声渐渐远去，甜杏才慢慢松开了紧抱鲁金虎的手。

这时，甜杏猛地打了个寒战，鲁金虎感到了这个颤动，忙问："甜杏，你咋了？"

甜杏说："金虎哥，我憋尿，想尿尿。"

鲁金虎指了指外面，对甜杏说："那你去外面尿吧。"

甜杏胆怯地说："外面黑，我害怕。"

"那咋办？"鲁金虎想了想，又说："那好吧，我陪你出去尿。"

他俩来到小窝棚外面，鲁金虎站在甜杏身后，说："甜杏，你尿吧。"

甜杏回头一看身后的鲁金虎，说："你站在我后面干啥？"

"我怕后面有狼把你吃了。"

"金虎哥，你瓜了吗？你站在我后面，我一脱裤子，你不就把我的'精尻子'看见了？我咋尿？"在关中一带，把光屁股就叫'精尻子'。

鲁金虎脸一热，说："那我就进窝棚里，你自己尿。"

"你进去，我害怕！"

"那咋办？"

甜杏想了想，说："你就站在我前面，把眼闭上，我抓住你的腿不就好了吗？”

鲁金虎觉得甜杏说得有理。

鲁金虎按照甜杏的说法，站在前面，闭上双眼。他听见甜杏麻利地脱了裤子，蹲在地上，她用双手紧紧抓住鲁金虎的双腿。鲁金虎腿一发紧，听见甜杏尿尿的声音，同时，他感觉一股暖流顺着他的鞋慢慢流了进来，他的脚热热的，湿湿的。他一龇牙，知道甜杏离自己太近，尿在自己鞋里了，那尿顺着他的脚丫子流到了他的鞋底，但他又不敢说，不敢动，只是心里痒痒的。

甜杏提起裤子，说她尿完了。

鲁金虎应了一声，拖着湿漉漉的鞋和甜杏往窝棚里走。

山里的夜凉风习习，阵阵寒风吹打着鲁金虎和甜杏的身体。鲁金虎虽然看不清甜杏的面容，但他能感觉到甜杏在发抖。他挪动着身体，小心翼翼地靠近甜杏，问道：“甜杏，你冷不冷？”

甜杏说：“不冷！”

鲁金虎只好蜷缩着。一会儿，鲁金虎感觉甜杏身体颤动得厉害，似乎房子都在跟着她颤动，他又问：“甜杏，你冷不？”

甜杏颤抖着，说：“冷！”

鲁金虎说：“我也冷，那我给你暖暖吧。”说着就靠到了甜杏身边。

甜杏感觉到了鲁金虎身体的温暖，也把自己的身子靠近了金虎哥。她一只手搭在鲁金虎的肩上，接着，把自己的脸贴到鲁金虎的胸膛，身上温暖了许多。鲁金虎用一只手抓住甜杏冰凉的手，另一只手捂住甜杏的后背，两人紧紧地贴在一起，保存着彼此的体温。就这样，甜杏睡着了。

甜杏睡得很香，鼻孔中发出微微的鼾声，甜杏秀发的味道钻进鲁金虎的鼻孔，传遍了他的全身，他感到既兴奋又快乐。

红红的太阳绕过山梁，照在他俩稚嫩的脸上。欢快的小鸟在山谷叽叽喳喳地叫着，兴奋地传递着动人的消息。鲁金虎和甜杏酣睡的美梦被这喧闹的声响打破，看见悬在高空的太阳，他俩才钻出窝棚，慌慌忙忙地往回跑。

刚到了村口，鲁金虎远远看见自己的父母和甜杏的家人焦急地等在那里。甜杏刚走到父母面前，就被父亲拽住耳朵往家里拉。

鲁金虎被带回家后，村里人只听到鬼一般的号叫声。后来，好多天没看见他出家门。再后来，听村里人说，他的屁股被他的父亲打开了“花”。

二　捉鱼

在关中一带流传着这样一首民谣：“八百里秦川尘土飞扬，三千万秦人齐吼秦腔。端一碗黏面喜气洋洋，没有辣子嘟嘟囔囔。”鲁金虎和甜杏生活的村子既不在八百里秦川的腹地，也不在秦岭的深处，而在一个叫圪塄村的地方。“圪塄”二字在关中的方言中就是犄角旮旯的意思，看到这个名字，你十有八九就能想到他们的生存状况了。

圪塄村的家族中，鲁姓并不是大姓。而赵姓却是，就是甜杏的家族。村里住着的十来户人家，房子都顺着山坳分布在角角落落。隔山住着你家，过坎看见他家。长长的小棕溪从山里流出来，把村子分成两半，然后向着山外流去。小棕溪两旁，各种灌木密密麻麻地胡乱长着。由于树种太杂，村里祖祖辈辈、老老少少没有几个人能说全它们的名字。小棕溪的河床布满了不大不小的鹅卵石，溪流就在这石缝和鹅卵石间流淌。只有夏季遇到暴雨时，溪水才会溢满河道，而在平时，只是涓涓的细流。

鲁金虎没事的时候，曾想着去找小棕溪的源头，想看看自己门前的小棕溪究竟是从哪里冒出来的。他领着甜杏尝试了许多次，都无功而返。他只记得小棕溪狭窄的地方水流潺潺，而在水面宽阔的地方清澈见底，时而有一些小鱼和浮游生物在水中嬉戏。

小棕溪上横着两根木头，就算一座简易桥。鲁金虎的家在简易桥的北边，他常常过了简易桥，爬上一小段陡坡，再走过一片竹林，站在竹林后面的坡上，就能看见甜杏的家。这也是他从小最熟的路。

鲁金虎最开心的时候，莫过于每年的暑假。只有在暑假，完全没有完成作业的苦恼，而且也到了天气最热的时候，他可以带着甜杏在山中游玩，于水中嬉戏，无拘无束。在小棕溪捉鱼是他们暑假必做的事。那时，贫困是关中人的普遍情况，能吃上白面馒头已经是奢侈，更别提那些大鱼大肉了。捉鱼是他们打打牙祭、享受奢侈的唯一方法。鲁金虎知道小棕溪有一处捉鱼的好地方。每年暑假，他就会带着甜杏去，好给自己开开荤腥。在小棕溪的下游，有个地方水面比较开阔，小鱼儿会在这儿聚集，而在小溪的一边，有一个小小的瀑布，小瀑布上面由宽变窄，瀑布口正适合鲁金虎设置陷阱，实为捉鱼的好地方。

每到捉鱼的时候，鲁金虎就会使出自己的独门绝技。他在小棕溪边的草丛中拔些莎草，然后把自己的裤子脱下来，用莎草把两只裤腿扎得紧紧的，再找根柳树枝把腰围撑开来，形成个大口袋，接着，把用裤子做好的“大口袋”用石头压在水流较急的小瀑布下面，便于鱼儿往里钻。摆好了陷阱，鲁金虎就会在小溪里乱跑，小鱼儿被惊着了，就向没人的地方游。这些鱼儿被追得晕头转向，一些乱了阵脚的鱼儿就会顺着鲁金虎设好的陷阱游下去，最终成了他的囊中物。

甜杏总会站在小溪边的大石头上看，然后提醒鲁金虎鱼儿游走的方向。山里马蜂和其他昆虫多得很。看到马蜂靠近时，甜杏就会提醒他说：

“金虎哥，小心你的光屁股，别让马蜂蜇了！”

鲁金虎总会边跑边说：“放你的心，马蜂都在人头上旋，咋会跑到下边去。”

最开心的时候莫过于清点丰收的成果。感觉裤腿里落网的鱼儿够多了，鲁金虎就会把裤子从水里提上来，然后，取下绑在裤腿的莎草，那些上当的鱼儿就会一个一个落入甜杏提着的竹篮中。丰收的果实多时有十几条、二十条的，少了也有七八条。看着时间差不多了，甜杏就会帮着鲁金虎拧干裤子上的水，搭在溪边的大石头上晒。每到这时，他俩就会背靠背地坐在大石头上，慢慢等着裤子晒干。小鸟和蝴蝶在他俩头顶飞来飞去，几只水鸟在宽阔的水面上嬉戏。青山绿水间，清新的空气从山涧吹来，送来丝丝凉意。他俩咂巴咂巴嘴，预想着一会儿吃鱼的滋味。

三　心病

岁月就像一把利刃，削平童年的稚气、青春的浮躁、中年的坚毅、壮年的不舍，直到你暮气沉沉。

美好的记忆总是匆匆消逝，不堪的往事总是难以消失，挥之不去。

对于岁月的流逝，鲁金虎起初并没有太多的感知。当有一天，他突然发现，甜杏的胸脯慢慢鼓起来，而且，一天比一天明显的时候，他才感到流年的残酷。每当甜杏走到他面前挺起高高的胸脯，他都会害羞地转头过去。

甜杏也不再像小时候那样扎起两个羊角辫，而是把长长的乌发盘在头顶，用粉红色的发卡卡住，留下一缕长发顺着后脑披在肩上。她圆圆的脸颊上虽然还透着一丝红晕，但比以前更加白净细腻。她平时更喜欢穿红色的上衣和白色的裤子，再搭一双黑色的高跟鞋，让自己看上去曲线更加完美。甜杏觉得金虎哥比以前高了许多，也壮实了。嘴唇上多了一些短髭，其他地方没看出来变化。每每闲暇的时候，她还会和往常一样跑到金虎哥家，让他陪着自己到山里摘野果或者采山野菜，鲁金虎总找理由推脱。甜杏心里很不舒服，觉得现在的金虎哥没有以前那样对她好了，言语中带着些许的不满。

二十世纪七八十年代的关中，上大学对农村的孩子来说，就是一种奢望。在那万里挑一的选拔中，鲁金虎他们从来就没有上大学这种设想。因此，他和甜杏一起，乖乖地选择了和父辈一样留在农村生活。这也是他们无法选择的选择。鲁金虎高中毕业后，就和父亲学起了木匠。在农村，木匠也是个手艺活，很受农村人的青睐，手艺好的木匠会有十里八村的乡党上门请着去打家具、修桌椅，手里也活泛，在农村也算得上生活殷实的人家。

这年，刚过完中秋节，鲁金虎正帮着金虎爸干活，金虎妈从外面回来，对正忙着干活的金虎爸说，甜杏有了“主家”。这是关中的土话，意思是村里的女子已经找好了婆家。

那些年，婚姻都是媒妁之言，保守的山里人，更谈不上什么男女自由恋爱了。

鲁金虎听了妈妈随便说的一句话，心里一惊，但没敢说话。金虎爸正忙着呢，不经意地问了一句：“甜杏说给谁家了？”金虎妈说：“是侯家庄侯四的儿子侯永辉。”金虎爸自言自语地说：“侯四在城里上班，是‘一头沉’，这家不错。”“一头沉”是关中农村对吃公家饭，拿工资养活家人的称呼。这称呼包含了不少羡慕。鲁金虎听着爸的唠叨，手上颤了一下，不过，他很快定下神，不想再听父母说话，抓紧忙自己手里的活儿。

晚上，鲁金虎翻来覆去睡不着，想起父母的对话，心里翻江倒海，不是滋味。从小，他和甜杏一起长大，他对甜杏就像哥哥爱护妹妹一样守护着，心如止水，从来没有其他非分想法。当甜杏到了谈婚论嫁的年龄，从父母那里知道甜杏即将嫁人的消息时，才觉察戳到了他的痛处。他心里想着甜杏的好，想着和甜杏在一起时的情景，一种难言的困惑涌上心头，他不知道他怎么面对这一切，怎么面对即将心有所属的甜杏。

自从有了心事，鲁金虎干起活儿来没精打采的。金虎爸不知道儿子的心思，看着丢了魂一样的儿子只是骂。鲁金虎也不理，脑子根本走不出那一道阴影。

这天早上，刚吃过饭，鲁金虎正忙着干活儿，听见有人从外面走进自家院子。那脚步声特别熟，他一听就知道是甜杏。他忙停下手里的活儿，迎了出去。甜杏满面春风地走过来，高兴地问：“金虎哥，这几天忙啥呢？也不过来看看我。”

看见甜杏，鲁金虎心里一颤，突然想起前几天父母说的话，脸上微微抽搐了一下，但他很快冷静下来，说："这几天忙着赶活儿呢，没顾得上出去。"

甜杏一脸轻松，说："金虎哥，你只顾挣钱，就没听到啥消息？"

鲁金虎假装不知道，问："啥消息？"

"金虎哥，我就不让你猜了，直接告诉你吧，王二妈给我介绍了个对象，是你同学侯永辉。你觉得这人咋样？"

鲁金虎强忍着不适，沉默了一下，说："侯永辉以前和我是同学，这人学习成绩一般，也算不上调皮捣蛋。听说他家还是'一头沉'，家里生活条件应该不错。"

"金虎哥，我今天来就是想听你一句真心话。我知道你们是同学，在一个班待过几年，彼此也了解，你看这个人可靠不？如果你觉得这人行，我就嫁给他。你说不行，我就不嫁了。"

鲁金虎心里像吃了苦胆，暗暗埋怨甜杏。他真想问问甜杏，难道你真不知道哥心里想啥吗？还傻里傻气地把这个问题交给他决断，他敢说不行吗？甜杏啊甜杏，哥心里想娶你，但又配不上你，怕娶了你耽搁了你一辈子。况且，你即使答应了哥，你父母肯定不会同意。那不是坑了你吗？

想到这里，鲁金虎咬咬牙，苦笑着说："哥觉得还行！主要还是看你咋想？"

甜杏高兴地说："金虎哥，只要你说行，我就放心了，我回去就给王二妈回话，说我同意了。"

甜杏脸上露出满意的笑容。他给鲁金虎父母打了个招呼，高高兴兴地回家了。

鲁金虎看着远去的甜杏，狠狠地在自已脸上扇了几下，骂自已羞了先人，心里充满对侯永辉的嫉妒。他怎么也高兴不起来，心里像燃烧了一把火，想把这个世界点燃。

鲁金虎变得越来越沉默，他不想和任何人说话。除了吃饭睡觉，就是忙手里的木工活儿，以致有几次父亲喊他帮忙拉墨斗，他都没听见，父亲狠狠地骂道："你耳朵聋了！"听到父亲的骂声，他这才如梦初醒，赶忙放下手中的活儿，给父亲帮忙。

鲁金虎觉得日子煎熬得很，时间就像蜗牛爬似的怎么也过不完。秋天的树叶慢慢地泛黄，一片一片纷纷落下，转眼就要到了深秋，望着一行行掉光树叶的杨树，他惊恐地怀疑：这些杨树明年还会不会长出新芽？

四　甜杏购衣

这一天，鲁金虎和父亲到东扶风镇送完家具回来，看见一个熟悉的身影正和他的母亲说话。她上身穿着雪白的羽绒服，灰色的裤子裹在黑色的长筒靴子里。不用说，鲁金虎从背影中就能认出是甜杏。

甜杏看见鲁金虎和他父亲送货回来，忙接过鲁金虎父亲手里的工具，鲁金虎的父亲看了看乖巧的甜杏说："闺女，你来了。"

甜杏应了一声，又忙着用笤帚给他清扫身上的灰尘。

金虎妈心里过意不去，忙对甜杏说："傻闺女，都忙了半天，坐下来歇会儿。"然后，又唠叨说："这女子，每次来了都忙这忙那的，手里忙个不停。"

鲁金虎始终没有说话，他放下手中的绳子，去屋里端了一盆水，只顾自己洗脸，好像没有看见甜杏似的。

甜杏机灵得很，看着鲁金虎绷着脸没理会她，就径直走过去，对鲁金虎说："金虎哥，看把你忙的，我今天来了是有件事要打扰你一下。"

鲁金虎一边擦脸，一边冷冰冰地问："啥事？"

甜杏说："我最近一直在准备结婚的嫁妆，今天发现少了几件衣服，现在想让你陪我去镇上买一下。"

鲁金虎黑着脸说："我这会儿刚送完家具，累得很，你让你女婿娃陪你去吧。"鲁金虎指的是侯永辉。

甜杏一听这话心里很不高兴，埋怨道："我就想让你陪我去，替我把把关，你有啥不乐意的，推托个啥！"

鲁金虎赶紧回话说："我没说不去，就是刚送货回来，想歇会儿。"

金虎妈听得真切，对儿子说："甜杏让你去，你就去，拧次个啥？"

鲁金虎瞪了她一眼，转身进屋，气呼呼地推着自行车往外走。金虎妈骂道："看你再能帮甜杏几回？甜杏结了婚，想帮也不要你帮了。"

鲁金虎心里的委屈，别人咋能知道？他憋着闷气，让甜杏坐在自行车后座上，他只管蹬着自行车顺着山路往前走，一句话也不说。

甜杏让鲁金虎载着，心里喜滋滋的，她对鲁金虎说："金虎哥，你也不问问我最近在干啥？也不问问我啥时候结婚？"

鲁金虎使劲蹬了一下自行车，问："你最近在干啥？啥时候结婚？"

甜杏咯咯一笑，说：“我忙着准备嫁妆，时间就定在正月初四。”

鲁金虎“噢”了一声，又没有了声音。

甜杏又问：“那你也不问我结婚的事准备得咋样了？”

“你结婚准备得咋样？”鲁金虎冷冷地说。

甜杏很兴奋，说“准备得差不多了，就差今天你要陪我买的这几件衣服了。”

他又“噢”了一声，像个复读机似的，不停地重复这个字。甜杏觉得没趣，就换了话题，说：“金虎哥，我妈给我说了，结婚以后就成了女人，和现在不一样了。晚上有人说悄悄话，还要承担做女人的责任，说话办事要有规矩，可不能像以前一样疯了。”

鲁金虎听了这些，真想把耳朵割了，连“噢”字都不想说，只管蹬车。甜杏看鲁金虎半天没有反应，以为他没有听见，就问：“我刚说的话，你听见没？”

“听见了，听见了。”

听着鲁金虎语气不对，甜杏问：“金虎哥，你咋了？我说话你爱理不理的。”

鲁金虎喘着粗气，说：“没有，没有。”

甜杏明显感觉今天鲁金虎情绪和往日不同，猜想是不是她只说自己的事，鲁金虎不爱听，就改口问：“金虎哥，你也老大不小了，也没个心上人？”

鲁金虎没好气地从嗓子深处“哼”了一声，说：“没有，谁能看上我这小木匠。”

“金虎哥，话不能这么说。木匠也是手艺人，受人尊重。你看冯家的冯玉珍怎样？如果你觉得好，我给你俩牵个线，我们原来是一个班的，她人还不错。”

鲁金虎一听，气不打一处来，说：“冯玉珍？就是那个外号叫‘黑牡丹’的？”

“对！就是她。”

鲁金虎气呼呼地说：“她！你这同学黑得像炭，脸上画得五马六道的，白天看起来像个人，晚上睡在床上像个鬼，还不把人吓死？”

甜杏见鲁金虎不满意，又说：“冯玉珍不行，那你看谁好，我再给你介绍。”

鲁金虎咬了咬牙，说：“我这辈子就不娶媳妇，打一辈子光棍。”

说着说着，他们就到了镇上。

甜杏让鲁金虎把她载到镇上最大的百货商店。这里的商品琳琅满目，日常用品应有尽有。甜杏和鲁金虎到了二楼衣服柜台，花花绿绿的各式衣服挂满了货架。鲁金虎陪着甜杏转了几个衣服柜台，觉得甜杏挑来挑去，慢慢腾腾的，就趁她不注意跑到其他地方胡溜达。

他在商场胡逛了半天，再找甜杏时，没有了她的踪影。鲁金虎明白，现在找她也没啥用，人家忙结婚的事，自己只不过是个载人的伙计罢了。她爱逛多久，就逛多久，自己只管自己的事，甜杏找他再说。

眼看着天色不早，鲁金虎也没发现甜杏。他想，自己就在商场门口守株待兔，甜杏总要出来。到了商场出口，他发现甜杏早就在门口等着他了，手里提了一大堆衣服，侯永辉正站在甜杏身旁陪着她。鲁金虎心里一沉，满身的血液都往头上涌。他忍着性子走到甜杏身旁，不知说什么好。

甜杏看见了鲁金虎，忙上前说："金虎哥，永辉骑摩托接我来了，我就先走了，你自己骑车慢慢回吧！"说着，她就坐上侯永辉骑的摩托。侯永辉发动着摩托，使劲轰了两下油门，对鲁金虎笑了笑，说："拜拜。"就带着甜杏走了。

鲁金虎望着风一般远去的甜杏和侯永辉，心里像有人在胸口捅了一万刀，疼痛难忍，怒不可遏。他呆呆地站在商场门口，脑子一片空白。

鲁金虎心里像吃了癞蛤蟆一样难受，没精打采地骑着自行车顺着山路往回走，腿上一点儿力气都没有。平常他骑这条山路跟玩儿似的，不敢说像风一样快，也快赶上摩托了。今天，他感觉特别吃力，身下仿佛压着一座山。过了一道山梁，鲁金虎实在骑不动了，就坐在路旁的土疙瘩峁上歇息。这时，一辆三轮车从他身边飞速驶过，扬起漫天的尘土，他狠狠地对着开车人骂道："你急着报丧去！"

好不容易等到那尘土散了，鲁金虎刚想呼吸一口新鲜空气，见村西头的王三嫂呼哧呼哧地从坡下走上来。王三嫂是个热闹人，爱和人开玩笑，看见鲁金虎坐在路边发愣，笑呵呵地问："兄弟，坐在这儿等花姑娘吗？"

甜杏被侯永辉带走了，鲁金虎正憋着一肚子火，就不想搭理她，向她挥了挥手，没好气地说："在这儿等花姑娘？等来的都是瓜婆娘。"

王三嫂一听这是鲁金虎在讽刺她，就生气地说："看你这人模狗样的，好赖话都不会听，谁家女子嫁给你，算倒霉。看人家甜杏找了侯家的好女婿，郎才女貌，天造地设的一对，初四就要出嫁了。你这憋头货，活该打光棍。"说完冲着鲁金虎吐了一口痰，气呼呼地走了。

鲁金虎对着王三嫂的背影骂道："呸，你这不开眼的！"

鲁金虎生了一路闷气，好不容易折腾到家，天已经黑得伸手不见五指了。他把自行车胡乱地扔到一边，气呼呼地进了自己的房子。金虎妈看见儿子回来，忙问儿子吃饭了吗？鲁金虎不耐烦地说：“烦不烦，烦不烦！”

金虎妈再问他话时，他一概不理。

母亲气不过，骂道：“爱吃不吃，饿死算了。”

鲁金虎变得越来越沉默寡言。不过在父亲的调教下，他的木工技艺却在迅速提高，这是让父母唯一欣慰的地方。他们知道，儿子也到了谈婚论嫁的年龄，就托人在附近给鲁金虎提亲。有年龄合适的，鲁金虎总是找各种理由推托，要么说人家长得丑看不上，要么说人家年龄大了、小了的。总之，没有合适的。父母也没有办法，只好拖着。

五　“舅舅”的义务

学校的孩子都陆陆续续放寒假了。孩子们在村中嬉戏乱跑，给村子增添了不少快乐，这些欢笑声也预示着新年即将到来。

鲁金虎不想再提过年的事。金虎妈每次让他抽空准备些过年的礼物，他都懒得回答，实在推托不了，就顺口答应，答应完，又去忙他手里的活儿。

金虎妈感觉儿子像是瓜了，跟个木头似的。时不时地在他耳边唠叨说：“像你这样的人，谁家女子嫁给你，算是倒了八辈子霉。”

“腊八”一过，新年的气氛越来越浓。村子里也传来了孩子们放鞭炮和嬉闹的声音。年近无日，打家具的人也少了许多，鲁金虎和父亲也消停了。

这天吃过午饭，甜杏妈急急忙忙地到了金虎家，说有个紧事要和金虎妈商量。

原来，按照圪塄村一带的风俗，女儿出嫁那天，要让女儿的舅舅背着外甥女出门，这个风俗一是预示着出嫁的女儿，日子会过得长长久久，二是女儿出门时脚不落地，不会带走娘家的一粒尘土。可甜杏没有舅舅，本来想让甜杏的表哥背，甜杏说，他表哥“妨”着她，不让他背。

“妨”是农村的一种习俗，女儿在结婚的那天，要按照阴阳八卦看吉日和时辰。十二属相中一些属相和出嫁的女儿不合的人，在女子出门时都要回避，这就叫“妨”。甜杏说，表哥不但不能背她，还要回避。他金虎哥不“妨”她，她出嫁那天让她金虎哥背她出门。

鲁金虎一听，让他背甜杏出嫁，头摇得比拨浪鼓还快，怎么说也不答应。

父亲看着儿子摇摆的头，骂道："甜杏让你背，你就背，这是喜事。你真上不了台面！"

甜杏听自己妈说金虎哥不愿意背自己，气呼呼地跑来质问鲁金虎为啥？鲁金虎就是不搭理她，也不再说话。甜杏急得哭出了声，说："金虎哥，你不背我出门，这婚我就不结了。"说完坐在一旁，不停地抹泪。

金虎妈看见甜杏在哭，就过来骂儿子："甜杏娃高高兴兴地来找你，你让娃在这儿哭，你还有个做哥的样子吗？俗话说得好，宁拆十座庙，不毁一桩婚。你们从小一起长大，你不想背甜杏出门，难道你一辈子不想甜杏娃嫁人吗？"

甜杏看鲁金虎蹲在地上没有反应，哭得更厉害了。看着满脸泪水的甜杏，鲁金虎心里也难受得很。他想：人家甜杏都是要出嫁的人了，结婚证都领了，自己心里再不痛快，木已成舟，还能拧次个啥！他自己不是在镇上亲眼看见侯永辉带着甜杏高高兴兴地走了吗？自从甜杏和侯永辉定了亲，甜杏和以前大不一样，每次见到她，他都发现甜杏乐得闭不上嘴，这不正好说明，人家甜杏对侯永辉满意得很！刚才母亲的一席话也让他心软了许多，再看看甜杏哭红的眼睛和期待的眼神，鲁金虎就勉勉强强地答应了。

大年初一刚过，一眨眼，甜杏出嫁的日子就到了。按照圪塄村一带的风俗，婚礼前一天，新郎家要到新娘家送礼，新郎家的舅舅、舅妈会把提前准备好的箱子送到新娘家，以便让新娘出嫁时把准备好的陪嫁装上。箱子里要放上婚单和提前定好的彩礼，俗称"送箱子"。新娘家在新郎家提来的篮子里放上一条白色的毛巾，算作回礼。

结婚前一天，侯家张灯结彩，喜气洋洋。喜联早早贴在大门上。

上联：喜气盈门高朋满座甜如蜜；

下联：珠联璧合鸳鸯比翼幸福人。

横批：鸾凤和鸣。

洞房的墙上大大的"囍"字格外鲜艳。鸳鸯枕、龙凤被整理得整整齐齐。花生、桂圆、莲子、红枣摆成"早生贵子"四个字。家里的小外甥穿上新衣，爬到喜床上，边滚边说：

走进新房喜洋洋，
新人邀我来踩床。

踩上一踩生贵子，
再踩喜床添姑娘。
这张新床选得妙，
夫妻和睦百年好。
这张新床选得宽，
福禄寿喜满堂欢。
我把床头拍一拍，
好运连连福气来。
我把床沿绕一绕，
日子越过越红火。
新房新床新气象，
幸福生活万年长。
亲朋好友齐祝福，
新人笑颜如花放。

小外甥滚完床，一家人鼓掌祝贺，新郎家的气氛达到高潮。

初四那天，天还没有亮，天上飘下几片雪花。但这丝毫没有影响迎亲的人们。侯家迎亲的队伍早早到了甜杏家。锣鼓队摆起了长队，在甜杏家门前聚集起来吹吹打打，好不热闹。

媒婆王二妈带着新郎侯永辉进了甜杏家的大门，后面四个未婚小伙端着心头肉、莲菜、烟和酒鱼贯而入。进了客厅，八仙桌上供着祖先的牌位，牌位前面，点着一对大红蜡烛，摆放着水果、糕点等供品。甜杏的父母端坐在八仙桌旁，媒婆王二妈把带来的礼物交给甜杏父母，然后让侯永辉向甜杏的父母和长辈行跪拜礼。侯永辉跪在甜杏的父母面前给岳父、岳母三叩首。礼毕，甜杏父亲忙把女婿扶起，然后，从口袋掏出个大大的红包递给侯永辉，表示对这门亲事的认可。

侯永辉退到一旁，十几个迎亲的小伙一拥而上，冲向了甜杏的闺房，闺房的门关得紧紧的，甜杏的闺密们哪能让这帮小子轻易进门，从里边顶着门。里外相争，互不相让。彼此交锋了几个回合，里边的姐妹终于抵挡不住小伙子的热情，门被挤开了。

绣床上铺着大红的床单，把整个床面都包裹得严严实实。甜杏静静地坐在床边，头上盖着红红的盖头，谁也看不见她的表情。她身着龙凤褂，那只金色的凤凰在大红色上衣的陪衬下，把她的身材曲线勾勒得淋漓尽致，显得更加高贵。

媒婆王二妈看着吉时已到，忙喊："他舅，背娃！"鲁金虎愣愣地站着，没有反应。后面的人推了一下，他才知道该自己出场了。

鲁金虎看不见甜杏蒙着红盖头的脸，不知道她是在哭还是在笑？他走到甜杏面前，弯下了他往日挺直的腰，把脊背留给了甜杏。王二妈右手搀着甜杏，示意她快起。甜杏慢慢地站起来，爬上鲁金虎弯着的后背。

鲁金虎用双手托起甜杏的双腿，使劲往上用力，甜杏双手搂住鲁金虎的脖子，使劲地向上用力。鲁金虎有点儿喘不上气，拼命地呼吸着，勉强让自己挺起身来。鲁金虎被迎亲的人拥着，慢慢地向前行。他一步一步被人群簇拥着，向前挪着、挪着，他感觉有千斤重量伏压在他的背上，让他无法承受。甜杏柔软的身子在他背上晃动着、晃动着，让他久久不能忘怀。他隐隐听到甜杏在他后背上抽泣，伤心的泪水一滴接一滴地流进他的脖子里，慢慢滑向他的胸膛。但是，他已经麻木了。

出了大门，迎亲的人们把甜杏从他背上抢了下来，塞进了车里。他身子不由自主地晃了几下，眼前一阵发黑，但他尽力控制住自己的身体，生怕自己倒下去。

鞭炮声、锣鼓声响成一片，人们的嬉笑声、喧闹声随着迎亲的队伍慢慢向前移去。鲁金虎痴痴地站在原地，望着渐行渐远的迎亲队伍，两滴泪珠不由自主地流过脸颊，掉在了地上。

鲁金虎稀里糊涂地回了家。躺在床上，他眼睛睁得大大的，直勾勾地望着自家的屋顶。眼前甜杏蒙着大红盖头的身影在他眼前一遍一遍地闪过。他尽力闭上双眼，想让这一幕在他眼前消失，但这些都是徒劳。他迫不得已睁大双眼时，那个红色的身影依然浮现在他的眼前。

他怀疑自己精神出了问题，便起身到院子乱走，但总觉得身后有沙沙的脚步声，他猛回头看时，啥也没有。

"金虎，你在院子转了半天圈圈，干啥呢？"是金虎妈的声音。

"没事，走路锻炼。"

妈一边抱怨，一边关心地说："外面冷得很，小心冻着。"

妈突然想起了事，问道："甜杏今儿不是结婚吗？你不去送甜杏出门，还在家里转个啥？"

鲁金虎有点儿不耐烦地说："人都送走了！"

"那你还不赶快去陪着吃席？"关中一带把参加婚宴叫吃席。

“席有啥好吃的，我不去。”

“这娃，啥事都弄不成。”妈妈抱怨着走了。

鲁金虎在院子走了半天，觉得实在乏味，也不想再被人撞见带来晦气，又回到了屋里躺下。这时，噼噼啪啪迎亲的鞭炮声从远处传来，“二踢脚”、冲天雷等此起彼伏，不绝于耳，鲁金虎知道，那是迎接甜杏进门的鞭炮声。他觉得耳朵像要炸了一样，仿佛有一万个“蹿天猴”对着自己炸响，他拼命捂住耳朵，但那声音却更加响亮。他不由自主地喊了起来。

听到金虎的喊声，金虎妈吓了一跳，忙从里屋出来，问道：“金虎，你咋了？胡喊啥哩？”

“我耳朵里吼得厉害，就像有几十列火车在跑，我就想喊几声。”妈忙从屋里端来一杯热水，让鲁金虎喝。鲁金虎大口喝了几下，好了些。

妈心疼儿子，见鲁金虎有了好转，就让他在屋歇歇。鲁金虎躺在床上，又看见甜杏穿着大红的嫁衣坐在自己面前。他这下实在受不了，看见桌子上放着一瓶酒，拧开瓶盖，咕咚咕咚地灌了大半瓶……只觉得天昏地转，径直倒在床上，不省人事。

六　凄惨的黑

鲁金虎清醒过来时，屋里一片黑暗。他不敢开灯，摸着墙走到院子。金虎爸看见儿子走路都走不稳，骂道：“不要脸的货，大过年的，人家都出门看姑、看舅，你在家喝得醉醺醺的，看明儿你妈你爸死了，还有人来咱家上香磕头没？”

鲁金虎假装没听见，走到厨房喝了一大杯冷水，感觉脑子清醒了许多。金虎妈看见儿子起了床，问道：“睡了一整天，你想吃啥？”

“不吃。”

金虎妈没好气地说：“不吃？你是铁人，吃风屁屁呢！”说着从锅里端出早已馏好的粉蒸肉和馍让儿子吃。鲁金虎看见好吃的，也觉得肚子咕咕叫，拿起馍夹上肉，吃了起来。

肚子有了食，鲁金虎感到精神了许多。他站在窗口向外望去，远处高大的群山在微弱的星光的衬托下，若隐若现。屋外黑黢黢一片，少了树叶的枯枝被寒风吹得唰唰作响，一阵冷风吹来，鲁金虎不禁打了个寒战。

在屋里睡了一天的鲁金虎实在没有睡意，趁着爸妈没注意，偷偷地溜出了家门。

大年刚过，正是月初，一弯新月早已落在了山后，圪塄村漆黑一片，村里安静得很，连平日飞扬跋扈、见人就吠的狗的叫声都没有了。鲁金虎顺着弯弯曲曲的小道往前走。他知道，现在整个村子只有他一个人在外面游荡，但他一点也不胆怯。因为这个村的角角落落都印在他的脑子里，即使自己闭上眼睛，也能走下去。

他顺着熟悉的小棕溪岸边向前走，过来竹林，站在高高的坡台上，向着那个从小最熟悉的方向——甜杏家的方向望去，那里一片黑暗。

天空晴朗得很，浩瀚的星河显得更加璀璨。他望着宽阔无边的银河，看着一闪一闪的星星，仿佛看到了那些在天宫里走动的神仙们，他想问问这些神仙现在正忙着干啥?

银河两岸，牛郎织女星引起了他的注意。牛郎星今夜显得特别亮。他猜了猜，心想牛郎现在肯定正在犁地种庄稼。他想象得出牛郎汗流浃背地犁地耙地的样子，打心底里佩服这个任劳任怨的小伙。他又感到牛郎很窝囊，辛苦耕作了一年，就是为了七月七日去看一眼织女，给织女买一件花衣裳。他不禁叹了一声，心想，牛郎和织女每年只见一天，那剩下的时间织女在干啥?贪狼星、巨门星、禄存星、文曲星、连廉贞星、武曲星、破军星这些家伙，如果趁牛郎不在，偷偷给织女送蟠桃果、彩虹裙，织女看见香甜酥脆的果子、漂亮动人的七彩裙，会咋想?织女姐姐吃还是不吃?穿还是不穿?他真替牛郎担心。

鲁金虎感到胸口一阵发闷，一股热流从下向上涌，他又感觉嗓子一阵发甜，接着，一股恶臭味的秽物从口里喷了出来。他哇哇地吐了半天，靠在路旁的树上缓了缓，心里好受了许多。这时耳边仿佛回响起秦腔曲牌荡气回肠的调调，他不由自主地吼了起来：

冷冷雨飕飕风劈头盖脸
只见这荒郊野外霹雳闪电狂风翻卷
大雨似箭孤坟冷落
痛我妻玉殒香残……
幼小时青梅竹马无忧患
年纪长心心相印结良缘
说不尽意切切情温玉软
诉衷肠互怜爱誓守百年……

这一夜，凄惨悲凉的喊声传遍了圪塄村的角角落落。

七　婚变

鲁金虎睡醒的时候，已是第二天的上午。他感觉困得很，还想赖在床上不起。金虎妈看见儿子醒了，悄悄告诉儿子一个天大的消息：甜杏天不亮，就从侯家跑回来了！

鲁金虎一听，腾的一下从床上坐起来，问：“为啥？”

金虎妈说：“不知道嘛！听说后半夜两人打了一架，把甜杏头都打烂了！”

鲁金虎“啊”地叫出了声！

鲁金虎听了甜杏的事，头发都快竖起来了，他不明白，为啥能出这样的事。他一骨碌从床上爬起来，衣服还没穿好，就慌慌张张地往外走。他妈问他去干啥，鲁金虎不耐烦地回了一句：“少管，少管！”

鲁金虎急匆匆地跑到甜杏家，还没有进门，就看见甜杏爸脸色铁青，闷着头抽烟，甜杏妈哭得眼都红了。甜杏爸看见鲁金虎进了自家的门，呼的一下站起来，顺手拿起一把铁锨，边举铁锨边骂：“你这驴日的，把我家甜杏害惨了，现在还敢过来！”

看见甜杏爸举铁锹的举动，鲁金虎吓了一大跳，他不知道甜杏爸为啥打他，忙抓住甜杏爸打来的铁锨，说：“叔，这到底是咋了？你要打我？”

甜杏爸更加气愤，骂道：“你驴日的揣着明白装糊涂。”说完又要抡铁锨打。

鲁金虎这回没有挡甜杏爸抡过来的铁锨，说：“叔，你这是为啥事吗？我也不知道，我犯了啥罪？你要打就打，打死算了。”甜杏爸看鲁金虎没有躲的意思，手里高高举起的铁锨没敢落下。

甜杏妈怕老伴真的动了手把鲁金虎打伤，再闹出人命来，更是错上加错。她哭着夺了老伴手里的家伙。甜杏爸没处发泄，只好坐在凳子上气呼呼地抽烟。

鲁金虎看着哭红了眼的甜杏妈，问：“姨，甜杏到底咋了？”

甜杏妈无奈地说：“这还用问？甜杏和女婿昨晚打了一架，气不过跑回来了。”

鲁金虎不解，问：“好端端的，为啥？”

甜杏妈气呼呼地坐在一旁，说：“你还明知故问。”

“姨，你这是啥意思？”鲁金虎越听越糊涂。

甜杏妈瞪了他一眼，说：“你少装糊涂，洞房花烛夜，还能为啥？”

鲁金虎急了，说：“她和她女婿洞房的事，与我有啥关系？”

甜杏爸生气地说：“你还在这狡辩啥？她女婿说了，你整天和甜杏在一起鬼混，不怪你怪谁？”

鲁金虎没有想到事会出在自己头上，忙说：“叔，你咋能这么说，把人冤枉死了！”

鲁金虎和甜杏父母的对话，甜杏听得清清楚楚，她实在忍不住了，在里屋边哭边说：“爸，你别骂金虎哥了，我俩是干干净净、清清白白的。你骂金虎哥还不是在打你女儿的脸，往你女儿身上泼屎盆子吗？”

甜杏爸听了女儿的话，不敢再对鲁金虎发火，只能使劲儿地抽闷烟。

鲁金虎听见甜杏在屋里哭，就进了甜杏的房间。这正是他昨天背甜杏出嫁的地方。昨天摆得整整齐齐的衣物和首饰，被甜杏扔了一地。甜杏头上肿了好大一个包，眼圈发黑，脸色发青，头发胡乱披在肩上，憔悴的脸上一点儿也看不见新娘子的风采了。看着失魂落魄的甜杏，鲁金虎忍不住一阵伤心，但也不知道说啥好。

他坐在甜杏的床边愣了半天，才问：“甜杏，你到底咋了？洞房花烛夜和女婿打架？”

甜杏很不高兴地说：“金虎哥，洞房花烛夜这么神圣的时候，侯永辉说，我不正经，我一个女人能受得了吗？”

鲁金虎实在想不通，侯永辉咋能说出这样的话侮辱甜杏？难怪他们打架。鲁金虎坐在甜杏床边想了半天，问甜杏：“你这样负气跑回娘家，那后面咋收场？”

“离婚。”

“啊！”鲁金虎被甜杏斩钉截铁的回话吓了一跳，他吞吞吐吐地说：“刚结婚就离婚，这……”

甜杏咬咬牙说：“和这样的人过一辈子有啥意思，我还不是天天受气吗？”

鲁金虎觉得事出有因，是不是侯永辉知道自己和甜杏青梅竹马，从小一起玩大，新婚夜产生了误会，怀疑自己和甜杏不清不楚。甜杏和侯永辉产生的误会，是不是真和自己脱不了干系？他对甜杏说：“甜杏，你好好休息，把事情想开点，我现在就去侯家，问问侯家人是不是误会你了。”

甜杏说：“现在都这样了，你去问啥？别越描越黑。”

鲁金虎坚定地说："没事，没事，你听我的。"说完，急匆匆地向外走。甜杏想拦住他，忙喊："不能去，不能去。"

等甜杏追出来时，早已看不见鲁金虎的身影。

侯四家也是满满的晦气。闷在家里的侯四偷偷打自己的脸，心想，自己祖坟上啥时候冒了白烟，好端端的娶了个漂亮媳妇，还没过一个晚上，两个人就打架，这不成了村里人的笑柄？到底是儿子不像男人，还是儿媳妇不贞？过几天四邻八乡的人议论起来，这可就成了天大的笑话，以后他顶着这张老脸咋出家门？

侯永辉气呼呼地在房子来回乱走，脸上被甜杏抓得青一道红一道。他不住地嗷嗷乱叫，把自己的新郎装撕成一片一片，他将头在洞房的喜床上磕了好几个大包。心想：自己欢欢喜喜娶了个漂亮媳妇，还没好好过日子呢，就和自己打了一架跑了，他实在想不通。

看着不争气的儿子给自己惹了这么大的祸，侯四气不打一处来，垂头丧气，大骂儿子没出息。他老婆问了儿子几遍为啥和媳妇打架？儿子气急败坏就是不好好说。侯四实在受不了，手里拿了个棍子，对着儿子说："你和甜杏到底咋了？还没过一天日子，媳妇就跑了，还不让十里八乡的人笑话死？"

永辉妈劝住老伴，走到儿子身旁说："妈不怪你。你好好说，和媳妇到底为啥打起来？"

侯永辉没好气地说："我……我也不知道。"

永辉妈生气地骂道："你和媳妇在一个床上睡着，你说不知道？你是猪吗？"

听到母亲的谩骂，侯永辉气得在院子转圈圈。

永辉妈怕儿子承受不了，情绪失控再惹出麻烦来，语气缓和了一些问："孩子，你冷静一下，你给妈仔细说说，妈好替你想想办法。"

侯永辉灰头土脸的，磨蹭了半天才对妈说："昨天晚上，客人都走完了，我和甜杏刚睡下，她挺高兴，和我说了好长时间的话，她还给我讲了她小时候的趣事，我一直都认真听着，后来，后来……"

永辉妈不耐烦地问："后来又咋了？"

侯永辉吞吞吐吐地说："后来，后来我发现她下身干净得很，没那个啥……嘴里就嘟囔了一句……"

侯永辉欲言又止。妈忙催问道："你又嘟囔了啥？"

侯永辉吞吞吐吐地说："我就嘟囔说'感觉你不像个正经女人……'"

侯永辉说到这里，妈气得要死，叹了半天气，又追问道："再后来呢？"

侯永辉慢慢解释道："再后来甜杏不说话了，过一会儿就哭了，我俩就打起来了。"

"妈问你，谁先动的手？"

"谁……谁先动的手？我现在也不知道了，甜杏哭了后，我心也乱了，反正后来就是乱打。"

侯四气恼地对儿子吐了一口，骂道："你祖宗坟上冒气了。"

永辉妈捶手顿足，泣不成声。

侯永辉用手捂着半个脸不知所措。

侯四窝了一肚子气正没处发作，发现门外走进一个人，再仔细一看，是鲁金虎。儿子订婚前，他就隐约知道，鲁金虎从小和甜杏在一起，但对那些传言也没有多想。刚才听了儿子说的入洞房的话，他才认定传言不虚。看见鲁金虎走进了自己家门，他心里一惊。侯四慢慢定了定神，心中暗喜，自己的仇人不请自来。他顺手拿起墙角的锄头就向鲁金虎冲去。侯永辉看见鲁金虎，牙齿咬得直痒痒，看见父亲手里那家伙，他也手里提起凳子，从屋里跳了出来。

侯永辉指着鲁金虎的鼻子骂道："姓鲁的，你还敢来我家？吃了熊心豹子胆了，来看热闹还是想挑衅？今天看我敢不敢打断你的腿！"说着，抡胳膊挽袖子就要动手。

鲁金虎知道自己来的目的，并不急着发火。他清楚和侯永辉说没用，就心平气和地对侯四说："四叔，我今儿来是说事的，有话好好说，说完再打。"

侯四把锄头攥在手里问："你想说啥？看你狗嘴里能吐出啥象牙！"

鲁金虎问："为啥甜杏昨天刚和你儿子成亲，今天就哭着跑回去了？"

"呸！"侯四听了这话，怒从心中起，往地上吐了一口，没好气地说："你还有脸问我，自己做的事自己清楚！"

"四叔，我做了啥事了？你说明白。"

侯四怒不可遏，说："你还敢问我？你和甜杏不清不楚的，永辉和甜杏入了洞房，难道我儿子就感觉不到吗？"

鲁金虎拼命解释说："四叔，我做过的事，我自己当然清楚，我和甜杏从小一起长大，青梅竹马，可我们亲如兄妹，我俩从没做过对不起你家的事。"

侯四一听这话，肺都快气炸了，骂道："呸，你们还青梅竹马，亲如兄妹，啥都没做。这叫贼不打三年自招，这不是站在我头上拉屎吗？”

侯四无法再忍，拿起锄头照着鲁金虎就打。

鲁金虎见侯四要动手，忙用手去挡他抡起的锄头，生气地说道：“冤枉人要遭报应，你最好嘴上积点德。”

侯四听鲁金虎一嘴教训自己的口气，心想：这哪里是来好好说话的？明明是上自己家门寻事挑衅的，堵在门口打自己的脸，再不动手，还不让十里八乡的人笑死。他给儿子一使眼色，侯永辉会意，拿起地上的凳子就朝鲁金虎头上打。侯四也举起了锄头。鲁金虎一看情势不对，怕自己吃亏，赶紧往后退。他左防右挡，还是被侯永辉手里的凳子砸在头上，起了个大包。

鲁金虎被侯家父子追着打，一直从村里打到村外。街道两旁看热闹的人不嫌事大，指指点点地笑。还有人在一旁议论说：这就是侯四家儿媳妇的相好。听了这些议论，看热闹的人齐声鼓掌，连声说：“打得好，打得好。”

鲁金虎让侯家人打出了村，像丧家犬似的跑了。这个消息成了人们茶余饭后议论的话题。很快，这消息传遍十里八乡。鲁金虎灰溜溜的，再也不想去找甜杏了。他觉得没能把话说清楚，丢了甜杏的脸，也给自己落了一身的骚，让村里人指指点点。他窝窝囊囊地在家躺了几天，再也没有了在村里待下去的勇气，偷偷带上一些工具，离开了这个是非之地。

八　木匠奇遇

鲁金虎离开家乡到了凌云县城，随便找了个落脚的地方住下。他知道县城的人力市场是民工聚集的地方，打零工的人都在这里找工作，就去人力市场碰碰运气，看能不能找到适合自己干的活儿。人力市场在县城西南边，比较偏僻。说是人力市场，其实就是在苇河的桥下由打零工的人自由形成的聚集地，没人挂牌，没人管理。虽说是自然形成，但聚集的各色人等却不少，像刷墙的师傅、装卸的民工，还有电工、瓦工，比比皆是。而像鲁金虎这样的木匠也是这些聚集地上的一分子。每天，他都会在人力市场上漫无目的地胡转，等候着被人挑选，在城里人的精挑细选中讨生活，这样的日子虽然不是鲁金虎想要的，但对他来说是没有选择的选择。随着时间的流逝，他也慢慢接受了这样的日子。谁知有一天，家里捎话说他的母亲病了，鲁金虎只好从凌云县城返回家看望生病的母亲。

鲁金虎一进家门，发现母亲正在院子洗衣服，身体硬朗着呢。他十分奇怪，忙问母亲咋回事？母亲看了他一眼，笑着说：“妈没病，你先回屋歇歇。”

鲁金虎满脸狐疑，一边向屋里走，回头却迟疑地看着母亲。他把自己的行李放到屋里，又出来问他妈到底咋回事？母亲只是让他进屋休息。他实在猜不透母亲是啥意思？也再懒得问，就回屋睡觉去了。吃过午饭，他看见王二妈在院子和母亲嘀嘀咕咕了半天。鲁金虎知道，王二妈是这一带远近闻名的媒婆，总是东家出、西家进地到处牵线搭桥。鲁金虎脾气倔，特别是王二妈把甜杏介绍给侯四的儿子后，就对她特别反感。所以，当他看见王二妈和母亲说话，心里爆发出莫名的怒火，看见身边放着洗脸盆，便使劲儿踢了一脚。母亲听见屋里有动静，忙对屋里喊道：“金虎，你王二妈来了。你出来和你二妈说说话。”

听到母亲的喊声，鲁金虎把自己捂在被子里，假装睡着了。等了半天，见儿子没出来，母亲嘴里嘀咕道：“你看这娃，懒得啥都不干，就知道睡觉。”

王二妈说：“娃想睡就让他再睡会儿，布王村的女子也快来了。”

鲁金虎心里一惊，王二妈嘴里说的啥布王村的女子？他心里正犯嘀咕，这时，从门外进来一个又黑又胖的女子。鲁金虎偷偷从窗口向外张望，见这女子一米五左右的身高，膀大腰粗，黝黑的脸庞鼓鼓的，粗粗的眉毛下长着一双小小的眼睛。不过，她的头发又黑又长，一根大辫子梳在脑后。粉红色的上衣宽宽大大，包裹着她胖胖的上身，下身穿着黑裤子，脚蹬黑皮鞋。鲁金虎觉得好笑，心想这是谁家的女子，这么难看！

鲁金虎看见母亲对这女子笑了笑，又和王二妈说了两句，就把她让进后屋。一会儿，鲁金虎见母亲向自己屋里走来，立马钻进被窝假装睡觉。母亲进了屋，对着假装睡觉的鲁金虎喊道：“金虎，快起来，你王二妈给你说的媳妇来了，快起来见面。”

鲁金虎的头像被人击了一下，心想，自己不会听错吧？他猛地坐起身问妈：“你说啥？”

金虎妈上前拉住儿子的一条胳膊，说：“快起来，给你说的媳妇来了，你收拾一下，正式见个面。”

鲁金虎这下明白了。刚才，他看见的那个女子是王二妈给他找的媳妇！鲁金虎肺都要气炸了。他气愤王二妈把和自己青梅竹马的甜杏介绍给了侯家，现在找了个又胖又丑的女子给他当媳妇，这不是糟蹋人吗！鲁金虎怒气冲冲地对母亲说：“我不去，我不要媳妇。”

金虎妈见儿子说出这话，骂道：“胡说啥呢？谁家娃不娶媳妇，难不成打一辈子光棍？不娶媳妇，那不让左邻右舍的人指着脊梁骂？”

鲁金虎倔强地说：“谁爱骂就让他骂，我不管！”

母亲有点儿生气，说：“你不怕挨四邻的骂，我和你爸还要这张老脸呢，我们可丢不起这人！”

鲁金虎知道母亲说这话的分量。在农村，娶媳妇不仅仅是男女两个人的事，他是牵扯整个家庭甚至整个家族的大事，处理不当可能引起家庭与家庭、家族与家族之间的巨大风波。鲁金虎心里明白这事重大，他再有本事也承担不起。鲁金虎看着母亲怒气冲冲的脸，改口说：“妈，先等等，我还小，过几年再给我说媳妇。”

见儿子改了口，母亲忙劝说道：“小个啥？你都快三十了，咱村里像你这么大的娃都结婚了。常言道，不孝有三，无后为大，妈也想抱孙子呢。”

鲁金虎执拗地说：“可我现在不想结婚，不想找媳妇。”

金虎妈见儿子又来了劲，骂道：“布王村的女子都到了咱家，你连面都不见，让人家女子咋走出咱家门？以后人家女子在村里咋活人？”

鲁金虎刚才从窗口看见了布王村的女子，说心里话他压根儿就没看上，所以母亲让他和这女子见面，他当然抵触。现在这节骨眼儿，看来是没办法逃避了，鲁金虎只能乖乖地把自己的想法告诉了母亲。母亲毕竟是经过大世面的人，对儿子说：“有理不打上门客，今天这事你不能推托，行不行你都要和她见一面，给人家女子一个台阶，后面有啥想法都好说。”

鲁金虎觉得母亲说得有理，女子家家的又不会吃人，自己一个大老爷们儿见一个女子怕啥？大不了就说没有共同语言，一吹了事。鲁金虎打定主意，就同意和这女子见面。金虎妈进了后屋，时间不长，就喊金虎过去。鲁金虎进了后屋，低着头没敢乱看。这时，王二妈对着鲁金虎说道：“哎呦呦，你看我家金虎侄儿长得一表人才，聪明能干，又有手艺，二妈给你说个媳妇也算是给我长脸了。”

金虎妈忙帮腔说：“就是，就是。金虎，还不快谢谢你二妈！”

鲁金虎心里憋屈，半天也没说出一个“谢”字。王二妈忙打圆场说：“你为难娃干啥，说正事。”

王二妈转过身，拉住坐在一旁的女子走到金虎妈和鲁金虎面前介绍说：“他姨，金虎，这是布王村柳家的千金，叫秋娥，今年二十八，身体好，金虎如果把她娶回家，可以帮衬着干活，将来给你家生几个大胖孙子，绝对没问题。”

金虎妈看了一眼秋娥，秋娥羞得低下头，脸涨红到了脖子。金虎妈忙附和说：“就是，就是。”

王二妈和金虎妈絮絮叨叨了半天，只管说着自己爱听的话，鲁金虎和秋娥一句话也没说。过了半天，王二妈突然反应过来，笑着对金虎妈说：“我们姐俩在这搅和啥？到外面喝茶去，让两个娃说说话。”

金虎妈觉得有理，出门时给儿子使了个眼色，鲁金虎愣是没看懂母亲的意思。

秋娥红着脸坐在鲁金虎对面的椅子上，两手交叉着放在肥胖的腿上，看上去害羞得很。鲁金虎偷偷抬起头，看了一眼秋娥黝黑、胖胖的脸，失望的表情油然而生。他等了半天见秋娥不说话，拿定了自己的主意，对秋娥说：“我现在还不想找媳妇，你……”

没等鲁金虎说完，秋娥猛地抬起头对鲁金虎说：“王二妈让我来时没说过这话，她说你人好、有手艺，还能挣下钱养活我，就等着娶我呢！你咋突然说出不想找媳妇的话？”

鲁金虎辩解说：“王二妈咋说，我不知道。我现在就是不想娶媳妇。”

秋娥这下清楚了，站起身对鲁金虎说：“那王二妈说话就是骗人，我找她说理去！”说完，气呼呼地走出门。一会儿，外面传来秋娥的哭声，王二妈忙劝道：“别听他胡说，没有的事，没有的事。这事就包在二妈身上了，你别哭了，慢慢商量，慢慢商量。”

金虎妈见儿子惹了祸，跑出来把儿子狠狠地骂了一顿，问他对秋娥说了啥话，把人家女子说哭了。鲁金虎一脸茫然，傻愣愣地对妈说：“我……我也没说啥呀。”

王二妈毕竟是说媒高手，她坐在秋娥身旁嘀咕了几句，就稳住了秋娥的情绪。秋娥止住了哭声，只是在一旁抹眼泪。

王二妈把金虎妈叫到一旁，二人低声说了半天，说着说着笑了起来，王二妈对金虎妈说：“你们准备一下，我先带着秋娥回去，明天再过来。”

金虎妈说声“好”，就看着王二妈带着秋娥出了自家的门。鲁金虎心里发虚，问母亲刚才和王二妈商量了啥？金虎妈气呼呼地说：“滚，少问我！”

晚上，鲁金虎想起王二妈临走时给母亲说她“明天再来”的话，知道王二妈给他做媒这事肯定没完。她明天再带着秋娥到他家找他，咋办？他觉得，给他说媒这事从开始就不简单。前几天家里捎话说母亲病了让他回家，可回来后母亲好好的，这肯定是王二妈和母亲一起编的幌子，就是为了给自己说媒，看来这个套子下得时间久了。他思前想后，自己又不想找媳妇，不如来个三十六计“走为上计”。对，拿定了主意，等天刚亮，他便偷偷拿了自己的行李溜出了家门。

到了凌云县城，鲁金虎依然操起老本行，进了人力市场，重复他一天又一天同样的故事，干他一天又一天不一样的活儿。这天傍晚，他干了一天的活儿，就想回到出租屋好好歇歇，养足了精神再去让人挑选。鲁金虎刚进了自己居住的胡同，身后突然有人在喊自己的名字，他回头一看，黑暗处隐约有个黑影。这黑影慢慢来到他面前，鲁金虎吓了一跳，吃惊地问：“秋娥，你咋在这里？”

秋娥用疲惫的声音说：“我在这等了你一天了。”

鲁金虎很是惊讶，问秋娥咋知道他的住处？秋娥说：“你走了以后，我和王二妈到了你家，没见到你人。后来，你母亲就把你的新住处告诉了我，我就来了。”

鲁金虎长叹了一口气，心想，我妈咋这么糊涂？明明知道我的心思，还让秋娥来这里，这不是没事找事吗？现在秋娥来了，让我咋办？

鲁金虎心一横，说：“等我干啥？天这么晚了，你一会儿咋回？”

秋娥说：“我就是专门来找你的，回去干啥？”

“你不回去？晚上住哪？”

秋娥有点儿生气，对鲁金虎说：“住哪？住哪？我住马路上行不行？你就想赶我走！也不问问我吃了没有？”

鲁金虎被秋娥噎得无话可说，他知道秋娥还没有吃饭。秋娥是专程来找他的，自己再对秋娥没有感情，让她吃顿饱饭，应该是天经地义的吧。况且，他也不会做出伤天害理的事。鲁金虎安慰了秋娥几句，带着她到附近的饭馆要了一大碗扯面，秋娥狼吞虎咽地吃完面，用手抹了抹嘴，见鲁金虎还坐着没挪地方，就催促说：“走呀。”

鲁金虎不解地问：“去……去哪儿？”

秋娥不不假思索地说：“去你住的地方呀！”

鲁金虎迟疑了一下，心想，都这么晚了，先到自己的出租屋再想办法。他慢吞吞地在前面走，秋娥跟着他顺着高低不平的巷子往里走，好一会儿才走到鲁金虎的出租屋。屋子黑乎乎的，散发出一股发霉的味道，仅有的一张小床就放在屋子中间，占去了屋里大半的空间。鲁金虎不好意思地说：“我就住这，让你见笑了。”

秋娥四周打量了一下，说："还行，能睡觉就行。"

鲁金虎龇了龇牙，心想，你还真能将就。他现在满脑子想的都是让秋娥住哪，总不能让人家秋娥住在这个破屋子吧。他心一横，想着破费就破费吧，干脆给秋娥在旅馆开个房子，反正明天她就要回去了。他把自己的想法告诉了秋娥，秋娥生气地说："在旅馆开房干啥？这里挺好，费那钱干啥？咱又不富。"

鲁金虎难为情地指了指屋子，说："地方太小，你睡床上，那我睡哪儿？"

秋娥指了指床，说："这床挺大的，我们挤挤睡吧。"

鲁金虎突然感到脸上一阵发热，心想秋娥咋会是这样的女子？他没好气地对秋娥说："你一个女子家家的倒挺大方，男女授受不亲，这个道理你不知道？我们孤男寡女住在一起，让别人知道了，以后我们咋见人？"

秋娥看着鲁金虎，郑重其事地对他说："我是个女人，这个道理难道我不比你懂？今晚我俩刚见面，还没来得及告诉你。我现在就实话对你说吧，你走的那天，我和王二妈到了你家，虽然没见你的面，王二妈和你妈都同意咱俩这门婚事，你爸拿了一万元聘礼给了我爸，还下了婚帖。我俩的婚事就这么定了。你现在还想说啥？"

鲁金虎听完秋娥的话，愣了半天，好不容易才想起一句："你们定的事，我不知道，我不同意！我也不管。"

秋娥坐在床边对鲁金虎说："你不同意我也不管，你爸给我下了一万元的聘礼，还有婚帖，这都是证据。我现在就是你的人了，再别给我说男女授受不亲的话。"

鲁金虎执拗地说："聘礼和婚帖都不算数，领了结婚证才是夫妻。"

秋娥说："公家有公家的规矩，农村人有农村人的讲究。我是农村人，有了聘礼和婚帖就算数。"

鲁金虎气得要死，他没有想到，这个又丑又胖的女子不但不讲理，还耍无赖，硬要往自己身边靠，他又想起了三十六计"走为上计"这招，偷偷地往外走。秋娥早就看出了鲁金虎的诡计，对着他的后背说："你走，我一个人住你这儿，晚上让人欺负了，我爸可饶不了你。"

这句话真灵，鲁金虎立马站在原地不走了。鲁金虎清楚，他住的地方鱼龙混杂，社会上的各色人等都有，万一秋娥住在自己的出租房里出了事，不说她爸找他算账，他自己可就惹下大麻烦了，他赶紧往回退。这会儿，秋娥半躺在床上，两眼紧盯着鲁金虎。秋娥阴沉着脸，说：“你走呀！咋不走了？”

鲁金虎似笑非笑地说：“这儿乱，不走了。”

秋娥软硬兼施这招真把鲁金虎唬住了，他心里没了底气，慢慢挪着碎步，回到床前。秋娥可能等了鲁金虎一天确实累了，没过多久，喉咙便发出雷鸣般的鼾声。鲁金虎对着熟睡的秋娥直咬牙，但也没有半点儿脾气，等到半夜，自己实在困得不行，就在床的空隙处躺下，将就着睡了。

天刚亮，秋娥打了个哈欠，伸了伸懒腰，一半对着窗外，一半对着鲁金虎说：“睡得真舒服。”

鲁金虎一点儿也没睡好，但也没法对秋娥发火。他在屋里踱了几步，回过头对半躺着的秋娥说：“你在我这也住了一宿，早上我给你买张汽车票，你就回去吧。住我这也不方便，我一会儿还要到人力市场找活儿干呢。”

秋娥说：“我回去干啥？来的时候王二妈说了，让我就住你这儿，你到哪儿，我就到哪儿。你回去，我就跟着回去；你不回去，我就不回去。”

鲁金虎生气地说：“王二妈的话你也敢信！她就是远近闻名的大骗子！”

秋娥嘟着嘴，对鲁金虎说：“王二妈是大骗子，可走的时候，你母亲也是对我这么说的。”

鲁金虎的鼻子都快气歪了，他生气母亲会和王二妈穿一条裤子。他突然觉得秋娥就像只粘在自己脚上的癞蛤蟆，踩又踩不死，甩又甩不掉。听了秋娥刚说的话，鲁金虎明白了，秋娥来找他，就是母亲和媒婆王二妈的主意。他知道秋娥有了后台，来软的肯定不行，就气势汹汹地对秋娥说：“我忙得很，现在就要找活儿去了，一天都不回来，你在这待着，没饭吃，没人陪，小心把你饿出毛病来。”

秋娥淡淡地一笑，说：“没事，没事，你忙你的，我就在这待着，你把房门钥匙留下，一会儿我出去转转，再买两个包子吃吃，你晚上回来给我带两个烧饼就行了。”

鲁金虎对这只“癞蛤蟆”真没有了办法，眼看着天色不早，气呼呼地拿起自己干活儿的工具出了门，心想，你爱咋咋的。晚上，鲁金虎拖着疲惫的身体回到出租屋，推门看见秋娥正坐在自己的床边。没了招数的鲁金虎只能长吁了口气，把手里的工具狠狠地砸在地上。

秋娥没事人似的对着鲁金虎笑。鲁金虎不想理她，顺势躺在床的另一边。秋娥低头看着鲁金虎，问：“早上我给你说的事，还记得吗？”

鲁金虎半闭着眼问："啥事？"

"我让你带的烧饼呢？你一点都不关心我，要饿死我呀！"

鲁金虎咧了咧嘴，轻描淡写地说："忘了，忘了。"

秋娥"哼"了一声，说："你是真的没心没肺还是故意的？说！"

鲁金虎见秋娥真的动了气，怕惹怒了她不好收拾，忙坐起身说："我……我真忘了，现在就出去买。"

秋娥生气地转过身坐到一边。

鲁金虎对秋娥实在没辙了，只好忍气吞声地过着日子，每天早上出门，晚上回来给秋娥带上两个烧饼。秋娥似乎过得挺开心，一点儿也没有回家的意思。鲁金虎也得过且过，凑合着过吧。这天晚上，鲁金虎喝多了水要起夜上厕所，他发现秋娥睡觉的样子有点儿异样，用手一摸秋娥，发现她光溜溜地躺在被窝里。鲁金虎既惊讶又生气，对着迷迷糊糊的秋娥说："你咋睡觉不穿衣服？这是干啥？"

秋娥带着睡意对鲁金虎说："你睡着的时候，我把衣服全洗了，穿了好多天了，衣服都有味道了。"

鲁金虎不解，问："衣服洗了也不能光着身子睡觉吧。"

秋娥辩解说："刚洗的衣服，让我咋穿？"

"你另换一件穿着睡不就行了嘛！"

秋娥不以为然地说："我只有身上穿的衣服，换洗的衣服都在老家，用啥换？"

听了秋娥的话，鲁金虎无语，他埋怨秋娥说："你也不早说，如果知道你只带了一身衣服，我提前给你买一件不就行了嘛！"

"买衣服还要破费，将就一下就行了。"

第二天，鲁金虎利用打工休息的空隙跑到打折商店，看见一件灰色的上衣宽大宽大的，就买了带回家，让秋娥试穿。秋娥看见鲁金虎给自己新买的上衣，高兴得很，忙脱下自己的衣服试穿。

一会儿，秋娥换好衣服让鲁金虎看。鲁金虎上下打量了秋娥一番，心想，自己买的衣服穿在秋娥身上，就是宽大了点儿，其他还行。

时间转眼到了初夏，秋娥就像个橡皮泥似的粘在鲁金虎的出租屋里，没有半点儿厌烦的感觉。鲁金虎也慢慢适应了这种生活。遇到这样的事，他又能怎样呢？

初夏，凌云县城也慢慢热起来，鲁金虎感觉时间过得又快又慢，干完一天的活儿，他也习惯了回来时给秋娥带点儿吃的。这天回家时，他看见路边的罗家凉皮不错，就顺便买了一份给秋娥。鲁金虎推开门，发现秋娥不在，就喊了几声，想让她来吃凉皮，可半天也没见秋娥答应。他有点儿奇怪，顺手把凉皮放在桌子上，出门找找看秋娥去哪了，可找了半天也没见秋娥的身影，他又返回出租屋，再一看发现床上放了张字条，上面歪歪扭扭地写了几个字：

金虎：

家里捎话说我妈从崖上摔下去了，伤了腰，我回去照顾我妈了。等我妈伤好了，我再过来。

秋娥

5月12号中午

鲁金虎拿起秋娥留的字条偷偷笑了起来，嘴里念叨着，我的妈呀，谢天谢地，终于把这“瘟神”送走了，哈哈。鲁金虎笑了半天，再拿起秋娥留的字条看时，最后一句话让他又惆怅起来——“等我妈伤好了，我再过来”。鲁金虎埋怨说，这叫啥话？哼！再过来？

这天晚上，鲁金虎睡到半夜忽然从梦中惊醒，他下意识地用手摸了摸床，自己的身边空落落的，这里再没了秋娥的身影。他心里五味杂陈，感觉不到现在的自己是高兴还是沮丧？远处火车的笛声在漆黑的夜空中显得特别悠长而低沉，仿佛把乐队的重低音又降低了十二分。在这漆黑的夜晚，鲁金虎独自守在自己的出租屋里，心里空荡荡的，多了些许恐惧。他拼命闭上双眼，想让自己在黑暗中睡着，可秋娥的脸在这黑魆魆的空间里不断闪现。

记得那时桃花开得正盛，他的出租屋里虽然弥漫着发霉的气味，但屋外盛开桃花的芬芳也随着春风飘进他的屋子，吹淡了出租屋里发霉的味道。那天晚上，他睡得正香，突然胸口闷得发慌，睁眼一看，发现秋娥将身体压在自己身上，让他喘不过气来。鲁金虎气愤地说：“秋……秋娥，你这是干啥？！”

秋娥对鲁金虎的愤怒无动于衷，若无其事地说：“我睡不着，看你睡得香，就想压醒你。”

“压死我了，快下来，我困得很。”

“我不下来，压得你难受，我才高兴。”

“哎哟，我喘不过气了，快，快！”

“嘻嘻，你求饶我才高兴。”

“哎哟，哎哟，不行了！哎哟……”

秋娥在鲁金虎身上不停地折腾，鲁金虎不断地求饶。秋娥觉得过足了瘾，鲁金虎被折腾得死去活来，她才从鲁金虎身上翻下来，很快，她的喉咙里就发出震耳欲聋的鼾声。鲁金虎长吸了一口气，他感觉全身都松泛了……

在往后的日子里，秋娥睡不着时，就去欺负鲁金虎，鲁金虎也默认了自己被欺负的现状。

九　甜杏进城

鲁金虎又回到人力市场。他又恢复了秋娥来之前的状态。转悠了好几天，他找到的都是一些零碎活，勉强能维持生计。他从工友那里了解到，大城市人多，活儿也多。运气好了，还能挣大钱。他合计了一下，就想着不如到大城市看看，碰碰运气。

他来到秦汉市，暂住在中山街一条偏僻的胡同里，新租到的八平方米的小屋勉强能放下一张床，厕所是公用的。每天，他早早起床，从自己住的小屋下楼，七拐八拐地走出通道，然后走到了凤仪南街——这里是老秦汉人居住地方，低矮的平房胡乱地搭建着，有许多的小店铺临街开着，卖各式小吃和一些日常杂货。他每次从这里经过时，都能听到小贩们的一片叫卖声，那些人喊着自己商品的名字拼命地推销。转过凤仪南街口，到了中山街，街面才豁然开阔。

中山街是秦汉市的一条老街，高大的国槐树分列街道两旁，大部分树干比胖女人的腰都粗。粗大而弯弯曲曲的树枝把整条街道都遮了起来，盛夏时走在街上清凉得很。街道两旁的店铺，按照悬山顶的式样建造，房顶向两侧延伸，形成檐，便于排水。店面清一色木板门结构，开门关门的时候，店主们就会把一块一块的木板安上或者卸下来，很少有现代的玻璃门窗。店铺里大都经营笔墨纸砚。手工艺人做着自己的拿手绝活，顺便装裱字画，夹带经营各式广告牌。

这天，鲁金虎像往常一样，在人力市场转悠，等着寻找适合的零工。他走到市场桥边时，看见一个非常熟悉的身影也在人群中走着，他简直不相信自己的眼睛，也不敢眨眼睛，生怕猛一眨眼，那人就跑了。他疾走两步，忍不住喊道：

“甜杏！”

甜杏正在市场上漫无目的地游荡，听到有人喊自己的名字，一回头看见是鲁金虎，眼泪夺眶而出。她愣愣地站在那里，半天没有挪步。鲁金虎走到她的面前，甜杏一把抓住鲁金虎的胳膊，失声痛哭起来。

鲁金虎不知所措，忙让甜杏坐下，说：“甜杏，你哭啥？有啥事好好说。”

原来，自从甜杏和侯永辉打完架跑回娘家后，侯家人如坐针毡。侯四知道儿子这事麻烦大了，永辉妈把儿子大骂了好半天，实在没辙，只好带着儿子，提着厚礼找到甜杏家，上门赔礼道歉。

甜杏妈见侯家人来自家门上，生气地坐在一旁，转过头去，懒得搭理侯家人。

永辉妈嬉皮笑脸地凑到甜杏妈面前说：“亲家母，我和永辉来看你了。伸手不打笑脸人，开口不骂送礼人。都是你女婿的错，永辉给你赔礼来了。”

甜杏妈从鼻子里“哼”了一声，说：“不敢当，你儿子有啥错？人都打回来了，还有啥好说的。”

“亲家母，娃都还年轻，你看永辉的脸也让甜杏挠了几道子。我看甜杏挠得好，应该再多挠几道子，让我这不争气的儿子多长点儿记性。看他以后还敢不敢胡说八道。”

甜杏妈瞥了永辉妈一眼，轻蔑地说：“看你说的，我家甜杏胆子小，再也不敢动手了。”

永辉妈见儿子半天连个屁都不放，忙给他使了个眼色。侯永辉忙走到甜杏妈面前说：“妈，我错了，我不该胡说八道，不该和甜杏打架。”

甜杏妈瞪了一眼侯永辉，说：“我女子头上都起了包，还说不敢！”

侯永辉求饶道：“妈，都怪我一时糊涂，你就原谅我这回吧，以后我再也不敢动手打甜杏了。”

甜杏妈气呼呼地转过身去。永辉妈又凑上前，说：“亲家母，伸手不打上门客。我和永辉今天诚心诚意地来，就是请你和亲家公原谅，我好和儿子把甜杏接回家，让他们小两口好好过日子。”

甜杏妈转过身，说：“哼，说得轻巧，就算我能原谅，也要看我女儿答应不答应。”

永辉妈听了这话，忙给儿子使眼色，示意他快去找甜杏。侯永辉会意，忙向甜杏的闺房跑去。没过多久，就听见甜杏闺房发出稀里哗啦的响声。一会儿，侯永辉从甜杏闺房跑出来，甜杏拿着笤帚在后面追着侯永辉打。

甜杏爸听见声音不对，忙从里屋出来，看见甜杏正追着侯永辉打，忙呵斥道："甜杏，还不停手，你要把人打出个三长两短吗？"

甜杏怒气冲冲地对她爸说道："不要你管。"

趁着甜杏和她爸说话的空隙，侯永辉赶忙藏在他妈身后。

甜杏怒气未消，还想打人。

永辉妈看见了甜杏，笑嘻嘻地走到甜杏跟前，说："打得好，打得好。没解气的话，你再好好教训一下这不争气的货。"

听了这话，甜杏气呼呼地坐在凳子上，闭上双眼，不愿再看见侯永辉。

永辉妈见甜杏平静了一些，忙对甜杏说："永辉年轻不懂事，胡说八道。以后要他好好对你，再敢胡说，我就打断他的腿。"

甜杏说："我最后一次再叫你一声妈。你儿子太伤我的心了，我是一个女人，在最重要的时候，把一切都交给了他，他却说出那样伤人心的话，我咋能轻易忘掉！他说的话就像锥子一样刺痛我的心，我永生难忘。"

甜杏妈也在气头上，她能理解女儿生气的原因，甜杏毕竟和侯家刚结亲就受了气，也想让甜杏好好出出气，给侯家人长点儿记性，以后不敢轻易欺负甜杏。

想着永辉妈和女婿上门道歉，没有虚情假意的意思，甜杏爸感觉火候差不多了，也想给侯家人一个台阶，就劝女儿道："瓜女子，你妈和永辉都上门道歉了，谁还没有做错事的时候？你俩都年轻，以后说话多长个心眼，办事多动动脑筋。时间长了就好了。"

看见情况有了转机，侯永辉忙跑到甜杏身边，接过话说："甜杏，我错了，都怪我嘴臭。以后家里的大小事，我都听你的，你说咋办就咋办。"

甜杏瞪了侯永辉一眼，说："滚远点儿，我心都凉透了，怎么能和你在一个屋檐下生活？现在，我耳边听到的都是你那晚说的那句话，看见你，我就恶心极了，快滚吧，我一点儿都不想见到你。"

甜杏爸见女儿没有收心的意思，劝甜杏说："死女子，你妈和永辉都上门赔礼来了，不看僧面看佛面。从小你就是任性，都是你妈把你惯坏了，大小事都由着你。看你妈带着永辉来咱家，好话说了一箩筐了，你妈也是长辈，你连这点儿面子都不给吗？"

甜杏愤愤地对她爸说道："爸，我也是要脸的人，我的心，你能懂吗？难道你宁愿看着自己女儿低人一等、窝窝囊囊地过一辈子吗？”

甜杏爸被甜杏的话气得够呛，狠狠地骂了一句，气愤地叼着烟斗回了里屋。

晚上，甜杏妈又来劝女儿：“甜杏，你都老大不小了，也不能再这么任性了。两口子过日子，哪能不磕磕碰碰的，锅沿还常碰碗边呢。我和你爸结婚几十年了，打了不知多少回，打完了，第二天不就好了吗？你就不能委屈一丁点儿吗？”

甜杏生气地对妈说：“妈，这能一样吗？你和我爸打架那是为生活琐事，都是家长里短的事，可我和侯永辉是原则问题。他骂我是嫌弃我人品不好，我在他心里就是破鞋，下三烂。我能忍吗？就算今天忍了，一辈子日子还长着呢，谁知道以后会遇到啥事，到时他再拿这话骂我，那可咋办？他在我们结婚的洞房夜敢说这话，谁知道他以后还会说出啥更过分的话，到时女儿可咋活呀？”

甜杏妈被甜杏噎得无话可说，越发劝不动女儿了。

甜杏和侯永辉冷战了几个月，侯家找了亲戚朋友、甜杏的好闺密轮番劝说，希望她回心转意，但甜杏毫不退让。无奈，侯家只好同意甜杏和侯永辉离婚。

离婚以后，甜杏在家里郁闷得很，就想离开这个伤心的地方。

一天，邻里刘姨从城里回来，说城里有人要雇个保姆。雇主家里只有老两口，儿女在外地，也没多少负担，在家就是做做饭、收拾个家务，陪老人说个话什么的。甜杏觉得这个工作可以做，正好自己也想离开这里，就答应了。

雇保姆的老两口年龄不大，六十岁开外。甜杏进了屋，一看家里的欧式装饰风格和乳白色的真皮沙发，就知道这家是有钱的主儿。老两口见甜杏眉清目秀、年轻干练，也觉得满意，说了些在家里的注意事项和要做的事，约定先在家里试一下，双方都觉得合适了，就签个长期合同，甜杏说这个可以。

甜杏是个勤快人，手脚也利索，把屋里收拾得干干净净。她还做得一手好菜，老两口觉得既可口又健康，对甜杏很满意。可前两天，雇主家的女儿打电话来说让他们到北京去，说自己怀孕了，要父母去帮忙。他两口子要去北京，甜杏就没了去处。她听人说，看见金虎哥在人力市场找活干，她就抱着试试看的想法在这里等，今天刚好碰上。

鲁金虎听完最近甜杏身上发生的事，也不知是高兴还是难过。他想了想说：“甜杏，你现在没地方住，那就先去我租的房子住吧，后面再想办法给你找工作，怎样？”

甜杏沉默了一下，说："金虎哥，那就先这样吧。"

十　熹园

鲁金虎晚上回到租住小屋，心里憋得慌。他看到自己和甜杏居住的地方，实在太小，非常窝囊，怕委屈了甜杏。他想了半天，对甜杏说："我们现在住的这个地方太小，我一个人住的时候还凑合，现在咱两个人住不太方便。我在熹园小区干过活儿，那里很不错，我们不如去那里先租个房子，你看咋样？"

甜杏说："咱钱也不多，能将就就将就吧。"

鲁金虎不忍，坚持要换地方。

甜杏说："熹园真的像你说的那样好吗？"

鲁金虎说："不信，我明天带你去看看。"

甜杏点头说："好吧。"

熹园位于秦汉市的西南角，开车从绕城南路下来，朝西北眺望，就能看到一片鳞次栉比的高楼群，再向前不多远，就到了熹园的西大门。大门口，人造喷泉喷出的水花，像小朋友张开的小手欢迎人们的到来，喷泉四周被翠绿的冬青环绕着。冬青外围，根据季节的不同，摆放着各色的花卉，格外惹人喜欢。

进了大门不足二十米，像船一样造型的人工湖就会吸引人们的注意。鹅卵石铺成的湖底，被一汪碧水覆盖着，清澈见底。红色、黄色以及其他颜色的鱼儿，成群结队地在水里游着，湖水看起来绚丽多彩。孩子们到了假日或者放学以后，总会带上自己爱吃的食物，来和这些小精灵分享。习惯了被喂养的鱼儿们也会毫不客气地跳出水面，争着抢食这难得的美味。

端午前后，湖中的荷花高高地浮出水面，像亭亭玉立的少女，在荷叶的映衬下羞答答地望着四周的人们。孩子们拿起长长的水枪，把一串串的水珠打在荷叶上，发出嘭嘭的响声。这些珍珠似的水珠瞬间从荷叶上滑落，掉进湖中，惊得鱼儿飞快地向四周散去。

过了人工湖，就是孩子们的乐园。每当放学时，一片笑声和呐喊声就会汇集在这里。幼儿园的小宝宝们会排着队，鱼贯而上，一个一个地从滑滑梯上溜下来，发出欢快的叫声。而一些调皮的大哥哥也会加入这些小宝宝的队伍。为了显示他们的力量，这些调皮的哥哥会从滑滑梯逆势而上，到了顶部又反身滑下来，和小宝宝们分享不一样的感觉。

文静的小姐姐们会排着长队去荡秋千。她们穿着各色漂亮的裙子，细长的腿儿用白色的袜子包裹起来，再穿上白色或红色的凉鞋，一起娱乐。小姐姐们把秋千荡得飞快，小脚呼地指向天空，又呼地落到了地面。风儿把小姐姐的裙子吹起来，就像鼓起的气球，逆风时又贴在身上，像漏了气的气球。每到惊险的时候，小姐姐们都会发出一阵阵尖叫。

熹园的形状像一个紧握的拳头，把居住在房子里的人们紧紧地聚拢在一起。上千米的环形跑道，把整个小区连在一起。茶余饭后，这里的人们或散步，或锻炼，一派温馨。

院子里种植了各种各样的树木和花草。刚过了春节，雪白的杏花就会像赶着趟似的早早地开放了，那白色的精灵在给暮气沉沉的冬天提了醒，春天来了。桃花也不甘落后，把她粉红色的花衣露出来，给大地增添芬芳的色彩。当杏花、桃花铺天盖地地开满熹园时，人们走到院子的角角落落，都会闻到淡淡的花香。忍不住走近杏花、桃花盛开的树下，浓浓的花香扑入鼻孔，沁入肺腑，滋润着心房，轻轻闭上眼睛，伸出双手，那白色或者粉红色的花瓣滑过你的脸颊。慢慢睁开双眼，那白色、粉红色的花瓣早就落满了你的掌心。

微风吹过，厚厚的花瓣落满了甬道。当你踏上这甬道时，你不由得像守护自己的孩子一样，慢慢地行走，生怕踩疼了她似的。几片花瓣随着你的脚步起舞，轻盈地拂过你的脚面。

当孩子们的笑声随着学校的铃声消失在熹园时，最热闹的地方变成了院子里的花园凉亭。白头发的、花白头发的大叔大爷就会在这里对着楚河汉界出谋划策，排兵布阵，这里既有张良、萧何的锦囊妙计，也有苏秦、张仪的合纵连横。直杀得天昏地暗，烟雾腾腾。爱清静的大姐、大姨三五成群地在小区散步，爱锻炼的爷爷、奶奶练起各式气功或者五禽戏，生机勃勃。

院子西南有一片竹林，虽然不大，但却是鲁金虎非常留恋的地方。每次走过这里，他都会伸出右手，轻轻掠起路旁的竹叶。有时，他会停下来，深深地呼吸一下这里清新的空气，让那淡淡的竹香滋润他的心房，让他可以感受到家乡的味道。只有在这时，他才能回忆起他和甜杏小时候幸福的时光，回忆起他们俩在竹林捉迷藏、冒着细雨采蘑菇的情景。

鲁金虎带着甜杏到达熹园时，正是华灯初上。大门两旁的大树上，星星点点的彩灯刚刚亮起。两旁的行道树上一闪一闪的满天星彩灯，一直从树干缠到了树顶，人们从挂满彩灯的路上走过，仿佛走进了“银河”，这“银河”一直向小区里延伸，漂亮极了。

甜杏指着头顶一闪一闪的彩灯对鲁金虎说：“金虎哥，你看这星星，多像小时候你带着我看到的天空呀！”

鲁金虎说：“是的，这就是银河。”

甜杏对熹园很满意，就和鲁金虎在这里租房住下来了。鲁金虎则继续在人力市场做他的事。

十一　失落的秋娥

这天，快到吃午饭的时候，一个叫吴大锁的乡下人在市场上寻找会做家具的人，说自己家的柜子和一些小桌椅要修，鲁金虎告诉吴大锁说他会。

吴大锁问鲁金虎工钱咋算？鲁金虎说，工钱如果按天算，每天一百元，如果按件算，那就要看做啥家具。吴大锁说，他家的家具就是修修补补，没有多少活儿，就按天算吧。两人谈好价格，吴大锁说了声“好”，就带着鲁金虎去了他家。

吴大锁的家在东扶风镇皇寺村，离县城十来里路。他用摩托载着鲁金虎，一锅烟的工夫就到了皇寺村。吴大锁的家在村东头，三间大瓦房在院子靠南的方向盖着，两间住人，一间既做厨房又当杂物间，其余的地方都是院子。

两人刚到门口，吴大锁对着里屋喊了一声：“媳妇，修家具的人来了。”

屋里的女人应了一声，然后走了出来。鲁金虎看见这女人，愣了半天，他简直不敢相信自己的眼睛。这女人膀大腰粗，脸色黝黑，一根大辫子梳在脑后。鲁金虎使劲眨了眨眼，仔细再看，这不是秋娥吗?

秋娥站在门口，吃惊地看着吴大锁请来的木匠。当他确认来人就是鲁金虎时，身子晃了一下，然后重重地倚靠在门框上，满眼的泪珠夺眶而出。

吴大锁看见秋娥突然流下了眼泪，不知道发生了啥事？忙过去问秋娥：“媳妇，你咋了？”

秋娥用手擦了擦泪水，怕吴大锁看出了内情，一边擦着脸，一边说：“刚出门让风吹了一下，没事，没事。”说着进了里屋。

吴大锁见秋娥没事，就领着鲁金虎看自己的家具，和鲁金虎商量修家具的方案，他心里好有个底。

鲁金虎进门后看见了秋娥，心里乱得像麻，哪有心思考虑修家具的事，他唯一想知道的是，秋娥是啥时候嫁到了这里的。鲁金虎假装看家具，心里却寻思着怎么能把吴大锁支开，他好问问秋娥，这是咋回事？他在院子走了两圈，突然有了主意，就对吴大锁说："你家的家具都是小问题，好修，你去街上买点儿乳胶和钉子，我来时走得急，带的乳胶和钉子不够用。"

吴大锁哪知道鲁金虎的心思，应了一声，给媳妇打了招呼，就骑着摩托出门了。鲁金虎看着吴大锁走远了，忙跑进里屋。秋娥看见鲁金虎，猛地扑上前抱住鲁金虎哭着说："金虎，我要离婚，我要离婚。"

鲁金虎丈二和尚摸不着头脑，被秋娥说的要离婚的话吓得半死，忙对秋娥说："你这是咋了？有话好好说嘛。"

这话要从秋娥离开鲁金虎出租房说起。

那天，村里人捎话说，她妈从崖上掉下来摔断了脊椎，她就急急忙忙地给鲁金虎留了字条，急急火火地赶到了医院，见妈妈腰上缠满了绷带，一动不敢动，只是嘴里发出喃喃的声音。看着妈妈痛苦的表情，她哭得死去活来。但再大的哭声，也治愈不了妈妈的腰伤。秋娥冷静下来后，便去找医生询问妈妈的病情。医生告诉她，要治好她妈的病，就要做脊椎固定手术，医疗费需要五万元。听到五万元这个数字，她忍不住又哭了起来。她清楚自己家里的情况，根本拿不出这么多钱给妈妈交手术费。她看着愁眉不展的老爸，心里难过得不是滋味。过了一会儿，护士过来催她快点儿交手术费，说耽搁了治疗，他们医院不负责任。

秋娥急得又哭起来，但也没啥主意。这时，王二妈提了一兜水果来看秋娥妈，看到病床上的秋娥妈，她嘴里不停地抱怨："哎呀，老姐姐呀，你咋这么不小心？摔成这样，让人心疼死了。"

王二妈在病床前嘟囔了半天，看见秋娥和她父亲愁眉苦脸，假装关心地问："这是咋了？现在医生的医术高明得很，能治好，能治好。"

秋娥爸叹了口气，说："病是能治，就是手术费要得高，我家拿不出来。"

王二妈附和说："这倒是，这倒是。"她眼珠一转，说："没钱是吧，那咋不去你亲家那里借呢？"

秋娥爸"唉"了一声，说："人家说没钱。"

王二妈眼睛一眨，叹口气说："唉，鲁家真是绝情呀！"王二妈围着病房转了两圈，突然把秋娥爸拉到一旁嘀咕了几句，秋娥爸为难地说："这咋行？"

王二妈说："鲁家太绝情了！你家出了这么大的事，他家都不来帮帮，这叫啥亲家？咱做出这事，他姓鲁的也无话可说，大不了咱把他家的一万元彩礼退了。"

秋娥爸"唉"了一声，蹲在一旁。

到了下午，王二妈领了个男人到了医院，见到秋娥忙介绍说："这人叫吴大锁，是皇寺村的。他愿意出五万元给你妈治病。"

听说有人愿意给自己母亲掏钱治病，秋娥当然高兴了，忙对吴大锁说："哥，那太谢谢你了！"

王二妈忙拦住秋娥，说："先别急着感谢，二妈还有话说。"

秋娥问："二妈，你还有啥话？"

王二妈对着秋娥嘿嘿一笑，说："人家吴大锁家的钱也不是天上掉下的，也是下苦力赚来的。"

秋娥点点头，觉得王二妈说得有理，就听她继续说："秋娥，二妈给你说，吴大锁现在也是个光杆，他愿意出钱给你妈治病，等治好了你妈的病，你就嫁给吴大锁吧。"

秋娥吃了一惊，忙问："二妈，你让我嫁给吴大锁？"

王二妈嘿嘿一笑，说："你听得没错，吴大锁掏钱给你妈治病，你嫁给他，这是天经地义的好事嘛！"

秋娥生气地说："二妈，你年前把我介绍给了鲁金虎，我们刚刚订了婚，还下了婚帖，你现在又要我嫁给吴大锁，这事天理能容吗？"

王二妈忙解释说："瓜女子，你说得没错。但你想想，我把你介绍给了鲁家，你们两家也算结了亲。可这回你妈摔断了腰，你爸到他家借钱，鲁家人躲着连个面都不见。你说这叫啥亲家？"

秋娥听了这话也很生气，但仔细想了想，对王二妈说："鲁家是鲁家，金虎是金虎，这是两码事。"

王二妈不屑地说："你这瓜女子，这么大的是非，你都分不清，以后让人家卖了还给人家数钱呢！"

秋娥扭过头去，说："我不管。"

王二妈看着倔强的秋娥继续说："你咋能不管呢？你妈在病床上躺着呢，等着钱治病，你妈的命重要，还是你的个人事重要？俗话说：嫁鸡随鸡，嫁狗随狗，现在这里有现成的女婿在等着你，又能掏钱给你妈治病，你何乐而不为呢？”

看见秋娥有点儿犹豫，王二妈给吴大锁使了个眼色，吴大锁会意，忙拿出五万元递到秋娥手里。秋娥看着沉甸甸的五万元钱，无奈地哭起来。王二妈见吴大锁没有动静，气得在他屁股上踢了一脚。吴大锁明白，忙拉着秋娥去住院部交费。

秋娥妈出院的第二天，王二妈和吴大锁逼着秋娥领了结婚证，秋娥就这样进了吴家的门。嫁给了吴大锁，秋娥才知道，吴大锁一年前和媳妇离了婚。听村里人说，他和媳妇结婚多年也没个一儿半女，媳妇提出离婚。后来，吴大锁找到王二妈，让她帮自己找个媳妇续弦，钱他愿意多多出。

鲁金虎听完秋娥的叙述，心里虽然替秋娥鸣不平，但内心也没有啥主意。他和秋娥在自己的出租屋住了一段时间，那是谈朋友。现在，秋娥和吴大锁领了证，是合法夫妻，秋娥要离婚，可就成了大事。

鲁金虎让秋娥冷静冷静，有话慢慢说。秋娥两眼泪汪汪地对鲁金虎说：“我和吴大锁结婚，是被王二妈和我爸逼的，我一百个不愿意。他又老又丑，还是个没用的东西。”

鲁金虎不知道秋娥说吴大锁是“没用的东西”是啥意思，再说他怕秋娥真的和吴大锁离了婚，再去城里纠缠他，他不就惹火烧身了吗？那样麻烦就大了。想到这儿，他忙劝秋娥说：“秋娥，我看吴大锁这人挺老实，也是个会过日子的人。你们已经结婚了，就好好和他过吧。”

听了鲁金虎劝说的话，秋娥怒了，说：“我过的这叫啥日子？我一天都不想在这家待了。”

鲁金虎觉得秋娥越说越上头，只是让秋娥冷静、冷静。

秋娥听到鲁金虎让她冷静，越发地暴躁，说：“你让我冷静，冷静，我冷静得了吗？我现在问你，我们订过婚，可你从心底里爱过我吗？”

鲁金虎愣住了，他没想到秋娥会问出这么尖锐的问题。从内心来说，他一天也没有爱过秋娥，他的心里只有甜杏。他和秋娥所做的一切都是身不由己。面对愤怒的秋娥，他现在不敢说出真话，但又不能再说假话，嘴里只能支支吾吾。

秋娥擦了擦眼泪对鲁金虎说：“你不敢说，我替你说吧。你从开始就看不上我，对吧？我又不是傻瓜，难道这点我能看不出来吗？金虎，可我是爱你的，你能感觉到吗？”

鲁金虎感到无地自容，只好羞愧地低下头。他没想到看上去老实巴交的秋娥并不傻，看事情清清楚楚的。鲁金虎明白感情这东西不能马虎，但也不是三言两语能说得清的。他爱甜杏，甜杏不管在他面前做出怎样的事，他都觉得好！秋娥对他很体贴，他能感到秋娥很爱他、想讨好他，但他跟秋娥擦不出一点儿爱情的火花。

鲁金虎想了半天，只好对秋娥说："秋娥，我知道你对我很好，我也感受得到。可爱情这东西很神圣，也很复杂，我和你接触了这么长时间，但我一点儿也找不到爱你的感觉。我有我爱的人，我只能对你说声对不起。"

秋娥失声痛哭起来，声音越来越大。这时，门外传来摩托车发动机的响声。吴大锁停好摩托车进屋，看见秋娥哭得一塌糊涂，忙问咋回事？秋娥却哭得更凶。

吴大锁见鲁金虎在一旁发呆，指着他的鼻子问："你把我媳妇咋了？"

鲁金虎摊开两手，一脸无辜地说："我……我就在这坐着呢，啥都没干呀！"

看着媳妇秋娥哭得泣不成声，吴大锁觉得都怪鲁金虎，他就是个"扫帚星"。自从鲁金虎进了自家门，他就发现鲁金虎贼眉鼠眼的不像好人，自己刚刚上街买了趟东西，秋娥就莫名其妙地大哭不止。他再也没有了修家具的心情，让鲁金虎快滚，越远越好。

鲁金虎看了一眼秋娥，秋娥趴在床上只是哭。有吴大锁在，鲁金虎也不敢再劝。他心想，最好还是离开这个是非之地，和秋娥的事以后再说吧。他背起干活的工具离开了吴家。

秋娥哭哭啼啼一直到半夜，天快亮时才安静了，睡到晌午才醒来。

吴大锁见媳妇醒了，把提前熬好的稀饭端到秋娥面前让她喝，秋娥说："我难受得很，肚子疼。"

吴大锁关心地说："可能是你昨天太伤心引起的吧。"

秋娥不想理吴大锁，刚想起身，突然一阵眩晕，踉踉跄跄地差点儿摔倒，吴大锁忙扶住她。秋娥抓住吴大锁的胳膊，说："我恶心得很，想吐。"可秋娥吐了半天，啥也没吐出来。

吴大锁有点儿害怕，忙对秋娥说："你这是咋了？秀宁婶她们在村口干活儿呢，她有经验，我扶着你去让秀宁婶看看吧。"

秋娥点点头。

秀宁婶正和村里的一帮媳妇干活儿，远远看见吴大锁搀着秋娥向村口走来，大家都有点儿好奇。狗剩媳妇嘴快，看见秋娥走来，忙说道："哟，秋娥肚子又大了一圈，看样子是怀上了？"

秋娥瞥了她一眼，说：“你不就想嘲笑我胖吗？看你的腰细得像麻秆，风都能吹倒，有啥用呢。”

狗剩媳妇脸一红，说：“开玩笑都不行了？”

秀宁婶忙劝道：“都是玩笑话，当啥真？”

秋娥“哼”了一声，走到秀宁婶身边坐下，压低了声音说：“婶子，我这几天肚子一直疼，今天更疼了，身子下面还带了血丝，你说，我这是咋了？”

秀宁婶用手摸了摸秋娥的脉搏，然后看了看她的面相，忙说：“秋娥，你好像怀上了，快让大锁带你去医院检查一下。我也说不准。”

听了这话，秋娥吓了一跳，知道这是要紧事，忙让吴大锁带着去医院检查。

狗剩媳妇看着远去的秋娥，嘲笑道：“秋娥真不知深浅，说她怀上了，是抬举她，呸。”

团团媳妇说：“奇怪呀，都说吴大锁是个‘样子货’嘛。秋娥咋能怀上呢？”

狗剩媳妇说：“哼，‘样子货’不‘样子货’的，她秋娥自己知道。”

团团媳妇看了一眼狗剩媳妇，笑着说：“妹子，要不你去找吴大锁试试水火，替大伙儿辨辨真假？”

周围人听完团团媳妇的话，哄堂大笑。

狗剩媳妇羞红了脸，骂道：“你嘴上是不是抹了屎，一股臭味。”

十二　巧遇同学

这天，鲁金虎正在人力市场等活儿，一个戴眼镜的年轻人过来问他：“会修下水道吗？”鲁金虎说：“会。”戴眼镜的年轻人递给他一个地址，让他去帮着修一下下水道。他给了鲁金虎一百元定金，说修完再统一算账。鲁金虎答应了一声，就按着那人给的地址去干活儿。

干活儿的地方是一个别墅区，里面有几套别墅和一些小洋房，鲁金虎一看这环境，就知道这里是富人区。他按着字条上的地址，按响了户主的门铃。开门的是一个年轻女人。那女人问明来意，把鲁金虎带到卫生间，说昨晚管道堵了，让他看着修一下。

鲁金虎三下五除二就疏通了管道，忙喊这家的主人验收。女主人试了一下水，见管道通了，对鲁金虎说了声：“谢谢。”

鲁金虎说："不用客气。"

女主人给鲁金虎倒了一杯茶。他接过茶喝了一口，抬头看了一眼女主人。女主人发现鲁金虎盯着自己看，有点儿不好意思，忙提醒鲁金虎快喝茶。鲁金虎知道自己失态了，忙解释说："不好意思，我就是觉得你好面熟，好像在哪儿见过。"

这女人笑笑说："是吗？"

鲁金虎环视了一下四周，发现客厅挂着一张照片，是女主人的全家福。

鲁金虎看着照片不觉惊讶起来，忙对女主人说："哎呀，我就看你面熟，你是不是苏亚洲的爱人？"

女主人诧异地看了看鲁金虎，疑惑地问："你是？"

鲁金虎忙说："我是鲁金虎，苏亚洲的同学。"

女主人恍然大悟，说："你不提醒，我都不认识了，多年都没见面了。"

"是的，是的。你和亚洲结婚那天见的。那天人太多，也没有顾上说话。"

"就是，就是。"

鲁金虎忙问："亚洲现在干啥呢？好久没有联系了。"

女主人说："亚洲前些年一直在西藏当兵，复员后开了个汽车出租公司，整天忙得顾不上家。"

"是吗？那太好了。亚洲开的公司在哪儿？我抽空去看看他。"

"在西门附近福园巷子。"

"那太好了，我明天就去看看。"说完，鲁金虎就背起自己的工具往外走。

女主人不好意思地说："看你忙了大半天，吃完饭再走吧，说不定亚洲一会儿就回来了。"

鲁金虎忙推辞说："今天还有其他事，明天我到公司去找他。"

第二天一大早，鲁金虎背着自己的工具到了福园巷子，三拐两拐就看见一座白色大楼，门外竖着一个牌子：金河汽车出租公司。他刚想往里走，保安挡住他问："你找谁？"

鲁金虎忙答道："找苏亚洲。"

保安说："苏总正在开会呢。"

鲁金虎晃了晃自己背的工具对保安说："没事，没事。我是公司请来修家具的，不影响。"

保安说："那你进。"

鲁金虎溜到会议室外，顺着门缝偷偷向里看，苏亚洲正对着员工发火，看起来很生气的样子。鲁金虎才不管这一套。他四下打量了一番，见会议室旁有个小房间，门半开着，他背着工具走进这房间，里面一个人也没有，估计都聚在会议室听苏亚洲训话呢。鲁金虎坐了半天，会还没开完。他看了看自己背的工具，心里有了主意。他从背包掏出斧头和锤子，对着一个座椅的底座使劲敲打起来。

一会儿，会议室走出一个小姑娘，她走到鲁金虎面前，生气地说："你乱敲啥？动作小一点儿，苏总正在讲话呢。"

鲁金虎抱歉地说："好，好。知道了，知道了。"

鲁金虎看那小姑娘进了会议室，又拿起锤子敲打起来。鲁金虎正敲得起劲，屁股被人狠狠地踢了一脚，他差点儿跌倒在地。鲁金虎猛地站起来，举起锤子就要打人。

踢人的人看着鲁金虎举起的锤子吓得一哆嗦。

鲁金虎高高举起锤子，看着踢他的人哈哈大笑起来。踢人的人惊魂未定，被鲁金虎的笑声吓蒙了。鲁金虎大喊一声："苏亚洲！"

苏亚洲这才缓过神来，看着举锤子的人，大声叫道："鲁金虎！"

两人哈哈大笑起来，互相指着对方说："是你？！"

苏亚洲用拳头狠狠捶了一下鲁金虎的肩膀说："你小子，也不提前通知一下，就来了个突然袭击，好意外，好意外。"

鲁金虎说："昨天不是去你家了吗？你爱人没有告诉你吗？"

苏亚洲说："昨天忙别的事，没顾上回家。"

鲁金虎笑道："怪不得呢，大忙人。"

两人边说边进了苏亚洲的办公室。

鲁金虎环顾了一下苏亚洲的办公室，二百平方米的面积，朱红色的老板桌，能旋转的真皮老板椅，棕红色真皮沙发，豪华的装饰看得鲁金虎直咂嘴，对苏亚洲赞叹道："老同学，厉害，厉害。"

苏亚洲嘿嘿一笑，说："一般，一般。"

鲁金虎说："别太谦虚。我知道，你毕业后就去西藏当兵了，现在混得不错呀。"

苏亚洲说："惭愧，惭愧。当年，我参军去西藏，分在部队汽车连。那些年，我们在雪域高原为国守边，运送物资，练就了一手好车技。复员后在市政府开了几年车。”

鲁金虎又问：“在市政府开车开得好好的，咋又想起开出租车公司了？”

苏亚洲一笑，说：“年龄大了，响应国家号召，下海创业。”

说着，两人不约而同地笑起来。苏亚洲问鲁金虎：“现在在哪高就？”

鲁金虎颓丧地说：“还高就？干的老本行，给人修家具、打零工、通下水道、修地漏。今天赚下钱就吃，没赚下钱就饿着。明天有吃的没吃的，不清楚。”

苏亚洲脸上不由自主地抽搐了一下，不好意思地说：“对不起，我不知道老同学的处境。”

鲁金虎忙自嘲道：“没啥，没啥，实话实说嘛。”

苏亚洲问：“那老同学今后有啥打算？”

鲁金虎叹息道：“唉，能有啥打算？走一步看一步吧。”

苏亚洲呷了口茶问鲁金虎：“如果老同学不嫌弃我的庙小，不如来我这里，我们一起干咋样？”

鲁金虎心里一颤，说：“老同学能容得下我？那太好了，求之不得，求之不得呀。”

苏亚洲说：“老同学只要不嫌弃，我们一言为定，明天你就来上班。”

鲁金虎说：“好！”

鲁金虎把遇到苏亚洲和要到金河出租车公司上班的事告诉了甜杏，甜杏也很高兴。她让鲁金虎在出租车公司好好干，不要觉得是老同学就放纵自己，要踏踏实实地把事做好。

鲁金虎说：“这个你放心，我会珍惜这个机会的。”

第二天，鲁金虎早早就来到金河出租车公司。苏亚洲说：“我们公司有一百多辆出租车。你是新手，公司的情况需要熟悉一段时间，你就从抓安全做起，怎样？”

鲁金虎问：“安全咋抓？”

苏亚洲说：“就是戴上安全员的袖章，到大街上转转，看见我们公司的车，检查一下车况，看看驾驶员的精神状态，检查一下我们的车有没有违章的和违反公司规定的事，这个能做到吗？”

鲁金虎嘿嘿一笑，说：“这个简单，能做到。”

苏亚洲说：“那就好。”

苏亚洲叮咛鲁金虎，找个时间练练车，过段时间给他配辆安全检查车，他管的范围就扩大了，鲁金虎答应说没问题。

鲁金虎戴上安全员的红袖章，把公司的各项规章制度拿在手中边走边学，边走边看，没几天工夫，他对出租车的安全管理有了初步的想法。这天早上，鲁金虎正在路上进行安全检查，看见自己公司的一辆出租车开过来，他向司机招了招手示意他靠边停下。司机叫李二贵，他知道自己的车要接受公司检查，忙把车靠边停下。李二贵摇下车窗玻璃探出头对鲁金虎说："鲁督查，检查呢？"

鲁金虎答应了一声，问："路上情况咋样？"

李二贵说："一切正常。"

鲁金虎凑到车前，发现李二贵脸色发红，他再凑近一些，闻到一股淡淡的酒味，鲁金虎忙问："二贵，你是不是喝酒了？"

李二贵愣了一下，说："没……没有呀！"

鲁金虎说："那我咋闻到你身上有酒味？"

李二贵恍然大悟，对鲁金虎说："鲁督查，我是昨晚睡不着，喝了几口，现在的酒味是昨晚留下的。"

鲁金虎警告说："喝酒是不能开车的，公司有规定。"

李二贵嘿嘿一笑说："鲁督查，昨晚喝的，马上酒劲儿就散了，没事，没事。"

鲁金虎说："这恐怕不行吧，出了事故了不得。"

李二贵嬉皮笑脸地说："鲁督查，以前都这样，晚上喝完早上照常开，从来没有出过事。"

鲁金虎疑惑地问："真的吗？"

李二贵肯定地说："真的，真的，不骗你。"

鲁金虎抬头看了看天，太阳升得老高了，估计了一下时间，就叮咛道："那你以后记住，开车前一天不要喝多。下不为例。"

李二贵答应一声，高兴地开着车走了。

吃过中午饭，鲁金虎刚想休息，有人向他报告，李二贵的车出事了，把养殖场的一头小奶牛轧死了。鲁金虎听到消息头嗡的一下，想起早上查车的事，他知道，这是酒驾惹的祸。他使劲捶了几下头，对自己不负责任导致公司的车出了车祸非常自责。他没敢告诉苏亚洲自己失察的事，心里明白自己刚刚来到公司，位子还没坐稳，如果是自己的原因给公司造成损失，怕受到公司的处罚，再丢了工作，他和甜杏又要过苦日子。他没敢把真相告诉苏亚洲，只是给苏亚洲说去处理事故，就赶往李二贵的出事现场。

十三　会产牛奶的“公牛”

李二贵出事的地点在郊区崔家洼附近。这里一座座小山包绵延向前，形成复杂的沟壑地貌。一条乡间公路像一条缠绕的大蛇，顺着山路蜿蜒而上。李二贵出事的地方正处于两座山包之间，由于路窄弯急，刚过了一座山包，一头小奶牛突然从路边草地窜出，跑到了路中央。李二贵避让不及，小奶牛被撞飞，当场死亡。

李二贵见闯了大祸，忙停下车向交警队报案。养殖场的人发现死了牛，几个人把车拖进了养殖场。

鲁金虎到了养殖场，接待他的是五十多岁的一个老汉，姓蔡，自称养殖场的老板。

鲁金虎笑嘻嘻地对蔡老板说：“是我们金河公司的出租车把你家奶牛撞了，我代表公司向你道歉。”

蔡老板瞥了鲁金虎一眼说：“赔情道歉倒不必了，不就是撞死一头牛吗？你拿一万元来，赔了牛钱就行。”

鲁金虎一龇牙，说：“就撞死个小牛犊，值不了一万元。”

蔡老板一瞪眼，说：“你说啥？不值一万？我的牛犊长大了要产牛奶，还要下小牛犊，赔一万都少了！”

鲁金虎赔笑道：“我听说撞死的牛犊是公的，下不了牛犊。”

蔡老板怒了，说：“公的，公的咋了？公的能做种牛，更值钱。说一万就一万，一分都少不了。”说完，蔡老板砰地把门关上，进了里屋。

鲁金虎被晾在那儿，半天不知道说啥好。鲁金虎明白，蔡老板现在还在气头儿上，自己现在走了，后面的事就不好办了。他索性顺着养殖场乱转。这个养殖场就坐落在公路的旁边，几间牛棚里养着十几头奶牛，他顺着牛棚往里走，看见奶牛正低头吃着草。绕过牛棚，他看见李二贵的出租车就停在那里。他刚想上前，蔡老板从屋里出来对着他喊道：“胡转啥呢？往出走！”

鲁金虎知道蔡老板是在警告自己，也没往心里去，心想：蔡老板能走出屋，就能再说上话，胡拉乱扯说不定事就解决了，总比冷战强。他应答了一声，跑到蔡老板面前，没话找话地说："蔡老板养的牛壮得很，收入一定不错吧。"

蔡老板叹了一声气，说："啥叫不错？养牛的不如卖水的。"

鲁金虎忙问，这是为啥？

蔡老板抱怨说："卖水的只要个运费，养牛的可就不一样了。"

鲁金虎忙问："你养的奶牛天天有牛奶卖，收入应该是固定的，咋会靠天吃饭？"

蔡老板叹了一口气，接着说："你只知其一，不知其二，养牛人的难处只有自己清楚。"

其实，蔡老板虽然是个养殖场的老板，实际上就是个养奶牛专业户，几十头奶牛说多吧，数量还算不少；说小吧，还有一定产量。刚开始养牛时，秦汉市养奶牛的人少，城里收购牛奶的奶站每天都来收购他们的牛奶。由于受季节和奶牛产量的制约，收奶站在他这里收购的牛奶时多时少。春季，奶牛产奶量大，但奶价低，收入并没随着产奶量的增加而提高。而到了冬季，奶牛产奶量低，奶价高了，但收购站收奶时一滴奶也收不到，白跑一趟。随着时间的推移，秦汉市养牛大户不断出现，收奶站不再上门收购他们的牛奶，他们只好自己去送牛奶到收购站，费人费力不说，有时因牛奶质量不合格，收奶站拒绝收购，给他造成很大的损失。所以，他为卖牛奶的事头痛得很。鲁金虎一听，脑门一热，说："蔡老板，这事你找我呀，我有办法。"

说者无心，听者有意。蔡老板听了鲁金虎的话，心想遇到了救星，忙走上前拉住鲁金虎的手说："你有办法，那太好了！走，走，走，进屋喝茶。"

蔡老板把鲁金虎请进屋，忙泡上热茶，给鲁金虎斟上。

鲁金虎喝了口热茶，冷静了一下，心想：我的妈，咋糊里糊涂答应了这事。他灵机一动，心想既然答应了人家，就死马当活马医，现在后悔也没啥用。如果出尔反尔，后面李二贵撞死牛的事，处理起来更雪上加霜。答应了就认了，回头再想办法。俗话说，办法总比困难多嘛！

蔡老板递上一支烟让鲁金虎抽，殷勤地对鲁金虎说："看来，老弟路子挺广，能经营个大出租车公司，就能给人排忧解难，厉害，厉害。"说着竖起了大拇指。

鲁金虎抽了口烟，说："小事，小事。"

蔡老板见鲁金虎满口答应给自己销售牛奶，心里畅快了不少，忙说："要是老弟能把销售牛奶的问题解决了，那头撞死的牛犊就不赔了。说要你一万，那是吓唬你，那头牛值不了几个钱。”

鲁金虎咳了一声，心虚地说：“好办，好办。”

蔡老板问：“那啥时候卖奶的事能解决？”

“啥时候？”鲁金虎知道，这会儿要快刀斩乱麻，否则要出大事，就随口说道：“明天，明天。”

蔡老板高兴地说：“老弟办事真痛快，痛快。”

看着蔡老板喜悦的表情，鲁金虎口里像吃了苦胆，心里乱得像麻，六神无主。这时，蔡老板说：“那我明天就去你公司找你。”

鲁金虎随口答道：“好，好。”

离开养殖场，鲁金虎暗暗骂自己糊涂，去处理事故，却接了卖牛奶的活儿，自己是吃饱了撑的。回到公司，他把要替人卖牛奶的事告诉了苏亚洲。

苏亚洲气得半死，说：“你这事惹大了，牛奶卖不出去，一万元的事故损失，两万元都处理不了。”

鲁金虎被苏亚洲训得直发冷，半天一言不发。突然，他的视线落在了公司墙上的安全制度上，转怒为喜，说：“苏总，有办法了。”

苏亚洲一愣，问：“啥办法？”

鲁金虎胸有成竹地说：“明天早上召集人开安全教育会，卖牛奶的事就解决了。”

苏亚洲吃了一惊，说：“啊！你胡说个啥？处理这事能这么简单吗？”

第二天一大早，出租车公司安全教育会议按时开始，每位司乘人员的面前都放了杯牛奶，鲁金虎站在台上，说：“大家最近辛苦了。你们每人面前都放了一杯牛奶，现在将牛奶喝了。”

大家面面相觑，交头接耳，不知道为啥公司还有这样的好福利。几个胆大的拿起牛奶喝了起来，喝完顺口说：“好喝，好喝。”

等大家喝完牛奶，鲁金虎说：“今天，大家喝的牛奶是我请大家喝的，这牛奶就是昨天李二贵撞死的那头奶牛它妈产的奶。”

会议室一片哗然，鲁金虎示意大家静静。他接着说：“我们公司的人撞死了奶牛的儿子，还在喝人家妈的奶，你们不觉得残忍吗？”

会场传来几声小小的议论。

鲁金虎涨红了脸说：“这话听起来别扭，但这就是事实，不可否认的事实。”

鲁金虎看了看李二贵，继续说：“还好。李二贵撞死的是一头牛，如果是人呢？撞死的是人呢？在座的所有人还能有好心情吗？”

会场一片静默。

鲁金虎清清嗓子，说：“李二贵撞死了牛，我也有责任。昨天早上，我检查出租车安全时碰上了李二贵，发现他脸色通红，身上一股酒味，但我被李二贵的花言巧语蒙蔽了，放了行，后来发生了撞死牛的事故。现在想想，我多么后悔啊！”

鲁金虎停顿了一下，说：“当时，如果我坚持原则，不让李二贵开车上路，这次事故就完全能够避免。可是，可是一切就这样发生了，悄无声息……自今日起，我再发现谁敢酒后开车，看我会不会把他的尻子踢烂。”

场下一片笑声。有人喊：“公司还有几个女司机，你敢把她尻子踢烂吗？”

会场又是一片笑声。

鲁金虎用手指了指说话的人，面带怒色地说：“严肃点儿。”鲁金虎清了清嗓子，继续说：“话糙理不糙。我做事可是说一不二，大家走着看。”

这时，苏亚洲站起来开始讲话：“刚才，鲁督查把问题都讲清楚了，安全生产无小事。刚才，你们喝的牛奶是鲁督查自己掏腰包请大家喝的。这是他对自己失责的自罚，请大家引以为戒。谁以后敢以身试法，撞上枪口，鲁督查今天的例子就是惩罚的标准，请大家相互监督。”

会议就要结束，鲁金虎问，谁认识奶牛收购站的人，或者有这方人脉的，到时候和他联系。

会后，一个叫武久梅的女司机找到鲁金虎，说她舅叫张忠孝，是秦汉市牛奶收购站的负责人。鲁金虎把自己的想法告诉了武久梅，问她能不能让她舅帮忙收购蔡老板的牛奶，把蔡老板卖牛奶难的问题解决了，李二贵事故赔偿的事顺便就解决了。武久梅说，她去问问她舅舅。

很快，武久梅的舅舅张忠孝回话说，这事不好办。鲁金虎知道卖牛奶的事解决不好，那麻烦就大了。鲁金虎并不死心，她让武久梅联系她舅舅，想和他当面谈谈。

武久梅的舅舅张忠孝勉强答应了见面的事，但收购牛奶的事并不好解决。张忠孝说的原因和蔡老板说的卖奶难问题一模一样。鲁金虎忙问难在哪儿？啥原因？

原来，这里也曾经有牛奶集中收购点，就在蔡老板的养殖场。但是，在集中收购点建立起来后管理出了问题。这些养牛户都是附近的农民，乡里乡亲的，牛奶收购价格随季节波动是很正常的事，但在收购集中后，价格并不是随季节波动：一些养殖户想把卖牛奶的价格卖高点，就交给外面的人，不到集中收购点卖奶；价格低了又回来卖给集中收购点。还有一些利欲熏心的人为了获得高额利润，在牛奶里掺加杂质，奶品质量也没法保证。后来这事惹怒了人家收购站，人家不来收奶了，大家都傻眼了，现在大家卖奶都成了问题。

鲁金虎对张忠孝说："张站长，我看这事能办，主要是管理出了问题。只要加以改进，问题就能迎刃而解。现在由我牵头，把你们的牛奶收购点恢复起来，养牛的人和收购站签订收购合同，抛开乡情，严格按合同执行，谁违反了就按合同处罚。有了前面牛奶收购难的问题，这些养牛人也有了和蔡老板一样的教训，我们再随时监督一下这些养牛人，问题就会迎刃而解。"

鲁金虎接着说："我观察了一下崔家洼那里村子的分布，他们养奶牛的模式和蔡老板差不多，都是一家一户，各自为营，肯定也会遇到卖奶难的问题。最近几年，崔家洼一带养牛专业户增加了不少，牛奶产量也上去了，也具备了恢复收购的条件。"

张忠孝说："这个收购点可以考虑，但我们收购站人力不足，如果能把附近的牛奶集中一下，养殖户能按合同执行收购价，形成规模，我们可以考虑恢复收购。"

鲁金虎忙说："这个事我去办。你们收购站不用操心了。"

张忠孝说："那好吧，你们按这个方案实施，我们就来收购。"

鲁金虎把建立收购点集中收购牛奶的想法告诉了蔡老板。

蔡老板面露难色，说："难呀，难呀。现在就是要签合同，按合同办事。靠乡情不灵了，只要找一个办事公道的人来管理，收购点就能恢复。"

鲁金虎在崔家洼一带到处寻找，终于找到了合适的管理人。在鲁金虎的撮合下，崔家洼的牛奶收购点又可以恢复了。蔡老板很是感动，没想到因祸得福，一次车祸解决了他们卖奶难的问题。恢复了收购点，自己也有了意外的收获，他抓住鲁金虎的手说："太感谢你了，你给我们养牛户帮了大忙。"

鲁金虎说："能帮的忙一定帮，小事，小事。"说完，鲁金虎颇有深意地看了一眼蔡老板，蔡老板恍然大悟，忙说："都忙糊涂了，撞死牛的事就不赔了。那头公牛犊不值几个钱。"

鲁金虎忙拦住说："一码归一码，一定要赔，公平合理。"

蔡老板说："撞死了牛，我们管理也有责任。公牛犊不值几个钱，那就赔五百元吧。"

办完手续，鲁金虎回头对蔡老板说："你们养殖场以后也要多注意安全，把牛管好，再不能让牛到公路上乱跑了。"

蔡老板忙说："一定，一定。"

十四　甜杏的喜讯

鲁金虎领到了金河出租车公司发的第一月工资，高兴极了。这是他有生以来一个月挣到的最多的钱。他把一万元钱拿在手中，第一个想到的就是给甜杏买几件新衣服。自从甜杏和他住进熹园，身上还没穿过像样的新衣服。

他来到超市服装柜台前，看见一套橘色女士套裙，就按照甜杏的身材号码让服务员拿了一套。他又想起这段时间甜杏外面穿的衣服看起来新一些，可穿在里面的贴身衣服都破破烂烂。他走到女士内衣专柜，给甜杏买了几套红色的女士内衣，心想着甜杏穿上，晚上睡觉时既好看又舒舒服服的。

鲁金虎高高兴兴地拿着新买来的衣服，想给甜杏一个惊喜。

他偷偷打开家门，没有看到甜杏开门迎接他的身影。客厅的灯没亮，只有里面房子露出微微的亮光。鲁金虎感觉家里气氛和往日不同，忙放下手里的衣服往里走，看见甜杏躺在床上，脸色蜡黄，他心里发慌，忙上前去问："甜杏，你咋了？"

甜杏微微地动了一下身子，对鲁金虎说道："没事，肚子不舒服。有点儿恶心，想吐。"

鲁金虎说："那快去医院看看，别耽搁了。"

甜杏说："没事，一会儿就好了。"

鲁金虎有点儿生气，说；"你咋这么马虎？万一身体出了问题，那可咋办？"

甜杏笑了笑，说："金虎哥，你莫急。我口渴了，去倒点儿水。"

鲁金虎说声好，忙给甜杏倒了杯水，让甜杏喝。甜杏喝了几口水，说好多了。

鲁金虎还是不放心，追问道："现在感觉咋样？"

甜杏点点头，说没事。她又让鲁金虎仔细看看自己的身体。鲁金虎观察了半天，摇了摇头说，没发现啥问题。

甜杏不好意思地埋怨鲁金虎，说："没救了，我这月例假没来。"

"为啥？"

"为啥？问你自己。"

"问我？"

甜杏对着鲁金虎说："呸，你自己做的事，自己忘了？"

"我做啥事了？"

甜杏见鲁金虎半天想不明白，咬了咬牙，说："你傻不？我有了！"

鲁金虎突然感觉脑中一片空白，冒了一身冷汗，接着一阵兴奋，对着甜杏说："真的吗？"

甜杏"哼"了一声，笑着骂道："瓜子货。"

鲁金虎一阵狂喜，高兴地把甜杏抱起来，亲了又亲。

甜杏让鲁金虎把自己放下，然后说："明天再检查一下，就能确定了。"

甜杏突然脸色一变，说："我们还没正式结婚，我就有了，这咋办？"

鲁金虎说："这个好办，明天我们就去领结婚证。领完证，我还要把咱家的亲戚邻里都请来，摆上三十，不，五十桌流水席，让十里八乡的人都知道，我鲁金虎娶了赵甜杏，娶了个漂亮媳妇。"

甜杏害羞地笑了。

这天晚上，鲁金虎和甜杏躺在床上。他摸着甜杏的肚子，说："让我听听咱儿子在干啥？"说着就把脸贴在甜杏的肚子上。

等了好半天，甜杏问："金虎哥，你听见了啥？"

鲁金虎若有所思地说："我儿子好像在打太极拳呢。"

甜杏用手指着鲁金虎的头说："你就会胡说，现在娃和米粒一样大，还会打拳？"

鲁金虎傻傻地望着甜杏，嘿嘿一笑。

甜杏问鲁金虎："那给我们的孩子取个名字吧。"

鲁金虎想了想，说："我们的儿子就叫鲁开元，开元盛世嘛！"

甜杏觉得这个名字气派，有气势。她犹豫了一下，又问道："你只想着儿子、儿子，要是生个女儿咋办？"

鲁金虎挠了挠头，说："女儿？生个女儿那就叫西施。沉鱼落雁之容，闭月羞花之貌。沉鱼就指的是西施。”

“这个多难听，谐音不好，重换一个。反正我觉得这个名字不好听，重换一个。”

鲁金虎想了想，说：“那就叫昭君，是沉鱼落雁中的‘落雁’。”

“鲁昭君？”甜杏想了想说：“这个名字好听。”

甜杏和鲁金虎商量到半夜，你来我往，高兴得不得了。

第二天，鲁金虎陪着甜杏去医院检查，确诊甜杏是怀孕了。鲁金虎像对待宝贝似的把甜杏带回家，让甜杏尽管坐着，好好养胎，其他的家务事就交给他做。甜杏看着他笨手笨脚的样子，也不放心，对鲁金虎说：“我也不是你想象中的那么金贵，只是注意一下就行了。”说着，就和鲁金虎一起干活儿。

鲁金虎陪着甜杏去商店买了些养胎必用之物，添了好多孕妇衣服，还买了甜杏爱吃的水果和各式点心，甜杏感到鲁金虎对她真好，心想：这才是她的真爱。

随着孕期的增长，甜杏的反应越来越强烈，有时几天都不想吃饭。鲁金虎陪她去医院做了几次检查，医生说一切正常。

鲁金虎也是大姑娘坐轿头一回，看到甜杏身体反应得特别厉害，也不知所措。甜杏知道鲁金虎对她好，把她照顾不好，自己心里也难受，但照顾孕妇他也是个外行。甜杏想了好几天，对鲁金虎说：“金虎哥，我在这儿你也帮不上忙，还把公司的事耽搁了，不如送我回老家。我妈在这方面有经验，还能把我照顾好，也对孩子有好处。”

鲁金虎说：“我舍不得你走。”

甜杏也依依不舍，说：“金虎哥，我是回老家，又不是生离死别。咱家离这儿也不远，你没事了多回来看看我，不就完了嘛！”

鲁金虎见甜杏执意要走，觉得甜杏也言之有理，就按着甜杏的想法把他暂时送回老家。

十五　安全平台

鲁金虎把甜杏送回老家，知道甜杏妈在照顾她，心里平静了许多，一门心思想着公司安全的事。他在巡回督查时发现，公司的出租车像一盘散沙，公司的出租车究竟在哪条街道跑，没人说得清楚。比如说，在路上检查车辆安全，碰上了公司的车还能检查一下安全出行是否到位等，碰不上的车好多天公司也不知道车辆是啥状况，公司的安全管理存在重大隐患。为了解决这些隐患，他想了一个好主意，忙去向苏亚洲建议。他告诉苏亚洲，为了加强公司安全管理，杜绝安全隐患，公司迫切需要建立安全管理平台，公司的车辆都要拉入这个管理体系。现在市面上比较先进的通信工具是对讲机，如果公司能给每辆车配备一部对讲机，实现对全公司所有车辆的统一调度，既有利于车辆安全行驶，对车辆的经营也有好处。通过公司的统一调度，市里的客源也一目了然，客源密集的区域迅速调动车辆增援，既减少了客人等待的时间，也节省了车辆运营成本。通过安全平台的调度，每天都能对车辆出行安全进行检查，对存在问题的车辆第一时间进行管控，避免恶性事故的发生。

苏亚洲看了看鲁金虎，嘿嘿地笑了，他对鲁金虎说："看来，你对公司的管理还是用心了，你提的建议非常好。"

鲁金虎说："我也是边学边干。"

苏亚洲说："你的这个提议，我很早就考虑了，而且把采购的设备都考察了。现在的难点是资金问题，资金解决了，购买设备的事就能实施。"

鲁金虎问："大概需要多少钱？"

"将近二十万呢。"

"啊！这么多！"

鲁金虎沉默了一会儿，对苏亚洲说："统一管理、统一调度是公司的当务之急，早一天运行，大家早一天受益。"

苏亚洲说："你说的没错，我也很着急，只是公司现在只能提供一半的费用，资金缺口还差十万。"

鲁金虎挠了挠头，思忖了半天，突然有了主意。他记得，今天前在路上巡查，看见一个商场贴着告示，欢迎各界人士投资入股，今天要解决买对讲机的资金问题，能不能让大家集资？出租车公司上百人，你拿一万，我拿五千，资金问题不就解决了吗？到时定个方案，谁投资，谁受益，何乐而不为呢？

他把这个想法告诉了苏亚洲。苏亚洲一喜，拍拍鲁金虎的肩膀笑道："你脑子挺机灵的。我看，这个方案可以试试。"

第二天，金河出租车公司贴出公告：为了提高公司服务意识，加强行车安全管理，经公司进行大量市场调研，决定筹备建设公司安全平台，以便提高出租车运营效率，使行车安全水平更上一个新台阶。为此，公司决定：由公司领导牵头成立公司安全平台，建设筹备领导小组，凡有意参加公司安全治理的人员可作为股东入股，设立安全基金，本公司车主均可参与。收益来源为享受到公司通信信息服务的收益方和安全奖分成。入股金额不限，但入股金额不得高出总资本金。

看到公告信息的车主一片哗然，议论纷纷。苏亚洲听到这些议论，告诉鲁金虎。鲁金虎一笑，说："大家讨论的越热烈越好，说明这事有前途。"

苏亚洲看着自信满满的鲁金虎说："你说有前途，我也觉得这事能成，到时你多向大家做解释。"

鲁金虎说："这个没问题。"

按照鲁金虎的思路，他自己先带头投资两千元，给大家做个表率。可他投了两千元后，连半个水花都没有溅起来，除了前几天的几声议论外，公司平静得很。鲁金虎猜不出原因，心急如焚。

这天，他正要出去路查，发现李二贵看见他后像躲瘟神似的跑了。他大喊一声，让他站住。

李二贵见鲁金虎发现了自己，嘿嘿一笑，说："鲁督查，你叫我？"

鲁金虎骂道："你看见我跑啥？"

"我怕你踢我尻子。"

鲁金虎骂道："一句玩笑话，你还当真？说实话，为啥？"

"我说的就是真话，没骗你。"

"是吗？我咋不相信。那我问你，你看见公司的集资公告了吗？"

"看见了。"

"那你为啥不投资？"

"我家没钱，投不起。"

"啥？"鲁金虎怒了，骂道："你家是拆迁户，能没有钱吗？你买的出租车是哪儿来的钱？"

"我，嘿嘿……钱都买了出租车，现在没有了。"

"少骗我，说实话，我问你，大家为啥不想集资？"

李二贵看了看四周没人，然后说："赵毛蛋给我说，这集资就是公司想骗大家钱。"

"公告不是说了嘛，集资是为了公司的行车安全，平台收益可以分红吗？"

"分啥红？赵毛蛋说了，买对讲机就是赔本的买卖，那东西就是个消耗品，用不了几天就报废了，又要掏钱买，赔钱货。安全平台有啥收益？就是糊弄人。”

鲁金虎说：“公告不是给大家讲清楚了嘛，安全奖的一部分就是收益，我们还要利用出租车公司这个资源，打造一个公共服务平台，联系一些集贸市场、流通专业户，为他们提供服务信息，收取合理的费用不就可以分红嘛，咋能是骗钱呢？”

“噢，原来是这样，和赵毛蛋说的不一样。”

为了打消李二贵的疑虑，鲁金虎看了看李二贵，说：“上次你撞死奶牛的事，我给你处理得满意吗？”

李二贵点头称是，说：“多亏鲁督查帮忙。”

鲁金虎说：“那不是帮忙，那是我的工作职责。现在搞集资，建平台，也是我的工作职责，是一样的道理。以后不要听其他人乱说，我们都是按照公司的规定办事。”

李二贵忙应了一声。

鲁金虎说：“你今天没事，就给大家把我刚说的话讲讲，告诉大家，集资的事是好事，也是大家的事。公司不会骗大家，好吗？”

李二贵嘿嘿一笑，说：“没问题，我这就去找大伙儿说说。”

没过几天，公司就集资了近十万元。鲁金虎长吁了一口气，这件事总算没白费功夫。这天，武久梅带着他舅舅跑到公司，说他把公司集资建平台的事给舅舅说了，舅舅也想给公司投点儿资，问鲁金虎意下如何。

鲁金虎说：“这个肯定不行，公司集资是有范围的，只局限于公司有股权的出租车司机，没有股权就是非法的，不行。”武久梅舅舅悻悻地走了。

时间不长，司机孙俊良笑呵呵地来找鲁金虎，说他也想集资，鲁金虎说欢迎。孙俊良问：“现在，大家集资了多少钱？”

鲁金虎说：“大概十万多一点儿吧。”

孙俊良说：“可以多投资点儿吗？”

鲁金虎说：“可以。”

孙俊良说：“我投资十万，但有个条件。”

“啥条件？”

“这个平台由我管理，我是第一股东。”

鲁金虎看了一眼孙俊良，心里一沉，说：“我们这个平台是集体平台，主要目的是公司出行安全，其他项目都是辅助性的，为公司整体利益服务。”

孙俊良说："你的这个设想太狭隘了。建平台就要有周密的部署、宏伟的规划、高额的收益。这样建这个平台才能越办越好。否则，就会半途而废，说不定还会胎死腹中。"

鲁金虎嘿嘿一笑，说："你的设想也不错，但我们的初衷互有差别。目的不同，结果就不同。这个平台不管谁出资多少，经营管理都是公司的，也就是全体股东的。股东的收益有多有少，但公司的经营宗旨是集体性质的。"

孙俊良拍桌子而起，说道："那你们这事恐怕不好办吧！我让你们这事办不成！"

鲁金虎一阵冷笑，说："我想试试。"

过了几天，鲁金虎和苏亚洲来到出租车管理处，把他们想建立金河出租车公司管理平台，购买对讲机的事给周处长进行了汇报。周处长说："你们要建出租车管理平台的事，我早就就知道了。"

鲁金虎不解，忙问："周处长，我们还没来得及向你汇报，你咋就知道了？"

周处长笑笑说："你们不来汇报，有人打小报告。"

苏亚洲问："咋回事？"

周处长说："无利不起早呀！"

原来，武久梅的舅舅张忠孝从他外甥女这里得知，金河出租车公司要搭建公司管理平台。他觉得，这是一个推动他们公司业务发展的商机，他们曾多次尝试建立自己的工作平台，由于建设成本高，业务推广费用超乎想象，几次尝试都以失败告终。现在，金河出租车公司要建管理平台，如果借助出租车公司强大的运营能力和影响力，把自己的业务融入安全管理平台里，既节约了成本，公司的宣传效应也会随着金河出租车公司的平台在全市展开，一举两得。

张忠孝亲自找鲁金虎作为试探，看能不能进入这个平台，但没有成功。于是，他又找到孙俊良想强行进入，希望通过控股，把金河出租车公司管理平台弄到手，没想到鲁金虎软硬不吃。他和出租车管理处的周处长关系不错，就提前把金河出租车公司准备建设管理平台的事告诉了周处长，希望周处长从中帮忙协调。

苏亚洲哈哈大笑，说："这是好事呀！何必转这么大的圈圈。我们建设的安全管理平台是个开放式项目。平台运营后，有需求的，都可以参与，同域外商家进行合作，我们求之不得。今后，张忠孝就是我们合作的首选。"

周处长说："这个太好了。"他又沉思了一下，说："你们建立这个管理平台是个新生事物，平台建立我完全支持，后续运营时肯定会遇到这样或者那样的问题，你们再和交通管理部门报备一下，如果没有大的问题，就抓紧落实。”

苏亚洲说：“谢谢周处长支持。”

在出租车管理处的大力支持下，金河出租车安全管理平台很快试运行了。

这天，苏亚洲让鲁金虎邀请牛奶收购站站长张忠孝来出租车管理平台参观。为了检验安全管理平台的运营效果，对安全运营平台进行了一次模拟检验。鲁金虎和苏亚洲决定利用给客户运送牛奶测试运营效果。

十六　见义勇为

这天，安全运营平台进行模拟测试。鲁金虎作为总指挥宣布：“金河出租车公司安全运营平台正式启动，请大家积极参与。”

听到鲁金虎的调度声，安全平台一片哗然，各种笑声、怪叫声响成一片。

见此情境，鲁金虎大声警告道：“请各位驾驶人员注意，公司安全运营平台正式启动，请大家认真遵守平台各项规章制度，凡违反操作规程的人员，公司将按规定处理。”

这时，调度总台收到一个回音：“明白，坚决执行。”

鲁金虎听出这是李二贵的声音，忙鼓励说：“李二贵，好样的。”

“谢谢。”

“李二贵是个好同志。”

“哈哈，给李二贵奖励。”

安全运营平台发出各种声音，鲁金虎知道，现在平台刚刚启动，通过慢慢引导磨合，一切都会更好。

按照流程，鲁金虎发出指令：“现在，收到一条信息，新兴路牛奶收购站有一箱牛奶，是新兴路牛奶收购站献爱心，赠送给敬老院的礼品。收购站人手不够，想通过我们的安全运营平台把这份爱心送到泰山路18号敬老院，有哪位在此区域运营，请回答！”

很快，有三位司机回复在新兴路附近运营。这时，武久梅回复，她就在新兴路牛奶收购站，牛奶已经拿到了，但她要到招商广场送客人，只能把牛奶送到康源路口，请平台调度。

鲁金虎听到武久梅的回信，开始在安全平台喊话："在康源路附近的车辆注意，听到请回答。"

这时，有两位驾驶员回答在附近。一位驾驶员还回复他刚送完一个客人，可以等。

鲁金虎说："谢谢你的配合，我马上通知武久梅，给你记一分。"

"谢谢鲁督查。"

"不客气。"

安全运营平台运行了几天，虽然个别地方并不让人十分满意，但总算有了良好的开端。现在剩下的就是不断总结经验，取长补短，尽快完善运行模式了。

这天，金河出租车公司收到秦汉市公安局的协查通知，说有一名外省通缉要犯可能在我市活动，该犯罪嫌疑人叫华润路，年龄三十六岁，身高一米七五左右，体形微瘦。如果发现嫌疑人线索，立即向公安机关报告。鲁金虎把协查公告贴在金河出租车公司醒目的位置，让大家记住犯罪嫌疑人特征，发现可疑人员，及时报告。

协查报告发出后，安全运营平台没有收到任何可疑信息，一切风平浪静。

一天下午，驾驶员刘晨询问平台说，公安通知的犯罪嫌疑人是男是女？鲁金虎听到这话，不由得骂道："你长眼着没？男女都分不清，协查公告有照片，你看不出那人是男的吗？"

刘晨忙解释道："男女我当然分得清，可刚才我拉的一个客人一身女人装扮，但那女人长相特别怪，非常可疑，就怕他男扮女装，所以问问。"

鲁金虎心里打起了鼓，忙说："刘晨，对不起。那现在这个人在哪呢？"

刘晨说："我看到那个人很奇怪，就说我车轮胎气压不足，让他下车了。"

鲁金虎问："你知道这人可疑，为啥不找理由把他稳住？"

刘晨说："我怕他真是通缉犯，用刀把我捅了。"

鲁金虎气得牙痒痒的，真想骂人，他忍了忍，问："那人在哪儿下的车？"

刘晨说："在广福路附近。"

鲁金虎不敢怠慢，忙通过安全运营平台通知各位驾驶员："刚才，我公司驾驶员刘晨在广福路附近发现疑似公安通缉的犯罪嫌疑人，请各位驾驶员特别留意。同时通知大家，嫌疑人是男扮女装，请各位注意观察乘坐的客人面貌，发现目标，暗语报告。提醒大家，也要注意个人安全。"

时间不长，安全运营平台有人报告："表哥，我是赵毛蛋。上周定的牛奶还要不？”

鲁金虎心里一震，他知道这是暗语，忙回复说：“要呀，上周定的，你咋才想起来。”

“表哥，这几天忙得很，把这事忘了，我送完这趟客人就去。”

“你现在在哪儿？时间能来得及吗？”

“表哥，我在康宁路，时间宽裕得很。”

“那就好，送完人就快点。”

“好的。”

鲁金虎听到暗语，马上让小葛开车往康宁路赶。一会儿，他们便来到康宁路。赵毛蛋把车停在路旁，鲁金虎忙行前去问情况，赵毛蛋说：“那客人就是在这里下的车，进了西边的胡同。戴着假发，穿着红褐色上衣，黑色裤子。看体形就不像女人。”

鲁金虎说：“谢谢你。现在马上打110报案吧。”

鲁金虎马上向110报告了发现犯罪嫌疑人线索的事，电话那头说马上出警。

鲁金虎知道迟则生变，就让小葛把车停在路旁，他两人顺着赵毛蛋指的方向朝胡同里走。鲁金虎边走边观察胡同两边的旅社和出租屋。

大约向前走了五百多米，鲁金虎注意到一家叫白玫瑰的旅社，这里位于胡同的十字路口，站在旅馆的窗户旁，周围几千米的情况尽收眼底。

鲁金虎感觉这里应该是犯罪嫌疑人的首选位置，就示意小葛和他进去看看。

旅店前台不大，服务员见他俩走进来，忙问：“你们住店吗？

鲁金虎迟疑了一下，说：“不住店，我们找个朋友。”

服务员问：“那客人叫啥名字？”

鲁金虎急中生智，想了想，说：“姓韦，海港人。”

服务员说：“我们这里没有姓韦的客人，你到别的旅馆看看吧。”

鲁金虎忙改口说：“客人前几天告诉我，说就住在这里。是不是还没到……”鲁金虎假装想了想又问：“刚才有没有客人住进来？”

服务员说：“没有。”

鲁金虎追问道：“昨天呢？”

服务员有点儿不耐烦地说：“这几天都没有客人住进来。”

鲁金虎问：“你们这里住的客人多吗？”

服务员说："不多，都是常客。"

鲁金虎用商量的口气对服务员说："要不我上去看看，也许我把客人名字记错了。"

服务员说："这不行，您没有这个权利。"

服务员越不让鲁金虎上楼，他心里越是生疑。他给小葛使了个眼色，小葛会意，径直走到服务台隔壁的房间，吸引服务员的注意。服务员见小葛乱闯，忙去拦追小葛。鲁金虎趁机进了楼梯间。

鲁金虎顺着狭窄的楼梯上了二楼。他走上楼梯，放慢了脚步，从各个房间门口经过，竖起耳朵仔细地听着房间里的声音。

鲁金虎刚走到二楼走道的尽头时，听到身后有开门的声音，刚一回头，一个黑影在他身后一闪。紧接着，他的后脑勺被什么东西打了一下，他脑袋嗡的一声就失去了知觉。

鲁金虎苏醒时，发现自己躺在医院的病床上。他看见自己手上打着点滴，忙问护士咋回事?

护士说："你让人打晕了，送到医院抢救了。都睡了一天了。"

鲁金虎吃了一惊。啊！发生了什么?

见鲁金虎苏醒了，护士忙出去报告医生。医生检查后说："没事了，注意卧床休息。"一会儿，苏亚洲带着鲜花走进病房，笑嘻嘻地对鲁金虎说："鲁督查，英雄，英雄。你是我们公司的大英雄。厉害了，厉害了！"

鲁金虎听完苏亚洲的话有点儿蒙，忙问咋回事？自己咋会住进医院?

原来，犯罪嫌疑人华润路，早在一个月前就住进了白玫瑰旅馆。他隐瞒了身份，告诉旅馆服务员说是自己被追债，无路可走，才逃到秦汉市，他给旅馆双倍的钱，希望旅店对自己的住店信息保密。旅馆为了利益信以为真，就按照华润路的嘱咐替他保密。华润路在宾馆住了段时间，一切风平浪静，他就放松了警惕，想到外边探探风声，所以早上就男扮女装坐上了金河出租车公司的车，没想到一出门就被刘晨盯上了。

鲁金虎和小葛根据安全运营平台提供的线索，尾随通缉犯来到白玫瑰旅社。

他俩只是凭一时的热情跟踪嫌疑人，根本不具备侦察经验。当他和小葛来到旅馆询问服务员时，嫌疑人早就观察到他们。加上服务员和小葛大声喧哗，也有服务员故意给华润路通风报信的可能。鲁金虎顺着旅馆楼梯向上走时，嫌疑人华润路已经做好了准备。当他走到旅馆走道的尽头，哪里知道身后的威胁，华润路猛地打开房门，趁他不备，用棍子向他后脑勺狠狠地打下去。鲁金虎毫无戒备，被打晕在楼道。接着，华润路跳窗逃跑。小葛发现有人从窗户跑了，知道情况不妙，一边大声呼喊抓坏人，一边顺着华润路逃跑的方向追，但早不见了嫌疑人的身影。小葛没有抓住犯罪嫌疑人，回头去找鲁金虎。当他看见鲁金虎时，他已躺在楼道不省人事。

由于鲁金虎到达白玫瑰旅馆之前，及时打110报告了犯罪嫌疑人的信息，派出所民警及时出警。犯罪嫌疑人华润路刚逃出旅馆，就被赶到的民警抓住了。

鲁金虎听完苏亚洲的叙述，忙说："我的天，本想去抓罪犯，差点儿死在人家手里，丢人，丢人。"

苏亚洲说："不丢人，你是大家学习的榜样。刚才派出所的领导来看你，你一直昏迷着。他们告诉我，虽然犯罪嫌疑人不是你亲手抓的，但你在这次追捕行动中立了首功，他们会为你请功的。"

鲁金虎羞愧地说："都让通缉犯打晕了还请功，实在不好意思。"

苏亚洲笑道："好就是好，坏就是坏。该表扬的就表扬，别太谦虚。"

秦汉市公安局给鲁金虎颁发了一面大大的锦旗，上边写着：见义勇为，时代楷模。鲁金虎羞愧地说："真不好意思，过奖。"金河出租车公司决定：鉴于鲁金虎同志在公司业务开拓中的突出贡献，即日起担任公司副总经理。

十七　土豆生意

这天，驾驶员武久梅从火车站接了两个外地客人。武久梅问道："你们两位去哪儿？"

两位客人对视了一下，一个说："我们是外地人，对这里不熟，就是想来这里的农贸市场看看，考察蔬菜市场。"

武久梅一听，觉得这些外地商客对本地物流不熟，能不能通过公司的安全运营平台牵一下线，为外地商客提供一些便利，实现双赢。听口音，这两名客商是甘肃口音。武久梅忙拉话说："我们这里最大的蔬菜交易市场是环城东口蔬菜交易市场，请问二位在这个市场有没有熟人？"

一名客人说："我们是第一次来秦汉市，对这里也不熟，就是想随便看看，如果有机会就做点儿生意，没机会就当旅游。"

武久梅说："如果两位客人对本地不熟，我们这里有一个平台，可以为外地客商提供服务。如果你们愿意，我可以帮忙介绍一下，怎么样？"

一位客人说："可以做蔬菜交易？"

武久梅说："这是个服务平台，以公益咨询为主，也提供力所能及的销售服务。如果二位客人不介意，不妨到我说的安全运营平台试试，说不定，能得到你们满意的结果。"

两位客人对视了一下，一位客人对武久梅说："这样吧，我们初来乍到，人生地不熟，你先把我们送到这里最大的农贸市场，让我们考察考察。之后我们再联系吧。"

武久梅听出了这两位客商的话外之音，知道他们把自己当成"托儿"了，就说："那好吧。你们住哪儿？我到时和你们联系。"

一位客人说："现在还没有定下住的宾馆，到时和你联系吧。"

武久梅说："好吧。"

武久梅把遇到客商的事通过安全运营平台提供给了鲁金虎。鲁金虎觉得这是个很好的商机。他从武久梅介绍的这两位客商的言谈举止中判断，他们对自己的安全运营平台不了解，存在疑虑，这在情理之中。鲁金虎并不死心，他让武久梅把二位客商的相貌特征和下车地点问清楚，然后在安全运营平台进行了公布，希望所有人遇到这二位客商时注意接待。为了表示诚意，鲁金虎又带着安全员小葛，一起去武久梅说的地方，看看能不能邂逅这两位客商。

环城东口蔬菜交易市场是秦汉市最大的蔬菜集散地，占地一千多亩，市场里聚集的客商近三千家，全国各地的新鲜蔬菜都通过这里转运到全国各地。鲁金虎来到蔬菜市场，转了十几条交易通道，但就是没发现武久梅说的那两位客商。他从得到武久梅的消息一直找到下午，跑遍了蔬菜交易市场的角角落落，都没有发现他要找的人。鲁金虎累得两腿酸痛，实在没辙儿，他只好坐在交易市场的石凳上，让僵硬的腿休息一下，心想这二位客商是不是已经离开了这里。他喝了口水，冷静了一下，在安全运营平台将两位客商的信息重新呼叫一下，看看平台里的人有没有反馈。

一会儿，有驾驶员反馈，他拉了两位客商，甘肃口音，送到了火车站温馨旅馆，但不能确定是不是平台说的客商。得到这个信息，鲁金虎心里有了想法：管他是不是，去看看再说。

鲁金虎来到火车站温馨旅馆，声称自己是甘肃人，问前台服务员有没有两位甘肃朋友在此登记住宿，服务员查了一下登记册，说："有，在207房间。"

鲁金虎说了声"谢谢"，就和小葛上了二楼。他一敲房门，一个操着甘肃口音的中年男子打开门，问："你找谁？"

鲁金虎一听这人的口音，再一看这人的外貌特征，和武久梅说的一模一样，就递上自己的名片，说："我是金河出租车公司的副总经理鲁金虎，来拜访一下你。"

这男人看了看鲁金虎递上的名片，说："我不认识你。"

鲁金虎忙解释道："是的，我们是初次见面，但我说个人，你就知道了。"

这人问："谁？"

鲁金虎说："你们是不是早上坐出租车到环城东口蔬菜交易市场。是个女司机送的。"

这人点点头。

鲁金虎又说："她是不是给你介绍我们公司的安全运营平台，说可以帮你们做一些蔬菜交易的事。"

这人说："是一个女的介绍的，她好像说姓武吧。"

鲁金虎忙接话说："对对对。她是我们公司的驾驶员，我就是她的领导。"

这人似乎明白了，他"哦"了一声，忙把鲁金虎让进屋。这人见鲁金虎进了房间，忙向沙发上坐着的人介绍道："马总，这位是早上送我们去农贸市场那位女驾驶员的领导，来拜访你。"

这位被介绍为马总的人迟疑地望着鲁金虎，说："哦哦，坐吧，坐吧。"

鲁金虎忙抢步上前，握住马总的手说："马总，很高兴见到您。"

马总握了一下鲁金虎的手，问："你们是怎么找到我们的？"

鲁金虎说："马总，不瞒你说，我们金河公司开发了一个安全运营平台，主要是对公司的行车安全进行管理。我们公司就运营着一百多辆出租车，驾驶员遍布全市，公司获得的商业信息量大。我们在管理好出租车运营的同时，就利用这一优势，在安全运营平台扩大了一些辅助性服务。比如，你们要做蔬菜交易生意，我们可以通过我们的安全运营平台，给你们提供力所能及的服务。你刚问我是怎么找到你的，我们就是通过我们公司的平台辅助服务找到的。"

马总吃惊地说："真的吗？"

鲁金虎忙说：“真的，真的。”

马总感叹道：“这么说，你们的平台可厉害了。”

鲁金虎说：“我们的平台刚刚建立，也有一些不尽如人意的地方，我们也在不断改进、完善。”

这时，刚开门的男人说：“我们是外地人，听说你们这里骗人的人很多。所以，早上那个女驾驶员说的话，我们根本就不信。”

鲁金虎笑笑说：“能理解，我们这里确实有一些害群之马，但好人还是占大多数。”

这人问：“那我咋能相信你是好人？”

鲁金虎刚想解释，小葛忙接话说：“我们鲁总可是秦汉市的名人，是我市的见义勇为英雄。”

鲁金虎忙阴拦小葛，说：“别胡说。”

马总瞪大了眼看着鲁金虎，问：“真的吗？”

鲁金虎笑着说：“小意思，小意思。”

小葛又补充说：“不信，我们一会儿去拿我鲁总的获奖证书给你看。”

鲁金虎忙制止道：“哼，不要小题大做。”

马总忙站起来，半信半疑地握住鲁金虎的手说：“看看证书也好，让我们开开眼界嘛！真没有想到，这样的大英雄就在身边，怪我眼拙，眼拙。”

鲁金虎说：“哪里，哪里。”

马总忙请鲁金虎坐在身旁，让那人倒茶。

原来，这位马总叫马伟斌，是甘肃兴源贸易公司的总经理，刚开门的人是他的业务科科长，叫王树刚。

今年，定西地区土豆大丰收，由于销售不畅，大量优质土豆都积压在农户手里。他知道秦汉市土豆用量大，就和王树刚想到秦汉市考察考察，看能不能把农户手里积压的土豆卖了。

由于初来乍到，他们对这里的风土人情一无所知，就处处怀着戒备心理。他们刚下火车就碰上了武久梅。武久梅问他们住址和联系方式时，他们都借口拒绝了。

武久梅送他们到了蔬菜交易市场，由于人生地不熟，他们对这里的交易规则不是太熟悉，在和一些蔬菜商家谈蔬菜交易时争议很大，就没有了考察的兴趣，匆匆离开环城东口蔬菜交易市场，想去别的地方再看看。

所以，当鲁金虎赶到环城东口蔬菜交易市场时，他们已经离开了那里。后来，他们又去了几个蔬菜市场，但商谈结果都不佳。最后，他俩找了个离火车站较近的旅馆，准备休息一晚，明天就离开。

鲁金虎听了马伟斌的叙述，赶忙说道："马总初到秦汉市，遇到难题，我可以理解。一方面，是人生地不熟，对这里的营商环境陌生一些。另一方面，可能你遇到了一些不良商家故意刁难。现在，我诚心邀请马总再留一天，明天我陪同你考察一下蔬菜交易市场，了解一下交易情况。如果马总还不满意，那你再走，怎样？"

马伟斌看了看王树刚，说："好吧，那我就再等一天看看。"

晚上，鲁金虎在安全运营平台发布了消息，询问有无蔬菜交易方面的经验，或者亲戚有蔬菜交易方面的人脉、经验。

武久梅回信，说她同学崔忠海是个菜农，在秦汉市人脉很广，解决蔬菜交易应该没问题。鲁金虎让她立即和同学联系，让他无论如何要说服崔忠海把马伟斌卖土豆的事搞定。

很快，武久梅回复说："崔忠海认识好几个蔬菜经销商，销售这些土豆没啥问题。"鲁金虎很高兴，说明天早上和马伟斌总经理一起去找崔忠海协商土豆销售问题。

第二天一大早，鲁金虎和马伟斌总经理在环城东口蔬菜交易市场见到了崔忠海。

他们彼此寒暄后，崔忠海带着他们来到交易市场。

崔忠海是交易市场的常客，经过同商户的长期交往，建立了广泛的人脉。崔忠海把鲁金虎和马伟斌他们带到红海蔬菜贸易公司，见到了红海公司的老板牛前进，彼此认识后，直奔主题。牛前进请马伟斌介绍他们土豆的质量指标、产地、产量等情况。

听完后，牛前进当场拍板表示："初次和马老板合作，我感到很荣幸。你们土豆的质量指标，我很满意。秦汉市的土豆用量很大，我先预订你们五十吨土豆，如果质量有保障，后面继续合作。"

马伟斌忙说："那太感谢牛老板了！请你们放心，我们保证按承诺的质量供货。"

牛前进说："我们初次合作，都要有诚意。现在，市场上的土豆收购价是每斤八角三分钱，为了表达长期合作诚意。我们收购价按每斤八角五分钱，每斤多出两分钱。”

马伟斌双手合十，说：“谢谢啦。非常感谢。”

很快，五十吨土豆从定西送到了秦汉市，在市场上销售一空。马伟斌跑到金河出租车公司送上锦旗表示感谢。他还特意带来宁夏枸杞给鲁金虎，鲁金虎婉言谢绝。马伟斌有点儿生气，说：“你不要就是见外了，以后我们咋打交道。”鲁金虎无奈，只好收下。

十八　起风

这天，鲁金虎正在路上巡查，苏亚洲打来电话，让他赶快回公司，说有要事商量。鲁金虎见到苏亚洲，苏亚洲生气地把一张罚款单甩在他面前。鲁金虎拿起罚款单，是市场监管科发来的，罚金五万元。鲁金虎看了罚款单，问：“为啥罚款？”

苏亚洲说：“监管科说有人举报我们在安全运营平台宣传封建迷信。”

鲁金虎一听就蒙了，说：“这咋可能呢？”

原来，事情的起因是这样的。

李二贵的叔叔李志德是个开发商，他在终南山买了一大片山林地。这里山清水秀，植被茂密，环境幽雅，空气清新，林地前一条小溪潺潺流过。按照风水先生的说法，这里依山傍水，是一块风水宝地，如果开发成墓园向社会销售，一定能得到极大的回报。李志德按照风水先生的建议，很快把这里开发成墓园，并对外售卖。由于这里离城区较远，前期宣传不到位，售卖效果不佳。李二贵得到这个消息，就告诉他叔李志德，说他公司的安全运营平台名气很大，可以利用平台做做宣传。李志德说，那太好了，如果能把墓位卖出去，到时给他百分之十的提成。

李二贵得到叔叔的承诺，就来了劲儿。他私下联合了几名驾驶员，在拉客时一边给坐车的客人宣传他叔叔的墓园，还利用安全运营平台报告墓园的位置。为了扩大墓园的影响力，李二贵和几个驾驶员编造说，这个墓园是当年老子写《道德经》的地方，如果能在这里买块墓位，可以保佑子孙后代富贵万年。

谁知道隔墙有耳，李二贵和本公司的驾驶员王春不对付。前些年，李二贵和王春为了抢乘客打了一架，王春一直耿耿于怀，没找到报复的机会。现在，李二贵利用公司安全运营平台卖墓位，在宣传时还带有封建迷信色彩。王春知道这是报复李二贵的绝佳时机，心里有了主意。他暗地留意，在李二贵他们在安全运营平台宣传时用录音机把宣传封建迷信的话录下来。王春的表弟在市场监管科工作，他把这个消息告诉了表弟，让他想办法治治李二贵。王春表弟说，在公共场所宣传封建迷信，正在他的管辖范围内，他就报告了科领导，让王春把李二贵他们在平台说的话录下来作为证据。

王春把从平台搞到的录音送给表弟，表弟一听，说："卖墓地可以宣传，但宣传封建迷信就是违法。"

王春听了高兴得很，总算有了报复的机会。

鲁金虎看着怒气冲冲的苏亚洲，忙说："对不起！我们平台刚刚运营，管理经验欠缺，遇到的新问题、新情况在所难免。现在已经有了麻烦事，就认真地面对，我马上找人解决。今后，平台还要加强管理，加强法制教育，还要请平台管理方面的专家，给公司的所有人员搞一次法律培训，堵塞平台管理的漏洞。"

苏亚洲说："教育培训的事都是后话。我已经和监管局的张局长联系了。他让我们把这次事件的前因后果写成一份清楚的材料送过去，后面怎么处理，等候通知。"

鲁金虎把李二贵和相关的责任人叫到公司，详细询问这次事件的前因后果。李二贵看见阴沉着脸的鲁金虎，哆哆嗦嗦地解释道："鲁总，你看我经常给你惹事添麻烦，看来，卖墓位就不是人干的活儿。死人住的地方阴气重得很，谁沾上，谁就倒霉。"

鲁金虎瞪了他一眼，骂道："闭住你的臭嘴，墓地咋了？只是你们几个缺乏法律知识，宣传的方式不对，好好的安全平台让你们抹了黑。"

听到鲁金虎的训斥，李二贵忙改口说："是，是，是！鲁总说得没错。我们以后遇到不懂的事要多请教，多学习。"

第二天，苏亚洲带着鲁金虎去监管局找张局长汇报卖墓地的事。张局长看了他们拿来的报告，说："你们平台刚刚运作，管理经验有待提高。在平台宣传商品不是不可以，但要依法合规。墓地也是商品，需要推销，但宣传封建迷信就违反了国家有关规定。"

苏亚洲忙说："张局长说的是，公司平台刚开始运作，经验不足，虽然有了一些起色，但遇到的问题也很多，以后还要多向领导请教。"

张局长说："请教就不必了。前几天，我看到市公安局的通报，说我市抓捕了一个全国通缉的要犯，受到公安部的表扬。通报说，你们公司利用安全运营平台，为维护社会治安提供服务信息，在抓捕通缉犯的过程中，提供的信息准确，公司的社会责任感强，在抓捕通缉犯的行动中起了很大的作用，说明你们的安全平台做得很不错。这次宣传销售墓地存在问题，属法治意识不强、学习培训不到位，以后遇到问题多总结、多交流。”

苏亚洲看了看鲁金虎，鲁金虎不好意思地说：“我们做得确实不够好，今后还要好好学习。”

苏亚洲看看张局长，说：“张局长，墓地宣传这事还请张局长高抬贵手，我们今后会吸取教训，让平台的运作再上一个新台阶。”

张局长说：“你们前期做得不错，安全运营平台也是个新生事物，局里要大力支持。鉴于你们这次是初犯，我和局里其他领导研究研究。到时在全市通报一下，让大家引以为戒。至于罚款，就免了。”

苏亚洲忙说：“谢谢张局长支持。”

市监管局很快做出决定，通报批评了金河安全运营平台宣传封建迷信的事，希望全市相关单位引以为戒，树立新时代的正确价值观，让良好的社会风尚在秦汉市广泛传播。鲁金虎在金河出租车公司召开了一次法律教育大会，李二贵站在台上声泪俱下，说以后要好好学习法律，再也不敢乱搞宣传了。

墓地事件总算告一段落，鲁金虎长长地嘘了口气。

十九　农药残留风波

虽然已经过了立夏，但早晨的空气中还弥漫着丝丝凉意。

吃过早饭，鲁金虎正在办公室处理一些日常事务，马伟斌打来电话，说他已经到了秦汉市，要采购一批蔬菜，询问鲁金虎方便不方便见他。鲁金虎听到老熟人的声音，高兴地说：“这有啥不方便的，随时欢迎马总光临。”

马伟斌带着业务科科长王树刚来见鲁金虎。熟人见面格外亲切，鲁金虎让人泡上好茶，寒暄说：“马总要来，也不提前打声招呼，我好到车站接你。”

马伟斌说：“知道你们工作忙，总怕麻烦你，就不敢多打扰。今天冒昧来访，也怕你不方便。”

鲁金虎说：“马总太客气了。上次来也没好好招待，一会儿我们去粉巷，我请你吃最正宗的葫芦头泡馍。”

马伟斌说："鲁总，你太客气了。我这次来，时间也很紧，就想采购一批蔬菜回去。今春我们那里遇到了春旱，种植蔬菜误了农时，现在新鲜蔬菜缺得很，今天来，还是想请鲁总帮忙，陪我们去蔬菜交易市场采购。"

鲁金虎知道，马伟斌能说请求帮忙的话，这是对自己极大的信任，他毫不含糊地说："这个请马总放心，到了秦汉市，你就像到了家一样，你的一切事我都会帮忙到底。"

马伟斌说："那太感谢了。"

鲁金虎知道，时间就是金钱，对时令蔬菜来说，更是如此。他给苏亚洲打了个招呼，就急匆匆地带着马伟斌去找牛向前。

牛向前一看是老熟人，二话没说，让马伟斌把想采购的蔬菜清单拿给他看。

牛向前喊来备货员，让备货员拿着清单快去备货，自己和马伟斌他们喝茶聊天。没过多久，备货员拿着清单，告诉马伟斌他们："仓库的现货只有五吨芹菜、三吨小青菜和一吨莲菜，其他蔬菜要等明天才能到货。"

牛向前告诉马伟斌，蔬菜的存货情况就是这样，看马伟斌咋办。

马伟斌说："甘肃那边急需新鲜蔬菜。时间不等人啊！"

看着焦急万分的马伟斌，鲁金虎灵机一动，说："马总，你不要着急，我有个想法，你看行不行？"

马伟斌看了一眼鲁金虎问："啥办法？你说。"

鲁金虎说："如果马总信得过我，你现在就带着牛总备的蔬菜回甘肃，先到一天就能多一天的利润。后续要发的蔬菜就交给我办。蔬菜一旦装好车，我马上让人送往甘肃，这样就不耽搁时间了，你看行吗？"

马伟斌说："这有啥不行的，我就是怕麻烦你！"

鲁金虎说："不麻烦，不麻烦。"

牛向前说："这样最好，一举两得。马总，你们现在就赶时间运货，后面的蔬菜备好了，我让鲁总验收。你们到甘肃接货就是了。"

马伟斌说："太好了，太好了！"

第二天，鲁金虎验完货，眼盯着运菜车按照马伟斌提交的清单运走了，高兴得眉开眼笑的。

这天下午，鲁金虎正悠闲地喝着茶，突然接到马伟斌打来的电话，说从牛向前那里采购的芹菜农药残留物超标，工商局已经给他送来了罚款通知书。

鲁金虎一听，吓了一大跳。他没想到会发生这样的事，就气呼呼地去找牛向前算账。他把马伟斌发来的工商局罚款单复印件甩在牛向前面前，骂道："你还讲不讲信誉，有没有良心！"

牛向前被鲁金虎骂蒙了，说："鲁总，发生啥事了？有话好好说嘛！"

鲁金虎不依不饶，说："你看看你面前的罚款单。"

牛向前拿起鲁金虎甩过来的罚款单，也不禁倒吸一口凉气，说："这咋可能呢？"

鲁金虎怒道："还这咋可能？你没长眼睛吗？"

牛向前也觉得这事蹊跷，忙让鲁金虎冷静一下，有事好商量。

他从柜子拿出一张纸让鲁金虎看，然后解释说："鲁总，你看看我的检验单。检验单上的蔬菜就是刚发给马伟斌他们的。我们这里的检验报告是合格的，咋能发到他们那里就出了问题呢？"

鲁金虎气呼呼地说："你问我，我问谁？"

牛向前安慰鲁金虎说："鲁总，肯定是哪个环节出了问题，我们现在就想办法解决。"

鲁金虎说："咋解决？"

牛向前说："我们公司也是环城东口蔬菜市场的大户，讲诚信就是我们做生意的原则，如果我公司不遵守原则，那我们的生意能走向全国吗？"

鲁金虎说："你说得有道理。可这次为啥出了问题？"

牛向前为难地说："现在还不好下结论。这件事，我也必须把它调查清楚。要不然，我们今后咋在这个市场上生存，谁还会和我们打交道？"

鲁金虎说："我也有我的信誉和诚信。"

牛向前说："我有个建议，我们俩现在就出发，带着我们的农药残留物检验单去一趟甘肃，和马伟斌一起到工商局了解一下，把这件事弄清楚，你看咋样？"

鲁金虎说："这个主意不错，我们说走就走。"

鲁金虎和牛向前赶到甘肃，见到马伟斌总经理。没等马伟斌总经理开口，王树刚科长先抱怨起来："马总，我当时就告诉你，秦汉市骗子多，生意人不讲诚信。现在好了吧，花钱买教训！"

马伟斌刚想说话，鲁金虎忙拦住他，说："王科长说的话，我不赞成，蔬菜农药残留物出了问题，我和牛总第一时间就赶到这里处理。我们绝对没有骗人，我们也是抱着诚意来的，现在相互抱怨没用，找到问题的根源，才是关键。”

马伟斌沉思了一下说：“鲁总说得有道理，现在先找出事情发生的根源，互相不要再猜忌和抱怨了。”

王树刚有点儿不服气，气呼呼地坐到了一旁，一言不发。

牛向前从皮包拿出秦汉市工商局的农药残留检验单，对马伟斌说：“马总，这是秦汉市的农药残留物检验单，我们发货前会对货物进行的批次检验，出货时的农药残留物检验是合格的。”

马伟斌看了看牛向前拿来的检验报告，不解地问：“那会在哪个环节出问题呢？”

鲁金虎问：“马总，所有的蔬菜都有问题吗？”

“只是芹菜检验不合格。”

“芹菜？”

牛向前问：“是工商局抽检出来的吗？”

马伟斌说：“不是，是有人举报。”

“举报？”牛向前吓了一跳，问：“谁会举报？”

马伟斌摇摇头，表示不清楚。

牛向前越发感到这件事里边有文章，就对马伟斌说：“这事不简单，背后肯定有不可告人的秘密，我们要尽快拿着秦汉市的检验报告与你们工商局联系，了解一下芹菜检验不合格的详情，看问题出在哪儿？”

大家说这个建议好，马伟斌就同鲁金虎他们一起到了市场监管科，梁华科长接待了他们。马伟斌说明来意后，梁科长介绍了蔬菜检验的情况。

蔬菜到达甘肃的当天晚上，市场监管科接到群众举报，说从秦汉市运来的一批蔬菜农药残留物超标。市场监管科本着对群众身体健康负责的态度，决定对这批蔬菜进行农药残留物检验。

梁科长介绍说，接到举报电话后，他也觉得很奇怪。举报人怎么对这批货物的到来时间如此清楚？是不是这批蔬菜有啥特别的地方？他就多问了几句，但对方含糊其词，马上就挂断了。有群众举报就要立案，市场监管科受理了此事，对这批蔬菜进行检验，检查的结果正如举报人说的，这批货物农药残留物超标。

牛向前拿出秦汉市的检验报告，让梁科长看。梁科长说：“你让我看的是你们当地的检验报告。货物一旦离开了秦汉市，检验结果只能以我们当地的检验结果为准。至于其他情况导致蔬菜检验不合格，你们必须给出合理的解释。否则，处罚结果没法改变。”

牛向前说：“梁科长说的是，只是我感觉这次农药残留事件背后肯定有文章，希望你们留给我一些时间，让我们把这事搞清楚。如果真的是我们的蔬菜有问题，我们愿意接受处罚。”

梁科长说：“可以，给你们留出一个月时间，尽快给我们一个答复。”

牛向前说：“谢谢梁科长，一月之内，我们一定把这事调查清楚。”

回到马伟斌办公室，他们几个人都在猜想，谁会是这个举报人呢？牛向前对马伟斌说：“我们立即向公安报案，让公安局彻查此事如何？”

马伟斌说：“这件事必须查清楚，不然，我们的生意就没法做了。”

回到秦汉市，牛向前立即向秦汉市公安局报了案。秦汉市经侦支队受理了此案。

市经侦支队队长白大军负责调查此案。他拿着牛向前提供的两份农药残留检验单，问牛向前：“在运输过程中，你有啥证据，能保证从你发货的仓库运出的蔬菜和你送检的货物是一批货？”

牛向前说：“我们有严格的装车流程。凡是外地客户或者农户送来的蔬菜，定点存放。每批货物都有原产地证明。根据客商的要求，我们在发货前都会把要发出的货物集中堆放，然后对该批货物进行送检，等拿到合格检验报告，才统一装车发货。”

白大军问：“你能确认在装车前，送检的货物不会被人调包？”

牛向前说：“这个不会，公司配有安全员，统一管理发货，装货的工人每次最少也五个人，都是随机调的。货物装好后，用篷布盖好，再用绳子捆好，贴上封条。如果货物捆不好，驾驶员也不答应，路上散了架，麻烦就大了。再说，周围都有摄像头，有个风吹草动，我们早就知道了。”

白大军说：“按你说的，装车不会有问题。”

牛向前点点头，说：“这个可以肯定。”

白大军说：“照这么说，那是运输环节的问题。难道是驾驶员？”

牛向前恍然大悟，说：“哎呀，我怎么没想到。”

白大军问：“那驾驶员是谁？”

牛向前说：“运送这批蔬菜的驾驶员叫雷鸣。三十来岁，长期给我们拉货。这人是从农村来的，憨厚老实，没听说有啥坏毛病。给我们拉货，没出过啥事。”

白大军说：“如果是这样，那我们就捋捋吧。”

他看了看牛向前，问：“你们是怎么选择让他送这批货物的？”

牛向前说：“也没啥特别的，我随便在市场问了问，看谁车闲着，结果雷鸣的车正好没事，我们就让他送货。市场上一直都这样找司机，这次也没啥特别的。”

白大军想了想对牛向前说：“你现在就通知雷鸣到我们支队来，我了解一下情况。”

牛向前说：“好的。”

雷鸣很快到了市公安局经侦支队。见到白大军，他吓得两腿发抖。

白大军问：“你腿为啥发抖？”

雷鸣哆嗦着说：“我……我看见警察就发抖。”

白大军说：“别害怕，我问你几个问题，你照着回答就行。”

雷鸣忙点头称是。

白大军问：“这次运往甘肃平安县的蔬菜是你送的吗？”

“是……是我送的。”

“发生了啥事，你清楚吗？”

“清楚，送的货物农药残留超标了，平安县查出来了。”

“啥原因，你知道吗？”

“我只是个运货的，其他的情况我也不知道呀！”

白大军看了一眼雷鸣，说：“你知道这是啥地方吗？”

雷鸣忙回答：“知道，知道，市公安局经侦支队。”

“知道就好。就怕你不知道。”

白大军严肃地警告雷鸣说：“你说的每句话我们都有记录，你要对你说的每句话负责，知道吗？”

雷鸣点头说：“知道，知道。”

白大军问：“你从环城东口蔬菜交易市场出发，上高速之前停过几次？”

“这个记不清了。”

“这个你必须记清楚，知道吗？”

雷鸣见白大军态度严肃，想了想说：“五六次吧。”

白大军问：“上高速之前吗？”

“上高速之前？”雷鸣若有所思，忙改口说：“就一次。”

“一次？”白大军忙追问：“在哪？”

“我回了趟家，水杯子忘了，回家拿。”

“你可以确认就这一次吗？”

“就回了一趟家，在高速上了几次厕所，就到了平安县。”

白大军问了半天，也没看出雷鸣有啥问题，让他先回家好好想想。

在询问雷鸣后，白大军派侦查员小丁从雷鸣经过的街道沿线进行调查，他回来后告诉白大军，雷鸣经过的两个蔬菜交易市场和路口没有雷鸣停车的记录。他还特意去了趟高速入口，查看了一下高速入口的录像，雷鸣上高速时的货物装车特征和从环城东口蔬菜交易市场的样子一模一样，看不出有啥毛病。

白大军问：“你在周围走访，有没有了解到啥异常信息？”

“没啥有用的信息。”小丁叹了一声，说，“进了死胡同。”

白大军沉思了半天，说：“那就找事做吧。”

小丁问：“从哪儿找？”

白大军说：“雷鸣不是回了趟家吗？去找雷鸣的媳妇谈谈吧。”

雷鸣媳妇开的小百货商店，是小本经营，平时卖些日用百货和儿童食品。这天，白大军带着小丁来到雷鸣媳妇经营的商店前，白大军上前和雷鸣媳妇拉起了家常。小丁远远看着，心想白支队真是没事找事。

白大军搭讪道：“嫂子忙着呢。”

雷鸣媳妇应了一声，问白大军要买啥？白大军说：“我是雷鸣的朋友，他今天在家吗？”

雷鸣媳妇说：“不在，到市场拉货去了。”

“他拉的都是外地货？”

“不一定，远近都有，能挣钱就行。”

“他前几天去了趟甘肃，出了远门。”

“到甘肃跑了一趟，也不算远。”

白大军假装糊涂，拍了拍脑袋，说：“你看我这记性，他前几天告诉我了，我都忘了。”他看了看雷鸣媳妇，说：“他说那天走的时候还回了趟家，水杯子和衣服忘了，顺便给你买了朵玫瑰花。”

雷鸣媳妇笑了，骂道：“你别听他胡咧咧，送啥玫瑰花？”

“那就是杯子和衣服忘了拿了。”

雷鸣媳妇说：“你别提你大哥，他邋遢得很，丢三落四的，每次出门都是我把衣服、水杯收拾好，叮嘱他带走的。”

白大军问：“那他去甘肃前咋又回家了，没拿换洗衣服吗？”

雷鸣媳妇说：“谁知道他那天犯了啥病，回来转了一圈又走了。”

白大军随便聊了几句，就拉着小丁往回走。

白大军说：“你把刚才的对话捋捋。”

小丁说：“你说，雷鸣给媳妇送玫瑰花。”

“再捋。”

“你说，雷鸣回家取东西。”

白大军问小丁：“他媳妇说回家转了一圈。”

小丁恍然大悟，一拍脑袋说：“对呀，对呀。”

白大军说：“再传唤雷鸣。”

雷鸣被再次传唤到经侦支队。白大军看着雷鸣，一言不发。雷鸣有点儿发蒙，但也呆呆地候着，等白大军问话。约莫过了十几分钟，白大军还是没说话。

雷鸣实在忍不住问：“白支队，你找我有啥事？如果没事，我还要拉货呢。”

白大军看了看雷鸣，说：“那你说呀，说完你就拉货去。”

雷鸣显得很为难，怯生生地说：“我……我不知道说啥。”

“不知道就想想吧，想好了再说。”

雷鸣有点儿激动，说：“你就想问甘肃送货的事嘛，上次不是都说清了吗？”

白大军问：“说清了吗？我怎么感觉没说清楚？”

雷鸣吞吞吐吐地说：“说……说清了呀。”

白大军说：“我今天见了你媳妇，他说，你那天回家好像不是取水杯和衣服。”

听到这里，雷鸣怔了一下，头上冒出了虚汗。白大军看出了端倪，故意说道：“没事，慢慢想，想清楚了再说，反正离过年还远着呢。”

雷鸣用手使劲儿擦着脸上的虚汗，说：“我……我……”

其实，雷鸣第一次被传唤时，就没说实话。牛向前确定让他去甘肃送货后，他想把车洗一下，顺便检查一下车况，路上行驶也就放心。他正忙得不亦乐乎时，鸿运商贸公司的邱健看见他，热情地跑过来问他：“老雷，忙着呢？”

雷鸣随口答道："不忙不忙，洗洗车，明天要送货。"

邱健问："去哪里送货？"

"甘肃平安。"

邱健"哦"了一声，说："晚上没事，老地方喝两盅。"

雷鸣拒绝说："明天一大早还要出车送货，晚上想好好休息一下。"

邱健客气地说："自家兄弟，随便喝两盅，不影响你明天出车嘛！"

雷鸣拗不过，只好答应。

晚上，酒过三巡，菜过五味，邱健说："明天帮我捎点货，听说平安那边价格不错。"

雷鸣说："就是的，牛老板要给那边送十吨蔬菜，就是想抢时间卖个好价钱。"

邱健说："那明天给老弟捎点货，老办法。"

邱健说的捎货在蔬菜交易市场是常有的事。在蔬菜交易市场，商家的信息是互通的。外地的蔬菜行情、价格高低、物流方向，大家都一清二楚。一些关系较好的人互相利用送货的机会顺便捎点私货，赚点差价，这是很普遍的现象。

今天，邱健能请他喝酒，雷鸣就知道，邱健想让他捎货赚点儿小钱。

雷鸣喝了两杯，说："行！只是……"

邱健明白，这是雷鸣在向他要前几次捎货的好处费。他忙端起酒杯说："老弟先敬你一杯，最近老弟手头不方便，前几次就当老弟欠你的人情。明天早上，一手交钱，一手上货，咋样？"

雷鸣知道这是邱健耍的花招，邱健怕现在给了钱，明天他不认账，不让上货。雷鸣喝了一杯，说："那就按老弟说的办。"

第二天，雷鸣从环城东口蔬菜市场装好货，把车停到了三岔街一个僻静的地方。这就是他们说的"老地方"。三岔街这个地方是过往车辆的必经之地，这里居民很少，路边也没有监控摄像头，是他们接私货装车的一处比较私密的地方，一般人不会知道。邱健按照约定把自己的货物准备好，提前到了三岔街。看见邱健，雷鸣把车停在路旁，邱健拿出一个信封递给雷鸣，雷鸣捏了捏厚度，赶紧装进口袋，顺便解开捆绑货物的绳子，露出一个口子，雷鸣仔细检查了一下邱健货物的外包装，看不出有啥异常，就指挥邱健装货。等邱健装好货，把篷布盖上，绳子捆好，雷鸣就开车向高速入口开。雷鸣一摸口袋，邱健给他厚厚的一沓钱就装在自己身上，很不安全。老婆管得严，自己攒点私房钱不容易，万一带在身上丢了咋办？雷鸣想，这会儿时间还早，不如顺路把这私房钱放回家，安全一点儿。所以，就顺便跑回家把私房钱偷偷藏了起来。媳妇知道他今天去送货，见他突然又回来了怕有啥意外，忙问："回来干啥？"

雷鸣心里发虚，顺口说："回来取水杯子和衣服，马上就走。"

媳妇骂道："早上我把水杯子和衣服递到你手上的，咋能没带呢？"

雷鸣胡乱搪塞道："你不管了，我马上就走。"说完，开着车上高速了。

雷鸣送货回来没多久，就听到甘肃那边传来消息，说他送的货农药残留物超标。他知道，牛向前发的货都是严格检验的，如果有问题，肯定是邱健的货农药残留物超标。他心里发虚，忙打电话问邱健的货物检验了没？邱健说："检了，检了。"就挂断了电话。

可过了一会儿，邱健给他打电话，让他一口咬定车上没有他的货，要不然大家都死定了。

雷鸣不放心，找到邱健，想亲口问问邱健是咋回事？

邱健板着脸对他说："你就按我说的办，只要不乱说，这事自然有人扛。"

雷鸣很害怕，忙问邱健："谁能扛？"

邱健诡秘地一笑，说："谁的货谁扛。"

雷鸣"啊"了一声，说："不是你的货？"

白大军看着瑟瑟发抖的雷鸣，问："上次我们传唤你，你为啥不老实说？"

雷鸣声音颤抖着说："就是想蒙混过关，没想到……"

白大军连夜传唤了邱健。邱健知道纸包不住火了，只好承认在雷鸣车上运了私货。并且说，这些都是他自己的错，愿意接受处罚。

鲁金虎虽然对市公安局经侦支队的破案结果表示满意，但他还有个疑问，就对白大军说："破这个案子是不是太顺利了？"

白大军看着鲁金虎问："说说。"

鲁金虎问："那个神秘的报案电话是谁打的？"

白大军陷入沉思。他想了好一会儿，才对鲁金虎说："你说的情况，我们前期也注意到了，那个号码是我们秦汉市的，是一个电话亭的号码。"

鲁金虎说："不用自己的电话举报，那就是想隐瞒什么。报案人恐怕是经过深思熟虑的，背后会有更大的阴谋。”

白大军说：“完全有可能。”

白大军再次传唤了邱健。白大军问：“你送到雷鸣送货车上的芹菜是从哪儿来的？

邱健说：“一个菜农地里种的。”

白大军问：“这个菜农现在在哪？”

邱健说：“不知道，街上随便买的，就是为了赚几个零花钱。”

白大军笑了，问：“看你的样子，不像缺零花钱的人。”

邱健忙否认道：“没有，没有。我也是小本经营。”

白大军说：“不会吧。前几天处理农药残留物的罚款好几万块，我们说要你承担，你连眼都不眨一下，这会儿咋成了小本经营呢？”

邱健怔了一下，一时说不出话来。

白大军冷冷地看了邱健一眼，说：“不能自圆其说了吧。”白大军进一步反问道：“这些芹菜恐怕另有文章吧？”

邱健急了，说：“你们说话要有依据。”

白大军：“我们肯定会有依据。在这里不会冤枉一个好人，也绝对不会放过一个坏人。”

这时，小丁插话道：“你们在这个市场经营多年，市场上的小商小贩，种菜的菜农会不认识？别人信不信我不知道，反正我不信。”

邱健辩解道：“我真的不认识。”

小丁嘿嘿一笑，说：“农药残留物合格的蔬菜我们能找到，难道农药残留物不合格的蔬菜，我们就找不到吗？”

邱健面红耳赤，半天不说话。

白大军说：“我们的政策，你是清楚的，看你想从宽还是想从严？”

邱健头上冒出豌豆大的汗滴，过了好半天才对白大军说道：“让我想想，让我想想。”

后来，邱健顶不住公安经侦支队强大的压力，说出了真相。

其实，在环城东口蔬菜交易市场，最初贞观贸易公司是最大的商贸公司。公司的老板叫谢秋实，由于他创业早，认识的客源多，在前几年赚了不少钱。随着环城东口蔬菜交易市场规模的不断扩大，以牛向前为代表的一大批客商也进驻了该市场。牛向前年轻有为，脑子活，点子多，加上为人正直，以诚信为本，生意越做越大，牛向前成了这个市场最大的商家。

谢秋实心里不服，总想着怎么把牛向前打压下去，再创辉煌，重新坐上市场的头把交椅。他和牛向前多次交手，但始终没能占领上风。前段时间，他看到全国都在治理蔬菜农药残留物超标问题，觉得机会来了，就和邱健商量，利用农药超标问题治治牛向前。他们知道，送货驾驶员都有捎私货赚外快的习惯，就决定在牛向前送货的车上下手，给牛向前栽赃。这样，可以损毁牛向前的形象，也给商户造成牛向前不守诚信的印象，自己就可以坐收渔翁之利，再次坐上这个市场的头把交椅。

他让邱健紧盯牛向前送货的动向，终于等到牛向前要向平安县送蔬菜的信息。谢秋实让邱健找到牛向前的送货驾驶员雷鸣，利用他们相互熟悉，多年打交道的老套路，以捎私货赚小钱的理由，把农药超标的蔬菜装上了牛向前的运货车。

谢秋实心里有鬼，担心运送的蔬菜当地免检，自己精心布局的陷阱前功尽弃，他叮咛邱健把运货的车号和到货时间记清楚，打电话给当地监管科举报农药残留物问题。谢秋实还特别叮咛邱健，到公共电话亭打电话。

天算不如人算，没想到雷鸣成了他们事情败露的缺口。谢秋实被刑事拘留，这次农药残留物事件总算水落石出，真相大白。农药残留物超标案件破案神速，随着案件的迅速破获，鲁金虎和牛向前的冤情得到洗清，他们自然高兴。

秦汉市经侦支队把案件调查结果通告了平安县市场监管科，他们取消了对马伟斌公司的处罚。马伟斌给鲁金虎赔礼道歉，说自己考虑问题不周，请他和牛向前原谅。

鲁金虎笑道："发生这样的事，我们有管理责任，我们也存在实实在在的过错，大家互相理解。谋大事者，不拘小节，事情搞清楚了就不要再纠结，一切向前看。"

马伟斌说："鲁总说得对，过段日子我再登门拜访。"

鲁金虎说："欢迎马总光临指导。"

二十　受伤的乘客

夏至过了半个月，燥热才开始大范围蔓延。知了从早到晚叫个不停，让身心疲惫的人们更加心烦。这天刚上班，李二贵手里端着水杯到鲁金虎办公室瞎聊。他看见鲁金虎嘿嘿一笑，说："鲁总，今天拉了两个女人，去康复医院的，其中一个女人被打得满脸的伤，可吓人了。"

鲁金虎瞪了他一眼，说："你就没有遇到过好事，坐你车的都是乱七八糟的客人。"

李二贵说："正经事说了没啥意思，我就能记住这些怪事。"

鲁金虎骂道："滚滚滚，我还忙着，别烦我。"

李二贵凑到鲁金虎身边，笑着说："你就不想问问，被打的女人是谁？"

鲁金虎知道，李二贵狗嘴吐不出啥象牙，不耐烦地说："让你滚，你还烦我，我不想知道。"

李二贵说："我就想告诉你，布王村的，离你家不远。"

鲁金虎一听布王村，这是他小时候常玩的地方，忙问："受伤的女人是谁？"

李二贵拿起水杯喝了一口水，显得很矜持地说："我不认识这女的，只听她不停地骂人，一旁陪着的女人在劝她说'彩旗，彩旗你别骂了，骂了人家也听不见。'"

鲁金虎忽地从椅子上站起来，把李二贵吓了一跳，忙站起来，问："鲁总，你咋了？"

鲁金虎焦急地问："你刚提到的名字是'彩旗'吗？"

李二贵被鲁金虎的举动吓了一跳，吞吞吐吐地说："是彩……彩旗。"

鲁金虎抓住李二贵的手说："走，快带我去找人。"

鲁金虎被李二贵火急火燎地带到康复医院。鲁金虎忙到护士台问："尚彩旗住在哪个病房？"

护士看了看记录，说："206，外二科。"

鲁金虎跑到病房，看见尚彩旗头上缠满了白色绷带，脸上一道一道的伤痕。鲁金虎心疼地喊了一句："彩旗。"

尚彩旗正在输液，看见鲁金虎走进来，眼泪吧嗒吧嗒地流下来。

鲁金虎急切地问："谁把你打成这样？"

尚彩旗一句话还没说出口，呜呜地哭得更凶了。

尚彩旗从一年级上学开始，就是鲁金虎手拉手的同学，她是个苦命的孩子，从小不知道自己的父亲是谁。长到三岁多，随母亲嫁给一个姓尚的人家。她和鲁金虎在一个班上学，从最初的手拉手，后来变成肩并肩上学。初中毕业后，她去城里打了一段时间的工，后来又回到农村，在自家承包地里种上了果树。

这些年，日子总算有了起色。前段时间，鲁金虎还在果树地里见过她。不知为啥，现在让人打成这样了。

鲁金虎关切地问："彩旗，谁把你打成了这样？"

尚彩旗哭着说："金虎哥，我让人欺负了，你要为我做主呀！"

鲁金虎说："不急，有话慢慢说。"

原来，尚彩旗在家种了十几亩猕猴桃，经过几年的精心管理，今年已经大面积挂果。眼看着今年秋季会有个好收成，谁知道，刚过了小满，猕猴桃丰收在望，村主任胡太平突然带着一个女人来到她家。这女人长得漂亮，一米七五的身高，白皙的脸庞上有一双大大的眼睛，高鼻梁，弯弯的眉毛，樱桃小嘴涂着厚厚的红唇膏，乌黑而长长的头发披在肩上。她穿着浅绿色的连衣裙，脚趾上涂着红色的指甲油，一双白色真皮凉鞋套在脚上。

尚彩旗不屑地看了一眼这女人，没有说半句话。

胡太平和这女人对视了一眼，忙给尚彩旗介绍说："眼前的女士是世友建筑公司的总经理助理丁丽娜，世友公司要在胡底沟村修一条灌溉水渠，工程要占用你家的猕猴桃地，现在和你谈谈果树赔偿问题。"

尚彩旗说："猕猴桃地是家里的命根子，我们一家老小靠这地生活过日子，果园被破坏了，全家人靠啥生活？"

丁丽娜皮笑肉不笑地说："在咱们村子修水渠是市里规划的重点工程，利国利民，是百年大计。前段时间，我们不是在村子里进行了广泛宣传吗？你应该是了解的。"

尚彩旗没好气地说："我只管种地干活，把自己家的地种好。"

胡太平见尚彩旗态度不好，知道征她家的猕猴桃地让她产生了抵触情绪，忙帮腔说："修渠通水解决咱胡底沟村全村的灌溉，这关系到全村上千口人的吃饭问题。这个道理我不讲，你也能知道。舍小家为大家嘛。按照国家规定给你一些补偿款，有事好好商量嘛。"

尚彩旗知道这里的利害关系，只是心里不痛快。但她知道，主任把征地人都带到自己家，明白这事也躲不过，尚彩旗问："能补多少？"

丁丽娜说："按国家赔偿标准，每亩赔偿三万。"

尚彩旗说："这赔偿标准太低了，我这几年的辛苦钱，远远高于这个。"

胡太平忙补充说："这些赔偿标准都是国家定的。丁助理说的也是官方行情，没有骗你。"

尚彩旗瞪了胡太平一眼，说："种果树的时候，你三番五次跑我家动员我，说猕猴桃营养价值高，市场前景光明无限。只要种了猕猴桃，以后就会脱贫致富走上幸福路。这会儿，我的果树马上就有收益了，你一句话又要砍树，你的嘴里长着车轱辘，想咋转就咋转？"

胡太平被尚彩旗噎得不知说啥好，退到一旁。丁丽娜见势不妙，又凑上前，拿出市上的文件让尚彩旗看，然后说："我们修建的灌溉工程是市上的重点支农项目，列入今年的政府工作报告，是市里的十大惠民工程之首。工程建成后，就会彻底改变你们村的灌溉环境，大片旱地都会变成水浇地，改变全村几百年贫穷落后的面貌，不能因为你一人之私，让全村人继续受苦受穷吧！"

尚彩旗听到丁丽娜给自己上课，心里气不过，气愤地说："我这人觉悟低，没有文化，砍不砍我家的果园，我说了算！谁的觉悟高，你去找谁。我这人就是个农民，几千年的小农思想改变不了。再说了，还轮不到你这泼妇教育我。滚！"

丁丽娜见尚彩旗说不通，继续说："我现在给你好好说，你听也得听，不听也得听，没有选择的余地，工程就是这么设计的。我们也是施工方，只能执行。"

尚彩旗见丁丽娜威胁自己，强硬地回答道："你随便，我也不是吓大的。"

丁丽娜说："今天先给你打个招呼，我们明天就施工，谁也别想挡。"

尚彩旗毫不示弱，说："我等着你！"

胡太平见丁丽娜和尚彩旗吵翻了，知道这样下去，问题也解决不了，就示意丁丽娜先回，后面再说。

这天晚上，胡太平带着村文书又找到尚彩旗，还是谈修灌溉渠的事。

尚彩旗坐在凳子上一言不发，等了半天，胡太平笑嘻嘻地对尚彩旗说："彩旗，你有啥想法和叔好好说，咱商量着办。"

尚彩旗说："叔，我也不是胡搅蛮缠的人，知道修渠这事对全村都好。我就是看不惯早上来的那女人盛气凌人的样子，还拿文件压我。呸！"

胡太平打趣说："人家是城里人，说话姿态高嘛。"

尚彩旗生气地说："我管她是啥城里人，想欺负我就不行！"

胡太平说："彩旗，咱不扯远了，在咱村修渠这事，是市上规划的，这项工程如果建成，咱村乃至东扶风镇这一带好多村都能用上水，旱田变水田了，受益的村子要好几个呢。咱胡底沟村就是最大的受益者。”

尚彩旗说：“叔，你说的道理我懂，可我的猕猴桃地修了水渠，我以后生活咋办？”

胡太平说：“这不是每亩给你补偿三万吗？生活费不就有了吗？”

尚彩旗问：“那我补偿的钱花完了靠啥？我总不能喝西北风吧。”

胡太平怔了一下，说：“这……”

村文书忙接过话，说：“你可以进城打工呀，继续赚钱养家糊口嘛。”

尚彩旗问：“进了城，往哪儿住？今后，我还是胡底沟村的人吗？”

村文书愣在那里，不知道说啥。

眼看着事情陷入僵局，胡太平抽了口烟，问：“彩旗，那你是咋想的？”

尚彩旗说：“我也不是糊涂人，我的果树地既然规划了那就按上边的规划办，我没意见。既然是国家征地做了公益，那你们给我重新划块地，我重新栽树苗，重新建果园。用不了几年，我相信新的果树就会长起来。”

胡太平和村文书面面相觑，愣在那里。等了半天，胡太平才慢慢说：“彩旗，你知道国家政策，咱村的地早就分到各家各户了，现在村上一点儿地都没有。”

尚彩旗扭过头，说：“这个我不管。”

第二天，尚彩旗刚吃过早饭，准备到果树地里清理一下杂草。刚出了村口，就听见远处一阵喧哗，一大群人拿着各式工具向她家果园的方向走去。

尚彩旗突然想到丁丽娜对她说的话，心里感觉不妙，忙加快了脚步，向自己家的果园走去。果不其然，当她赶到自己果园时，一些施工人员已经在她家果园里挖了几个大坑。尚彩旗忙上前挡住挖土施工的人员，说这是她家的果园，谁再敢挖，她就和谁拼命。几个胆大的施工人员见尚彩旗是个农家妇女，不相信她会干出啥出格的事，最多就是威胁威胁他们罢了，因为他们见到这样的人太多了，就不理会尚彩旗，拿着铁锨继续干活。尚彩旗看见自己说的话没人听，就顺手拿起地上的树枝见人就打，没几下就打伤了几个施工人员。其他人员一看尚彩旗来真的，都站在一旁看热闹。

一会儿，丁丽娜带着几个人走到尚彩旗身旁，指着尚彩旗说：“你敢阻止我们施工，耽搁了工期，你负全责。”

尚彩旗生气地说道：“少来这一套，老娘就是不让你干，你能咋样？”

丁丽娜见恫吓不住尚彩旗，又说：“你再不听，我们可要报警了。”

尚彩旗见丁丽娜威胁自己，一点儿没有退让的意思。她不想再和丁丽娜废话，就从地上抓起一把黄土对着丁丽娜扔过去。丁丽娜没想到，尚彩旗会来这一招，黄土眯了眼睛，她一边擦脸上和眼里的黄土，一边喊："快报警，快报警！"

派出所把尚彩旗叫去，"教育"了几天，但工程施工的事还是僵持着。

正是月初的日子，月儿早就落下了地平线，田野里比平常暗了许多，天空显得格外深邃。村里人忙完一天的农活，该休息的休息，没顾上休息的，也困倦了，村里灯火阑珊。

刚过了十点，胡底沟村一带突然停了电。村民们都很惊愕。最近还没有出现停电的事，今天出了啥事？怎么会突然停电呢？村里人虽然存在着各种各样的猜测，但到了晚上，停电对他们的生活影响不大，本来也没有多少事，累了一天，都想好好歇息，既然停电了，就早早睡吧。

不过，该睡的人早就睡了，不想睡的人，还在忙碌。在这黑暗的夜晚，几个人影在移动，他们钻进路旁的猕猴桃果园。地垄外面只听到唰唰唰的声响，这些黑魆魆的人影在地里来回地晃动，咔咔咔的声音不断传来，谁也弄不清这些黑影在果园干啥？只是感觉他们很忙、很卖力。忙碌了大半天，他们才陆续离开。没有人知道，他们去了哪儿？只知道他们离开时走的是不同的方向。

二十一　三狗

过了午夜，皇寺村村口走来一个人。中等身材，看上去五十多岁的年纪，天太黑看不清他的面貌。他一边走，一边哼着曲。走到村口，他停了一下，向四周看了看，转身去了村西头，走到一个独立的院子外，他没有敲门，直接从围墙上翻了过去。

这男人翻过去的院子住着寡妇朱红鸟，小才村人氏，早年丈夫因车祸去世，她就成了寡妇。朱红鸟人长得标致，虽然年龄大了点儿，但风韵依旧。她住在村西头，是一个独立的小院，小院四周有一圈围墙，房子盖在院子中间。翻墙的男人走到朱红鸟房门口，咳了一声，里面传来声音问："谁呀？"

这男人一听是朱红鸟的声音，答道："我，三狗。"

朱红鸟说："等一下。"

这时，屋里一阵杂乱，接着，传来窸窸窣窣的穿衣声。

三狗着急，在外面催，“快点儿，磨蹭个啥？”

朱红鸟披着衣服从屋里探出头来，骂道：“你个没良心的，这都啥时间了，才想起老娘！”说着，开门放三狗进去。

三狗坐在红鸟床边，不好意思地说：“刚忙完。”朱红鸟发了话，问：“黑天半夜的，你还忙啥？看你满身的泥土，一身臭汗味，刚才干啥了？”

三狗笑了笑，说：“我的事，你少管。”

朱红鸟有点儿生气，说：“不管也行，那你滚。”

三狗怕惹怒了红鸟占不到便宜，忙解释：“我到地里逮鸟去了，没有啥。”

朱红鸟看问不出个一二三，也不想再问。

三狗指了指自己的衣服，让朱红鸟去看。朱红鸟拿起衣服一摸，口袋里硬邦邦的。她喜出望外，把三狗衣服里硬邦邦的东西掏出来放进自己的柜子，然后高兴地上了床。

早上起来，胡底沟村发生了一件大事。尚彩旗种的猕猴桃果园让人砍了，果树一棵也活不成了。消息一出，村民一片哗然，大家替尚彩旗担心，这回损失大了，几年的辛苦成了泡影。

尚彩旗哭着向派出所报了警。出警的是两名警察，胖警察矮，瘦警察高。两个警察拿着照相机给现场拍了照，又丈量了地亩，清点了被砍树木的数量。然后，骑着摩托走了。

尚彩旗赶到派出所，问警察这事咋办？胖警察说：“现场我们都做了记录，你们提供线索，我们抓人。”

尚彩旗说：“我提供线索？路边不是有监控？看看昨晚的录像就知道谁干的了。”

瘦警察说：“我们也知道，查看监控录像是最佳的办法，但昨晚这一带停电了，你忘了吗？”

尚彩旗一听，恍然大悟。是呀！昨晚停电了。她突然醒过神来，“哼”了一声，心想，咋会这么巧？

尚彩旗急得没办法，又哭又闹的，要派出所加快破案进度。派出所根据掌握的信息，很快传唤了三狗。

三狗进了派出所，像抽了大烟似的，睡眼惺忪，好像从来就没睡醒过。他斜靠在派出所的椅子上，伸出右手，对瘦警察说：“给叔吃口烟，叔瞌睡得很。”

没等瘦警察说话，胖警察先怒了，说：“三狗，你态度能不能端正点儿，这是派出所，不是你家炕上。”

三狗半睁开眼，说：“你少多管闲事，碎娃在我面前少‘扎势’。”“扎势”是关中土话，意思是故意耍威风。

胖警察看气势上压不住三狗，就说：“好好好，算我多嘴。那我问你，你昨天晚上干啥去了？”

三狗漫不经心地说：“在家，和你红鸟姨睡觉呢。”

胖警察一拍桌子，说：“你好好说话，再胡说我就不客气了。”

三狗看胖警察真的生了气，坐起来假装思索着说：“昨天晚干啥呢？我都忘了，整天迷迷糊糊的。”

胖警察说：“有人说，你昨晚把尚彩旗的果树砍了。”

三狗站起来，骂道：“胡说！我昨天晚上在朱红鸟家，给她讲“三英战吕布”呢，咋能说我砍了尚彩旗的果树呢。”

胖警察差点儿笑出声。三狗觉得有点儿失言，见瘦警察还在做笔录，就指着瘦警察说：“这条你别记，让你姨知道了我们打架，到时我饶不了你。”

瘦警察不管三狗咋说，只管记录。

胖警察用商量的口气问三狗：“如果是这样，那我就传唤朱红鸟了，看你说的是不是真的。”

三狗说：“你随便。”

不一会儿，朱红鸟到了派出所。她上身穿一件粉红色短夹克，把高高挺起的胸口紧紧包裹着，下身穿了一条雪白的裤子，黑色的高跟鞋把全身上下拉成了曲线，身材特别好。

这女人走到讯问室门口，向里探出半个身子，细声细语地问：“谁找我呀？”

讯问室的人不由自主地抬起头，望着门口问话的女人。

胖警察咽了一下口水，对着瘦警察“嗯”了一声，瘦警察才缓过神来。瘦警察惊奇地喊了一声：“朱红鸟！”

朱红鸟眨了眨眼，娇滴滴地说：“刚才村里通知，让我来派出所一趟，有啥事？”朱红鸟一边问，一边环视四周，看见三狗坐在一旁，装着没看见。

胖警察让朱红鸟坐下，告诉她有一个案子上的事，需要她做证，请她配合一下。

朱红鸟一听，有点儿害怕，忙说："我是妇道人家，啥都没有干。"

胖警察说："就是让你做个证，你不要害怕。如实回答问题就是了。"

朱红鸟问："做啥证？"

胖警察见朱红鸟平静了一点才问："你如实回答，你昨天晚上在干啥？"

朱红鸟感到他问得奇怪，就说："晚上还能干啥？吃完饭就睡觉。"

胖警察问："昨天晚上三狗在你家吗？"

朱红鸟梨花带雨地哭起来，说："怎么可能，没有的事。"胖警察一看朱红鸟哭得像泪人似的，忙安慰道："别哭，别哭。我们随便问问，随便问问。"

等了一会儿，胖警察见朱红鸟情绪稍有好转，就对三狗说："你提供的线索不能成为证据，砍树的事，你脱不了干系。"

三狗看朱红鸟都不帮自己做证，急了，说："你咋能撒谎呢，昨晚我还给你钱了！"

朱红鸟对着三狗啐了一口，还是不承认。

两位警察面面相觑，不知如何是好。胖警察挠了挠头，根据自己的判断，三狗和朱红鸟昨晚肯定在一起，只是在众人面前，朱红鸟觉得丢人，不想承认罢了。

胖警察无奈，只好说："你们这事黏牙得很，听起来合情，说起来无理。一时半会儿也说不清，你俩先回，需要了再找你们。"

三狗和朱红鸟一起出了派出所，三狗说："红鸟，你说得好着呢。"

朱红鸟骂道："你是猪，我俩的事咋能在外面乱说嘛！把人丢完了，以后让我咋活人？"

三狗安慰道："有哥在，怕啥？走，吃饭。"说完，带着朱红鸟去镇上喝酒去了。

派出所紧锣密鼓地把怀疑破坏果树的人找了个遍，发现都像是砍树的人，但又好像都不是，也没有抓住一个铁证。那天胡底沟村停电就很蹊跷，派出所认为，这是最大的疑点。他们调查了供电局，供电局说用电超负荷，属于故障。胡太平说，肯定是提前预谋的，天下哪儿有这么巧合的事。派出所说，既然你这么确定，那就提供证据。他又提供不出来。这事一直闹了几天也没个结果。

二十二　黑鹳

眼看着砍树的事没有进展，尚彩旗心急如焚。她坐在派出所门口大哭起来。尚彩旗正哭得伤心，听见有人叫她：“彩旗姐，哭也没用。”

尚彩旗抬头一看，是黑鹳，他膀大腰圆，壮实得像一头牛。

尚彩旗问：“你是在安慰我？”

黑鹳应了一声，凑到尚彩旗面前，说：“彩旗姐，哭啥？你家果树被砍的事，我都知道了，你解不开的疙瘩，找我解嘛。”

要替她解疙瘩的黑鹳，尚彩旗当然了解他。黑鹳是村里远近闻名的苦出身。他身高超一米八五，体重在一百八十多斤，黑黝黝的脸上长满了疖子，疙里疙瘩，往人面前一站，像黑塔一样，高大而魁梧。因为从小长得又黑又壮，家里人就给他起名黑鹳。

黑鹳从小就没有娘，是父亲一手拉扯大的。由于少有人管，沾染了不少恶习，打麻将，摇骰子，撬门盗锁是常有的事。长大后没有娶媳妇，逛迪厅，跳黑舞，调戏小姑娘是常有的事。他在东扶风镇一带，可没少干偷鸡摸狗的事。

前些年，吴大锁顶不住秋娥的压力，晚上不敢回家，常和黑鹳在一起打麻将，掷骰子。有一次输了个精光，就向黑鹳借了五千元。可撑了没半天，因为手气特别背，又全输光了。没过几天黑鹳逼着吴大锁还钱，吴大锁哪有钱还他，就耍浑抵赖。黑鹳威胁说，再不还钱就砍了他的手，打断他的腿。

吴大锁害怕，就对黑鹳说：“我没钱，要钱就找我老婆要去。”

黑鹳拿着吴大锁打的欠条去找秋娥要账。秋娥正给女儿吴喜娟喂饭，看见黑鹳进来，知道他不是啥好人，就没有理他。

黑鹳笑嘻嘻地凑到秋娥身边，说：“嫂子，忙着呢。”

秋娥一边给喜娟喂饭，爱理不理地问：“你来干啥？”

黑鹳向屋里看了看，假惺惺地问：“我大锁哥没在呀？”

秋娥骂道：“你眼瞎呀。”她知道黑鹳来者不善，就对他说：“有屁就放。”

黑鹳说：“那我就放了。”说完拿出吴大锁打的欠条让秋娥看。秋娥看见吴大锁打的欠条，使劲儿扔到一旁，问道：“吴大锁干啥借你钱？”

黑鹳说：“是玩‘那个’借的。”

秋娥明白了黑鹳的意思，呼的一下站起来，说：“打麻将输的我不管，你去找他要。”

黑鹳脸色一变，说：“你不管？那我一会儿叫人把他腿打断。”

秋娥毫不示弱，说：“你随便。打死了，我也省心了。”

喜娟正在一旁吃饭，听见大人高声喊叫，吓得哇哇大哭起来。秋娥怕吓着女儿，就抱起喜娟进了屋。黑鹳见秋娥软硬不吃，没要到钱，又去找吴大锁的麻烦。黑鹳拿着刀子顶住吴大锁的脖子说：“再不还钱，看我敢不敢捅了你。”

吴大锁吓得脸色发青，嘴里不断求饶。黑鹳说：“求饶顶个屁用，想办法还钱。”

吴大锁看了看黑鹳说：“我想出一个办法，就看你敢不敢。”

黑鹳反道：“啥办法？”

“媳……媳妇。”

“啥？”黑鹳不解。

吴大锁让黑鹳附耳过来。

天快黑的时候，吴大锁偷偷溜回家。秋娥看见吴大锁进了屋，顺手拿起笤帚对着吴大锁就是一顿痛打。吴大锁心里清楚媳妇为啥打他，就边跑边躲。秋娥实在打累了，拿着笤帚指着吴大锁骂。吴大锁忙求饶说：“媳妇，我再也不敢了，再也不敢了。”

一会儿，黑鹳拿着欠条来找吴大锁，吴大锁给黑鹳使了个眼色躲到一旁，黑鹳明白吴大锁的意思，又去找秋娥要钱。

秋娥和上午一样，不认吴大锁欠的账，并气呼呼地拿起笤帚又要打吴大锁。

吴大锁假装害怕，急忙跑出家门，很快消失在夜色中。

黑鹳见吴大锁跑了，就对秋娥说：“嫂子，我来找我大锁哥要钱，你把人打跑了。欠条你也看见了，大锁哥欠我的钱，这是板上钉钉的事。我也不是讹人的人，你看咋办？”

秋娥生气地说：“你不是说要把那不要脸的往死里打吗？这会儿他咋还活着？”

黑鹳嘿嘿一笑，说：“嫂子，你咋这么狠心？我把他打死了，你不就成寡妇了？”

秋娥丝毫不心软，说：“寡妇咋了？寡妇才清净呢！你爱咋办就咋办。”

黑鹳知道对秋娥来硬的不行，就把身子凑到秋娥身边，压低声对秋娥说："常言说得好：杀人偿命，欠债还钱。你家掌柜的欠我的钱，今天不还，明天还得还。你家掌柜的不要脸，你总要脸吧！欠条就在这里，你看着办。"

秋娥说："我没钱，不管。"

黑鹳看了一眼秋娥，说："嫂子，大锁哥说家里的钱都在你这，你想想办法给我凑一点呀。"

秋娥说："我没办法。"

黑鹳离秋娥越来越近，悄悄告诉秋娥说："我有个好办法，就看你愿意不愿意？"

秋娥看了一眼黑鹳，说："有屁就放。"

黑鹳嘿嘿一笑，说："大锁哥让你打跑了，晚上家里再没别的人了……我就不走了，我咱俩睡一晚，这笔账就勾销了，怎样？"

秋娥愤愤然，骂道："呸，放屁！"

黑鹳嬉皮笑脸地向前凑了凑，对秋娥说："我哥就是个'样子货'，大伙都知道，男人的身体，你恐怕好久没碰了吧？嘿嘿！"

秋娥一惊，心里明白了大半。她冷静了一下，知道黑鹳早就对自己没安好心。黑鹳人高马大，要是对自己起了坏心，家里又没其他人帮忙，她一个弱女子可不是黑鹳的对手。秋娥越想越害怕，心里怦怦乱跳，四处张望着，看能不能找到啥办法。她一抬头，发现墙上挂着一个儿童面具，灵机一动，想出了对付黑鹳的办法。秋娥对黑鹳笑了笑，说："兄弟，今晚不走就不走了，反正你哥也不在。不过，你先把欠条给我。"

黑鹳一听，啥？想得美，骗小孩呢！黑鹳知道欠条轻易不能给秋娥，否则就是肉包子打狗，啥好事也办不成。他笑嘻嘻地坐到秋娥身边，说："欠条明天早上给，我说话算数。"

秋娥明白，宁信世上有鬼，也不能相信黑鹳的鬼话，就骂道："不给我欠条，那你就滚，别想好事。"

黑鹳心里抓狂，遇到这样的好事岂能放手。他眼珠一转，看了看秋娥家的柜子，有了主意，他对秋娥说："嫂子，我想了个好办法，你家的柜子不是高高的嘛，我把欠条放在你家柜子顶上，咱俩现在谁也够不着，等明天早上我走了，你把欠条拿下来撕了，这就算两清了，你看咋样？"

秋娥想一想，说："行。"

黑鹳拿来凳子，当着秋娥的面把欠条放在柜子顶上，又站在地上向上跳了几下，确认那欠条谁也够不着后，就迫不及待地去抱秋娥。

秋娥把黑鹳推到一旁，骂道："急个屁。"

黑鹳问："咋了？"

秋娥说："喜娟还在外面睡觉呢，一会儿有了动静，把娃吵醒了你还能弄啥。"

黑鹳忙问办法。

秋娥说："你先把灯拉了在床上等着，我把娃安排好就过来。"

黑鹳觉得有道理，就拉了灯，安安静静等着秋娥。过了好久，秋娥也没见过来。黑鹳心里暗骂，气愤秋娥敢骗自己。他可不是省油的灯，遇到了这样的好事岂能善罢甘休？他生气地走下床，朝着秋娥说的方向走去。外面黑灯瞎火的，黑鹳摸着墙向前走，嘴里轻轻喊着："嫂子，嫂子……"

刚走了几步，黑鹳听到另一个房子里面有响声，知道秋娥就在里面，嘿嘿一笑，心想，狡猾的女人，还想骗我。他摸着黑向有声音的方向移动，没走两步，有东西把他绊了一下。黑鹳弄不清状况，忙从口袋掏出打火机打着，趁着火光想看个究竟。他把火光对准刚绊了一下的地方一看，发现那儿有一张黑乎乎的大脸正狰狞地对着他笑，蓬乱的头发从脑后搭到了胸前。再往下看，这黑乎乎的东西身穿一件白色的孝服，手里的白手绢上下左右来回在他脸上抚摸着，更可怕的是，不知从哪里还传来呜呜的怪叫声。

黑鹳吓得魂不附体，大叫着往外就跑，嘴里不停地喊着："鬼，鬼，鬼！"

等了好一会儿儿，看见黑鹳跑远了，这黑乎乎的家伙大口大口地喘着粗气，然后拿下脸上的面具，露出了真容——豆大的汗珠从秋娥脸颊旁边掉了下来。秋娥用手按压着胸口，嘴里嘀咕着："吓死我了，吓死我了！"

黑鹳见尚彩旗把自己看了半天一言不发，就问："彩旗姐，你想啥呢？"

尚彩旗打了个激灵，才清醒过来，就问黑鹳说："这事，你想咋办？"

黑鹳说："姐，修渠的、砍树的，还有派出所的，他们给你演戏，你看不出来吗？"

尚彩旗说："我又不是傻子，能看不出来吗？咱是农村人，有啥办法！"

黑鹳嘿嘿一笑，说："这事你交给我办，我有办法。"

尚彩旗问："你有啥办法？"

黑鹳说："我咋弄你不管，只是事办成了，你给我五千块辛苦费，我请大伙儿喝个酒，吃个饭就行了。"

尚彩旗知道黑鹳这些人的行事方法，面对现在这个局面，也只能破罐子破摔，她说："行，你看着办，可别把事弄得太大，别弄出了人命。"

黑鹳说："姐，这个你放心。"

这天早上，胡底沟村水利工地来了二十多个人。他们拿着木棍、铁锹，见人就打，他们把修好的水泥管网挖断的挖断，弄散架的弄散架。这些人冲进工地的临时仓库，把各种材料扔了一地。工地管理员看见有人破坏，忙上前理论，没说两句，就被两个彪形大汉架起，扔在路边水沟里了。这些人把工地的设备和材料翻了个底朝天，还觉得不过瘾，又对施工

人员拳打脚踢。

丁丽娜听到工地上有人闹事，忙带着几个人出来。黑鹳见一个漂亮的女人来到工地，忙凑上前，笑嘻嘻地说："小娘子，长得挺漂亮呀！"

丁丽娜气得脸色发青，骂道："你们无法无天，敢在光天化日之下搞破坏，就不怕法律制裁吗？"

黑鹳嘿嘿一笑说："老子不懂法，小娘子，要不，找个地方给老子讲讲啥叫违法？"

丁丽娜看出黑鹳不是啥好人，威胁道："你再敢放肆，我就报警了。"

黑鹳皮笑肉不笑地说："报吧，报吧，老子中午还没想好吃饭的地方呢，现在有地方吃饭了。"

丁丽娜用手指着黑鹳，气得半天说不出话来。

这时，一辆三轮车拉着水泥送到工地，看见丁丽娜，司机问："老板，水泥送来了，放到哪里？"

没等丁丽娜说话，黑鹳一招手，从四周窜出十几个混混一哄而上，把车上的水泥胡乱地拉下车，散了一地。然后，用镰刀和锄头给水泥袋"开了膛"，水泥撒得满地都是。丁丽娜忙示意工地上的人上前阻止，可这些人哪里是黑鹳一伙的对手，他们战战兢兢的样子让黑鹳一伙更是肆无忌惮。

丁丽娜眼睁睁地看着好好的东西被人损毁，非常愤恨，但黑鹳人多势众，气

势汹汹，她带的人不敢动手。黑鹳见工地毁得差不多了，一挥手，说："走，喝酒去。"这些人一哄而散，跟着黑鹳走了。

丁丽娜狠狠地把乳白色的手包扔在地上，脑子里略一思考，决定先去找胡底沟村主任胡太平。胡主任瘦巴巴的脸颊上，胡乱地长着几根胡子，脸色黝黑，鼻梁上架着一副墨色石头眼镜。头上戴着一顶灰色的鸭舌帽，上身穿着黑色的衬衣，使他的脸色更接近炭。

胡太平端坐在办公椅上，丁丽娜说明来意，请他调解水渠工程纠纷的事。胡太平两眼盯着丁丽娜，说："揭人不揭短，打人不打脸。你们的事。我管不了。"

丁丽娜听胡太平这话里有话，心里明白，但还明知故问，说："胡主任，事情现在到了这个地步，除了你，别人恐怕更管不了了。"

"丁助理，你说得太夸张了吧，镇上、县上的大领导多得很，给我戴这顶高帽子干啥？"

"胡主任，我不是这个意思。我是说，这些事都发生在你们胡底沟村，你对这里的情况最了解，人熟好办事。"

胡太平"哼"了一声说："好办事？前几天，我们一起去找尚彩旗谈果树赔偿的事，事情虽然没说成，但你也要给我留点儿余地吧。农村的事，处理起来就是不能太急。可第二天，你们就开始施工，让人措手不及。你说，这事让我咋说？后来更过分的事发生了，尚彩旗的果园让人砍了。唉！"

丁丽娜听见胡太平是在抱怨自己，忙辩解道："胡主任，这些事发生得太突然，超出了我们的想象，我们也始料不及。"

胡太平"哼"了一声，气呼呼地说："若要人不知，除非己莫为。你做了我肯定管不了。"

丁丽娜心里明白，知道这事越追究，对自己越不利，忙改口说："胡主任，说一千道一万，我们还是心里太急，想尽快给村上办好事，把渠修好。这件事提前和主任您沟通得不到位，请您原谅。现在事已至此，在村里您德高望重，我们就事论事，我们只能靠您出面解决了。"

胡太平吸了口烟，把眼镜向上推了推，说："既然你们找上门了，村上的事我也不能不管。臭行有个臭理性，天大的事还是要坐下来协商解决的。我刚才说的话你们也别介意。三狗带人把尚彩旗的果树砍了，黑鹳把修渠工地的场子砸了。这两件事都不应该，冤冤相报何时了？丁助理，你说对不对？"

丁丽娜迟疑了一下，说：“砍树这事，派出所还没破案，不好下结论吧。”

胡太平打断丁丽娜的话，说：“胡底沟这地方，谁家媳妇放个臭屁，我都知道。派出所算个啥？我说的话，你要不相信，那就去找别人吧。我也没工夫听你们说道。”

丁丽娜见胡太平生气了，忙改口说：“胡主任大人大量，我就是随便说说，这事还要麻烦您。”

胡太平咳了两声，说：“既然这事想让我处理，我丑话说在前面，现在树也砍了，场子也砸了，你们双方就算扯平了。以前的事都不追究，我再用我这老脸给你们说和一回。不过，水有源，树有根。砍树这事在先，你们明天在镇上摆一桌酒席，我把黑鹳找来，让他别再闹事，大家该干啥就干啥，后面的事慢慢协商，你看咋样？”

丁丽娜忙答应说：“没问题。”说着，让人把拿来的礼物放到胡太平面前。

胡太平看了看丁丽娜拿来的礼物，说：“丁助理太客气了，太客气了。”

第二天，丁丽娜早早来到饭馆，让饭馆老板准备了八凉八热总共十六道菜，准备请胡主任边吃饭边调解。到了约定的时间，黑鹳带了几个人来到饭馆，进了约定的包间，黑鹳没有客气，径直坐在丁丽娜对面，斜靠在餐椅上，右脚搭在旁边的椅子上，两眼瞪着丁丽娜。丁丽娜也不客气，直挺着身子，看着黑鹳，双方在气势上互不相让。

刚过了十二点，胡太平披着上衣进了饭馆的门。他咳了一声，进了包间，看见黑鹳斜躺在餐椅上，旁边还有不少打手，就骂了起来：“黑鹳，你这驴日的，斜躺横卧的想干啥？”

黑鹳看见胡太平走进来，忙坐起身说：“叔，你来了。”说完，站起来给胡太平让座。胡太平毫不客气，在主宾席坐定，对大伙说：“大家都认识吧，我就不一一介绍了。”

大家彼此点点头，表示认同，开始静静地听胡太平说话。

胡太平清了清嗓子，开门见山地说：“今天来的都不是外人，乡里乡亲的，有话我就直说，也不用藏来躲去，没啥意思。现在把几位召集在一起，就是协商咱胡底沟村修渠纠纷的事。”

说到这，胡太平扫了一下大家，见没有异议，就继续说：“这件事说到底，还是处理方法不当，今天大伙都敞开说，该说的都说到位，然后我再裁决。”

黑鹳一听，抢先说："叔，你说得对。只要钱到位，啥事都好办。"

胡太平盯着黑鹳骂了一句："你驴日的就知道钱，钱，钱。叔说话，你听不听？"

黑鹳嘿嘿一笑，说："叔，看你说的，你说一就是一，你说二就是二。我听你的。"

胡太平看了看黑鹳，说："叔现在让你领着你的人滚蛋，别在工地胡捣乱了，行不？"

黑鹳脸色一变，看着胡太平说："这……"

胡太平哈哈大笑起来。用手指着黑鹳骂道："你驴日的刚还说，叔说啥就是啥，我现在说了，你又马上变脸了。"

黑鹳转怒为喜，说："叔，我知道你不会这么办事，嘿嘿。"

胡太平看看桌子上摆满的大鱼大肉，让人斟满酒，说："菜都上齐了，边吃边说。"

酒过三巡，菜过五味，胡太平问黑鹳："黑鹳，你说眼前这事咋办？"

黑鹳说："叔说咋办就咋办。"

胡太平用筷子打了一下黑鹳的头，说："你驴日的又说这话，现在酒也喝了，菜也吃了，你给叔说个真心话，这事咋办？"

黑鹳呷了口酒，说："叔，侄儿的想法你是清楚的，我咋想……嘿嘿。"

胡太平看了看丁丽娜，又看了看黑鹳，说："那我就直说了。"

黑鹳说："叔，你直说。"

胡太平说："你就不是我们村上的人，修渠这事本就与你没有半毛钱关系。"

黑鹳笑着说："受人之托，受人之托。"

胡太平说："既然是这样，叔给你说个办法，咋样？"

黑鹳说："叔，你说。"

胡太平看了看丁丽娜说："你的想法，叔知道，现在让丁助理给你弄一万元酒钱，你一会儿带着你的人有多远就滚多远，咋样？"

黑鹳忙拒绝说："叔，一万元太少，最少两万。"

胡太平在黑鹳头上又敲了一下，说："你驴日的也太贪心了。"他偷偷给丁丽娜使了个眼色。

丁丽娜忙说："这事好说、好说，一切听胡主任安排。"说着端起一杯酒递到黑鹳面前，说：“黑鹳兄弟辛苦了，姐姐敬你一杯，来，干！”

黑鹳瞪着色眯眯的眼睛，举起酒杯对丁丽娜说：“姐姐真漂亮，干！”说完二人一饮而尽。

胡太平几个人正喝得高兴，包厢门突然开了。胡太平一看来的人，倒吸了口凉气。黑鹳刚用筷子夹了一块肉放进嘴里，看见来的人，惊得肉噎在喉咙。丁丽娜脸色铁青，举起的酒杯半天悬在空中，不知是喝完还是放下。

来人骂道：“你们要脸不？吃的昧心肉，喝的是黑心酒。”

胡太平见多识广，很快冷静下来，说：“彩旗侄女，你来了，今天凑巧了，我们正在商量你果园的事，还没顾上告诉你呢。”

尚彩旗“哼”了一声，说：“少来这套。我在外面听了半天了。”

胡太平说：“彩旗，有话好好说，我们在这也是为你的事操心。”

尚彩旗不想理胡太平，直接走到黑鹳面前，问：“黑鹳，你告诉我，你今天喝的啥酒？”

黑鹳支吾了半天，不知说啥好。

尚彩旗气呼呼地问黑鹳：“你刚才说一万不行，最少两万，这是啥钱？”

黑鹳忙否认说：“啥钱不……不钱的，没那事。”

尚彩旗不依不饶，端起桌上的一杯酒，猛地倒在黑鹳脸上，说：“你不是爱喝酒吗？喝！”说完，一掀桌子，满桌的酒菜撒了一地。尚彩旗又拿起地上的碗筷酒杯乱砸起来，场面一片混乱。

二十三　果园的赔偿

说到这里，尚彩旗呜呜地哭起来。鲁金虎问尚彩旗：“那你咋会受伤？”

尚彩旗说：“我也不知道，那会儿碗筷胡乱飞，吃了亏的人也拿起身边的东西乱砸，我就感觉脸上猛地疼了一下，然后就满脸是血。”

鲁金虎冷静了一下，说：“你现在安心养伤，这事，你就交给我吧，我就不相信这世上没有公道。”

尚彩旗担心地问：“这事，你准备咋样处理？再打打砸砸的，出了人命就麻烦了。”

鲁金虎说：“你放心，我同学马纯是东扶风镇镇长，我明天就去找他，让他给你个说法。”

第二天，鲁金虎到了镇政府，找到他同学马纯。马纯看见鲁金虎，忙上前握住他的手说：“老同学，好久没见面了，上次听人说，你在金河出租车公司任副总，干得不错呀！”

鲁金虎说：“哪里，哪里，给人打工。”

两人彼此寒暄了半天，鲁金虎切入正题。他把尚彩旗果园被征，后面发生的砍树事件，以及尚彩旗受伤等事一一给马纯叙述了一遍。

马纯说：“我刚从市委党校学习回来，昨天刚听到胡底沟村征地的事。”

鲁金虎说：“这事你怎么考虑？”

马纯说：“现在，国家在农村的投资力度很大，征地拆迁是很平常的事。胡底沟村这事本来是一起普通的征地纠纷，经过协商就可以解决。由于争议双方都不冷静，采取了过激的行为，还涉嫌违法，把一个利国利民的好事办得矛盾重重。这事是我们镇政府和村委会的工作没有做好。”

鲁金虎说：“有了老同学这句话，我就放心了。这事现在咋办？”

马纯说：“这是镇政府的职责所在，你大可放心。我向派出所了解了案情，公安机关经过取证，尚彩旗果园被砍是一起破坏生产设施案件，犯罪嫌疑人柳三狗已被公安机关拘留。公安机关正在调查这起案件的幕后指使人，也会得到应有的惩罚。黑鹳带领一帮人对工地进行破坏，涉嫌违法，也要得到应有的惩罚。”

鲁金虎问：“那尚彩旗这边咋办？”

马纯说：“尚彩旗也有错误。黑鹳纠集社会闲散人员以她果园被砍为借口，打砸工地，破坏工程建设，影响极坏，延误了水利工程建设工期。这些人已被公安机关拘留。至于尚彩旗被人利用，她对黑鹳等人可能对社会造成的不良影响估计不足，回头还要对她加强法治教育。”

鲁金虎说：“你们的处理结果合理、合法，没啥问题，只是尚彩旗果园赔偿这事麻烦您要关注一下，可不能让好人吃亏。”

马纯说：“按照国家有关规定，尚彩旗的每亩地应该赔偿三万征地款，这个也没有问题。她不同意这个结果，不知啥原因？”

鲁金虎说：“我问过彩旗，她说她感觉赔偿款低了，与她这些年在果树地的付出不匹配。赔偿款不是大问题，可以商量，就是她对世友公司工作人员盛气凌人的态度十分不满。再者，她说自己的果园被征了，她是农村人，失去了果园，就失去了生活的来源。她希望村上给她重划一块地，让她重新种上果树。如果没地了，她就失去了在村上的生活根本，那她还算不算这个村的人？主要还是故土难离。”

马纯说：“这确实是个问题。现在农村土地实行承包制，政策三十年不变，重新划地确实有困难。这样吧，这个问题，让我考虑考虑再答复你，怎样？”

鲁金虎说：“那就多谢老同学了。”

马纯说：“不用客气。”马纯想了想说：“你给尚彩旗通知一下，工地马上开始施工了，不能再耽搁工期了，让尚彩旗再不能到工地上乱来了，这是凌云县的十大惠民工程之首。一旦完工，惠及我们镇上几十个村子。这是利国利民的大好事，希望尚彩旗在这件事上不要再犯糊涂。”

鲁金虎说：“这个你放心，就交给我好了。”

鲁金虎把他和马纯镇长商量的结果告诉了尚彩旗。尚彩旗说：“我就是想要块地，重新建个新果园，其他都是次要的。”

鲁金虎说：“这个好说。”

其实，尚彩旗也就是受了点儿皮外伤，没过几天就出院了。她又追问起划地的事，鲁金虎说：“我带你去找马镇长。”

马纯看见尚彩旗，关心地问：“大姐，你的伤怎样？”

尚彩旗说：“皮外伤，没有啥大事。”

马纯说：“那就好。”

尚彩旗看了看鲁金虎，示意他赶快说话。鲁金虎问：“马镇长，上次说的事您考虑得咋样？”

马纯看了一眼尚彩旗，说：“你是说划地的事？”

尚彩旗点点头。

马纯说：“上次说的事，我考虑好了。胡底沟村确实没有多余的地可划，不过，镇上倒是留了块地，原来准备作为良种试验基地，专家看了后认为不适合，镇上重新找了地方做良种基地。你如果没异议，留着的这块地就让你承包了，怎样？”

尚彩旗说：“那太好了！这地我要了。”

鲁金虎说：“那太感谢老同学了。”

马纯笑着对鲁金虎说：“感谢啥？镇上繁杂事多得很，这也是没办法的办法，老同学凑巧赶上了好机会。”

二十四　韭菜合子

离开镇政府，尚彩旗说：“金虎哥，划地这事多亏你了。”

鲁金虎见尚彩旗对自己客气，有点儿不高兴地说：“你说的啥话，还对我客气？”二人说着就散步到了胡底沟村。尚彩旗回到家了，就对鲁金虎说：“走，到家了，忙了大半天了，我给你做好吃的。”

鲁金虎笑笑，说：“好呀，不知你做饭的手艺咋样？今天让我瞧瞧。”

尚彩旗灿烂地一笑，说：“吃了就知道了。”

尚彩旗回到家，换好轻便的衣服，在腰间围上围裙，忙活起来。别看尚彩旗在外面大大咧咧的，但做饭却是一把好手。做饭的厨艺完全与她从小的经历有关，也就是常言说的“穷人的孩子早当家”。

尚彩旗把买来的韭菜切成小段，然后把粉条泡在水里，就去和面。她灵巧的手指来回地揉搓着面，很快就把面粉搓成一个圆团，她轻灵而干练的样子，让鲁金虎看得出奇。彩旗有点儿不好意思，说：“傻看个啥，没见过？”

鲁金虎说：“今天才发现，你还挺能干的。”

彩旗骂道：“你以前眼瞎呀！”

鲁金虎嘿嘿地笑了。

尚彩旗把切好的韭菜和粉条拌在一起，做成馅子，等面醒好了，把面团揪成一个个小剂子，再把小剂子擀平，放上准备好的馅料，两个剂子上下一合，放进电饼铛内，不到十分钟，又脆又香的韭菜合子做好了。

鲁金虎嗅到韭菜合子的香味，忙用手去抓。尚彩旗轻轻打了一下鲁金虎伸来的手，说：“脏不脏，洗手去。”

鲁金虎洗了手，拿起韭菜合子，狼吞虎咽地吃起来。

鲁金虎越吃越香，一连吃了好几个。吃着吃着，突然想起自己小时候的情景。那时家里穷，能吃上白面馍馍就已经是奢侈了，更别提吃韭菜合子。有一年冬天，天气特别冷，父亲从镇上干木工活回来，从怀里掏出一个牛皮纸袋子，里面装了一个韭菜合子，那是雇主家答谢父亲的，父亲知道这东西稀罕，孩子都没吃过，就没舍得吃偷偷带了一个回家，让鲁金虎和几个姐妹分着吃。鲁金虎分到小小的一块，细细地品尝，那滋味在他口中回荡了好久，至今难忘。那是他平生第一次吃到韭菜合子。

尚彩旗看着吃得津津有味的鲁金虎，问：“味道怎样？”

鲁金虎边吃边说：“好吃，好吃。”

吃完饭，等彩旗收拾完厨房，天色已经很晚了，鲁金虎对彩旗说：“彩旗，时间不早了，我想趁早回去，怕一会儿路黑不好走。”

尚彩旗狠狠地瞪了他一眼，说：“吃饱了就不认人了？”

鲁金虎脸一热，不好意思地慢慢坐下。尚彩旗转过头去，不想看他。鲁金虎尴尬地四下看看，没话找话地问：“看你的家冷冷清清的，以后有啥打算？”

尚彩旗唉了一声，说：“边走边看吧。”

鲁金虎说：“有合适的，你就组个家吧。”

尚彩旗想也不想地说：“没有。”

突然，尚彩旗抱着肚子痛苦地呻吟起来，豆大的汗珠从额头上滚落下来。鲁金虎吃了一惊，忙凑过去问尚彩旗咋了？

尚彩旗抱着肚子，指了指里屋说：“柜子有个暖水袋，你快灌点热水拿过来。”

鲁金虎按照尚彩旗的吩咐，弄好热水袋交给尚彩旗，尚彩旗把暖水袋捂在肚子上，一会儿，痛苦减缓了许多。鲁金虎还不放心，要送尚彩旗去医院看看。尚彩旗对着鲁金虎摇摇手说：“老毛病，不碍事。”

鲁金虎不放心，忙说：“还是去医院看看吧，晚上病再发作了咋办？”

尚彩旗对着鲁金虎挥挥手，说：“金虎哥，没事，天不早了，你回吧。”

鲁金虎急切地说：“你病成这样了，让我咋放心走？”

窗外，黑魆魆的山洼里传来几声猫头鹰的叫声，夜越来越深。

二十五　刘晨的苦恼

寒露刚过，日渐寒冷。太阳没升上山头时路边野草上落满了白白的霜。一些经不住寒冷的树叶被西北风轻轻一吹，就哗啦啦地掉在地上。鲁金虎觉得身上有点凉，便在里面加了件背心，身上暖和了许多。这天午后，他正坐在办公室整理文件，准备和苏亚洲商量公司管理的事，小苏急匆匆地推开他办公室的门喊道：“鲁总，不好了，不好了，刘晨要跳楼自杀呢！”

刘晨是金河出租车公司的驾驶员，三十来岁，风华正茂，平时工作兢兢业业的，为啥会想着跳楼自杀？鲁金虎心里一惊，忽地站起来，问：“咋回事？”

小苏慌里慌张地说：“听说是感情问题，和媳妇闹矛盾，要跳楼寻死！”

小苏告诉鲁金虎，刘晨和丁丽娜的关系并不和睦。丁丽娜年轻而漂亮，对生活充满向往，她追求的是时尚和奢华，希望每天都在灯红酒绿的花花世界里生活。而刘晨虽然手头有不少钱，但只是一个拆迁户，属于“拆二代”。丁丽娜委身嫁给刘晨仅仅是看中了他手中的钱财，对他几乎没有多少感情。丁丽娜在世友建筑公司上班，与公司老板陈学坚打得火热，成了陈学坚的助理。随着自己经济实力的不断增强，丁丽娜更不把刘晨放在眼里。刘晨只能眼睁睁地忍着。

鲁金虎问小苏：“刘晨人现在哪里？”

小苏说：“在他家楼顶，派出所都去了。”

鲁金虎不敢怠慢，忙让小苏带着自己，去事发现场看看。

刘晨的家在立信巷职工家属区，鲁金虎赶到这里时，这里聚集了好多人。警察已拉起隔离区，不让闲杂人员进入。鲁金虎亮明身份，但现场的管理人员说事情复杂，不让他进入。鲁金虎急得像热锅上的蚂蚁，看着站在楼顶的刘晨。

刘晨站在楼顶，神情激动，手里拿着一把菜刀使劲地挥舞着， 嘴里喊着：“我不活了，我不活了。丁丽娜你过来，丁丽娜你过来……”

鲁金虎一下子想起来了，前几年尚彩旗因修水渠与世友公司发生纠纷，出头露面的人就是丁丽娜，没想到这女人竟是自己员工刘晨的媳妇。

鲁金虎问小苏：“咋很少听刘晨提起他媳妇？”

小苏说：“刘晨的媳妇是远近闻名的大美人，一直在世友公司上班，媳妇赚的钱比刘晨多，在家强势得很。刘晨也是个‘粑耳朵’，回到家就是“妻管严”，他不好意思在公司提他媳妇。”

鲁金虎点了点头，心里明白了大半。这时，刘晨情绪又激动起来，挥舞着菜刀大喊大叫。鲁金虎实在着急，就对维持秩序的警察说：“我是刘晨的领导，我们关系不错，我的话他能听进去，你们现在就告诉刘晨，说我鲁金虎来了，看他愿意不愿意见我？”

一会儿，刘晨传话下来，警察告诉鲁金虎说，刘晨愿意和他说说话。鲁金虎在警察的带领下，很快就见到了刘晨。鲁金虎刚想靠近，刘晨挥舞着菜刀对着鲁金虎和警察说：“别过来，别过来！”

鲁金虎只得保持和刘晨的距离，问：“刘晨，好好地过日子不好吗，为啥要寻短见？”

刘晨痛苦地喊道：“丁丽娜外面有人了……”

原来，刘晨好多天都没看见丁丽娜的影子，今天早上，刘晨突然收到法院的传票，丁丽娜提出和他离婚。刘晨看到这张传票，如五雷轰顶，情绪失控，拿起菜刀上了自家的楼顶，要跳楼自杀。

鲁金虎大概了解了事情的原委，一边看着刘晨，一边想着怎么说服刘晨，让他改变自杀的想法。刘晨用菜刀指着鲁金虎说：“你把丁丽娜叫来，我要杀了她。”

鲁金虎喊道：“有话好好说，我正在派人找她，一会儿就到。”

刘晨依然挥舞着菜刀说：“快，快！”

鲁金虎见刘晨虽然情绪激动，但比刚才看见他时语气缓和了一些，便趁机对他说：“来，喝点水，咱俩在这一起等。”说着，慢慢向刘晨身边凑。

刘晨见鲁金虎向自己靠近，又激动起来，用菜刀指着鲁金虎说：“别过来，再过来我就跳了。”

鲁金虎只好站在原地，让其他人员向后退了一步，说：“刘晨，昨天还好好的，有话好好说嘛。”

刘晨舞着菜刀大哭起来，对鲁金虎喊道：“鲁哥，气死我了，气死我了。”

鲁金虎笑了，说：“俗话说‘宰相肚子能撑船’，我不相信有多大的气能气死人？”

刘晨哭着说：“丁丽娜外面有人了，这气还不大吗？”

鲁金虎气愤地说：“是，这事忍无可忍，是天大的事。”

刘晨哭着说：“哥，你说我活着有啥意思。”

鲁金虎摇了摇手，说：“你这种说法不对。”

刘晨问：“为啥不对？”

鲁金虎说：“你想想，如果你死了，不是给她丁丽娜办好事吗？换作我，我要好好地活着，不让她那么痛快。”

刘晨说：“哥，你说得对，你现在就让警察把他俩找来，我要报复他们。”

鲁金虎说：“我马上让警察去找他们。”

鲁金虎嘴上只是答应，可脚下原地不动，刘晨忙催促说：“你快去让警察找人呀！”

鲁金虎假装后退，对警察耳语了几句，又过来和刘晨搭话。鲁金虎说：“他们去找人了，一会儿就来，你先喝点水。”说着又往前凑。

刘晨说：“你别过来，我不会上当。”

鲁金虎见刘晨还没有解除警惕，就答应和刘晨保持距离。鲁金虎突然大声对刘晨说：“哎呀，刘晨，差点忘了一件大事！”

刘晨正在激愤之中，被鲁金虎这句莫名其妙的话惊了一下，问：“咋了？”

鲁金虎不停地拍打自己的脑袋，嘴里发出懊恼的声音。刘晨被这奇怪的一幕搞蒙了，问：“哥，咋了……咋了？”

鲁金虎激动地说：“这几天只顾忙了，我找到了给你女儿治病的偏方。”

刘晨的女儿叫刘紫玉，今年十二岁。小姑娘白皙可爱，继承了她妈丁丽娜的不少基因。小紫玉长到五六岁的时候，左胳膊经常抽搐，遇到下雨天和冬季特别严重，医院的专家说是遗传问题，治疗难度大。刘晨毫不气馁，还是坚持带着女儿找了不少大医院治疗，但效果不明显。丁丽娜见女儿有残疾，心里很不高兴，在女儿面前流露了不少情绪。小紫玉聪明着呢，能从母亲的一举一动中看出端倪，从小便和刘晨亲近。刘晨亦对女儿爱护有加，视女儿为掌上明珠，女儿的愿望有求必应，毫无怨言。后来，鲁金虎知道了紫玉的病情，就告诉刘晨，可以打听一些民间中医，说不定对紫玉的治疗有意想不到的效果。鲁金虎也经常留意这方面的信息。前几天他听人说董家洼有个中医，用艾灸治疗疑难杂症有一套办法，但不知道效果咋样？鲁金虎听了也没在意。今天遇到刘晨要跳楼这事，他灵机一动，想着死马就当活马医吧，拿给紫玉治疗这事当借口，看能不能打动刘晨，让他回心转意。

听到鲁金虎提起紫玉的名字，刘晨的情绪激动起来，他使劲儿用手拍打着地面，嘴里喊着：“紫玉，紫玉，爸爸如果死了，你可咋活呀！”

刘晨狂躁起来，大喊着女儿的名字。嘴里不停地嘀咕：“可怜啊，可怜啊！”

鲁金虎忙劝道：“刘晨，好兄弟。为了一个女人，不能搭上自己的生命啊！”

“爸！”

一个熟悉的声音从鲁金虎和刘晨的身后传来。刘晨看见紫玉，扔掉手里的菜刀，跪在地上大哭起来，嘴里喊着：“紫玉，紫玉……”

二十六　丁丽娜的往事

时令刚过了寒露，天气渐渐凉了起来。怕冷的树叶卷曲发黄的身子，随着阵阵寒风离开了树枝，飘落到大地，接着又随波逐流，被随意地吹到地面的角角落落，任人践踏。

刚吃完午饭，刘晨神情沮丧地走到鲁金虎办公室，靠在沙发上，两眼直愣愣地看着天花板，一言不发。鲁金虎看见刘晨的表情就猜出了八九。自从跳楼事件发生后，丁丽娜和刘晨还凑合着生活在一起，如果丁丽娜在行为上没有改变，在感情上没有更多的投入，那他们关系必然走向终点。鲁金虎看着失魂落魄的刘晨，也没办法再过多的说教，只好硬着头皮问："刘晨，这又咋了？"

刘晨身体动也没动，还是刚才的表情，一半对着自己，一半对着鲁金虎说："结束吧，结束吧。"

看着失魂落魄的刘晨，鲁金虎担心再发生不该发生的事，忙安慰刘晨说："宰相肚子能撑船，大男人志在四方，有啥大不了的呢？想开点。"

刘晨喃喃地说："我现在想开了，所以想结束。"

鲁金虎心里一惊，说："你不敢胡想，再犯起糊涂来。"

刘晨猛地坐起身对鲁金虎说："我要离婚？"

"离婚？"

"是！"

"这可是大事，你要想好？"

刘晨认真地对鲁金虎说："我想好了！"

鲁金虎劝道："你和丁丽娜好好交流交流，说不定还有转机。"

刘晨委屈地说："不用了，我们的婚姻早就名存实亡了，我是个行尸走肉，我们之间既没有语言的沟通，也没有身体的接触，这样的日子过着还有啥意义？"

鲁金虎坐着沉思许久，然后说："既然这样，生活在一个屋檐下实在没有必要。不过……"

刘晨两眼紧盯着鲁金虎，迫切地想听听"不过"是什么？

"离婚是一件很复杂的事，不是简单的两个字。财产的分割，孩子的抚养都要考虑周全。"

"这个我考虑好了，女儿归我，财产分割多少无所谓。"

"财产分割你现在说不在乎，可孩子日后的抚养是一笔大开销！况且你一个大男人，照顾孩子能行吗？是不是交给她妈妈抚养好一点？"

刘晨坚定地说："不行，女儿是我的命根子，抚养女儿是我的底线。虽然我是个男人，但女儿从小和我最亲，丁丽娜整天在外面混，对女儿的照顾太少了，女儿也很排斥她。我怕女儿让她抚养，受人欺负。”

鲁金虎沉思了半天，说：“你的想法我能理解。我知道你很疼女儿，女儿也很爱你，但抚养孩子的事也要和她妈妈商量，听听她的想法，如果她也要女儿的抚养权，那咋办？”

刘晨固执地说：“我不管，我只要女儿。”

鲁金虎叹了口气，半天不知说啥好。刘晨擦了一下眼泪，说：“鲁总，你是我最信赖的人，我和丁丽娜离婚这事你要多替我想想。”

鲁金虎摇了摇头，说：“既然你铁了心，我和丁丽娜谈谈，了解一下她的想法。”

刘晨说：“可以。”

鲁金虎挤出时间找到丁丽娜。丁丽娜看见鲁金虎，没好气地说：“你来干啥，还想再害我一次吗？”

鲁金虎冷冷地笑笑说：“害人的事我不会做。救人的事我常做。”

丁丽娜觉得话不投机就想走，鲁金虎忙说：“我现在要救人。”

丁丽娜回过头瞥了鲁金虎一眼，问：“你救谁？”

鲁金虎说：“你！”

丁丽娜知道刘晨在金河出租车公司上班，也知道鲁金虎是刘晨的领导。虽然她和刘晨是夫妻，但从结婚的那天起，她打心眼就没把刘晨放在心里，他的死活丁丽娜毫不在意，一切随他而去。今天，鲁金虎突然提起刘晨的事，她感觉好像在说别人家的事。

丁丽娜不屑地说：“笑话，你究竟想干啥？”

鲁金虎很认真地说：“刘晨委托我和你谈离婚的事。”

丁丽娜平静地：“离就离吧。你说，咋离？”

鲁金虎说，路边不是讲话之处，和她找到一个咖啡屋谈起正事。鲁金虎和丁丽娜各自要了杯咖啡。鲁金虎喝口咖啡定了定神，把刘晨的想法告诉了丁丽娜。

丁丽娜呷了口咖啡，眼圈露出一丝红晕。丁丽娜告诉鲁金虎：他和刘晨的结合纯粹是一个悲剧，对她来说就是耻辱。她从小学习成绩优异，在同年级的同学中名列前茅，得到的奖状、荣誉数不胜数，加上她青春靓丽，是学校的校花，是各个班级男生垂涎欲滴追逐的对象。高中毕业后，她顺利考取西南化工大学，成为人人羡慕的大学生。

在大学学习期间，她学习成绩依然优秀，获得了好多男同学的好感。在大二学习期间，一个叫高唯怡的同学获得了她的认可，在学习中他们互相交流，在学术上不断提高，她感到无比幸福。由于她出身农村，家庭经济情况不好，生活比较拮据，高唯怡在经济上经常帮助她。在不断的交往中，她了解到高唯怡是高干子弟，父亲是某市的副市长，高唯怡经常把她带回家，高唯怡的父母对她也十分满意。美好的时光就这样悄悄流逝，不知不觉，四年的大学时光就要结束，她不断地提醒高唯怡他们个人的事，可高唯怡好像没啥反应，终于有一天，高唯怡告诉她说：他父亲已经联系好美国加利福尼亚州的一所大学，毕业后他要去美国学习深造。这个消息像一颗惊雷，刺痛了她的心，她问高唯怡："你走了，我咋办？"

高唯怡冷冷地说："你等着吧，我到美国拿到绿卡就来接你。"

高唯怡按照父亲设计的路线义无反顾地去了美国。她痴痴地望着高唯怡远去的背影，流下痛苦的泪水。高唯怡刚到美国时，他们还有书信来往，慢慢地，高唯怡的回信少多了，再问时，高唯怡干脆说学习忙，没时间。

后来，她找到了高唯怡的母亲，想问问高唯怡在美国的情况，高唯怡的母亲告诉她说："我儿子在美国拿到绿卡了，不再回来了。你以后不要和他联系了。"

这句话像一个晴天霹雳刺痛了她的神经，几乎让她精神崩溃。在后续的日子里，她几乎夜不能寐。慢慢地，她选择用酒精麻醉自己。一天晚上，她喝得醉醺醺地在公园溜达，突然，从小树林窜出几个小混混要对她图谋不轨，她拼命反抗，大声呼喊，这时，远处一辆汽车行驶到她出事的附近，车上人听到呼救声，几个人跑下车，混混们见势不妙逃走了。

救她的人就是陈学坚，他把她送回家。后来，她看了一本书，叫《宇宙的故事》，终于慢慢释怀了。和太阳系相比，和银河系相比，人类太渺小了，连宇宙的一颗砂砾都不如，即使坐上最快的宇宙飞船一辈子也飞不出银河系。慢慢地，她想着人生不过几十年，何必钻牛角尖，不必太认真，今日有酒今朝醉，高兴一天是一天，便过上了醉生梦死的日子。不久，她主动和陈学坚联系，加入了世友建筑公司。

鲁金虎喝了口咖啡，问丁丽娜："你到了世友建筑公司，后来咋能和刘晨结合在一起？"

丁丽娜接着说，她是有知识，有文化的大学生，因此，到世友建筑公司上班后，很快就适应了工作环境，干得挺开心。由于能力出众，很快就被陈学坚提拔为总经理助理。陈学坚是有妇之夫，虽说她两人经常打情骂俏，但陈学坚没有娶她的意思。随着时间的推移，她慢慢变成了大姑娘，一直没找到中意的心上人，她婚姻的事让父母很着急。一天，他父亲找到她，要给她介绍个男朋友，这人就是刘晨。

出于父母的威逼利诱，她和刘晨见了面，刘晨和她的差距太大了。她丁丽娜是名牌大学毕业的大学生，而刘晨高中都没上完。他父母告诉丁丽娜，刘晨家是拆迁户，在城里有几套房子，还有近千万的存款。如果能嫁到刘家，一生都锦衣玉食，吃喝不愁。他对父母的劝说浑然不顾，说："我和刘晨不在一个层面，既没有共同的语言，也没有共同的事业，我们勉强凑合在一起，也长久不了。"

丁丽娜妈骂道："我和你爸天天吵架，过不了几天还要打一架，不是也过了一辈子吗？嫁鸡随鸡，嫁狗随狗。再过几年，人老珠黄了，还有人要吗？"

不管父母怎么央求，她都不听。她正为和刘晨的婚事发愁，害怕父母再来催婚。没想到陈学坚却走进她的办公室问："听说有人给你介绍了个对象？"

丁丽娜心里一惊，猜不出陈学坚问这话是啥意思，就反问道："谁说的？没这回事。"

没想到陈学坚嘿嘿一笑，说："我觉得挺好。"

丁丽娜不知陈学坚葫芦里卖的啥药，忙问道："啥叫挺好？"

陈学坚诡秘地一笑，说："我听说给你介绍的这个对象是个'拆二代'，有房有存款，嫁给他有啥不好？"

丁丽娜不解地问："你咋对他这么了解？"

陈学坚神秘地笑笑说："这个你不要管，我只是觉得你和这个'拆二代'结了婚，有了名分，也有了房，经济上还宽裕，何乐而不为呢？"

丁丽娜有点生气，说："我是什么身份，他是什么身份？嫁给他，我这脸还往哪儿搁？"

陈学坚不屑地说："身份是个啥玩意？你们结了婚，你就是这家的女主人，钱你随便花，你想出去玩就玩，你想干啥就干啥，谁管得了你？一切都是你说了算，多好啊！"

丁丽娜被噎在那，半天没说出话来。陈学坚给丁丽娜做了个鬼脸，露出诡异的笑容。丁丽娜瞪大眼看着陈学坚，想了半天，丁丽娜慢慢醒过神来，用手指着陈学坚的鼻尖，恶狠狠地骂道："你坏透了！"

就这样，丁丽娜和刘晨结了婚，成了刘家的女主人。可好景不长，由于文化修养和价值观的差异，丁丽娜和刘晨经常吵吵闹闹，凑合着过了几年，后来，他们有了女儿刘紫玉，吵闹少了一些。

就这样，她和刘晨聚少离多，貌合神离。前段时间，她有个东西忘在家，回家去拿，刘晨正好在家。看见她回来，刘晨马上嬉皮笑脸地凑到她身边说："老婆，你好久没回家了，今天就不走了，我给你买点好吃的犒劳一下你。"

丁丽娜没好气地瞪了一眼刘晨，说："走远点，我有事，取完东西就走。"

刘晨一听满脸的不快，忙对丁丽娜说："你整天不在家，好不容易回来一趟说走就走，这还像个家吗？"

丁丽娜毫不示弱，说："不像家又怎样？"

刘晨知道自己惹不起丁丽娜，马上改口说："嘿嘿，老婆，我就是想你，不想让你走。"

丁丽娜说了一声"滚"，紧接着就要出门。刘晨忙上前拉住丁丽娜的胳膊央求道："丽娜，你别走了，求求你了。"

丁丽娜抬起手就是两个耳光。刘晨挨了打，站在原地愣了半天，好不容易反应过来时，丁丽娜已经走了好远，他气愤地对着丁丽娜的背影喊道："过不了就离！"

丁丽娜转过头对刘晨说："呸，离就离，癞蛤蟆。"

自从丁丽娜走后，刘晨一直闷闷不乐。这天刘晨正在家里生闷气，突然收到一个快递，他看见快递的落款是农城区法院，急忙打开一看，是丁丽娜的离婚起诉书。看见离婚起诉书几个字，刘晨两眼直冒金星，血往上冲，愤怒的火焰似火山喷发，压抑不住满腔的怒气，直接冲上自家的楼顶，高喊着："丁丽娜你变心了，我要杀了你！"再就是后来鲁金虎知道的情况了。

听完丁丽娜的叙述，鲁金虎沉思了一下，问："你现在咋想？"

丁丽娜沉默了一下，心情平静地说："离吧！"

鲁金虎说："你同意离，那就离，不过……"

丁丽娜看了一眼鲁金虎，问："不过什么？"

鲁金虎说："离婚之前刘晨有个条件？"

丁丽娜忙问："啥条件？"

鲁金虎说："刘晨专门叮咛我，他要紫玉，这是底线！"

丁丽娜一惊，说："什么？"

丁丽娜非常吃惊，鲁金虎并不意外。作为一个有良知的人，谁能舍得自己的亲骨肉呢？他微微笑了笑对丁丽娜说："你是孩子的妈妈，十月怀胎，这里的酸甜苦辣我能理解，你爱女儿这很正常，刘晨说要女儿的抚养权，当然对你来说是不公平的。"

丁丽娜看着鲁金虎，委屈地说："我也离不开我的女儿呀！"

二十七　归宿

刘晨委托鲁金虎办事已经过了好几天了，鲁金虎还没有给他回话，刘晨像一头被关在笼子里的狮子，在屋里来回地走着，失望、焦虑、无助写满他的脸颊。他无数次对着房子的四周长吁短叹，好像房子里所有的东西都和他作对，与他势不两立。他看着躺在床上鼾声如雷的鲁金虎实在忍无可忍，上前喊道："哥，你睡得挺香。别睡了。"

鲁金虎翻过身，迷迷糊糊地回了一句："让我再睡会儿，困。"

"你已经睡了几个小时了，小心睡出毛病了。"刘晨忍无可忍，说了一句重话。

鲁金虎睡眼蒙眬地问："啥事？"

刘晨气愤地问："还问啥事？看你这样子，还不如我那会儿从楼上跳下来算了，一了百了。"

"别再胡说了！再让我睡会儿。"

"鲁总，鲁哥，你就这样对我吗？"

"咋了？"

"我现在心如刀绞，万念俱灰。你却对我漠不关心，你还有做哥的样子没？我的领导。"

鲁金虎生气地说："你现在想起我是你哥，你的领导了。你要跳楼之前，找过我吗？问过我吗？找我给你帮忙解决问题了吗？"

刘晨愣在那儿，半天不知说啥好，想了半天，才嗫嗫嚅嚅地说："当时脑子发热，失去理智，就……"

鲁金虎问："现在脑子正常了？"

刘晨心里不服，说："正常了，冷静了，但心里还是憋屈，还是不想活。"

"我知道你憋屈，我也憋屈。"

刘晨疑惑地问："真的吗？"

鲁金虎说："我会骗你吗？这事放到我身上，我也会抓狂。"

刘晨低下头，说："我想得太简单，就想一了百了，永无烦恼。"

"你也太自私了吧？你只顾自己一了百了，那你的父母呢？你的女儿呢？他们也能一了百了吗？他们也和你一样从楼顶一跃而下吗？"鲁金虎有些生气了。

刘晨沉默不语。

鲁金虎若有所思，两眼看着远方，慢慢对刘晨说道："不光是你，每个人心里都有自己的伤疤。记得多年前，我还是个小木匠。开始在县城的人力市场打零工时，也是三天打鱼，两天晒网，吃了上顿没下顿。不是我不努力，不想干活，而是没人雇我，我没活儿干。那些年，天气暖和的季节还好一点儿，一旦到了天寒地冻的时候，可就遭了罪了。如果能找点活儿有点儿收入还好说，几天没活儿，那就受了老罪了，实在难熬呀。有一年冬天，天下着雪，一连几天都没活儿干，我一天只能吃一个硬馒头，连一口热水都没得喝。有一天下着雪，我实在渴了，就抓了把雪放在嘴里嚼啊嚼。一会儿，肚子疼得厉害，忍不住在雪地里打滚。四周的人只是看着，没有人肯帮忙。好在我体质好，疼了一会儿，就忍过去了。我时常在想，如果我那天死了，最终只能是挖个坑把我埋了，除了父母谁还会记得我。"

刘晨呆呆地看着鲁金虎，吃惊地问："还有这回事？"

鲁金虎淡淡地一笑，说："你不信吗？"

刘晨吃惊地说："没想到。"

鲁金虎又说："就拿今天这事来说吧。我在一旁呼呼大睡。你像热锅上的蚂蚁，怨天尤人，怨天恨地。对睡着的人有用吗？"

刘晨怀疑说："难道你是在装睡？"

鲁金虎说："是的，我是在用事实告诉你，对你来说，是天大的事，对你的父母、子女和亲朋好友是天大的事。而对看热闹的人来说，你的所作所为只是小插曲，这些人最多感叹一声，并不能感同身受。"

刘晨低头不语。

鲁金虎继续说："你想想，你来到这个世界，谁最关心你？"

"我爸、我妈。"

“在这个世界上，你最关心谁的健康和安危？”

“我爸，我妈，我媳妇，女儿。唉！现在没有媳妇了。”

“对，现在把媳妇刨除。如果你那天真的从楼上一跃而下，谁最伤心，谁最受伤?

刘晨默不作声。

“你不能因一时冲动做出亲者痛、仇者快的事啊！”

这时，门外传来一阵敲门声，鲁金虎打开房门。刘晨看见紫玉，忙跑上去抱住女儿，问：“紫玉，你想爸爸吗？”

紫玉点点头。紫玉问：“爸爸，你咋这么狠心？”

刘晨亲了一下女儿，说：“爸爸错了。”

紫玉从怀里掏出一个苹果递到刘晨面前，说：“这是我给爸爸买的苹果，祝爸爸平平安安。”

“谢谢女儿。”

鲁金虎把紫玉叫到身边，问：“紫玉，在这个世界上，你最爱谁？”

紫玉说：“当然是爸爸了！”

“为啥？”

“因为爸爸从小最疼我，我爱吃的东西，都是爸爸买的。”

“爸爸还有啥地方对你好？”

“有一回我病了，爸爸抱着我到医院。后来，听护士阿姨说，我都昏睡了三天，是爸爸一直陪着我，一步都没离开过。”

鲁金虎鼓起掌来，说：“爸爸真好。”

刘晨不好意思地说：“这都是爸爸应该做的。”

鲁金虎对紫玉说：“爸爸现在遇到点儿麻烦，心情不好，你给爸爸唱首歌，让爸爸高兴高兴。”

紫玉想了想，说：“那我给爸爸唱首‘世上只有爸爸好’吧。”

鲁金虎笑道：“有首歌是《世上只有妈妈好》，没听说还有个‘世上只有爸爸好’。”

紫玉天真地说：“我改编的。”说着就唱起来。

刘晨听着女儿纯真的歌声，眼里流出了泪花。

渐入深秋，天气越来越冷。树杈上枯黄的树叶掉落了大半，剩下坚守的叶子也在寒风中瑟瑟发抖，那病入膏肓的样子看起来经不住一缕微风，就会瞬间掉落。河边的小草完全褪去了绿色，穿上了枯萎的金黄色衣服，虽然看起来挺美，但那是它老去的样子。天空是阴沉沉的，没有了夏天的透亮，薄薄的一层雾霾弥漫在空气中，散发出一股浓浓的黄土味。

城外的小河弯弯曲曲地向前延伸着，再也没了夏日的风采，流水完全聚集到河的中央，河流两侧露出大片湿漉漉或干巴巴的河床来。

刘晨从一棵柳树上折下一条柳枝，使劲抽打着河水，细细的河水经不住长柳枝的蹂躏，泛起一圈圈涟漪，但没泛出几圈，就又恢复了平静，一溜烟地向下游流去。

“鹅，鹅，鹅，曲项向天歌……”刘晨举起的柳枝正要再次打向水面，一个熟悉的声音回响在他的耳边，他下意识地把柳枝举在手中，仔细聆听这天籁般的童音。这童音越来越近，直到停在他的身后。他慢慢回过头，紫玉一边背着唐诗，一边对着他笑。

二十八　无法选择的选择

鲁金虎为刘晨和丁丽娜离婚的事糟心，好不容易理出一些头绪，正想清静清静，没想到甜杏突然打来电话，说尚彩旗病了，而且病情很严重，让他快去看看。鲁金虎问清了尚彩旗住院的地方，二话没说就往医院赶。

到了病房，鲁金虎看到尚彩旗正和母亲抱头痛哭，见鲁金虎进来，彩旗妈忍住哭声，悄悄抹泪。鲁金虎看了一眼躺在病床上的彩旗，吓了一跳。彩旗像换了另一个人，脸色苍白，往日乌黑的头发也稀疏了许多，没几天的工夫，人似乎苍老了十几岁，早没了以前漂亮的样子。尚彩旗见到鲁金虎，哭得像泪人似的，鲁金虎忙安慰她说：“你别哭，有话慢慢说，到了医院有医生治，咱就不怕了。”

尚彩旗心里平静了一点。鲁金虎问：“你这是咋了？怎么病成这样？”

尚彩旗说：“前些时候，我感觉浑身无力，饭量也减少了，想着可能是消化不好，过段时间就没事了。可最近又发现身上出了不少红点，起先以为是湿疹，就自己硬扛。这些天实在顶不住了，才来医院检查，就成了这个样子。”

鲁金虎安慰说：“有我在，你也不用怕。”鲁金虎觉得，现在病情不明，就没有敢多问彩旗，怕问错了影响她的情绪，只是说些宽慰的话安抚她。

这时，一个护士过来对着彩旗妈说："前几天交的住院费用完了，赶快去交费，不然就要停药了。"

鲁金虎忙对护士说："你放心，马上就去办。"

护士刚走，尚彩旗就呜呜地哭起来。鲁金虎说："你哭啥？哭坏了身体咋办？不哭了。"

尚彩旗哭着说："昨天护士说，让交两万元住院费，我妈去借钱，跑了一天，才借了一千，哪有钱交？"

鲁金虎说："那你咋不早说？让阿姨乱跑。钱的事你不要担心，我这就去缴费。"说着就去住院部办手续。

鲁金虎从缴费的金额判断，尚彩旗不会是小病，小病也要不了这么多钱。为了弄清病情，鲁金虎缴完费忙去找主治医生询问尚彩旗的病情。

主治医生问明了鲁金虎的身份，告诉他，尚彩旗得的是宫颈癌。鲁金虎后脑勺仿佛被人狠狠敲了一下，感觉天都要塌了，他尽量控制好自己的情绪，问医生彩旗的病情现在发展到什么程度？医生说，从目前的指标看，病情还在早期，抓紧治疗治愈很有希望。

听完医生的话，鲁金虎放心了许多，他来到尚彩旗的病床前，把缴费押金条递给彩旗妈，让她收好，说出院时还要用。并告诉彩旗和她母亲不用担心，安心治病，过几天做完手术，就会痊愈。住院费他全权处理，不要彩旗管。

彩旗妈千恩万谢，要给鲁金虎下跪。鲁金虎忙拉住彩旗妈说："姨，你这是干啥！彩旗就像我的亲妹妹，有我在，就有彩旗在。"

他怕尚彩旗担心自己的病情，就轻描淡写地说："刚才我去问医生了，说你子宫里长了个小肌瘤，做个小手术就好了。"

尚彩旗还是不相信，说："我感觉我现在一点力气都没有，像是得了大病。"

鲁金虎勉强笑了笑，说："看你傻不傻，病人都犯困，过几天恢复恢复就好了。"尚彩旗半信半疑。

没过多久，护士通知他们，尚彩旗第二天要做手术。鲁金虎就按照护士的吩咐，做手术前的准备。

彩旗的手术按照医生的安排，准时进行。彩旗妈看见女儿被推进手术室，眼泪汩汩地流。鲁金虎忙拉住彩旗妈，让她不要难过，怕影响彩旗的情绪，对做手术不利，然后对尚彩旗说："你放心，我和姨在外面等你出来。"

尚彩旗对着母亲和鲁金虎点点头，就被推进了手术室。

时间一点一点慢慢向前挪着，手术室红色的警示灯一直亮着。鲁金虎不停地看着时间，心里很着急。

鲁金虎不安地在手术室门口踱步。突然，手术室的门开了一条缝，一个护士露出半个头，问："谁是病人尚彩旗的家属？"

鲁金虎忙跑过去，说："我！"

护士说："医生让你进来一下。"

鲁金虎心里突突地跳个不停，他知道，现在医生叫家属并不是好消息，可这也是没办法的事。他领着彩旗妈一起跟着护士走进手术室。在手术室的准备间，主治医师见他们来了，忙让他们坐下，然后说："刚才我们做手术时，在病人的子宫内发现肿块，如果不切除，以后如果复发，就不好治了。如果现在完全切除子宫，就排除了所有隐患，再经过一些辅助治疗，病人就会痊愈。只是切除了子宫，病人以后就没有生育能力了。"

鲁金虎听完医生的话，倒吸了口凉气。彩旗妈呜呜地哭起来，说："我女儿咋这么命苦呀。"

医生看着彩旗妈悲痛的样子，也很为难，他知道，这对任何一个没有生育过孩子的人来说，都是难以抉择的事。在死亡和生存面前，医生也无能为力，只能让他们最亲的人抉择。现在，尚彩旗就在手术室，没有更多的时间等待。

医生说："现在只有最后五分钟考虑，不能再等了。"

鲁金虎知道，他自己再有多大胆，也不敢做出这样的决定，忙去问彩旗妈。彩旗妈只是哭，也拿不定主意。

时间一点一点地过去，鲁金虎觉得五分钟实在太短了，能不能再多给他们留点儿时间，让他们多考虑一会儿。鲁金虎不敢自行做主，又去问彩旗妈，让她拿个主意。彩旗妈无奈，最后哭着说："彩旗的命都是你救的，你就拿主意吧。"

然后，彩旗妈只是哭，不管鲁金虎怎么问，都不再说话。

医生看着鲁金虎，说："没时间了。"

时间不等人，他咬了咬自己的嘴唇，说："那就切除子宫吧！"

鲁金虎坐在手术室外的长椅上，觉得身上一阵一阵地发冷，他把自己的衣服尽量往上拉，但还是直打哆嗦。他再也没心思去看挂在手术室门口的时钟，现在他真想把那时钟的表针拉住，让它走得慢点儿。他用双手捂住自己的耳朵，尽可能地让那嘀嗒嘀嗒的声响减少对自己的摧残。

手术室外的红灯熄灭了，鲁金虎猛地打了个寒战，知道了结果，忙站起来走到手术室门口，一会儿，尚彩旗被推出了手术室。

医生对彩旗妈和鲁金虎说："一切顺利，手术非常成功。"

鲁金虎忙对医生说了声"谢谢"，就去看彩旗。此时，彩旗紧闭双眼，脸色铁青且发白，呼吸很微弱。鲁金虎疑惑地看了看护士，欲言又止。

护士看出了鲁金虎的心思，说："一切都好，一会儿病人就清醒了。"鲁金虎这才松了口气，和护士一起把尚彩旗推到了病房。

果真如护士所言，尚彩旗很快就清醒了，她睁开疲惫的双眼，看了看母亲和鲁金虎，轻声地叫了声："妈，金虎哥。"

听到女儿的叫声，彩旗妈满脸泪珠，鲁金虎忙安慰说："彩旗，手术很成功，再过几天你就能出院了。"不过，切除子宫的事鲁金虎没敢对彩旗说。

尚彩旗对着鲁金虎点点头，说："谢谢哥。"

鲁金虎坐在彩旗的病床前，看着吊瓶的点滴慢慢流入尚彩旗的身体，彩旗的脸上泛起了红晕，但他却心事重重。彩旗妈对鲁金虎说："如果没有你，我还真不知道该怎么处理这件事才好。"

鲁金虎苦涩地对着她们母女笑了笑。

二十九　高中状元

时光荏苒，日月如梭。不知不觉中光阴就这样流走。噼里啪啦的鞭炮声此起彼伏，鲁金虎兴奋不已，因为儿子鲁开元成了今年凌云县文科状元，被燕华大学录取，学校召开高考庆功大会，邀请他和甜杏参加，双喜临门。为了感谢凌云县高级中学对儿子鲁开元的培养，鲁金虎决定拿出一百万捐赠学校设立助学金，以表达自己对学校培养儿子的感谢。

庆功大会如期举行，他和甜杏身披红色绶带，应邀坐在主席台上，望着台下黑压压的师生，他脸上充满了自信和自豪。

王校长宣布庆功大会开始。介绍完受邀来宾，做了简短而热情洋溢的致辞后，王校长说："下面有请今年凌云县文科状元鲁开元同学上台发言！"

人群中爆发出热烈的掌声和羡慕之声，所有人的目光都聚集在从一侧走上台的青年身上。只见他十七八岁的年纪，脸上戴着黑边眼镜，高挑的身材，虽然显得消瘦了一些，但走起路来精神抖擞。他穿着一身合体的蓝色西装，黑色的皮鞋锃明瓦亮，手里捧着一束鲜花，走到主席台中央。他把手里的鲜花高高举过头顶，然后向台上、台下的人们致意。

王校长把话筒递给鲁开元。开元接过话筒，对着台下讲道："各位领导、各位老师、各位家长、各位同学，'新竹高于旧竹枝，全凭老竿为扶持。明年再有新生者，十丈龙孙绕凤池'。今天，我能站在这里发表感言，我想借郑板桥的诗，首先感谢各位领导的关心和爱护，其次感谢各位老师的悉心培养，以及帮助过我的同学。父母给了我生命，但老师给了我智慧。是你们心口相传，用辛勤的汗水，把我这棵树苗培养成人，谢谢你们！"

鲁开元继续说："从今天开始，我将踏上人生的另一个旅程。我将把凌云高级中学的优良学风带向我追求知识的下一站。我将在今后的求学之路上，持之以恒，不断追求卓越，将来用更优异的成绩回报母校，回报社会。"

台下一片欢呼，有人高喊："讲得好！"

鲁开元走下台后，王校长接着说："下面，我们有请今年我县的理科状元，被华淀大学录取的吴喜娟同学上台发言。"

台上台下的人掌声雷动，等了老半天，一个高高胖胖的小女生才从后台怯生生地走上来。她乌黑的头发梳成一根长长的辫子，搭在脑后，略显黝黑的脸庞上闪着一双乌黑的大眼睛，白色的衬衣领和袖口绣着蓝色的花边，灰色的裤子，脚上的鞋子看上去已经穿了好久。她走到主席台中央，低着头，不敢正视台下黑压压的师生。

这时，王校长走过来，拿起话筒介绍道："这就是我们县的理科状元吴喜娟同学，大家欢迎。"台上台下噼里啪啦的掌声似乎惊动了吴喜娟，她这才慢慢抬起头，向大家鞠躬致谢。

这时，王校长示意大家安静一下，然后把话筒递给吴喜娟，请她发表感言。吴喜娟接过王校长手里的话筒，双手有点儿发抖，王校长鼓励说："大胆一点儿，没事的。"

吴喜娟对着话筒，小声说："大家好，今天我能站在这里，第一个要感谢的人是我妈妈！"

吴喜娟继续说："从我记事的时候开始，我就记着家里的大事、小事都是妈妈操持着。我们家里很穷，三间破瓦房，一间住着爸、妈和我一家三口，其他两间是厨房和放杂物的地方。小时候，常常看见妈妈穿着灰色的粗布衣，很少买新衣服。妈妈可能干了！她忙完地里的农活，还要洗衣服、做饭、干家务。我很少看见妈妈坐下来休息。记得我刚上初二时的一个冬天，一连下了好几天雪，天气特别冷。西北风刮得呼呼的，因为没有钱，我家的窗户不是玻璃的，而是用塑料薄膜钉到窗户框上的。那天，风太大了，把塑料薄膜吹开了几个大洞。到了晚上，屋里就更冷了，我在家里做作业，妈妈见我冻得手直发抖，笔都拿不好，怕影响我学习，她就用床单把窗户上的洞堵住。西北风实在太大，又没有合适的工具，妈妈干脆坐在窗台上，用两根竹竿把床单缠住，再用后背顶住竹竿靠在窗台上。我感觉暖和多了，就开始沉浸于做作业中。等我做完作业，发现妈妈一动不动，我就上前看妈妈。我用手去摸妈妈的脸和身体，发现妈妈身上冷得像冰块一样，我忙把妈妈连抱带拉地弄下来，让妈妈的身子在床上暖了半天，她才苏醒过来。妈妈看见我坐在她面前，吁了口气说："妈太累了，刚才睡着了。"说着，吴喜娟呜呜地哭起来。

这时，王校长接过话筒，对大家说："听了吴喜娟的描述，我们都很感动。现在，有请这位善良、伟大的母亲上台。"台上、台下一片掌声。

鲁金虎正在鼓掌欢迎，发现从台下慢慢走上来的女人有点面熟，那胖胖的身体略显臃肿，短短的黑发里夹杂着不少银丝，一身肥大的灰色上衣包裹着上身，黑色的裤子显得有点儿紧。这个女人也和女儿一样，低着头站在台上，身体不停地哆嗦。

等这个女人在台上站稳脚跟，鲁金虎仔细一看，啊！这不是秋娥吗？他使劲儿擦了擦眼睛，没错，就是秋娥。她比以前老了许多，脸上深深的皱纹把她经历的沧桑暴露无遗。鲁金虎吃了一惊，秋娥的女儿都这么大了，不是说吴大锁是个"样子货"吗？这女儿是咋回事？鲁金虎又一想，现在吴大锁的女儿都考上大学了，那些谣言自然不攻自破。传谣的人肯定是胡编，想让吴大锁丢脸吧。

甜杏见鲁金虎紧盯着秋娥，狠狠地踢了他一脚，骂道："你没见过胖女人？"

鲁金虎这才醒过神，对甜杏一笑说："没有，没有，我是看下面的人呢。"

甜杏一脸的不快，扭过头去，不再搭理鲁金虎。

鲁金虎心里乱乱的。自从看见秋娥，原来的好心情被这突如其来的插曲彻底打乱，他心里有种说不出的滋味。原准备在王校长宣布他向学校捐款一百万元设立助学金，就挺直腰杆，发表热情洋溢的演讲，为自己的成功事业骄傲，也为儿子给自己脸上添光而骄傲。但刚听了秋娥女儿的诉说，之前的骄傲与张扬的底气消失了。最后他思绪紊乱，在王校长邀请他发表捐赠感言时，他糊里糊涂地随便说了几句，到后来他也不知道说了些啥，就草草收场。

他本想给秋娥和她女儿打个招呼，说一些祝贺的话，但当开元拉着他的手，让他上车时，他才明白，大家都散了。

开完庆功会，鲁金虎和甜杏、开元回到圪塄村，一来是想陪陪甜杏，看看老人，二来也给开元准备一下上大学的物品，一家人也好好团聚一下。

三十　耳坠

秋分刚过，晚上虽有了一些凉意，但对于怕热的人来说，依然感到酷热难耐。早上刚上班，鲁金虎感到有一些闷热，本想享受一下空调的凉意，没想到赵毛蛋哭哭啼啼地推开门说："鲁总，我活不成了，我活不成了！"

鲁金虎骂道："对面就是大马路，咱这楼有二十多层，你想撞车就撞车，想跳楼就跳楼，随便。你都要死了，还骚扰我干啥？别打扰我睡觉！"

赵毛蛋带着哭腔说："鲁总，哥，你咋没一点同情心呢！"

"我同情一个死人干啥？滚。"

鲁金虎转过身假装睡觉，赵毛蛋说："鲁总，鲁哥，你真的不管我的死活？"

鲁金虎生气地说："你到底咋了？有话好好说。"

赵毛蛋哭丧着脸说："我老婆买了个翡翠耳坠，掏了两千元，回来鉴定，结果说只值二十元。"

"那你把老婆收拾一顿，让她吃一堑，长一智，以后买东西多长个心眼，免得再上当受骗。"

赵毛蛋沮丧地说："哥，你说得轻巧，我敢……敢动手吗？"

"你不敢动手，我有啥办法？"

赵毛蛋把自己的半个脸扭过来让鲁金虎看。鲁金虎看见赵毛蛋脸上有几道抓痕。赵毛蛋对鲁金虎说："你看，这都是那个泼妇抓的，她骂我是个窝囊废，没本事，让我把她被骗的钱要回来。"

鲁金虎笑了，说："她不是能得很嘛，自己咋不去？"

"她怕人家打她，不敢去。"

“你老婆怕挨打，那你去呀！”

“我也不敢，怕挨……”赵毛蛋不好意思，话只说了一半。

鲁金虎怒了，说：“你是怕挨打不敢去，是吧？谁不怕挨打啊！”

赵毛蛋用手轻轻指了指鲁金虎。

鲁金虎看见赵毛蛋用手指自己，气愤地举起手掌，骂道：“你的意思是我不怕挨打？”

赵毛蛋赶紧抱住自己的头。

鲁金虎气得笑出了声，说：“弄了半天，你是说我不怕挨打呀！”

“不，不是让你去挨打，是让你去替我老婆要钱。”

鲁金虎又气又笑，说：“赵毛蛋呀赵毛蛋，损人利己的事你学会的还不少呀！”

赵毛蛋央求道：“鲁总，鲁哥，求人求到底，救人救个活。你再不帮我把钱要回来，以后……以后我和我老婆啥事都弄不成了。”

鲁金虎看见死皮赖脸的赵毛蛋不断央求自己，知道这货的本性，不帮也不行。他坐在沙发上想了想，问：“你老婆是在哪被骗的？”

赵毛蛋赶忙说：“在书院门。”

鲁金虎知道书院门可是个大去处，是秦汉市最有名的文化街区，这里是汉唐文化的见证地，盛唐时期最兴盛，李白、杜甫、白居易这些大诗人都曾光顾此处。从明清开始，这里成了文人墨客重要的聚集场所。近年来，随着书院门的修缮，这里重现了当年的风采。“书院门”三个字为唐朝大书法家颜真卿所书，进入街区，宝庆寺“华塔”镇守着书院门西口。该塔六角七层，精美无比。关中书院就坐落其中，这里曾经是盛唐最高学府，讲堂允执堂和讲堂后的假山“三峰耸翠”位于院中。这里文化气息浓郁，到了晚秋，走在细雨蒙蒙的古巷，穿着唐装的小姐姐从你身边走过，踏着青石板铺就的台阶，看着两旁古色古香的仿唐建筑，欣赏着七梁八柱，红漆格子的窗棂，别有一番情趣。随巷而建的各式店铺中，琳琅满目的碑帖拓片、名人字画、文房四宝，让你目不暇接。

书院门也是鲁金虎经常光顾的地方，以前他就在这里给甜杏买手镯、玉坠，给开元买毛笔。知道是来这里，他心里有了底，就问赵毛蛋：“你老婆买的耳坠你拿着吗？”

赵毛蛋忙从口袋拿出老婆买的耳坠让鲁金虎看。鲁金虎坐着没动，用眼瞥了一下赵毛蛋手里拿着的耳坠，骂道：“你这死狗赖娃，把人能气死，这样吧，求人办事要有个姿态，你晌午请我吃碗羊肉泡，这事还能商量。”

赵毛蛋兴奋得像吃了蜜，说：“吃碗羊肉泡没问题，我就知道鲁哥有办法！”

“少拍马屁！”鲁金虎说。

到了饭点儿，鲁金虎和赵毛蛋到了桥梓口马家老店，服务员见有客人吃饭，忙上前问：“客人要啥？”

没等鲁金虎开口，赵毛蛋抢先说：“羊肉泡，普通的……”

鲁金虎一敲桌子，赵毛蛋吓了一跳，忙改口说：“优……优质的……”

鲁金虎瞪了赵毛蛋一眼，嘲笑他说：“你还抠门得不行，请我吃个泡馍还要普通的？”

赵毛蛋面露难色，说：“我老婆每月只给五十元零花钱，花完就没了，所以我只好省着花。”

吃完饭，鲁金虎剔了剔牙，慢慢喝起茶来。赵毛蛋心急，忙催促道：“鲁哥，吃完饭了，咱们快走吧。”

鲁金虎问：“干啥去？”

赵毛蛋愣了一下，说：“不……不是给我老婆要钱去吗？”

鲁金虎“哦”了一声，继续喝茶。

赵毛蛋看着纹丝不动的鲁金虎，真的沉不住气了，说：“好我的哥呢，一会儿那就下班了。”

鲁金虎说：“急啥？我还没想好办法呢。”

鲁金虎没事儿人似的看着窗外。午后刚过，正是烈日炎炎、骄阳似火时候。看着窗外毒辣辣的太阳，鲁金虎懒得动，加上刚吃饱饭，竟有了一丝睡意。突然，一股微风吹动窗外翠绿的柳枝，几条修长的枝条轻轻拍打着屋顶上的斗拱和青瓦，让睡意渐起的鲁金虎有了一丝灵动的快意。赵毛蛋“唉”了一声，垂头丧气地抱着头坐着，一言不发。

赵毛蛋心里正在怄气，从外面走进来两个人，鲁金虎乐了，笑嘻嘻地对来人说：“白大队，你来了。”

来人正是公安局的白大军大队长和助手，他看见鲁金虎，不好意思地说：“刚才有个突发事件处理了一下，抱歉，来晚了。”

鲁金虎忙说：“不晚，不晚。”他看了看白大军问道：“你吃过饭了吗？没吃的话，我现在就点餐。”

白大军忙摇手说：“吃了吃了，现在说正事。”

赵毛蛋吐了吐舌头，没想到鲁金虎给自己留了一手，早就把买到假玉坠的事在公安局立了案。他不敢插话，就坐在一旁听鲁金虎和白大军说事。

白大军对鲁金虎说：“这个案子的焦点是取证，有了证据就好办了。不过玉器这东西价格乱得很，只要能评出你们买的玉坠的价格，就有了证据，我们也好处理。”

鲁金虎说：“现在我们只有玉器店开的发票。白大队，不瞒你说，我们按照你说的办法试过，到几个店询了价，价格五花八门，有几百的，有几十的，不好办啊！”

白大军说：“你给我出了个难题，公安办案注重证据，没证据没法弄。”

白大军有点犯难，鲁金虎偷偷一笑，对着白大军耳语了几句，白大军说：“我们办案还没这么办过，不妥吧。”

鲁金虎叹了口气，说：“坏人把好人逼的。”

赵毛蛋正在发怵，鲁金虎瞪了他一眼，说：“走，给你老婆要钱去！”

赵毛蛋高兴地站起来，连说两声好，屁颠屁颠地跟着鲁金虎他们往外跑。到了门外，鲁金虎四下看了看，见路旁水沟里有一块青砖，就对赵毛蛋说：“去，把那块青砖捡起来抱上。”

赵毛蛋迟疑了一下，说：“鲁哥，抱块青砖干啥？脏兮兮的。”

鲁金虎用手一指赵毛蛋，问：“你嫌脏，对吗？你老婆的钱还要不要？”

赵毛蛋忙说：“要，要，要。”

赵毛蛋一听这块青砖能换回自己老婆的钱，屁颠屁颠地跑过去捡起青砖抱在怀里。这时候正是一天最热的时候，鲁金虎走在被太阳晒得炽热的青石板上，边走边用衣袖给自己扇凉风，回头看看抱着的青砖汗流浃背的赵毛蛋，忍不住骂道：“都是让你害的，热死人！”

鲁金虎本是木匠出身，对名人字画、古代建筑很感兴趣，虽然身上热气蒸人，他依然看着周围的景色出神。到了书院门街巷中间，一个白底红框的招牌吸引了他的注意，招牌上写着“苟自明古玩字画”几个字，鲁金虎探头向里张望，见一面善的男子正全神贯注地做着手工。鲁金虎心里有了底。他转过脸对赵毛蛋说：“把白衬衣脱了，将手里的青砖包上，抱在怀里。”

赵毛蛋不解，很不乐意地说：“白衬衣脱掉后，袒胸露背的，太不文明了。”

鲁金虎抬起手，摆出要打人的架势。赵毛蛋不敢不从，只好照做。

进了古玩店，鲁金虎看见那个男子还在忙手里的活，刚沏好的茶放在身旁的桌上。鲁金虎猜这就是店主，忙高声问道：“‘狗’老板忙着呢！”

听了这称呼，坐着的人只顾手里的活，头也没抬地说道：“叫老板就行了，‘狗’就别叫了。”

鲁金虎听出苟自明在骂自己，心想这回只打了个平手，就随口说道：“对对对，就叫老板，叫‘狗’就多余了。”

苟自明见来者不善，便不搭理鲁金虎，自顾自继续忙。

鲁金虎没话找话地说：“老板可是远近闻名的鉴定专家，我刚淘了块砖，想让老板看看。”

苟自明冷冷地问：“啥货？”

“西周的砖。”

“假的。”

“你没看咋知道是假的？”

“秦砖汉瓦你没听说过吗？西周的人能烧出个瓦罐还差不多。”

“秦砖汉瓦我知道，说西周的，不是更早吗？”

“那你咋不说是女娲补天时烧的？那不是更早吗？”

鲁金虎脸色一变，笑着对苟自明说：“刚是开玩笑。都说你是鉴定专家，我淘的货麻烦你给评个价。”说完，鲁金虎一使眼色，让赵毛蛋把刚从水渠捡来的青砖拿出来。赵毛蛋鼻子都快气歪了，但他不知道鲁金虎耍的啥花活，只好把那块青砖从怀里取出来，打开外面包着的白衬衣让苟自明鉴定。苟自明看了一眼，哈哈大笑起来。

鲁金虎假装好奇地问：“老板笑啥？”

苟自明说：“你这青砖是刚从路边水沟淘的吧？”

赵毛蛋见鲁金虎的把戏被识破，嘴上不小心喊出个“啊”字，脸上露出些许惊慌。鲁金虎镇定自若，他对苟自明说：“苟老板玩笑开大了吧？”

苟自明不屑地说：“别叫狗！”

鲁金虎抱歉地说：“好，好，老板，虽说我没亲自挖过老祖宗的坟，盗过老先人的墓，但秦始皇兵马俑我可常去。这块青砖的纹理、材质，哪一点和兵马俑有差别？不瞒你说，我也算半个专家，能随便在水沟淘块破青砖拿到北院门丢人现眼？”

“我不知道，你不觉得丢人，我也没办法。”

鲁金虎一脸的怒气，一脸不服气的样子。他靠到苟自明身旁，说：“看来你这专家也不怎么样嘛，估计也没见过真货，在这开个店招摇撞骗，把真的说成假的，把假的说成真的，拿糊弄人当饭吃。”

苟自明被鲁金虎这话刺痛了，生气地说：“我敢在北院门开店，能没见过真的秦砖汉瓦？笑话！”

鲁金虎不依不饶，说：“是骡子是马，拿出来遛遛。我看你这店也没存啥真货，摆的都是赝品。”鲁金虎说着，对着苟自明狂笑起来。

苟自明气得在屋里转了好几圈，最后对着鲁金虎说：“好，好，你小伙等着！”

苟自明进了里屋，没几分钟，手里拿了一个黑色木盒出来了，他将木盒放在桌子上，打开木盒上的小锁，盒子里用黄色绸布包裹着一件东西，苟自明小心翼翼地把黄色绸布打开，里面露出一块青砖来。这青砖四四方方，颜色灰黑，看不见一点光泽。鲁金虎知道，这才是真家伙，忙凑上前观看。

苟自明见鲁金虎往盒子旁边凑，忙阻止他，提示他离得远点。鲁金虎不屑地说：“没啥大惊小怪的，和我的青砖一模一样。”

苟自明咬着牙，指着赵毛蛋拿的青砖说：“你看你的砖，颜色发亮，材质坚硬，上面还能看见机器压的痕迹。你看我的砖，上面有规整的小方格花纹，再看看背面，还留了个‘王’字。你看懂了吗？”

鲁金虎睁大眼，问：“‘王’字在哪？我没看见。”

苟自明拿起木盒里的青砖，凑到鲁金虎面前，鲁金虎还说没看见。苟自明有点不耐烦，说：“你这人眼大无神，今天非让你见识见识啥是秦砖！”

苟自明把手里的秦砖放在黄绸布上，说：“我去拿个放大镜让你看看这个‘王’字，不信你看不见。”

苟自明去里屋取放大镜。鲁金虎见时机已到，忙把刚从水渠捡的青砖与苟自明的秦砖对调，让赵毛蛋把真的秦砖包起来抱在怀里。

苟自明从里屋拿来放大镜，看见桌子上放的青砖“啊”了一声，说：“咋回事？”

鲁金虎若无其事地说：“咋了？”

苟自明慌忙喊道：“这不是我的砖。”

鲁金虎摊开两手，说：“不是你的是谁的？”

苟自明抬头看见赵毛蛋怀里抱着东西，说：“哈哈，你还给我表演狸猫换太子，这都是我玩剩下的。快，把东西拿出来。”

赵毛蛋惊慌地看着鲁金虎，鲁金虎镇定地说：“苟老板，凭啥说我们拿了你的东西？我们拿着秦砖来找你鉴定，东西进了你的店，就成了你的，光天化日，你还想讹人？”

苟自明哪吃过这亏，他毫不示弱，说：“打了一辈子雁，还能让雁啄了眼吗？别在我这耍小聪明，你们往后看。”

苟自明用手指了指墙角，让鲁金虎和赵毛蛋向后看，黑乎乎的监控摄像头正对着他俩。赵毛蛋对鲁金虎说：“哥，这下惨了。”

鲁金虎哈哈一笑，让赵毛蛋把秦砖还给苟自明，顺手从口袋掏出赵毛蛋给他的耳坠，在苟自明眼前晃了晃，说：“刚才想逗逗你，看你是不是真专家，和你开玩笑呢，果然名不虚传。今天想麻烦你鉴定一个东西。”鲁金虎看了一眼苟自明，神秘地说：“这是我朋友刚从缅甸带回来的缅玉，成色不错，说这东西金贵，花了两千多元买的。”

苟自明定了定神，对鲁金虎说：“你还在书院门给我玩花活，差点让你唬住了。”苟自明边说边从鲁金虎手里要过耳坠，放在灯下看了看，鼻子都快气歪了。鲁金虎看出了苟自明的表情，问：“咋了？”

苟自明嘲笑道：“啥缅玉？玻璃制品，二十元我都不买！”

鲁金虎急了，忙从苟自明手里抢过耳坠，说：“你胡说啥？明明是缅玉，你说是玻璃制品，是不是又在耍我？假专家！”

苟自明得意忘形，哈哈大笑，说：“这东西我也有，你要多少有多少。”

听了这话，鲁金虎发出一阵冷笑，他拍了拍苟自明的肩膀，指了指墙角的监控，说：“看见没？”

苟自明不解地问：“看见啥？”

“监控！”

苟自明鄙夷地说：“我装的东西我不知道，要你提醒？”

鲁金虎把手里的耳坠在手里掂了掂，说：“你刚说的，这东西是玻璃制品，最多就值二十元。录像录下了。”

苟自明不解，问：“你是啥意思？”

鲁金虎把耳坠在苟自明眼前晃了晃，说：“这东西就是你前几天卖给我朋友老婆的，两千元！原来是玻璃制品！刚才录像都记下了。你回放一下，看录得清楚不？”

苟自明怒目圆睁，说：“你想讹我！”

鲁金虎在苟自明眼前转了几圈，轻描淡写地说：“讹不讹的，你心里清楚。”

这时，站在一旁的白大军拿出了警官证，亮明身份，说：“刚才你说的话和做的鉴定我都录了音，你家店里的监控也有记录，你涉嫌诈骗，我们已经立案了，请你跟我们回局里接受调查。”

苟自明吓得瘫坐在椅子上。

三十一　惩治“隐藏菜单”

鲁金虎给赵毛蛋老婆追回了被骗的钱，赵毛蛋高兴了好多天，说老婆最近对他特别好，他有求，她必应。鲁金虎看见嬉皮笑脸的赵毛蛋骂道：“滚远点，最近再别来烦我。”赵毛蛋只是笑。

这天，鲁金虎正在看文件，有人报告说赵毛蛋的出租车出了事故，真是应了那句话：“人狂没好事，狗狂挨砖头。”鲁金虎忙到交警队事故处理中心了解案情，可处理事故的交警告诉他，赵毛蛋被拘留了。鲁金虎不解，赵毛蛋出租车自己翻了车，就是一般事故，咋会被拘留呢？他心里着急，忙问警察咋回事。警察一笑，说：“案件正在调查，不方便透露。”

鲁金虎知道赵毛蛋被拘留这事出得蹊跷，肯定另有隐情。他心里更加发毛，思忖了半天，忙拿起电话，想私下打听一下到底是咋回事。

电话接通了，话筒那边传来白大军的声音，鲁金虎忙问：“白大队好，在哪呀？”

电话那头的白大军告诉他，自己在外地出差。鲁金虎简单把公司出租车事故的事向白大军描述了一下，白大军忙拒绝说：“我在外地出差，这会儿不方便。”说完就挂断了电话。

白大军非常清楚警察办案的纪律，和案情有关的细节禁止向外透露。昨天，局里收到了交警队转来的案件，涉及非法贩卖野生动物问题，由于案情定性非常模糊，必须尽快找到确切证据，才能厘清案情。局里把这一重担交给了他处理。

白大军接到案件后，认真查看了野生动物保护名录，对涉及的娃娃鱼情况进行了认真分析。娃娃鱼的官方名字叫大鲵，娃娃鱼是民间的称呼，因其叫声酷似小孩叫声而得名。野生娃娃鱼主要分布于长江黄河流域，我国特有，国家二级保护动物。白大军还了解到，这些年娃娃鱼人工饲养成功了，子二代娃娃鱼可以食用，不在违法贩运名单，这就成了侦破这个案件的难点。野生和人工饲养的从外形来看区别不大，只有专业人员才能分辨的清楚，一般人不会界定。所以，他必须找到确凿的证据，才能做到不能冤枉一个好人，也不放过一个坏人。

为了找到案件的突破口，白大军提审了赵毛蛋，赵毛蛋看见白大军，直呼冤枉。白大军让赵毛蛋冷静冷静，问："你知道你车上拉的是啥东西吗？"

赵毛蛋说："知道，是鲇鱼。"

白大军有点奇怪，忙问："谁告诉你车上是鲇鱼？"

赵毛蛋说："王杰仁。"

"他和你啥关系？"

"我的一个远房亲戚，在农贸市场做水产生意。"

"出事那天谁和你在一起？"

"就是王杰仁和我在一起。"

"你详细说说你们那天的事。"

据赵毛蛋讲，赵毛蛋和王杰仁有亲戚关系，由于王杰仁生意上需要经常进货，赵毛蛋开着出租车，运送货物方便，他就和王杰仁关系走得比较近。出事那天，和往常一样，王杰仁租赵毛蛋的车说要去进货。王杰仁三天两头进货用他的车，这事对赵毛蛋来说是稀松平常的事，他也没多想，就和王杰仁进了山。他们来到黄松源附近，王杰仁让他把车停在路边，自己从小路上了山。不一会儿，王杰仁和一个农村人抬着一个麻袋从刚上去的小路下来，把麻袋放进了后备箱。赵毛蛋看见麻袋在动，就问王杰仁里边装的啥？王杰仁说："鲇鱼。"

赵毛蛋知道农贸市场到处都有卖鲇鱼，也没多想，就拉着王杰仁往城里走。谁承想快到市区时，一个小孩横穿马路，赵毛蛋心里一急，猛打了一把方向，小孩得救了，可车翻在了路边，他和王杰仁都受了点轻伤。交警过来处理事故时，发现了后备箱的东西。于是，他糊里糊涂地被带到了这里。

白大军对赵毛蛋说：“我们不会冤枉一个好人，但也绝对不会放过一个坏人。如果你说的都是实话，我们会宽大处理。”

赵毛蛋焦急地说：“我说的千真万确。”

白大军又提审了王杰仁，他问王杰仁：“你车上运的是啥东西？”

王杰仁不慌不忙地说：“娃娃鱼。”

白大军心里一惊，他想起刚才审问赵毛蛋时，他说王仁杰说车上运的是鲇鱼。白大军知道，虽然野生娃娃鱼是国家二级保护动物，但子二代娃娃鱼经过人工饲养已经上了人们的餐桌，运输和食用不违法，这个政策王仁杰当然很清楚。可在和赵毛蛋从山上拉货时，王仁杰告诉赵毛蛋拉的是鲇鱼，在王仁杰心中藏着巨大的秘密而不想让赵毛蛋知道，肯定是想隐瞒什么。

白大军沉思了一下，问：“贩卖野生动物违法，你知道吗？”

“知道，我贩卖的是人工饲养的，不违法。”

白大军嘿嘿一笑，说：“我们已经让野生动物研究所鉴定了你车上的娃娃鱼，那是野生的。”

王杰仁心里一惊，但马上镇定下来，他喘了口气，说：“我是做水产生意的，进货的时候定的是人工养殖的，至于你们鉴定成野生的，我不知道这是怎么回事。”

白大军对着王杰仁冷冷一笑，说：“法律重证据，认事实，混淆视听没用。”

王杰仁继续狡辩，强调他说的是实话。白大军从王杰仁嘴里了解到，他进货的卖主是当地农民，名叫宫建国，在当地开了家饭馆，当地人和一些外地游客常在那里吃饭。白大军知道不入虎穴，焉得虎子，只有找到宫建国，才能掌握确切的证据。

白大军根据赵毛蛋和王杰仁提供的线索，决定到黄松源现场取证。白大军和侦查员小李着便装来到黄松源附近，在路边看到一片开阔地，靠近路边的地方有几处小房子，在高大一点的房子门口挂着白底红字的招牌，上面写着“宫家野味”几个字。白大军猜想，这应该就是宫建国开的饭馆。白大军他们掀开门帘走进饭馆，里面摆着四张圆桌，有几位客人正在吃饭，白大军找到里面靠窗的桌子坐下。见有客人进来吃饭，一个十八九岁的小姑娘走过来递来菜单，让他们看着点菜。白大军看了半天，看菜单上的菜品都是稀松平常的菜，没他想看到的菜品，他把那小姑娘叫过来问：“小姑娘，菜单上的菜我们都不爱吃，你们饭馆还能做啥菜？”

小姑娘说："那你就要问老板了，我只负责端菜和打扫卫生。"

白大军借此借口，让小姑娘把老板请来。一会儿，从后厨走来一个五十岁开外的男人，中等身材，乌黑的眉毛，面部好像长期被紫外线照射，显得黝黑黝黑的。他头上白色的帽子遮住了头发，穿的是厨子的标配——蓝上衣、蓝裤子，黑色方口布鞋套在脚上。此人笑嘻嘻地走到白大军面前，问："客人想吃啥？"

白大军上下打量了一下他，问："你是这里的老板？"

来人一笑，说："不敢不敢。农村人，开饭馆只为混口饭吃。"

白大军笑着说："那你就是宫老板了。"

来人一笑，说："厨子，厨子，宫建国。"

白大军看了看菜单，问宫建国："我们专程从城里来，就是想吃点山间野味，这菜单上啥稀罕吃的都没有，宫老板能不能想想办法？"

宫建国笑嘻嘻地说："野味不少，牛肝菌，松树菌，竹荪这些都有，看你想吃啥？"

白大军一笑，说："我想吃水里游的，天上飞的。"

宫建国说："这个也有，冷水鱼，散养鸡，土鸡蛋都有。"

白大军见宫建国说的天衣无缝，知道这人肯定对陌生人有戒备，就随口说："没有好的，就随便炒几个土鸡蛋，炒盘菌菇，尝尝算了。"

宫建国应了一声，进了厨房。一会儿，白大军要的菜端上了桌，白大军一边吃一边观察周围的情况。刚吃了几口菜，小姑娘从后厨端上一个大盆子，盆子里的菜热气腾腾，小姑娘刚把盆子放好，宫建国从厨房出来，一边用毛巾擦着手，一边笑嘻嘻地对着吃饭的客人说："早上刚捞的，新鲜得很，慢慢吃。"

白大军听出宫建国话里有话，忙给宫建国招了招手，示意他过来说话。宫建国见白大军向他招手，想着是客人要加菜，笑嘻嘻地走过来。白大军看了一眼正在吃饭的另一桌客人，问宫建国："对面那桌客人吃的啥？"

宫建国笑笑说："红烧鲇鱼。"

白大军灵机一动，说："鲇鱼我经常吃，我咋看不像鲇鱼？"

宫建国忙否认说："不不不，鱼煮熟了都是这样。"说着就要走。白大军忙用话拦住他："宫老板，你把对面那道菜也给我们上一份吧。"

宫建国忙说："对面那道菜要提前预约，不预约没有。"说完就急匆匆进了厨房。

不大一会儿，对面的客人吃完饭让老板结账，小姑娘拿着账单说共消费了一千八。白大军心里一惊，这么贵？白大军给小李使了个眼色，示意他跟着那帮往外走的客人，自己继续坐这里假装吃饭。一会儿，小姑娘来收拾客人吃完的残羹，白大军示意小姑娘到他身边来，他问小姑娘："你们这里的饭菜咋这么贵？"

小姑娘说："不贵呀。那要看你吃啥。"

白大军问："刚才那桌客人吃的啥？"

小姑娘说："山后面送的，我也没吃过。"小姑娘说着去收拾碗筷。小姑娘要把刚才客人吃过的大盆端走，白大军赶忙起身，走到小姑娘身边说："小姑娘，我家养了只猫，就爱吃这些荤腥东西，我看这个大盆里面有不少肉，你让我挑些回家喂猫。"小姑娘应了一声，放下盆子让白大军挑。

一会儿，小李从外面回来，低声对白大军说："那些人走了，车牌照我都记下啦。"白大军点点头。

白大军拿着鱼骨头到野生研究所，请专家鉴定，鉴定的结果——那些骨头是娃娃鱼的残骨，和宫建国说的鲇鱼不是一回事。白大军觉得可以收网了。

白大军早有预判，为了使取证具有关联性，那天，他让侦查员小李尾随那些吃饭的客人，提前留意来宫建国饭馆吃饭的客人，避免后续抱佛脚。那天，看到吃饭的客人走了，小李怕打草惊蛇，没法拦阻吃饭的客人，根据以往的经验，小李记住了他们的车牌号。现在，野生动物研究所检验出了他们吃的是娃娃鱼，这些人既是证人，也是当事人。白大军让小李从车管所调取了这辆车的信息，知道那天吃饭的客人中就有这辆车的车主顾斌。很快，顾斌被传唤到案。

顾斌看到对面坐着的白大军有点面熟，他呆呆地看了半天。白大军对顾斌笑了笑，说："眼熟吧。"

听了这话，顾斌才恍然大悟，羞愧地说："惭愧，惭愧啊！"

白大军对顾斌说："大家既然心照不宣，我们就不用拐弯抹角了，直说吧。我们的政策你是清楚的。"

顾斌知道吃野生动物违法，为了逃避责任，他交代说他们吃的是人工饲养的娃娃鱼，不违法。

白大军说："你吃的东西我们都鉴定过了，你还是争取主动吧。"

听完这话，顾斌像泄了气的皮球，低下了头。

其实，顾斌是一个富二代，仗着家里有钱，把城里的花样玩腻了，就想着在城外猎奇。和他一起要好的那帮弟兄们给他出主意，说黄松源一带有野味，只要肯花钱，想吃啥就有啥。花钱对顾斌来说就不是事，他托人和宫建国拉上了关系，隔三岔五地带着他的狐朋狗友上山吃野味。好巧不巧，他们吃野味时正好撞上了枪口，让白大军遇上了。

平时飞扬跋扈的顾斌见到了白大军，吓得脸色蜡黄，忙向白大军求饶，白大军面带微笑，说："你把你们的事说清楚就是了。"

顾斌承认，他们一帮人经常上山吃野味，大部分都是野生动物，像野鸡、野兔、野猪肉都吃了个遍。几年来，他们成了这里的常客，所以，每次来时都提前通知宫建国，宫建国都会做好准备。前两天，宫建国打电话告诉他，弄了条稀罕物，让他们上山分享。顾斌当然清楚稀罕物是啥意思，就带着他的弟兄们上山享受。宫建国告诉他们吃的是野生娃娃鱼，别人要问就说是鲇鱼或者说是人工饲养的。顾斌当然懂得，只管吃，别人要问肯定和宫建国保持一致，但没想到隔墙有耳，却碰上了白大军。

有了顾斌的铁证，审问宫建国就不在话下。

三十二　软软学艺

赵毛蛋他本人虽然在不知情的情况下参与了野生动物运输这件事，但也造成了一定的不良影响。鲁金虎作为管理层人员，没有及时发现，及时上报，应负一定责任。鲁金虎心里觉得自己应抗下这个责任，也不配继续在这里承担安全管理的工作，他对苏亚洲说："现在公司到了瓶颈期，安全管理出了问题，我主要负责这方面的工作，责任我承担。"

苏亚洲沉思良久，低声对鲁金虎说："其实，我也一样，工作没做到位。我考虑了一下，出了这样的事，公司没有个态度也不好向上面交代。你考虑一下，换个地方，公司下属的金河驾校现在也缺人，你先去那里顶一阵子，等我重新规划好了你再回来，重新给你安排工作，你觉得怎样？"

鲁金虎虽然有些意外，但仍然点头同意，说："我理解你的顾虑，我愿意去一个新地方尝试一下。"

金河驾校在秦汉市的东北郊区，离城十多公里。这里除了一个五百亩的驾驶员训练场外，就几间平房。鲁金虎来到驾校时，几个新学员正在训练。他没有在意这里的环境，和驾校的负责人交接了一下，就算是在驾校开始上班了。

过了芒种，关中平原进入小麦收获的季节。金色的麦浪铺满了大半个关中，庄稼人的脸颊挂满丰收的喜悦。鲁金虎看着驾校门外忙忙碌碌的人群，还有满载而归的运粮车辆，心里也痒痒的。他给甜杏打了电话，想知道自己家的麦子现在长势咋样。鲁金虎的家在秦岭的北坡，比关中平原的气温要低一些，收获的时间也推后半个月，但闲着没事的他，还是想得到意外的好消息。电话那头，甜杏气呼呼地说："你知道咱家收麦子的时间比山外晚，还故意问？"

鲁金虎嘿嘿一笑，说："我不是看见别人家收麦子心急吗？再者，也想和你说说话嘛！"电话那头，甜杏轻轻对着话筒"哼"了一下就挂了。

正是收获的季节，来驾校学驾照的新学员也不太多，鲁金虎闲得没事，趁机拿起一本《三国演义》打发时间。

这天早饭后，鲁金虎正跷着二郎腿休息，王教练走进来大声喊道："我干不了了，我干不了了！"说着，便气呼呼地坐在鲁金虎旁边。

鲁金虎知道老王是这里最有名的金牌教练，经他教过的新学员都夸他教得好。今天为啥气成这样呢？鲁金虎忙问："王教练，咋了？"

王教练狠劲拍了一下大腿，说："气死我了！"

鲁金虎笑笑问："谁惹你了？"

王教练用手一指窗外，说："刚来了一个女新学员，穿成那样……给她教开车，她不但不听，还乱找碴，这咋整？"

鲁金虎笑着说："年轻漂亮的女学员还能没人愿意教？你不想教她，让年轻教练教，肯定有人抢着教！"

王教练咧了一下嘴，说："年轻教练都换遍了，都让这女学员骂跑了。没办法了，才换的我。"

鲁金虎听完，生气地说："她不学就让她走，不教她了，还不行吗？"

王教练一咧嘴说："你说得轻巧，我们都没辙。"

鲁金虎说："把她的学费退了，让她不要学了。"

王教练转过脸，向鲁金虎挥了挥手，说："你厉害，你去。"

鲁金虎犟脾气上来了，忽地站起来，说："我去就我去，看她能把我吃了。"

鲁金虎气呼呼地走出办公室，去会那个费事儿的女学员。距离教练车还有两米远，一股浓烈的法国香水味迎面扑来，鲁金虎不由自主地打了个喷嚏，揉了揉鼻子。

他隔着车窗向里张望，教练车里坐着一个十八九岁的小姑娘，这姑娘一头长发染成了两种颜色，一半是金黄色，一半是淡蓝色。长发把白皙靓丽的瓜子脸包裹着，长长的睫毛下一双大眼睛透着灵气，樱桃小嘴上涂了厚厚的一层枫叶色口红。她上身穿着白色亮片裙，长长的秀发遮住大半个后背，黑色超短裙紧贴着教练车的座椅，一条白嫩而修长的大腿搭在另一条腿上。鲁金虎再向下看，这姑娘居然穿着棕色高跟鞋，半搭在脚尖上，一晃一晃的。

看见鲁金虎在盯着自己看，这姑娘骂道："你偷偷摸摸地看啥？"

鲁金虎眨眨眼，说："看看我的学员啊！"

这姑娘问："你是？"

鲁金虎笑笑，说："我是你的新教练！"

这姑娘瞪了一眼鲁金虎，捂着鼻子对鲁金虎说："一看你就不像好人，重换一个来！"

鲁金虎拉开车门，坐在这姑娘身旁，说："换不了了。"

姑娘问："为啥？"

鲁金虎挤挤眼说："我是最后一个。"

姑娘用手使劲扇了扇驾驶室的空气说："你身上的气味恶心死我了，好难闻。"

鲁金虎脸上露出微笑，假装温柔地说道："嫌我臭，对吧！那你别学车了。"

这姑娘见鲁金虎数落她，气愤地指责道："什么？你敢指挥本姑娘？"

鲁金虎若无其事地点点头。这姑娘怒气冲天，说："哼，你敢指挥我？本姑娘长这么大还没有人敢命令我。我让你吃不了兜着走。"

鲁金虎一笑，说："兜就兜，你能怎样？"

这姑娘重复说："我长这么大，还没有人敢命令我。"

鲁金虎轻蔑地说："那是你没遇上我。遇上我，让你早早就体验乖乖听话。"

鲁金虎刚说到这里，这姑娘已经举起右手准备打人。鲁金虎瞪大了双眼，大声呵斥道："你下手试试！"

这姑娘被鲁金虎的大声呵斥吓住了，低头一看鲁金虎怒不可遏的表情，把举起的手悬在空中。

她迟疑了半天，然后看了看鲁金虎，说："算了算了，今天寡不敌众，算本姑娘栽了，不和你一般见识，如果打人惹出麻烦，会把我家老头子气死。”

这姑娘缓了口气，从随身包里掏出香烟，点着一根抽了一口，然后把烟盒递给鲁金虎说：“哥，你也抽一口，消消气。”

鲁金虎四周环顾了一下，咬牙切齿地说：“叫谁哥呢？叫叔！”

这姑娘满不在乎地说：“叫你哥，不是让你显得年轻嘛？！

鲁金虎假装摸了摸胡子，说：“老了，叫不年轻了。”

这姑娘瞥了一眼鲁金虎，说：“哥，你看上去比我家老头子年轻多了。”

鲁金虎不依不饶，说：“看上去年轻，也要叫叔！”

这姑娘突然笑了，说：“你这人真傻，夸你都不知道。”

鲁金虎忙拒绝说：“别，别，我这人经不起夸。”

这姑娘活动了一下四肢，对鲁金虎说：“本姑娘‘软软’今天被人教育了，身上反而舒服多了。好吧，本姑娘暂时服了。我也要给我家老头子争口气，让他省点儿心，来，你开始教我开车吧。”

鲁金虎上下打量了一下这姑娘，好奇地问：“你刚才说‘软软’，啥意思？”

这姑娘惊讶地说：“我的名字叫‘软软’呀。”

鲁金虎“扑哧”一声笑了。

软软不知鲁金虎为啥笑，忙问：“哥，你笑啥？”

“你叫我叔。”

“叔，你说。”

“谁给你起的名字，真有意思，‘软软’……”

“老头子说是他起的，希望我长大后有个好脾气，长得像个淑女。”

“你爸现在失望了吧？”

“失望啥？我现在不像淑女吗？”

鲁金虎笑着说：“像，像，太像了。”

软软看了一眼鲁金虎，说：“哥，现在给你个面子，你开始教吧。”

鲁金虎说：“谢谢你给我面子……不过，你以后别叫你爸老头子，他会伤心的。”

软软不服气地说：“没事，没事，他听我叫他老头子高兴。”

鲁金虎见软软听不进自己的话，只好作罢。他上下打量了一下软软，说：“叔给你说，今天教不了你开车。”

软软问："为啥？"

鲁金虎从软软的长腿一直看到脚底。软软不知鲁金虎何意，下意识地用手遮住大腿，害羞地问："哥，你……你看啥？"

鲁金虎说："看看你的鞋。"

软软明白鲁金虎看她没有恶意，但她没理解，鲁金虎说看她的鞋是啥意思。忙把自己的长腿抽出来，抬起大大的脚丫子让鲁金虎看。鲁金虎忙捂住鼻子，怕软软的脚臭味熏了自己。

软软对着鲁金虎嘿嘿一笑，说："哥，我的脚丫子喷了香水，不臭。"

鲁金虎看着软软不避男女的举动，捂着鼻子说："软软，你能不能淑女一点儿？"

软软不服气地说："哎呀，哥，你这人真无聊，你要看我的脚，我给你抬起来，你又说我不淑女，真没法和你交流。"

软软把脚放下来，鲁金虎松开鼻子，说："我的意思是，学车要穿平底鞋，不能穿高跟鞋，你给我看脚干啥？"

软软有点儿生气地说："哥，你不早说，我以为你要检查我的脚。"

鲁金虎苦笑了一下。软软把自己的棕色高跟鞋套在脚上晃了晃说："那我今天没有穿平底鞋，咋办？"

鲁金虎说："那今儿个就不学了吧。"

软软急了，说："不学不行，我要尽快拿上我的驾照，开上我的玛莎拉蒂，游遍全国呢。"

鲁金虎冷笑一声。

软软看出鲁金虎对自己的轻视，不服气地说："你不相信我？"

鲁金虎瞥了一眼软软，说："看你穿金戴银的，鬼才相信你能把车学会！你想好好学开车，就要有个学开车的样子。"

软软问："学开车要穿成啥样子？"

鲁金虎想了想，说："比如，工作装呀，运动装呀，都行。平底鞋是必须穿的。"

软软有点儿不高兴，不耐烦地说："好吧，好吧。哥，你的要求太多，明天我换了衣服再来吧。"

第二天，刚吃完早饭，鲁金虎泡好一杯茶正准备慢慢品尝，从办公室门外走进一个姑娘来，看上去十七八岁的年纪，身材高挑，脸色白嫩，脸颊微微带着一丝红晕，长长的睫毛下一双大眼睛一闪一闪的。金黄色的长发梳起个发髻盘在脑后，隐隐露出一些蓝色。她上身穿着淡棕色的衬衣，下身穿着紧身的七分裤，白色的运动鞋看起来是刚买的。她双手交叉着搭在身前，双脚并拢。

鲁金虎傻呆呆地看着面前站着的这个姑娘，半天不知道说啥。

这姑娘微微一笑，说："哥，你看啥？不认识了？"

鲁金虎这才说："噢，软软啊！"

软软走到鲁金虎身旁，问："哥，你今天好奇怪，看我的眼神不对呀。"

鲁金虎喝了口茶，醒了醒神，才说："软软，叔给你说，你今天看上去就像天使，真正的靓妹！"

软软笑了一声，说："哥，你在嘲笑我吧，我今天穿得老土了！"

鲁金虎忙解释说："软软，你今天看上去就是个靓妹呀！

软软失望地说："唉，哥，我看你的审美不行。现在开始教我开车吧。"

软软是个胆大心不细的姑娘，开起车来和她大大咧咧的个性一样，控制不好油门和方向，车忽快忽慢，忽左忽右。遇到复杂情况时大喊大叫，把鲁金虎吓得满身冒汗，心脏病都快犯了。鲁金虎灰心地说："算了，算了，不教了，你学车这两下子快要了我的老命了。"

软软嘿嘿一笑，说："哥，我自我感觉还不错。"

鲁金虎长叹一声说："哎哟，救命呀，叔心脏病要犯了。"

软软像没事人似的，一踩油门，车又发动了。

经过惊心动魄的练习，鲁金虎实在受不了软软这个学员了，说："软软，你饶了叔吧，换个教练教你，让叔缓几天吧。"

软软说："不行，我就选你了。"她一踩油门，又上路了。

鲁金虎用手捂着胸口说："救命呀！救命呀！"

软软猛打了一把方向，说："哈哈，小心。"

三十三　软软割麦

过了半个月，软软开车总算有了一些进步。开车技术熟练了许多，鲁金虎教起来也轻松了。这天，甜杏打来电话，说他家地里的麦子熟了，让他回家收麦子。

鲁金虎给驾校的教练安排好工作，特别叮嘱王教练，让他代教软软，自己就回家收麦子去了。

早晨，太阳刚从圪塄村的山坳探出橘红色的脸，鲁金虎和甜杏早把自家的麦子收割了一大片。不到半天，麦子已经收获过半，要不了多久就可颗粒归仓。鲁金虎用三蹦子把收获的麦子转到地头，方便面粉厂来收购。

吃完午饭，只剩下零零星星的麦子要人工收割，也费不了多少工夫。鲁金虎准备好镰刀正准备动手割麦子，远远看见一辆红色的轿车向他家麦田方向开来，鲁金虎傻看了一会儿，甜杏骂道："你不割麦子站着看啥？想坐人家的轿车吗？"

鲁金虎嘿嘿一笑，说："随便看看。"说着就拿起镰刀割了起来。刚割了一小捆麦子，那辆红色的小轿车正巧停在了他家麦地边。鲁金虎一抬头，看见从轿车里下来一个姑娘。这姑娘穿了一身白色的连衣裙，戴了一顶白色的遮阳帽。她四下环视了一下，看见正在割麦子的鲁金虎，用手做成喇叭状捂在嘴上，对着鲁金虎大喊："哥，我来了。"

鲁金虎一听这喊声，就知道是谁了。

还没等鲁金虎回话，甜杏问鲁金虎："这姑娘在喊谁？"

鲁金虎有点儿胆怯地说："不……不知道。"

这姑娘见鲁金虎没有反应，又提高了嗓门喊："金虎哥，师傅，我是软软。"

鲁金虎红着脸看了一眼甜杏，轻声地应了一声。甜杏没好气地说："还说不知道呢，哼，从哪儿认识的漂亮妹妹？"

鲁金虎嘿嘿一笑说："别听她乱叫，她应该把我叫叔，把你叫姨。"

甜杏不相信鲁金虎的鬼话，生气地转过头去割麦子。这时，从轿车里走下来一对夫妇，他们顺着软软呼喊的方向朝麦田里看，软软又喊起来："哥，我家老头来了，我妈咪也来了。快过来。"听到这喊声，鲁金虎才如释重负，仿佛有了救星，他放下镰刀求着甜杏一起去看看。甜杏没办法，只好跟着鲁金虎到了路边。

看见鲁金虎走过来，软软兴奋地说："哥，没想到我会来吧？"

鲁金虎好奇地问："你咋会来？"

软软用撒娇的口吻说："想你了呗。"

鲁金虎忙拒绝说："别瞎说。"

他指了指身边的甜杏对软软说："这是你阿姨，快叫。"

软软看了一眼甜杏，嘿嘿一笑说："阿姨，你好漂亮。"

甜杏不好意思地笑了笑，不知对软软说啥好。这时，软软的父母从一旁走过来。软软忙给鲁金虎介绍说："哥，这是我家老头子，我妈咪。"

鲁金虎和软软父亲握手互致问候，两人寒暄了起来。鲁金虎发现软软的父亲六十开外，头发已经花白，背有点儿驼。软软的母亲虽然看上去风韵犹在，但脸上已显出岁月的沧桑。鲁金虎从软软的年龄判断，她的父母不应该这样苍老，心里充满疑惑，但也不好意思去问，只好对软软说："软软，你咋会带着父母来这儿？"

软软又撒娇说："秘密，秘密。就不告诉你。"

这时软软妈妈走过来对鲁金虎说："唉，他叔，你别介意，这孩子让我们从小宠坏了。"

鲁金虎回头看了一眼甜杏，甜杏会意，忙说："没啥，没啥。和我家开元一样长不大，慢慢就懂事了。"

软软对着妈妈做了个鬼脸，嘟囔着说："就会说我的坏话。"

甜杏看了看四周，对软软父母说："这里不是讲话之处，让我金虎哥把剩下的麦子割了，我带你们到家里坐坐。"

听到"金虎哥"三个字，软软睁大了眼睛，说："阿姨，你好浪漫啊，也叫他金虎哥。"

甜杏见自己说漏了嘴，脸一红，忙岔开话题说："走吧，走吧。有话到家里说。"

软软忙拒绝说："阿姨，阿姨，等会儿回家。我还没见过割麦子，让我跟着金虎哥学学割麦子。"

软软妈看了一眼甜杏，笑着说："你看这孩子，没大没小的，唉……"

甜杏一笑，说："孩子还小。"

软软拿起镰刀割了一小撮麦子，脸已经被太阳晒得通红，她忙放下手中的镰刀，说："唉，不行了，不行了。快拿防晒霜涂涂，哎哟……"

软软妈笑着对女儿说："这回知道啥叫'谁知盘中餐，粒粒皆辛苦'了吧。"

软软一边抹着防晒霜，一边用帽子扇着凉风，说："哎呀，好热，好热。"

软软在地里折腾了半天，一点儿农活也没有干成，只是喊热。软软父亲小时候在农村长大，对割麦子并不陌生，他拿起镰刀陪着鲁金虎割了起来，好在剩下的麦子不多，加上甜杏，一会儿就干完了。鲁金虎对汗流浃背的软软父亲说："老哥，看你的身手，以前肯定干过农活。"

软软父亲对鲁金虎说：“我也是农家子弟，小时候在农村长大，后来考上大学才离开的家乡。”两人有了共同的语言，边说边干。

地里的活儿干完了，鲁金虎把收获的麦子卖给面粉厂就带着软软一家到了圪塄村。

甜杏让软软和父母在堂屋休息，软软坐了一会儿，在屋里觉得憋屈，就嚷嚷着要到山上去玩。好在山里空气好，也不太热，甜杏领着她们母女到外面去玩。

鲁金虎和软软的父亲喝了会儿茶，鲁金虎就和软软父亲唠起了家常。

软软的父亲叫高贵，出生在河西走廊。他从小看着祁连山绵延不断，喝着祁连山融雪之水长大。他兄妹二人，靠着父母种田养家糊口。他从小天资聪颖，上学时成绩一直名列前茅，经过多年勤奋努力，他高中毕业后考取了秦汉交通大学。大学毕业后他再接再厉，获得了博士学位，后留校任教。几年后，全国掀起下海潮，他也跟随潮流，利用自己的学识和管理经验成立了麒麟金属制品公司，自己担任董事长和总经理，业务范围涉及金属、新材料开发、建筑等，后来公司又涉足生物技术、饲料等行业，他在秦汉市成了小有名气的企业家。

听着高贵的介绍，鲁金虎赞叹不已。

高贵喝了口茶，叹了口气。鲁金虎看出了高贵的些许无奈，他不解地问：“高总，你都这么有成就了，还有啥不满意的？”

高贵心有不甘，继续介绍说，爱人叫李爱莲，是大学同学，因为自己的父母以种地为生，靠着微薄的收入供养他和妹妹上学，他上学时经济拮据，常常为吃饭发愁。他的同学李爱莲是城里人，家境很好，在他生活困难的时候经常接济他，慢慢地他们就走到一起。工作以后，他们的生活质量大有改观，他事业卓有成就，夫妻恩爱，但美中不足的是，他们一直没有自己的孩子。随着年龄的增长，爱人李爱莲很是着急，他们走访全国各大医院，遍访各地名医，但都没有任何效果。

鲁金虎不解地问：“那软软……？”

三十四　雪域高原

高贵叹了口气，继续介绍，等了好多年，他爱人李爱莲的肚子始终没有动静。有一天，爱人回家告诉他，想要跟他一起去一趟西藏。那时，他的企业经营已经进入正轨，日常事务按部就班就行了。他安排好工作，听从了爱人的建议，开着车去了西藏。他们自驾沿318国道一路向西进入西藏，沿途美丽的自然风光和藏地文化让他们着迷。雪山、湖泊、高原草甸、藏族小楼让他们耳目一新，两人的心灵又得到了一次洗礼。

那天，高贵和爱人李爱莲参观完布达拉宫，时间已到了下午，他们在八廓街一家藏族饭馆吃了饭，就去大昭寺参观。大昭寺是以白色为主基调修建的藏式圣殿，这里供奉着佛祖十二岁的等身像。来到这座圣殿，李爱莲特别激动，她双手合十，在圣殿门口点燃了酥油灯以示敬意。她在佛祖十二岁等身像前合十叩拜，心里默念着，希望自己心想事成。

出了大昭寺，高贵和李爱莲在街上游玩，琳琅满目的藏族小饰品吸引着李爱莲。他们边走边看，不一会儿，就采购了不少物品。走在这块圣洁的土地上，他们心情格外愉悦。李爱莲戴上刚买的藏族小帽，胸前挂着长长的念珠，手里拿着刚买的转经轮不停地摇着，完全成了一个佛教信徒的模样。他们走在八廓街上，看见一个个磕长头的虔诚藏族同胞，心里格外佩服。高贵和李爱莲拐过一个街区，又看见年轻的僧人陪着一位喇嘛从远处走来，这位喇嘛穿着一身暗红色的袈裟，头上戴着黄色的僧帽。喇嘛走到他们面前，上下打量了一下高贵夫妇。他们赶忙双手合十，对着喇嘛说："扎西德勒！"

喇嘛双手合十，看着他们夫妇点点头。喇嘛从身上取下黄色的哈达挂在李爱莲脖子上，然后，双手合十，口里念道"扎西德勒"，转身向远方走去。高贵和李爱莲激动不已，得到这份尊贵的礼物，是他夫妇俩的意外惊喜，觉得不虚此行。

过了几天，他们离开了拉萨，沿318国道开始返程。这天，刚过了有"天空之城"美誉的理塘，天上突然飘起雪花。青藏高原地域辽阔，气候多变，他们向前走了一会儿，路上已经铺上一层冰雪。由于山高路陡，天空又飘起了雪花，他们不敢再贸然前进，就在路旁的一座小村庄停下，找了一家小旅馆住下来，等天气好转了再走。吃过晚饭，他们劳累了一天，有点儿困了，夫妇俩就早早睡下了。

不知过了多久，李爱莲迷迷糊糊地听见屋外有婴儿的哭声，她忙叫醒高贵，高贵也听见了孩子的哭声。他们夫妇俩感到有点害怕，但那孩子的哭声越来越大，出于本能和爱心，他们夫妇俩小心翼翼地拉开房门，门外放着一个包被，婴儿的哭声就是从那个包被里传出来的。他俩走到四周转了一圈，见四下无人，再看看外面越来越厚的积雪，身上一阵发冷。李爱莲对高贵说："这么冷的天，孩子在屋外会冻坏的。"

高贵忙说：“是呀，是呀！”

他们夫妇俩彼此看了一眼，李爱莲咬咬牙，弯下腰抱起了孩子。李爱莲把小孩抱进屋，打开包裹，一双大大的眼睛看着他们，可爱的小脸冻得红通通的。李爱莲不由自主地把自己的脸贴在孩子的脸上，那张可爱的小脸冰凉冰凉的。李爱莲埋怨孩子的父母，怎么狠心把孩子扔在这冰天雪地里。

孩子在屋里暖和了半天，身体有了温度，眼睛一眨一眨地看着李爱莲。李爱莲忙让高贵来看。看着孩子红扑扑的脸，高贵兴奋地说：“啊，太可爱了。”

李爱莲抱着孩子，感觉包裹里有个东西硬硬的，高贵忙让爱人解开包裹看看。

李爱莲打开包裹，包裹里夹着一封信，是用藏文和汉文写的。高贵拆开信，只见上面写着：

好心人：

这个苦命的孩子现在就交给你了。佛祖保佑你们全家吉祥幸福。这孩子是我的孙女，叫玉珍，昨天刚满六个月。一个月前，我的儿子旦增和儿媳普姆在上山采药时遇到了雪崩，已经不在人世了。我是玉珍的爷爷，儿子、儿媳去世后，我实在没能力抚养玉珍成人，只能把她托付给你了。孩子包裹里有她的生辰和名字。如果佛祖显灵，请你在她十八岁的时候带她回到这里，让我们爷孙见上一面，也算佛缘。如果玉珍未能顺利长大成人，或者我提前离开了人世，这辈子我们爷孙就算过客吧！

谢谢你，好心人！扎西德勒！

玉珍的爷爷　扎西次仁

藏历五月初九

高贵看着襁褓中的孩子，半天说不出话来，李爱莲心疼地看着孩子。这时，襁褓中的孩子哇哇地哭起来，李爱莲估计是孩子饿了。她忙在孩子的包裹里寻找，果然发现襁褓中有个奶壶，里面还存了一些奶粉，李爱莲忙找来开水冲好奶粉放在孩子嘴里，孩子啧啧地吸吮起来，停止了哭泣。看着孩子吸吮奶嘴的样子，高贵兴奋地说：“爱莲，你看这孩子多可爱呀！”

李爱莲看着吸吮奶汁的宝宝，又看了看自己的爱人，问高贵：“这是不是上苍赐给我们的礼物？”

高贵激动地说："就是啊！就是啊！"

第二天，他们早早起床，青藏高原巍峨的群山间升起七色的朝霞，把暗灰色的山岗照得通亮。山顶白皑皑的积雪被太阳照得闪闪发光。高贵和李爱莲收拾好行李，抱着孩子，踏上回家的路。这时，一缕阳光从山崖间穿过，照在他们居住过的房顶上，折射的阳光泛起一缕一缕的光。李爱莲看着眼前的景色对高贵说："老高，你看见没？这是多么吉祥的地方啊！"

高贵环视了一下四周，笑着说："是啊，是啊！"

回到家后，高贵给小玉珍起名高晶晶，小名叫软软，意思是，让她像个淑女，温柔可爱，体贴大方。"玉珍"这个名字就成了他们夫妇心里的秘密。

三十五　软软的冒险

高贵正和鲁金虎聊得投机，突然门外有人大喊："不好了，拖拉机伤人了，拖拉机伤人了。"

听见喊声，鲁金虎摸不清拖拉机伤的是谁，忙和高贵往外走。

他俩刚到村口就看见甜杏扶着软软向家的方向走来。高贵跑过去，看见女儿一瘸一拐，忙上前问道："宝贝，你这是咋了？"软软哭着扑到高贵怀里，说："老爸，差点儿见不上你了。"说着抱着高贵"呜呜"地哭起来。

鲁金虎很是震惊，没想到软软她们刚离开了一会儿，就发生了这事，紧走几步，问甜杏："咋回事？咋回事？"

没等甜杏说话，软软捂着腿，满脸委屈地对鲁金虎说："哥，疼死我了，差点儿和你永别了。哎哟……哎哟……"

李爱莲看着痛苦的女儿，抱怨说："都怪我，任由她胡来。"

说来也巧，鲁金虎和高贵在家说话的时候，软软和甜杏她们在村外随便转转。正是三夏大忙的时候，村里人都在忙。伟狗开着拖拉机拉麦子，和甜杏打了个招呼就开车走了。软软两眼直勾勾地看着远去的拖拉机，心里痒痒的。甜杏有点儿好奇，揣测软软是不是没见过拖拉机，就对软软说："这是小四轮拖拉机，你在城里长大，没见过吧？"

软软对甜杏说："姨，我在电视里见过，没想到，这拖拉机小巧玲珑的，挺好玩儿。"

甜杏笑道："傻孩子，拖拉机有啥好玩儿的？"

软软对甜杏说："姨，我跟着我金虎哥学会了开汽车，这东西我肯定也会开。"

甜杏说："那是当然，都是一个原理。"

母女连心，李爱莲嗅出了软软问话的意思，忙对女儿说："你可别胡想，在这里不能瞎胡闹。"

软软诡异地一笑，说："老妈，你别管。"

一会儿，伟狗开着拖拉机从村里返回来，软软站到路中间挡住拖拉机。伟狗不知道软软是啥意思，忙停下车。软软笑嘻嘻地走到伟狗身旁说："哥，你下来，让我试试你的拖拉机。"

伟狗忙拒绝说："这可不是闹着玩儿的，开拖拉机要有驾照。"

软软执拗地说："汽车我都会开，你这小玩意儿有啥不会的？你下来，让我试试。"说着就用手去拉伟狗。

伟狗紧握方向盘就是不让。

软软站在拖拉机前威胁伟狗说："你让不让？不让我开，就别想从这儿过！"

李爱莲想把软软拉开，软软一瞪眼，说："老妈，你再敢动我，我就一个月不理你，说到做到。"

李爱莲无奈地脸一沉，说："你……你……"

甜杏见母女闹了矛盾，怕伤了和气，就问软软："你真会开拖拉机吗？"

软软轻蔑地一笑说："这有啥嘛！汽车我都会开，这小玩意儿有啥不会的？小意思。"

为了不伤母女的和气，甜杏以商量的口吻对伟狗说："伟狗，我家侄女都会开汽车，这会儿路上也没有人，要不让她试试？就一小会儿。"

伟狗怕再纠缠耽搁了自己的时间，无奈地说："那就让你侄女试一下。不过，我丑话说在前面，拖拉机出了事，你要赔我。"

软软对着伟狗做了个OK的手势，就上了拖拉机。伟狗站在一旁简单介绍了一下拖拉机的驾驶系统，软软说声"明白"，一踩油门，松了离合，拖拉机就向前开走了。农村的路不比城市，曲曲弯弯，疙疙瘩瘩的。刚开始，软软开得挺顺利，她兴高采烈，得意扬扬。到了村东，车要拐弯，路面突然变窄，旁边长着一棵大树，软软心里一慌，手一发抖，拖拉机对着大树冲了上去。只听"咔"的一声响，正撞在树上。拖拉机侧翻在路旁，软软的脚被卡住。众人惊慌失措，忙把软软从车上拖下来。软软吓得脸色铁青，“哇”地哭起来。

听到女儿的哭声，李爱莲忙抱住软软安慰说：“宝贝，别哭，妈妈在。”

软软哭着说：“老妈，我要死了，快不行了。”

李爱莲让女儿不要胡说，和甜杏检查了一下软软的伤口，结果都是些皮外伤。李爱莲忙安慰女儿说：“宝贝，没事，就擦破点儿皮，没事，没事的。”

软软哭着说：“我感觉快疼死了。”

李爱莲说：“宝贝，忍忍，一会儿就不疼了。”

这时，伟狗跑过来对着软软和众人说：“不让你开，你非要开。现在好了，拖拉机撞坏了，你们赔。”

软软忍着痛对伟狗说：“赔个啥？你这破拖拉机，把我都弄伤了，你赔我才是。”

伟狗心里想，是你们求着要开我的拖拉机，我没办法才答应的，现在拖拉机出了事还想耍赖，他气愤地说：“我没见过你们这样不讲理的人，硬要开人家的拖拉机，弄坏了，还胡搅蛮缠。”

李爱莲心里明白，知道这是女儿故意抵赖，忙给甜杏使了个眼色。

甜杏会意，忙对伟狗说：“我先给侄女看病，一会儿再和你商量后面的事。”

软软倔强地说：“不管，不管，他得赔我医药费！”

伟狗刚想辩解，甜杏把伟狗拉到一旁耳语了几句，伟狗不再说话。

李爱莲见女儿情绪稳定了一些，伤势也不严重，让她在一旁等着，准备安排人来接她。软软看了看自己受伤的脚，活动了几下，感觉似乎不疼了，猛地一抓妈妈的胳膊站了起来，然后，单腿跳了几下，对妈妈笑嘻嘻地说：“没事，没事，我能走。”说着，在众人的搀扶和簇拥下，一瘸一拐地向前走。

高贵知道了事情的真相，忙对软软说：“女儿好样的！真坚强。”

李爱莲生气地对甜杏说：“唉，你看见没，看见没？女儿就是让他这么宠坏的。”

软软冲着李爱莲做了个鬼脸，说：“嘿嘿，我就爱我爸。”

鲁金虎陪着高贵一家去医院给软软做了全面检查，没啥大碍，医生嘱咐软软好好休息几天就好了。

三十六 “软软”与“晶晶”

这天，闲来无事，李爱莲和鲁金虎聊起了软软的事。

李爱莲问鲁金虎：“我女儿的事你都知道了吧？”

鲁金虎说：“知道了一点。”

李爱莲说，自从女儿抱回家后，高贵说，青藏高原上长着一种花叫水晶晶花，粉红色的花瓣，虽然花瓣轻薄纤小，但娇艳欲滴，惹人怜爱，高贵希望自己的女儿长大后像水晶晶花一样可爱，所以就叫她高晶晶。她的藏族名字“玉珍”只能深藏在他们夫妇心中。后来，高贵又希望自己的女长大后温柔可爱，当好爸爸的“小棉袄”，就给她起了个“软软”的乳名。

李爱莲叹息：“没想到，她长大后成了现在的样子。”

鲁金虎笑笑说：“我觉得，软软现在这样子挺好。”

李爱莲尴尬地笑了笑。

甜杏问：“软软知道她的真实身份吗？”

李爱莲摇摇头说：“软软从小天真可爱，我们一家都把她视为掌上明珠，真是含在嘴里怕化了，捧在手上怕掉了。他爸爸对女儿有求必应，从来不说一个‘不’子。唉，现在女儿长大了，就成了这样。”

鲁金虎说：“没啥，我看这孩子挺懂事的。只要以后改变一下教育方法，她一定会变得更好。”

李爱莲叹息了一声，说：“但愿吧。”

过了几天，软软活蹦乱跳地来找鲁金虎说：“哥，告诉你一个好消息。”

鲁金虎看了一眼软软说：“以后见我叫叔。我叫你晶晶。”

软软惊讶地问：“你咋知道我叫‘晶晶’？”

鲁金虎神秘地一笑说：“就不告诉你。”

软软不屑地嘿嘿一笑，说：“我们彼此彼此吧。叔和哥都一样呀！”

鲁金虎伸出右手和软软一击掌，软软算是同意了鲁金虎的意见。

鲁金虎问：“现在告诉我啥好消息？是不是你找到男朋友了。”

软软地笑着说：“才不是呢，我要去西藏了！”

鲁金虎听她去西藏，就明白了啥意思，故装惊讶地问：“去西藏干啥？”

软软兴奋地说：“看看青山绿水蓝天白云，体验藏区风情，喝酥油茶，骑马射箭，羡慕吧？”

鲁金虎嘿嘿一笑说：“羡慕，羡慕。”

软软对着鲁金虎神秘地一笑，说：“现在告诉你一个惊天的消息，想听吗？”

鲁金虎知道软软说话总是一惊一乍的，就平静地问：“啥惊天的消息？”

软软说：“我让我爸也带你一起去西藏。”

鲁金虎故作惊讶地说：“是吗？真是惊天的消息啊！”

软软严肃地说：“你别不相信，这是我给我爸提的要求，不然我就不去。”

鲁金虎惊讶地“啊”了一声。

从软软的叙述中，鲁金虎分析，前几天，高贵告诉了他软软的身世，而关于她的身世，软软现在还不知道。按照软软爷爷的留言，现在软软已经十八岁了。高贵是有修养，有身份的人，遵守承诺是他做人的底线。软软腿伤好了以后，高贵和爱人李爱莲商量去西藏的事。自从他们把软软从西藏抱养回来，可没少费心血。软软从襁褓中的小宝宝，到现在的妙龄少女，其中的艰辛他们夫妇最清楚，真要软软认祖归宗，他们自然心有不甘。话又说回来，如果软软知道了她的身世，她会咋想？软软会离他们而去，回到她的亲人身边？还是继续和他们生活？这都是未知。况且十八年都过去了，按照软软爷爷的留言，如果老人家真的活着，现在也八十多岁了。如果老人家真的不在了，还要不要告诉软软真相？这些都让高贵夫妇很为难。高贵夫妇反复权衡，最后决定先告诉软软说带她去西藏旅游，到了西藏再根据遇到的情况随机应变吧。软软听说要去西藏旅游，高兴得都要跳起来。不过，高贵告诉软软，去西藏有高原反应，存在一定的风险。如果体质不好会有危险，让软软要有心理准备，在去西藏之前好好锻炼身体，提高身体适应能力。软软兴奋地说：“没事，没事！你们别看我平时弱不禁风，但我玩起来‘疯’着呢。”

李爱莲对女儿说：“你的身体我们倒不太担心，我是担心你老爸的身体，他毕竟是六十出头的人了，以前去都是你老爸开车，现在让你老爸再开车，我好担心。”

软软有点儿生气，说：“你们这是前怕狼后怕虎的，是不是你们不想去了，逗我玩儿呢？不想去，我自己去！”

看着女儿曲解了父母的意思，李爱莲忙对软软说：“我和你爸的意思是，我们肯定去，就是要好好筹划一下。”

软软问：“咋筹划？”

高贵说：“我现在的身体不能长时间开车。要不，我在公司找个司机和我们一起去？”

软软不解地问：“在你们公司找个司机？”

高贵说：“是的。”

软软嘟囔着说：“有了外人在，真没劲啊！”

李爱莲说：“唉，这也是没办法的办法。”

高贵说：“那就先按这个安排吧。”

软软突然灵机一动，惊喜地说：“我有一个人选，一举两得。”

“谁？”

“我哥！”

“哪个哥？”

“金虎哥。”

李爱莲瞪了软软一眼，说：“那是你叔，没大没小的。”

软软对着妈妈做了个鬼脸，说：“我说的人选你们满意吧。”

高贵心里发虚，说：“人家鲁金虎叔叔有自己的工作，你说让人家去，人家就去？你又不是他的领导。”

软软对着爸爸诡秘地一笑，说：“我自有办法。”

鲁金虎听了软软的叙述，说要他同父母一起去西藏，鲁金虎直摇头，说：“去不了，去不了。”

软软脸一沉，说：“你敢不听我的，那我就哭了，说你欺负我。”说着假装哭起来。

鲁金虎心一横，爱理不理地说：“随便，你爱哭就哭。我才不怕呢。”

听完鲁金虎的话，软软真的大哭大闹起来，说：“鲁金虎欺负人了！鲁金虎欺负人了！”

听到软软的喊声，周围的人都围上来看热闹。鲁金虎见人越聚越多，忙对软软说：“唉，服了，我服了，姑奶奶。别喊了，别喊了。”

软软偷偷对着鲁金虎做了个鬼脸说：“你答应，我就不喊了。”

鲁金虎只好认输。

三十七　寻根

软软从小娇生惯养，沾染了一些不好的习气，再加上高贵对软软的过分溺爱，软软也十分任性。这次去西藏寻亲，可能会遇到意想不到的结果，也是高贵夫妇一直担心的。自从软软认识了鲁金虎，经过与鲁金虎接触的一段时间，高贵夫妇感到了软软身上的一些变化，软软今天盛情邀请鲁金虎，高贵夫妇也觉得，鲁金虎是陪他们进藏寻亲的不二人选。高贵夫妇把自己的想法和顾虑对鲁金虎做了说明，也希望鲁金虎能克服困难，陪他们一同成行，实现他们夫妇的心愿。鲁金虎想着成人之美是善举，欣然答应。

初春的青藏高原，天高云淡。站在大山之间，你伸开双手，仿佛就能摘云朵。远处的雪山上覆盖着还未融化的皑皑白雪，在阳光的照射下，雪山熠熠发光。深不见底的山谷神秘莫测，在山与山之间依稀看见几只雄鹰在山谷中翱翔。枯萎的草原慢慢泛起一丝翠绿，悄悄传递出春的气息。平静的湖泊像一面镜子把湛蓝的天空和高高的山峦映印在自己的怀抱，大块大块尚未消融的冰把湛蓝的湖面分割成不同的小块，在太阳的照耀下，泛起白光。站在湖畔，你绝对分不清哪里是天空，哪里是湖面。几只旱獭从深深的洞穴中钻出来，东张西望，警惕地观察着周围的一草一木，给初春的高原增添了一抹灵动。

软软第一次来到青藏高原。刚上高原时有一些不适应，但很快就适应过来了。看到路途上不一样的风光和异域风情，她激动不已。她埋怨父母，世上有这么漂亮的地方，为啥不早点儿带她来？高贵不停地解释说，是怕她年纪小，有高原反应。软软哪知其中真正的缘由？在路上行进了几天，终于来到了邦达镇。这里海拔四千多米，虽然到了春天，但高原上依然寒风袭人。高贵看了看路标，确定了目的地，他告诉大家，在这里休息一下吧。

软软听说要停车，还没等车停稳就第一个跳下车。刺骨的寒风迎面扑来，软软不由自主地蜷缩了一下身体，嘴上喊着："啊！好冷呀！"

李爱莲忙上前递给女儿一条披肩让她披上，然后说："快到前面避风的地方去，我们休息一下。"

鲁金虎停好车和高贵仔细观察路边的地形。转了半天，高贵对鲁金虎说："按照包裹上的留言应该就是这里，但我一直没发现我们以前住宿的地方在哪儿。"

"高总，都十几年过去了，这里肯定会发生不少变化，我们先住下来，只要大方向没问题，我们再慢慢查找吧。”

“你说得没错，我们找个地方，先住下来再说。”

按照准备好的计划，鲁金虎他们一行在邦达镇找了个旅馆住下来。坐了几天车，再加上高原不适，大家都累了，刚躺下就睡着了。休息一会儿，鲁金虎听到急促的敲门声，他不知道发生了啥事，忙开门去看，只见高贵急切地告诉说，软软不见了。鲁金虎吓了一跳，忙问：“软软在这里有认识的人吗？”

高贵说：“她也是第一次来，哪儿有认识的人呢？”

鲁金虎忙说，那就快去找人吧。

邦达镇并不大，是国道318线上的一座小镇，沿路盖了二三十栋藏式建筑，除了过路的行人和打尖的游客，街上人并不多。

鲁金虎和高贵顺着街道向前走，看见路边坐着一个藏族手工艺人正在干活儿，忙问他，有没有看见一个汉族打扮的女孩从这里走过去。

这个藏族手艺人看了他们一眼说：“看见了，和贡布骑着摩托上山了。”

高贵急切地问：“老人家，贡布是谁？”

手艺人一边干活，一边说：“贡布是我徒弟。”

高贵忙问：“他们会不会有危险？”

手艺人说：“这有啥危险？贡布是个老实孩子，他带着小女孩去兜风了。”

听了这话，高贵和鲁金虎放心了许多。

时间不长，贡布骑着摩托从远处飞驰而来，摩托车上带着一个藏族打扮的女孩。她穿着红色的长袍、绿色的裙子，头上戴着一顶棕色的礼帽，脖子上挂着银色的项链。脸上涂了层淡淡的胭脂，朱红色的口红显得格外鲜艳。

高贵和鲁金虎呆呆地看了这女孩半天，既眼熟又陌生。这女孩从贡布的摩托车后座上下来，对着高贵和鲁金虎莞尔一笑，说：“老爸，哥，意外吧！”

听到这女孩喊自己老爸，高贵半天才反应过来，说：“好，好，老爸差点儿都不认识了。”

鲁金虎埋怨说：“软软，我们到这里人生地不熟的，你出去玩儿，也要告诉我们一声，让我们担心死了。”

软软满不在乎地说：“哥，担心啥？挺好玩儿的，没事，没事！”

鲁金虎看了看骑摩托的贡布，不解地问软软：“你和贡布咋认识的？”

软软诡秘地一笑说：“你们都去休息了，我睡不着，就在外面溜达，看见贡布骑着摩托过来，我就拦住他，让他带我去玩玩。贡布答应了，就这么简单。”

鲁金虎看了一眼贡布，贡布对着鲁金虎他们笑笑，说：“她说得没错。”

鲁金虎赶忙说：“谢谢你了。”

贡布说：“不客气。”

高贵看着女儿的一身藏族女孩打扮，问软软：“你的衣服是从哪儿弄来的？”

软软高兴地把自己的新衣服在高贵面前展示了一下，说：“贡布哥哥带我买的，怎么样？漂亮吗？”

高贵忙附和说：“漂亮，漂亮。”软软得意地笑了。

鲁金虎见到了贡布，心里有了数。现在，软软无意中碰到了贡布，正好帮了他们一个大忙。鲁金虎考虑到软软的身份，就故意找理由让她旅馆休息，自己和高贵去找贡布，想从他那儿了解一下软软爷爷的下落。他们来到手艺人的作坊，找了个空地坐下来，鲁金虎问贡布，他们这里有没有一个叫扎西次仁的老人。贡布指了指自己的师傅，说：“他就叫扎西次仁。”

鲁金虎和高贵都很惊喜，没想到他们要找的人就在身边。高贵忙走过去，扎西次仁正忙着手里的活。鲁金虎轻声地问：“老师傅，您叫扎西次仁吗？”

手艺人点了点头，继续忙着他手里的活。鲁金虎凑近了一点儿，问：“你家里有几口人？”

手艺人说：“老婆，儿子，儿媳，还有两个孙子。”

高贵一听，这和当年襁褓里的留言大相径庭，忙再问了一句：“您今年贵庚？”

手艺人伸出五个指头，又继续干活。鲁金虎看见手艺人伸出的手指，知道这和他们要找的人年龄相差甚远。他知道，寻亲的路，并非他们想象得那么简单，就问贡布：“你们这里还有叫扎西次仁的吗？”

贡布说：“我们这里叫扎西次仁的人几十个呢，不知你要找哪一个？”

鲁金虎这才明白了，叫扎西次仁的老人还多着呢。高贵忙给贡布介绍说，他们要找的扎西次仁大约七八十岁，家里无儿无女，孤身一人。

贡布问：“我们这里七八十岁的扎西次仁也有好几个。”

高贵说：“现在要寻找的这位扎西次仁，我们也没见过，只知道他七八十岁，十几年前他儿子上山采药时，发生了雪崩。他儿子不在了。”

贡布摇摇头，说：“这些事，我不知道，时间太久了。”

鲁金虎一回头，看见正忙着干活的手艺人。看看他的年纪，心想问问他，也许能得到一些有用的信息。

鲁金虎走到手艺人面前，低下身问："老人家，我们刚才打听的人，您知道吗？"

手艺人一边干着手里的活，漫不经心地说："你们问的是不是晋美？这些年，他孤身一人，日子也不好过。"

鲁金虎忙问："我们找的是扎西次仁，这个名字好像不对啊？"

手艺人解释道："他儿子出事后，他搬了好几次家，名字也变过几次。因为这个镇上，他和我的名字一样，我就知道了他。前几年还见过，好几年都没见了，不知现在怎样。"

高贵忙问："他现在住在哪儿？"

手艺人说："前几年知道他住在西噶村，现在不知道还在不在。"

鲁金虎和高贵彼此对视了一眼，鲁金虎回头看向贡布，然后对他说："贡布。我们是外地人，对这里的道路不熟，你能不能指引我们到西噶村找一下人？"

贡布看了一下手艺人，说："师傅，我去一下，行吗？"

手艺人挥了挥手，示意贡布带他们去找人。

高贵编了个理由，让软软和她妈妈在邦达镇转转，自己和鲁金虎在贡布的带领下前往西噶村。西噶村在邦达镇的山后，只有一条小路和镇上连通，贡布骑着摩托给他们领路，不一会儿，路越来越窄，他们只能徒步而行。过了山梁，贡布根据师傅描述的方向，看见山脚下有一所用石头砌起的藏式小院，贡布带着他们向小院走去。好一会儿，他们才来到小院外。小院四周用石块砌成，是一个典型的藏式独家院落，院落后面是一间住人的小屋。

贡布站在院外向里喊话："有人吗？有人吗？"

半天，屋里没有回音。鲁金虎和高贵心里一沉，担心出现他们不愿看到的一幕。贡布看了看他们二位，示意直接进去看看。他们三人走到小屋门口，贡布径直推开门，一股发霉的气味从屋里飘出来。屋里黑乎乎的，只能看见一丝亮光，贡布继续在门口喊："屋里有人吗？"

这时，从屋里传来微弱的声音问："谁呀？"

贡布忙回话说："老人家，有客人找。"

屋里的老人慢慢地坐起身，看着来人。鲁金虎看见老人半躺在床上，约莫八十开外的年纪，头发苍白，古铜色的脸上写满青藏高原人的沧桑。

老人看着来人，问："你们找谁呀？"

高贵忙答道："老人家，我们找扎西次仁？"

来人迟疑了一下，问："你们是……"

高贵忙凑到老人床前，说："老人家，十八年前，你是不是在一个小屋前放了一个襁褓，里面是您的孙女，她叫玉珍。"

老人想了想，说："没有呀。"

鲁金虎有点儿着急，忙问："老人家，你原来是不是叫扎西次仁。"

老人点点头。

鲁金虎又问："十八年前你儿子和儿媳是不是上山采药时遇到雪崩遇难了？"

老人想了想说："我儿子遇难了，儿媳让人救了，后来儿媳带着孙子走了，现在不知道在哪儿……"

高贵急切地问："老人家，您再仔细想想，别记错了。"

老人摇摇头，说："不会，这咋能记错呢。"

鲁金虎有点儿失望，但他毫不气馁，问："老人家，您儿子叫啥？"

"多吉。"

"您儿媳呢？"

"央金。"

"儿媳带走的是孙子还是孙女？"

"孙子，叫边巴，星期六生的。"

听完老人的介绍，鲁金虎和高贵都很失望。他们知道。这不是他们要找的人。

他们回到邦达镇，不知道再从哪里下手找人。软软见他们沮丧的表情，看上去很不高兴的样子，就笑嘻嘻地问："老爸，哥，遇到啥烦心事了，没精打采的。是不是想找藏族美女聊聊天，结果让人家耍了？"

高贵看了一眼女儿，说："别没大没小的，在你叔面前别胡说。"

软软才不理会老爸的叮咛呢，用手指在老爸面前弹了一下，说："你们好好生气吧，我去找贡布哥哥兜风去了。"说完，一溜烟地不见了身影。高贵和鲁金虎忙活了大半天，刚刚燃起的希望就像充盈的气球被人瞬间刺破，情绪降到了冰点。看着垂头丧气的高贵，鲁金虎安慰说："先休息一下，我们再想办法吧。"

高贵也没啥好办法，只能跟着鲁金虎先养精蓄锐，回头再想办法吧。

三十八　凄凉的一面之缘

鲁金虎心里有事，根本睡不着，胡思乱想了半天，也没理出个头绪来，好不容易有点儿迷糊的意思，突然听见软软火急火燎地跑回来，嘴里不停地喊着："吓死我了，吓死我了！"

贡布把摩托车停好，跟在软软后面安慰道："没事，没事，他就是个疯老头。"

鲁金虎和高贵见软软急急忙忙地跑回来，惊慌失措的样子不符合她的个性，不知道发生了啥事。高贵忙问道："宝贝，咋了？谁欺负你了？"

软软还是一个劲儿地说："吓死我了，吓死我了！"然后，不停地用帽子对自己扇风。过了好一会儿，软软平静了一些，鲁金虎问："咋回事？"

软软叹了口气，对鲁金虎说："哥，我和贡布在街上玩，一个疯老头突然窜到我面前，对我大喊大叫说，普姆，你为啥骗我？十几年前，你不是和我儿子一起采药时死了吗？现在你咋还活着？

高贵听到软软提到"普姆"这个名字，心里一震。他知道"普姆"是包裹里那张纸上写的软软妈妈的名字。他忙问软软："你看到的这个'疯子'在哪儿？"

软软用手指了指大街，说："就在前面不远。"

鲁金虎听了半天，从软软的叙述中预感到，这个"疯子"会不会和软软的身份有关呢？鲁金虎知道，与软软的身世有关的事，谜底没有解开之前，是不能让她知道的。他和高贵彼此看了一眼，两人心领神会。

鲁金虎对软软说："软软，你先到宾馆休息一下，我和你爸去看看这个'疯子'，万一他一会儿又来找你的麻烦咋办？我们把他赶走。"

软软对鲁金虎做了个鬼脸，说："好吧，还是我哥办事周到。"

鲁金虎安排好软软，让贡布带着他和高贵去找那个"疯子"。

邦达镇本来就不大，他们几分钟就找到了软软说的那个"疯子"。这疯子八十开外的年纪，长长的头发看上去好久都没洗了。古铜色的脸上布满了皱纹。他穿的破旧的藏红色长袍沾满了油污，衣服上左一块、右一块地布满了补丁。"疯子"坐在路边的石头上，旁边放着一根树枝，应该是他的拐棍吧。

鲁金虎走到"疯子"面前，低头问道："老人家，能告诉我，你的大名吗？"

"疯子"怔怔地看了一眼鲁金虎，然后从嗓子眼儿发出一点儿沙哑的声音：

“洛桑。”

听到“洛桑”这个名字，鲁金虎有点儿失望，但他也不气馁，又问道：“你认识扎西次仁吗？”

听到“扎西次仁”几个字，“疯子”目不转睛地盯着鲁金虎看，半天后才说：“这是我以前的名字。”

听到这样的答复，鲁金虎喜出望外，说：“玉珍，你知道玉珍吗？”

“疯子”眼里放出了光，刚刚想站起来，但是没有成功。鲁金虎赶忙去搀扶他。“疯子”抓住鲁金虎伸出的手，显得很兴奋。他好像不知道说啥好，嘴里一边喃喃地说“玉珍，玉珍”，一边紧紧地抓住鲁金虎不放。

鲁金虎用手指了指自己的头，对“疯子”说：“老人家，您这里清醒吗？”

“疯子”点点头，说：“清醒，清醒。”

从言谈之中鲁金虎判断，被软软称为“疯子”的人意识清楚，只是他衣衫褴褛，好久没有洗澡罢了。他对面前站着的老人说：“你原来叫扎西次仁吗？”

老人点点头。

鲁金虎又问：“您儿子叫啥名字？”

“旦增。”

“儿媳呢？”

“普姆。”

听到老人的回答，高贵激动不已。他可以确认，站在他们面前的老人就是软软的爷爷。他上前抓住老人的手，声音有点儿哽咽地说：“老人家，我们终于找到你了。这里不是讲话之处，我们找个地方慢慢说吧。”

其实，自从儿子、儿媳遇难后，扎西次仁一直想把孙女玉珍养大成人。但是，青藏高原恶劣的环境让孙女一次又一次病倒，又一次次死里逃生。由于生活难以为继，扎西次仁自己的一日三餐都无法保证，要把多病的孙女玉珍养大成人确实是难上加难。他实在无路可走，想着如果让别人抱养着，说不定玉珍还有一条生路。继续让自己养着，玉珍的生命恐怕朝不保夕。他抱着试试看的想法在邦达镇守着。这天，天气下起漫天大雪，他看见有人住进邦达镇。到了夜深人静的时候，他抱着玉珍，来到旅馆的大门前，把写好的字条夹在玉珍胸前，将剩下的一点儿奶粉也留在襁褓中。玉珍已经睡着了，他在玉珍的脸上亲了又亲，最后，狠心地把玉珍放在了旅馆的大门前。他并没有走远，一会儿，玉珍哇哇地哭起来，他看着孙女哭泣的方向，心如刀绞。一会儿，旅馆的客人出来了，把玉珍抱进了房间，他这才放心地走了。第二天，他来到旅馆附近，偷偷了解宾馆的情况，啥消息都没打听到。他还是不放心，向旅馆老板打听有没有发现一个小女孩。宾馆老板说，他什么都不知道。

后来，由于生活所迫，扎西次仁搬了几次家，还到寺庙改了名字叫洛桑。他一遍又一遍在佛祖面前为玉珍祈祷，希望有生之年能见玉珍一面。这十八年来，他虽然过得很艰辛，但他始终记着他有个孙女叫玉珍。而且，他记得自己和玉珍的约定，十八年后他们再见面。他掐指一算，今年玉珍已经十八岁了，就从远方回到自己的家乡，每天都在邦达镇来回地走，看看奇迹会不会发生。

今天早上，他和往常一样在邦达街道乱走，突然发现路上一个穿着藏族服饰的女孩和自己的儿媳普姆长得一模一样，他怀疑是不是普姆当时没有死，骗了他这么多年，一时性急，不分青红皂白地拦住在镇上闲逛的软软，想问个究竟。软软被这突如其来的变故吓蒙了，就跑着回到宾馆，才有了刚才镇上发生的一幕。

高贵高兴地告诉扎西次仁："老人家，你刚见到的女孩不是普姆。"

扎西次仁睁大了眼，问："那她为啥长得和普姆一模一样？"

鲁金虎笑着说："老人家，你想想，普姆如果活着，现在多大了？"

扎西次仁掐指算了算，说："大概四十多岁了。"

鲁金虎问老人："那您见到的女孩才多大呀？"

扎西次仁若有所思，嘴里喃喃地说："认错了，认错了。"

高贵忙接过话，说："老人家，你没有认错，你刚见到的女孩正是你日日夜夜想见的人！"

"谁？"

"玉珍！"

"玉珍？"

"是！"

"真的吗？真的吗？"扎西次仁激动地说。

"真的，我没有骗你。"高贵说。

扎西次仁挣扎着要站起来，嘴里直喊："我要见玉珍，我要见玉珍。"

鲁金虎忙让扎西次仁坐下来，说有话慢慢说。扎西次仁平静了一下，高贵告诉扎西次仁，现在软软还不知道自己的身世，她从小就是我家的掌上明珠，没有受过任何委屈，如果现在突然揭开了这个谜底，她会怎么想？谁也不知道结果，如果她接受不了，出了意外咋办？对大家都不好，要从长计议，慢慢来。

扎西次仁无奈地点点头。他想了想对高贵说：“我现在都八十多岁了，也活不了几天。孤苦伶仃了几十年，没啥奢求，只要看一眼玉珍就心满意足了。”

为了使软软和爷爷相见不出意外，鲁金虎建议扎西次仁先回家等着，他们想好万全之策，明天带着软软来见他。为了避免一些不必要的麻烦，鲁金虎建议扎西次仁找个地方理理发，洗个澡，再买一件新衣服。分开时给扎西次仁留了一些钱，让贡布陪着去办。贡布高兴地接受了。

高贵和鲁金虎回到宾馆，思考着接下来咋办？高贵和鲁金虎考虑，面对扎西次仁现在的状况和软软娇生惯养的性格，要让她立即接受扎西次仁是自己的爷爷这个事实是不可能的。他们反复权衡，只能见机行事了。按照扎西次仁的意思，只想在有生之年见软软一面，没有其他奢求。所以，高贵考虑暂时就不告诉软软身世的秘密了。第二天一大早，他们让贡布带路，以扎西次仁的儿子是高贵朋友的身份，带着软软去看看老人一眼，让他们祖孙见面，了却他的心愿。

高贵告诉软软，今天在镇上拦住她的老人不是“疯子”，正是他们要拜访朋友的父亲，让她不要介意。软软大大咧咧地说：“哦，原来如此。”

软软听说要看爸爸朋友的父亲，心里也挺高兴，她也想看看青藏高原大山深处是什么样子。吃完早饭，她特意穿上新买的藏族服装，一副自己就是地地道道的本地姑娘的感觉。贡布骑着摩托等在旅馆门口。软软看见贡布，高兴地说：“贡布，带着我去兜风吧。”说完，坐在了贡布的摩托车上。李爱莲看见女儿坐上贡布的摩托车，说：“疯啥？小心摔着。”

软软给李爱莲做了个鬼脸，说：“贡布可是骑车高手，别担心。”

高贵看了看女儿和贡布，说：“贡布，你和软软在前面带路，我们跟着走。”

贡布应了一声，使劲轰了几下油门，带着软软一溜烟地走了。

软软的爷爷扎西次仁住在东嘎村。贡布带着软软来到东嘎村，很快找到了扎西次仁居住的房子。扎西次仁的房子建在东嘎村后面的山坡上，周围没有小院，没有围挡。从外面看，房子是用石块垒起的小石屋，低矮而简陋，门前的小路是唯一与外界联系的地方。高贵他们来到小石屋时，屋门半掩着。高贵和鲁金虎相互对视了一下，鲁金虎知道，扎西次仁可能年龄大了，行动不方便，就上前敲门，可屋里一点儿动静都没有。鲁金虎觉得奇怪，不是昨天说好的，他们今天要来吗？屋里现在没一点儿动静。鲁金虎管不来许多，推开门走进屋里。屋里阴暗而潮湿，空气中散发出一股霉气味。鲁金虎借着外面的亮光四下查看，见小屋的一角有张小床，床上好像躺着人，鲁金虎走近一看，扎西次仁一动不动地躺着，鲁金虎忙上前喊道：“老人家，快起床，我和软软来看你了。”

鲁金虎喊了半天，扎西次仁还是一动不动。鲁金虎有点儿心慌。这时，高贵和贡布也走到了床前。看到这一幕，鲁金虎他们感到情况不妙，他下意识地把手指放到老人的鼻孔前，啊！老人一点儿气息都没有了。

老人离世的消息让他们感到很意外，也很伤心。贡布把扎西次仁去世的消息告诉了东嘎村村主任，村里人很快聚集到一起，安排扎西次仁的丧事。

软软看着躺在床上的扎西次仁，身体颤抖着，抱住李爱莲，问：“妈妈，老爷爷昨天还好好的，咋这么快就不在了？”

李爱莲摸着软软的脸，说：“傻孩子，这可能是天意吧。”软软不解地望着妈妈。

高贵站在扎西次仁的遗体前强忍着悲痛说：“老人家，我们对不起你。一念之差，让你抱憾终身，今世无法弥补，只能等到来生了。”

高贵走到软软面前对她说：“软软，你在爷爷的遗体前磕三个头，大喊三声爷爷，好吗？”

软软不解地问：“为什么？”

高贵看了看女儿，说：“你问我，我也不知道为什么，这可能是天意吧。”

到了此时，软软没了往日的任性，像个小绵羊似的听从了高贵的安排，她双手合十，对着扎西次仁磕了三个头，然后对遗体高喊：“爷爷，爷爷，爷爷……”

这时，从乌云中射出几道霞光来，把巨大的光影映在灰暗的山岗上。几只雄健的秃鹫在低空盘旋，发出低沉的叫声。

三十九　转行

由于高原上紫外线的照射，鲁金虎回到公司后，脸上脱了一层皮，稍有风吹日晒，又痒又疼，鲁金虎只好窝在办公室养着，不敢闲逛。

这天，鲁金虎正在办公室喝茶，他的初中同学杨程远嬉皮笑脸地来到他办公室，约他晚上吃饭。他知道杨程远虽然没有考上大学，但从小聪明伶俐，见人不笑不说话，毕业后在社会上混得风生水起，还算有点成就，现在是程远建筑公司的大老板，搞房地产开发，赚了不少钱。今天他能主动找鲁金虎，肯定是无事不登三宝殿。鲁金虎明白，商人无利不起早的道理，就拒绝他说："没时间。"

杨程远可不是一句话就能打发走的人，笑嘻嘻地递上一支香烟，说："不就是吃个便饭嘛，你还不赏脸。是不是现在发达了，看不起老同学了？"

鲁金虎可是吃软不吃硬的人，被杨程远的话噎住，半天没话应对。过了好一会儿，他眼一瞪，应承道："不就是吃个便饭嘛，行！"

到了晚上，鲁金虎如约来到饭店。酒过三巡，菜过五味，杨程远腆着大肚子走到鲁金虎面前，端起一杯酒对鲁金虎说："鲁哥，咱俩可是从小一起玩大的，用尿和过泥，一个枕头睡过觉……小弟敬你三杯，我先干为敬。"说着自己先喝了一杯。鲁金虎推辞不过，只好顺着杨程远喝了起来。两人你来我往，推杯换盏喝到了半夜。酒多了，话就多。杨程远说："鲁哥，小弟虽然没念过几天书，但就是胆子大，啥都敢整。搞个房地产开发，半个秦汉城都是咱的。"

鲁金虎被酒精憋红了脸，说："你能，我胆小，没你那本事。"

杨程远举起酒杯，说："哥，你说错了，你是人老实，但不会把握机会。"

鲁金虎笑道："我从小跟着老爸学木匠，有啥机会？"

杨程远一仰脖又喝了一杯，把头摇得像拨浪鼓，说："不不不，你说的不对。"

鲁金虎说："有啥不对？"

杨程远睁开半醉的双眼说："当下就有发财的机会，可你不会用。"

鲁金虎不解，问："我咋看不出干啥能发财？"

杨程远诡秘地一笑，问："你是不是认识麒麟公司的老板高贵？"

鲁金虎眨眨醉眼看着杨程远，说："普通朋友。"

杨程远向鲁金虎身边靠了靠，低声说："你骗我干啥？我了解过了，你们关系可不一般。"

鲁金虎对着杨程远摇摇手，说："别听他们胡说。"

杨程远毫不气馁，他向鲁金虎身边凑了凑，说："小弟是啥人你应该清楚吧，消息灵通着呢。不瞒你说，小弟盯着麒麟公司好久了，就是没有找到机会。麒麟公司可是大公司，商机多得很，只要大老板一句话，就有赚不完的钱。小弟得到的消息确切，只要你给高总说句话，他绝对不会驳你的面子。"

鲁金虎脸一沉，说："我拉不下这张脸，要说你去说。"

杨程远知道，鲁金虎是个倔脾气，只能用好话哄他，就对鲁金虎说："哥，兄弟最近生意上出了点问题，欠了不少外债。追债的人四处讨债，小弟都无处可藏了。我知道你和高总关系不错，也能说上话，小弟算是求你了，你在高总那里替小弟说句话，给我点儿工程干。小弟赚点钱，把外面欠的债还上，也不枉咱俩从小在一盘炕上睡过。"

鲁金虎面子薄，见不得别人对自己说软话。他思前想后，考虑再三，心里还是没底儿。他是通过软软认识的高贵，认识软软和认识高贵是两码事，他拿不准自己的话在高贵面前有没有用。鲁金虎看着杨程远可怜兮兮的样子，再加上酒壮㞞人胆，一激动，就对杨程远说："既然老同学说到这份儿上了，我就当作帮忙，明天找高总说说，但事情能不能成，我保证不了。"

杨程远可是多年闯江湖的人，见风使舵、察言观色是他的拿手好戏。听了这话，他知道火候到了，现在就剩自己推波助澜，再推鲁金虎一把。

他竖起大拇指，对鲁金虎说："哥，谋事在人，成事在天，只要老哥能张开尊口，肯定水到渠成，马到成功。"说着，杨程远端起一杯酒给鲁金虎敬上了。

第二天，鲁金虎头还有点儿晕。睡醒了想起晚答应杨程远的事，真有点儿后悔。他埋怨自己不该答应杨程远求人的事，但现在为时已晚，说过的话，泼出去的水，自己不是出尔反尔的人，只好硬着头皮去找高贵。他拿了两盒泾阳茯茶到了高贵办公室，硬着头皮敲开了高贵的门。看见鲁金虎，高贵忙起身迎上前，握住鲁金虎的手，说："哎呀，稀客，稀客，啥风把你刮来了？"

鲁金虎不好意思地说："这几天没啥事，想问问晶晶最近咋样？"

高贵高兴地说："提起晶晶，那就太谢谢你了。以前我们两口子对晶晶宠爱有加，只关心她物质方面的要求，没关心她精神方面的成长，教育的方法有问题，让晶晶任性得不成样子。她自从见了你，改变了不少，以后还要多向你请教。"

鲁金虎被高贵说得不好意思，忙解释说："我也没做啥，就是随便说了下。"鲁金虎心想，有啥请教的？不听话就打，任性了就骂。这些办法就是灵。不过，这话他没敢给高贵讲。

鲁金虎问："晶晶最近干啥呢？"

高贵说："去找贡布去了。"

鲁金虎"啊"了一声，说："找贡布干啥？"

高贵介绍说，自从上次到了西藏，晶晶觉得时间太仓促，她想玩的地方太多，没玩好。回来没多久，她就和贡布联系上了，贡布答应带她游遍西藏。我们也管不了，就随她去吧。”

鲁金虎好奇地问：“晶晶现在知道她的身世吗？”

高贵摇了摇头说：“没敢说，一切随缘吧。”

鲁金虎说，这样也好！

高贵是个聪明人，知道鲁金虎无事不登三宝殿，就问鲁金虎还有啥事？鲁金虎“吭哧”了半天不好意思说。高贵笑道：“自己人，有啥难为情的？有事请讲。”

鲁金虎挠了挠头说：“我有个同学叫杨程远，是搞工程建筑的，最近没揽下活，还欠了不少外债。他知道我和你的关系，求你帮个忙，在你公司找点活儿干。”说着，把带来的泾阳茯茶递到高贵面前。高贵看到鲁金虎递来的东西，哈哈大笑起来。

高贵这笑声让鲁金虎丈二和尚摸不着头脑，他不知这笑声是好还是不好？高贵指了指鲁金虎拿来的茯茶，笑着说：“你来我这里还搞这套？一会儿我让办公室给你带点顶级普洱，让你尝尝啥叫好茶。”

鲁金虎不好意思地说了声“谢谢”。

高贵打了个电话。时间不长，进来一个四十出头的中年男士，他中等身材，体型略瘦，戴着一副金丝眼镜，看起来文质彬彬。他身穿一身蓝色西服，黑色的皮鞋锃明瓦亮，看上去像刚刚擦过的。这人走到高贵身边，问：“高总，您找我？”

高贵让这人坐在鲁金虎旁边，然后对鲁金虎介绍道：“这位是我公司工程部的总经理宋惠明，他专门负责公司的工程建设。”

鲁金虎忙伸出手与宋惠明相互问好。寒暄完毕，高贵对宋惠明说：“这是我的朋友，叫鲁金虎，你们相互认识一下。他们公司有工程建设方面的资质和经验，有和我们合作的意愿。我刚和鲁总聊了一下，工程建设方面，我们合作的空间很大。你和鲁总随后商量一下，看哪些项目适合他们承建，搞个计划方案报给我就行了。”

宋惠明对高贵说：“好的，我会尽快拿出方案，请高总放心。”

高贵看了看鲁金虎和宋惠明，叮咛道：“你们以后多沟通，有啥为难的地方，就直接找我。”

“那太谢谢高总了。”

“哎呀，一家人不说两家话，别客气。”

鲁金虎把和高贵谈话的结果告诉了杨程远。杨程远对着鲁金虎千恩万谢。杨程远按照鲁金虎和高贵的安排，和宋惠明谈了几次合作的事。杨程远发现，宋惠明每次虽然答应得很痛快，但事情进展得并不顺利。鲁金虎和他找宋惠明协调了几次，一旦鲁金虎出面，一切都好，离开了鲁金虎，事情就变得复杂。杨程远知道，这是商场的运行规矩，没有金钱上或者直接的利益关系，没人肯老老实实地替你卖命。几十年商场打拼的经历让杨程远清清楚楚，不用别人提醒，他明白解铃还需系铃人的道理。他找到鲁金虎说，帮忙帮到底，救人救个活，要鲁金虎到他公司上班，和他一起合作打拼。

鲁金虎说："我在我同学苏亚洲那里上班，他对我不错。我不能好端端地不干了吧。

杨程远说："麒麟公司的工程建设是你牵的线。你如果不在我公司干，你看看宋惠明那态度，这事迟早要黄，那我们不就前功尽弃了吗？"

鲁金虎说："你们公司若是以诚信为本，老老实实做事，工程咋能黄呢？"

杨程远苦笑着说："老同学，你真老实。社会复杂得很，像你这样诚心给人办事的没有几个，我看你还是好人做到底，送佛送到西，就和我一起合作吧。你和苏亚洲关系不错，但你为他公司的付出，建立了安全平台，这便利够他接下来享受了。小弟现在为难之际，你就向苏亚洲求求情，帮小弟一把吧。要不然，小弟就死定了。"

"我没法给苏亚洲交代呀！"鲁金虎无奈地说。

杨程远灵机一动，说："要不这样，你给苏亚洲当个顾问，需要你决策时，你帮他，没事的时候你就跟我干，这不就两全其美了吗？"

鲁金虎被杨程远死缠烂打地求了几天，一时也拿不定主意，苏亚洲那天刚有事找他，闲谈之间，他给苏亚洲透露了一些想法。

苏亚洲听出了鲁金虎话的意思，说："我们都是从小长大的同学，杨程远你还不了解吗？我们上学考试时，都是他抄我的卷子。"

鲁金虎羞愧地说："我经常抄杨程远的卷子。"

苏亚洲是个聪明人，他知道鲁金虎思想有了变化，他是个老实人，不想落个忘恩负义的坏名声，虽然心里有疙瘩，但不好直接对自己说。

苏亚洲不想为难鲁金虎，就对他说："好吧，那你先去杨程远那里试试吧。如果干不下去了，再回来也行。"

四十 “二虎”相遇

鲁金虎不情不愿地加入了杨程远的公司，想着干干再说吧。这天，宋惠明打电话要和他们协商工程建设的事。鲁金虎带着杨程远到达宋惠明办公室。推开门，鲁金虎见宋惠明正和一男一女说话。仔细一看，鲁金虎不敢相信自己的眼睛，因为映入他眼帘的是他的老“熟人”陈学坚和丁丽娜。鲁金虎尴尬地站在原地，他不知道是进还是退。宋惠明看见鲁金虎和杨程远来了，忙起身招呼他们和陈学坚、丁丽娜见面。鲁金虎没有办法，只好硬着头皮走了进来。

陈学坚看见鲁金虎，忙伸出手。鲁金虎十分不愿意地和他握了手。接着陈学坚开始和鲁金虎套近乎，说好久不见，要好好叙叙旧的话。丁丽娜坐在原地纹丝未动，面沉似水。

鲁金虎看见丁丽娜死灰一般的脸，心里生出一丝恶心的感觉，他在心里暗骂这个女人。

宋惠明和他们相互寒暄，哪顾得上看这些细节。他招呼大家坐下来说开个会聊聊工程上的事。他对鲁金虎说：“你们没来之前，我和陈总谈了一会儿，知道你们都是秦汉工程建设上的老朋友，彼此都很熟悉，我就不多介绍了，我们就直奔主题，谈谈工程建设的事。”

鲁金虎一听，鼻子都快气歪了，什么老朋友？老对手还差不多，但当着宋惠明的面不好反驳，只好随声附和，点头称是。

宋惠明对鲁金虎说：“老鲁，陈学坚是我们高总的好朋友，他们世友公司也是通过招标流程中标的麒麟公司工程建设项目。按照我们高总的安排，你们程远建设公司和世友建筑实业公司组成一个团队，联合建设我们公司生物制药开发项目。”

鲁金虎听到这里，腾地一下站了起来，但很快冷静下来，他对宋惠明说：“宋部长，请您移步一下，我有话说。”

鲁金虎和宋惠明来到办公室外，他把自己和世友公司丁丽娜当年砍树砸场子的恩恩怨怨告诉了宋惠明，说没办法和世友公司的丁丽娜合作。

宋惠明微微一笑，说：“你们的事，陈学坚前几天就告诉我了。世友公司和你的想法一样，也不愿意和你们合作，现在的问题是，你们是高总的朋友，世友公司比你们还有优势，他们是通过正规渠道招标取得的建设资格。从法律角度讲，世友要拒绝和你们合作，高总也没办法。现在让你们程远建设和世友合作，是你们在世友公司的蛋糕上分羹。今天我给世友公司的几位老总分析了利弊，好不容易让他们妥协，愿意做出让步，让你们加入。你现在不同意，这事我就难办了。”

鲁金虎说：“那我去找高总，把这里的情况给他反馈一下，看他咋安排。”

宋惠明忙拦住鲁金虎说：“你糊涂了吧！泼出去的水能收回吗？你想想，高总能把中标的合同毁了吗？就是高总答应你，世友公司告到法院，高总怎么收场？你再好好想想，谁是主角？谁是配角？人家陈学坚还想不通呢！小不忍则乱大谋。这是古训。”

杨程远是见过大世面的人，站在一旁听懂了意思，他忙对宋惠明说：“宋部长说得对。”

杨程远毕竟是个商人，听完宋惠明的分析，茅塞顿开，啥是大局——他比谁都清楚。生意场上，他时常记着父亲的话，听人劝，吃饱饭。赚钱是他唯一的目的。这也是他这些年来做人的信条。他心里明白，刚才宋惠明对鲁金虎说的话，肯定对陈志坚和丁丽娜也说过。陈志坚和他们程远公司一样，同样不会待见他们，要在人家陈学坚做好的锅里抢饭吃，陈学坚肯定也不答应。但从刚才陈学坚在办公室的表情看，他应该想通了，而从丁丽娜愤怒的死灰脸判断，她并不买账。杨程远知道，刚才他喧宾夺主，驳了鲁金虎的面子，给宋惠明表态的，应该是鲁金虎而不是他。但在利益面前，他不会让任何机会轻易溜走，至于和鲁金虎的关系，只能回头再说了。

鲁金虎铁青着脸，半天没说一句话。宋惠明看了看鲁金虎，又看了看杨程远，补充说：“杨总闯荡江湖好多年了吧，经历的事情应该很多，经验绝对丰富。啥事该做，啥事不该做，啥事不能忍，啥事要忍，应该比我清楚。”

鲁金虎刚一走神，宋惠明又说：“十几亿的大项目，不是一笔小数字，大家都能分杯羹，都有钱赚多好。吃得太多会消化不良，这个道理都懂吧。”

鲁金虎还是没表态，杨程远忙说：“宋总说的是，我们接受，我们接受。”他见鲁金虎还是一脸愤懑的样子，忙把他拉到一旁，叮咛他见好就收，有事回家再说。

鲁金虎骂骂咧咧了好几天，心情总算平复了一些，他也没有最佳的解决办法，只好面对现实，自认倒霉。他自我宽慰说，公司是他杨程远的，自己不过跑跑龙套，管那么多事干吗，还要费脑子。不如把自己的钱袋子捂好，见怪不怪，喝茶静心。

麒麟公司开发的生物制药项目早就开工建设。由于程远建设属于半路上杀出个程咬金，宋惠明不得不对工程建设项目重新进行分工。根据建设项目的不同，让两家公司各负其责。生物制药工程开工半年多，一切按部就班，还算顺利，宋惠明也没有费多少口舌。这天，宋惠明正在工地巡查，发现几名工人在窃窃私语，看见他过来，都躲到一旁。宋惠明感到奇怪，就去问这几名工人，他们连连摇头，说在胡诌闲话，没有什么事。宋惠明也没有在意。

没过几天，麒麟公司却接到举报，说制药分厂工地发现有人使用过期水泥，水泥标号还比设计的标准低。宋惠明知道，制药分厂是由世友公司陈学坚负责的，出了问题，应该找陈学坚。鲁金虎非常了解陈学坚这些人的本性，他怀疑陈学坚与水泥供货商沆瀣一气，共同作案。所以，让宋惠明不要声张，暗访一下供货的水泥厂，把问题调查清楚再处理。宋惠明知道鲁金虎和陈学坚是死对头，推脱自己这几天忙，没时间调查水泥过期的事，让鲁金虎帮忙调查，等有了确凿证据，他再出面处理。

鲁金虎得到尚方宝剑，根据举报人提供的线索，找到过期水泥的提供方秦龙区建勇水泥厂。他从水泥厂提供的发票中发现，水泥供货人叫丁佩丽。这个名字有点儿耳熟，但又说不出个一二三，只能去现场调查。

鲁金虎来到建勇水泥厂，假装买水泥，找到销售部，说他要订购一千吨水泥。销售员听说来了大客户，很是热情，向鲁金虎详细介绍了水泥的价格和优惠情况。鲁金虎发现水泥厂销售员提供的价格和麒麟制药分厂的水泥购货价格相差不大，看不出购货价和水泥过期有啥关联。鲁金虎不死心，就问销售员，能不能再优惠点儿，销售员说，价格已经接近成本，再低他们就要亏本。

鲁金虎悄悄告诉销售员说："我是替人办事，只要价格合适，货就订了，要不然，就另找他家了。"

销售员说："再优惠一点儿也行，但那些水泥和这里的不是一个批次。"

鲁金虎问："为啥？"

销售员说："先看货再说优惠。"

鲁金虎说了声"好"，就跟着销售人员到了水泥仓库。

销售员揭开蒙在水泥上的篷布让鲁金虎看，他发现，这些水泥都是过期的，就对销售员说："水泥都过期了，咋能卖？"

销售员对鲁金虎说："这些水泥是过期了，但对强度要求不高的工程影响不大，可以用。要买的话，价格可以优惠。”

听到这里，鲁金虎已明白了，但他佯装对销售员说：“这恐怕不好吧，工程出了事可要负法律责任的。”

销售员呵呵一笑，说：“看把你吓的，没啥危险。好多工地都在用，也没有出现啥问题。”

鲁金虎故意对销售员说，他不相信，怕销售员骗他。他让销售员说几个用这些水泥的企业的名字，让他听听。

销售员四下看了看没有外人，悄悄地告诉鲁金虎说，九城建筑队、麒麟制药厂、黑熊材料厂都在用这些水泥。他偷偷叮咛鲁金虎说，这些都是商业秘密，老板不让告诉别人，如果不是看他有诚意买水泥，也不会轻易告诉他，让鲁金虎替他保守秘密。鲁金虎痛快地答应了。

鲁金虎在仓库四周转了会儿，用怀疑的口吻问销售员：“你说的也是，我们在农村修水渠，一些批次的水泥质量也不高，工程也没出过啥问题。”

鲁金虎又眼珠一转，说：“麒麟制药分厂也用这批水泥，我们离这个工地很近，是谁联系的？我还是不放心。我想和他们联系一下，了解了解他们使用这些水泥的情况，如果他们说没有啥问题，这批水泥我就订了。”

销售员说：“我也没有他们的联系方式。这些建筑大户都直接和大老板联系，我只见过一个叫丁佩丽的女人常来拉货。”

鲁金虎问：“水泥是你出的库，出货单上应该啥都有吧？”

销售员说：“我主要看出货数量，其他事不关注。”

鲁金虎让销售员拿出水泥出货单，假装乱找，暗地里把水泥的出货日期、数量、水泥标号等信息记在心中。完毕，他告诉销售员，他去麒麟工地咨询一下就来订货。

鲁金虎在离开水泥厂的路上，一直想着“丁佩丽”这个名字，但始终没有答案，他回到公司看见杨程远，问“丁佩丽”是谁？杨程远说，丁佩丽是丁丽娜的妹妹。鲁金虎恍然大悟。

宋惠明得到鲁金虎的汇报，证据确凿。他立即把陈学坚找来，让他马上停止使用这批水泥，已经建成的工程要返工重建，鲁金虎负责监督。陈学坚看着铁证如山的证据，气得牙根痒痒的，恨不得咬鲁金虎一口。宋惠明警告陈学坚，如果再发现类似事件，绝不姑息。

鲁金虎处理完水泥这烂事，感到自己身心俱疲，为什么到哪里都会有这么多圈套和陷阱？自己本是一心只想简简单单到城里来讨生活，根本无心卷入尔虞我诈的人际关系里。鲁金虎想着想着，突然想起尚彩旗这几天还在医院治疗。尚彩旗自从做了手术，身体虽无大碍，但还是很虚弱。鲁金虎买了水果，急急忙忙地到了医院。尚彩旗看见鲁金虎有点不高兴，问："你最近在干啥呢？现在才来？"

鲁金虎忙向尚彩旗道歉，顺便把公司发生的事给尚彩旗说了一遍。彩旗妈看见女儿给鲁金虎发脾气，斥道："你埋怨你哥干啥？公司的麻烦事多如牛毛，都要他操心，哪像你，啥事都不干，脾气还不小。"

鲁金虎说："姨，不怪彩旗，都怪我粗心。"

尚彩旗瞪了妈一眼，不再说话。

鲁金虎问尚彩旗，最近文俊雄来了吗？

尚彩旗说："来了，他一直在这里照顾我，前两天回家收土豆去了，说好收完土豆就回来。"鲁金虎听了，为彩旗找到这样的男人感到高兴。

尚彩旗身体恢复得不错，鲁金虎陪着她在病房楼道走了几圈，感觉尚彩旗的体质比前段时间又增强了许多，脸上也泛起了红晕。他和彩旗边走边聊。尚彩旗问起开元学习的情况。鲁金虎说："这几年，我一直在外面打拼，回家都是利用节假日或顺路时抽空看看，在家的时间少得可怜。照顾开元生活、学习都靠甜杏了，开元参加高考那天，我也是抽空去了一趟……"鲁金虎十分内疚，打心眼里觉得，这些年对不起甜杏，一个想法在鲁金虎心里悄悄萌生。

四十一　陈学坚立威

寒冬腊月，正是一年最冷的时候。这天晚上，月色昏暗。刺骨的西北风呼呼地刮着，陈学坚的心和屋外的空气一样寒冷，面对夜色，回想着最近发生的事，他越想越睡不着。自从被人举报使用过期水泥，他被迫对自己刚建好的工程进行了返工重建，让他损失了不少钱，他既恨举报他的民工，更恨鲁金虎，如果不是鲁金虎天天盯着工地，返工时他照样可以做些手脚，减少一些损失。他一杯一杯地喝着酒，心里只有恨。

陈学坚正喝得郁闷，公司的郭三冠从外面溜了进来，他看见陈学坚正在喝闷酒，笑嘻嘻地对陈学坚说："老板，有啥想不开的？在这喝闷酒，我陪你喝两杯，帮你解解愁。”说着，拿起一个空酒杯给自己斟上。

陈学坚喝了一口，对郭三冠说：“能有啥事？还不是工地上那些烂事嘛！”

郭三冠不解，问：“我看工地上一切正常，大家都忙活着呢，能有啥不好的事？”

陈学坚生气地说：“你只知其一，不知其二。你看着工地上红红火火，可你不知道老哥的心在流血。”

“为啥？”

“前段时间工地不是让人举报了吗？现在干的活都是返工，老哥赔惨了。”

郭三冠一拍脑门，说：“哎呀，你看我这记性，咋把这事忘了。”郭三冠安慰陈学坚说：“没事，没事。老哥，你放宽心，事情都过去了，翻过这篇，重新开始嘛！”

陈学坚瞪了郭三冠一眼，说：“你想得简单，工期还长着呢，谁知道后面还有啥事。”

郭三冠明白了陈学坚的顾虑，他向前凑了凑问：“老哥，你还担心啥？”

陈学坚端起酒杯看了看天，自言自语地说：“工地上人多眼杂，难免会有纰漏，如果遇到麻烦事再有人举报，后患无穷啊！”

郭三冠听出了陈学坚的弦外之音，忙对陈学坚说道：“哥，我明白了，民工随便在工地乱讲话，敢举报你，说明你没有在工地上立威，有了威望，以后工地上的人都不敢乱讲了。”

陈学坚问：“你说得简单，咋立威？”

郭三冠在陈学坚耳边嘀咕了几句，陈学坚点了点头，说：“这事就交给你了，办完必有重谢。”

这天晚上，天越来越黑，大街和野外只留下微弱的星光。工地上简易工棚的外墙发出咯咯的响声，民工们忍受着寒冷，蜷缩在被窝里瑟瑟发抖，这时，工棚外一阵脚步声起，聚集了一些人，带头的是一个彪形大汉。他走进工棚，大声问：“前段时间谁在外面乱讲话了，站起来！”

民工们都被惊醒，听到问话，靠近门口的一个民工问：“乱讲啥话了？”

彪形大汉说：“啥话？谁举报的世友公司，说水泥不合格？”

民工们面面相觑，没人敢说话。彪形大汉见民工都保持沉默，威胁说：“大伙不要害怕，我们今天只收拾举报的人，你们把举报人说出来就没事了。”

睡在靠边的一个民工喊道："我们不知道。"接着屋里的人都跟着喊起来。

彪形大汉恼羞成怒，知道这些人不见棺材不落泪，不动真格的，他们不会屈服。他骂道："都想当孙缩头乌龟吗？那我就不客气了！"说着一挥手，躲在彪形大汉后面的十几个壮汉呼啦啦一拥而上，拿着手里的棍棒一顿乱打，工棚里哭爹喊娘，叫声一片，好多人被打得血肉模糊。

鲁金虎得到民工被打的消息，急忙赶到出事地点，他一边安排人向派出所报案，一边组织相关人员把受伤的民工送往医院治疗。

这样小儿科的伎俩哪能逃得过警察的慧眼，很快，这帮打人的人就被捉拿归案，幕后主使陈学坚也被供了出来。陈学坚坐在看守所里大骂郭三冠计划不周，酿成大祸，也怪自己考虑不周，轻信郭三冠的花言巧语，让自己处处被动。陈学坚被关了十几天，又搭上了十几万的医疗费，悔不当初。

对于陈学坚的无耻行径，宋惠明恼羞成怒，他查看了工地上的施工进度，发现麒麟生物制药工程进度严重滞后，就安排鲁金虎了解一下是啥原因，督促他们加快建设速度。

鲁金虎找到了刚放出来的陈学坚，传达了宋惠明的指示。陈学坚假装没听见，默不作声，面露难色。鲁金虎看着陈学坚那表情，心里满满的不快，但只好耐着性子等着陈学坚的答复。

陈学坚磨蹭了半天，看见鲁金虎坐在沙发上纹丝不动，知道今天这事要有个结局，想糊弄过去是不可能了。他显得很为难地说："工程进度慢，是没钱了。"

鲁金虎感到很意外，忙问陈学坚说："生物制药工程都是按进度付的款，咋能没钱呢？"

陈学坚嘴里支支吾吾，说不出个所以然来。鲁金虎有点着急，心想着陈学坚能说出没钱的话，以他对陈学坚的了解，肯定另有隐情，他必须把这事弄清楚，不然，工程的事就会遇到大麻烦。他两眼盯着陈学坚，非常严肃地让陈学坚把缺钱的事讲清楚。陈学坚被逼无奈，只好告诉鲁金虎一些事情。

其实，这些年陈学坚一直和丁丽娜合作，并聘任她为世友建筑公司的总经理助理，财务上的事一直由丁丽娜负责。丁丽娜负责财务，分管采购。丁丽娜告诉陈学坚她人手不够，想把她妹妹丁佩丽找来给她帮忙。陈学坚和丁丽娜关系不一般，对她言听计从，丁丽娜的决定就是他的决定。这次麒麟生物制药工程的材料采购，就由丁佩丽负责。

陈学坚不解，问：“这些安排你都知道，还会有啥事？”

陈学坚低头默不作声。鲁金虎见陈学坚说到关键处没了下文，急着问：“那你赶快找丁丽娜，让她拨钱呀！你是法人代表，他能不听你的吗？”

陈学坚苦笑着说：“账上没钱啊！”听到这句话，鲁金虎吃了一惊。

陈学坚告诉鲁金虎，虽然他是公司法人代表，这些年财务上的事都让丁丽娜负责，他很少过问。以前公司运营都很顺畅，他也很少过问财务的事，可这次公司出了几件事，资金遇到了麻烦，财务上的问题慢慢暴露出来，他才发现了问题，以致影响了工程进度。

待陈学坚说完，鲁金虎生气地说：“我们虽然在一个工地搞建设，但财务都是独立核算的，你们世友建筑的事你们自己负责，不要影响工程进度。”

陈学坚无奈地说：“唉，有办法我早就办了。”

鲁金虎看出了他的为难，但为了把宋惠明交代的事办好，只好说：“你有啥为难的，告诉我，看我能不能帮你忙。”

陈学坚一喜，说：“鲁总，我一直听人说你很有能力，疑难杂症你都不在话下，这个忙你必须帮！”

鲁金虎问：“帮啥忙？不知道能帮上不？”

陈学坚眼里又泛出了光，说：“肯定行！肯定行！”

四十二　秦都花园酒店

鲁金虎跟在陈学坚后面走，心里想吃了蛤蟆一样难受。他到现在都没想明白，自己咋会糊里糊涂地答应了陈学坚来调解他和丁丽娜的纠纷？回头想，这事也怪宋惠明，鲁金虎把世友公司的烂事告诉了宋惠明，宋惠明怕这事再闹下去，他们的破事越挖越深就不好收场了，宋惠明是高贵的人，考虑问题的高度自然和鲁金虎他们不一样，他觉得再不给陈学坚擦屁股，息事宁人，说不定就会天翻地覆，影响麒麟生物制药工程都是小事，如果牵扯到麒麟集团，高贵肯定饶不了他。宋惠明把自己的想法告诉了鲁金虎，鲁金虎也觉得心里不踏实，他听到的也是陈学坚的一面之词，他们之间究竟有什么内幕，目前他和宋惠明不得而知。为了避免被骗，弄清事情的来龙去脉非常必要，这样麒麟集团投资的资金花出去了，他们心也踏实。宋惠明觉得鲁金虎分析的没错，和他不谋而合，就让陈学坚联系丁丽娜，和他一起探探这件事的虚实。

鲁金虎虽然和宋惠明的分析一致，但他总觉得哪里怪怪的，自己又感到莫名其妙。宋惠明不相信陈学坚，陈学坚心知肚明，但让丁丽娜姐妹坑了这事他不敢说给任何人，他清楚这事丢人都是小事，弄不好自己下半辈子都要“吃盒饭”。现在他也没了别的办法，没了帮他的人，只好靠鲁金虎，死马当活马医吧。他按照宋惠明的意思联系了丁丽娜，带着鲁金虎到约好的秦都花园酒店与丁丽娜见面。进了酒店大门，大堂圆形的人工喷泉射出晶莹剔透的水珠，这些水珠被五颜六色的彩灯反射成七彩的颜色，格外耀眼。绕过酒店大堂，从侧门进入酒店后庭，蓝色玻璃搭成的长廊有三十多米长，两旁摆放着龟背竹、琴叶榕、龙血树等绿植。顺着长廊走过，眼帘中铺满大自然的馈赠，鼻孔中呼吸着扑鼻的香水味。鲁金虎正跟着陈学坚往前走，一个妇女带着自己的小女儿从他们身边走过，鲁金虎五味杂，他不由自主地回头看了一眼走远了的小女孩，想起了紫玉，想起了刘晨。好久没见紫玉了，不知道她现在过得怎样？鲁金虎眼眶湿润了，面对五光十色的酒店，他无法心情愉悦地欣赏这精心布置的美景，脑海中充满了疑虑和不安。

到了长廊的尽头，陈学坚和鲁金虎拐进一个侧门，刚走了两步，一盆冰凉的冷水从天而降，顺着他俩的头顶泼了下来，正打在他们的脸和脖子里。正是隆冬的时候，奇冷无比，他二人被浇了个透心凉。陈学坚被这突如其来的冷水击蒙了，使劲擦了擦脸上的水珠，打了几个寒战才清醒过来。他向泼水的方向望去，看见一个女人手里拿着刚泼完水的盆子看着他们，陈学坚气愤地大喊：“丁佩丽，你在干啥？”

丁佩丽冷冷地一笑，说：“咋了？凉快吧！”

听到陈学坚的怒斥声，鲁金虎这才缓过神来。他看见拿着盆子的女人自信地站着，二十刚出头的年纪，一头乌黑的齐耳短发，圆圆的脸庞虽不那么白皙，但却透着亮泽。胖胖的身材略显女人的丰满，却看不出一丝臃肿。她穿着褐色的套裙，高高的筒靴包裹着不粗不细的长腿。

陈学坚见丁佩丽半天不说话，只是盯着他看，生气地问：“你姐呢？”

丁佩丽并不回答他，用手指了指里面的包厢。

陈学坚气呼呼地“哼”了一声，带着鲁金虎往丁佩丽指的方向走。他推开包厢的门，看见丁丽娜冷冷地坐着，仿佛进来的不是人而是提线木偶。这时，丁佩丽放下手里的盆子也进了包厢，径直坐在丁丽娜旁边。陈学坚和鲁金虎面面相觑，相互尴尬地看了看，坐也不是，站也不是，不知如何是好。

丁丽娜瞪眼看着陈学坚，问："你带个外人来干啥？"

陈学坚忙说："他……他不是外人，他是总部的领导，和我一起处理咱们的事。"

丁佩丽问："既然总部来人了，那啥时给钱？"

陈学坚忙说："今天说好，明天就给。"

丁佩丽说："这样也好，上次你给了一百万，剩下的明天一次付清。"

陈学坚看了看鲁金虎，示意他表态。有了刚才被泼水的经历，鲁金虎摸不清状况，知道他们的事并不简单，这些年陈学坚的把柄肯定都在丁丽娜和她妹妹手里，他一个局外人说啥都是白搭。他暗骂陈学坚只想着占女人的便宜，现在好，让女人耍了，自己成了瓮中鳖。陪陈学坚来找丁丽娜这事鲁金虎本来就三心二意，为了便于脱身，鲁金虎随口附和道："明天我回总部，让财务给你们再划一百万元，这账就算清了。"

丁佩丽拍了一下茶几，大声问："你刚说啥？再给一百万就算清了？骗小孩吗？"

陈学坚和鲁金虎面面相觑，问："一百万还不够，那……那是多少？"

丁佩丽从包里掏出一沓纸，摔在茶几上说："这是我们签的合同，每吨水泥二百八十八元，你收货时每吨只付了二百三十八元，每吨少付了五十元，现在总共还欠我四百二十万。"

陈学坚"啊"了一声，说："这……这……这咋又多出二百万？我们原来定的劳务费总共二百万。"

丁佩丽说："合同白纸黑字写的，你想抵赖？"

陈学坚急了，忙对丁丽娜说："签订水泥合同时，我让你妹妹丁佩丽代我签的，我是实际掌控人，只答应事成之后，给你们姐妹二百万劳务费算作报酬，现在咋能用合同说事呢？"

丁丽娜恶狠狠地说："你说的事我不知道，我现在要求你执行合同，少废话！"

陈学坚气愤地说："合同执行不了。"

丁佩丽骂道："呸，想耍赖，那就滚，法院见。"

陈学坚彻底傻了，现在他终于明白，啥叫盗墓贼遇上抢劫的。

鲁金虎见丁佩丽拿出了合同，心里一惊，但很快冷静下来，心里有了主意，他对着丁丽娜微微一笑，说："有合同就好办，公司让我参与处理你们的事，那合同让我看看。"说着就要动手拿合同。

鲁金虎的举动早被丁丽娜看得清清楚楚，她脸一沉，给丁佩丽使了个眼色，丁佩丽明白，上前挡住鲁金虎伸出的手。丁丽娜对鲁金虎冷笑一声，说："哼，这是世友公司的内部合同，与总部没关系。你没必要看了。"

鲁金虎没想到丁丽娜看出他的意图，但又不死心，忙解释说："世友公司的事，也是总部的事，我们都在一个锅里搅勺把，生物制药工程就是一个项目，一荣俱荣，一损俱损！"

丁丽娜轻蔑地一笑，说："谢谢总部领导的好心，不必了。"

陈学坚见鲁金虎说的话没有效果，只好自己补充说："鲁总说得没错，这些钱还要总部出。"

丁丽娜对着陈学坚吐了一口口水，不再搭理他。

四十三　一地鸡毛

鲁金虎从秦都花园酒店回来，虽然没有完全掌握陈学坚和丁丽娜财务纠纷的细节，但他发现了陈学坚和丁丽娜签订阴阳合同的事。他把阴阳合同的事汇报给宋惠明，宋惠明觉得事情重大，这种操作在麒麟集团绝对不允许，也是违法行为，宋惠明怕这事惊动了高贵追究自己的管理责任，就让鲁金虎不要声张，他再想办法解决。

这天，麒麟生物制药工地外聚集了不少人，说要找负责人催要材料款，带头的叫丁佩丽。一听这名字，陈学坚都快气疯了，生气地说："这是什么事，还反到老子头上来了，没有我的扶持，你们姐妹能有今天！"

陈学坚让她带人快滚，丁佩丽不听，说陈学坚答应给她的材料款差得远着呢，让他赶快转账支付。陈学坚肺都气炸了，打电话让丁丽娜叫她妹妹滚远，丁丽娜冷笑一声说，妹妹的事她管不了。陈学坚气得直骂丁丽娜是白眼狼。

宋惠明得到消息，说麒麟生物制药工地又出事了，忙问陈学坚咋回事？陈学坚心虚，知道这些事是他和丁丽娜搞的鬼，不敢告诉宋惠明，说这事由他自己处理。宋惠明对陈学坚一万个不放心，就让鲁金虎暗中观察。

丁丽娜是什么样的人，鲁金虎清楚得很。丁丽娜肯定是为了掩人耳目，商场上的事她不便出头，就让妹妹丁佩丽在前面顶着，自己在幕后操纵。

丁丽娜和陈学坚长期鬼混在一起，吃定了陈学坚。所以，别人怎么劝，她都不可能让步，只逼着陈学坚掏钱。鲁金虎知道丁丽娜的为人，刘晨跳楼。紫玉归属等，他鲁金虎历历在目。他向宋惠明汇报了陈学坚和丁丽娜窝里斗的细节，告诉宋惠明陈学坚和丁丽娜关系不一般，公司要派人监督，如果他们之间再发生冲突，出了幺蛾子，给公司造成负面影响，麻烦就会越来越大，可能造成不可收拾的结果。

宋惠明觉得鲁金虎说得有理。他沉思了一下，对鲁金虎说："这件事你比较了解，高总也对你信任有加，你就代表麒麟公司和陈学坚一起处理这事，遇到不可预测的情况及时向我汇报，我们再做应对。"

鲁金虎说好。

陈学坚现在可是里外不是人了，让自己的女助理丁丽娜姐妹算计了，丢人现眼都是小事，丁丽娜姐妹像死狗一样咬着他不放，钱的问题让他焦头烂额。他软硬兼施，威逼利诱，想让丁丽娜妥协，但丁丽娜只有两个字：掏钱。陈学坚实在想不出别的办法，只好再找宋惠明谈谈。

陈学坚见了宋惠明，直接摊牌说："麒麟生物制药自开工以来，前期运行一切顺利，但后期由于管理失误，工程预算超出世友公司的承受能力，需要总公司财务支持。"

宋惠明说："怎么支持？"

陈学坚说："请求总公司增加预算。"

宋惠明觉得陈学坚把工程预算当儿戏，预算就像小孩过家家，一句话就解决了。但出于管理者的修养，他忍着性子对陈学坚说："工程预算是投资方招标时就确定的，你们虽然是分包方，但项目确定时都是独立核算的，这个你很清楚。生物制药工地由你们世友公司负责施工，工程预算按工程进度逐项拨付，一切按部就班，按照招标合同，总公司还有啥义务增加预算？"

陈学坚说："你说的没错，合同确实如此。但是生物制药项目遇到了天灾人祸，总公司总不能见死不救吧？"

宋惠明轻蔑地一笑，说："你们遇到的是天灾还是人祸？我看还是人祸吧？"

陈学坚辩解道："这咋能是人祸呢？"

宋惠明狠批道："这咋能不是人祸？你们使用过期水泥，降低水泥标准，影响工程质量，留下安全隐患，总公司进行了处理，这个没错吧？可你们骗走了总公司检查人员，还是我行我素，总公司的形象在社会上大受影响，你不会不知道吧？你们不知悔改，还雇社会闲散人去打工人，你本人也受到了应有的处罚，这都是谁造成的？你自己反思了吗？”

陈学坚说：“雇人的事都怪我考虑不周，一时糊涂，可那些事已经过去了，就不提了。”

宋惠明看着胡搅蛮缠的陈学坚，说：“不提了，你说得轻松。经济损失可以不提，你干的违法的事，给总公司造成恶劣影响，难道也不提了吗？你避重就轻，该提的不提，不该提的大做文章，简直是不可理喻。”

陈学坚见宋惠明不肯让步，脸色发青，但他继续辩解说：“我们给总公司造成的不良影响，我愿意承担相应的责任，但是，现在我们经济上遇到了困难，总公司应该伸出援手，避免事态恶化。”

宋惠明听到陈学坚用“恶化”二字威胁自己，为了防止陈学坚狗急跳墙，就安抚陈学坚说：“我当然不想事态恶化。”

陈学坚说：“我们虽然和总公司签订的合同是独立核算，可合同附件中有一条是总公司有10%的准备金，这些钱可以给我们用嘛。”

宋惠明冷冷一笑，说：“你记性还不错，但你忘了，当初签订分包合同时，你们世友建筑为了利益最大化，和总公司签订了责任自担合同，白纸黑字，难道你忘了吗？”

陈学坚辩解说：“签合同时考虑不周，一时疏忽，没想到事情这么复杂，此一时，彼一时嘛。总公司不增加我们的预算，牵扯出其他问题，大家都共同承担！”

宋惠明发现陈学坚越来越放肆了，胁迫着和自己说话，就反问道：“会出啥大事？”

陈学坚斜拧着头，嘴里说道：“哼，走着瞧着就知道了。”

陈学坚东一句，西一句，宋惠明真有点摸不着头脑，但他知道陈学坚话里有话，为了戳破陈学坚骗人的把戏，就对陈学坚说：“我知道你有一笔钱可用，能解你的燃眉之急。”

“啥钱？”

“回扣！”

“啥？回扣？我们哪来的回扣？”

宋惠明一笑，说："你们从建勇水泥厂拿回的钱，这笔钱不能用吗？"

陈学坚迟疑了一下说："没有的事，这些都是造谣。"

宋惠明说："造谣不造谣，你我心里都清楚。我看这笔钱有七百万吧。"

陈学坚沉默了一下说："那些不是回扣，是回款。"

宋惠明微微一笑，说："我不管那些钱是回扣还是回款，都是钱嘛，能解决问题就行。"

陈学坚忙辩解说："这些钱不能算作工程预算，这是世友公司精细化管理的结果，应该在工程预算外使用。"

宋惠明"哼"了一声，不想再听陈学坚的诡辩，说："你们精细化管理？可精细的结果是工程受损！返工重建，你还好意思提精细管理？"

陈学坚见宋惠明油盐不进，知道再说也没用，就猛地站起来说："如果你这么绝情，咱就鱼死网破，出了问题看谁承担责任！"

宋惠明知道这是陈学坚威胁自己的最后一招，嘿嘿一笑说："你随便。"

陈学坚走了，宋惠明把鲁金虎叫来合计了一下，鲁金虎心里没底，生怕真的出现什么不测，他看了看宋惠明问："总公司真的没办法解决他们的问题吗？"

宋惠明冷笑了一声说："像这样的小人，能解决也不解决。"

鲁金虎暗吃一惊。

四十四　回家过年

这几天，凛冽的西北风不停地刮着，出行的人们像躲瘟神似的格外匆匆。偶尔走过的行人或者竖起高高的衣领，或者戴上厚厚的帽子。宋惠明看着越来越阴沉的天，望着不远处忙忙碌碌的工地心烦意乱的。自从上次陈学坚和他讨价还价要预算，他便有了不祥的预感，心里盘算着怎么解开眼前的窘境，既能制服了陈学坚和丁丽娜，还能把生物制药工地的进度赶上去，一举两得。

宋惠明正在犯愁，办公室的电话铃突然响起，有人报告，生物制药工地塌方了。宋惠明心里发慌，没顾上穿外衣就向出事的地方跑。秦汉市秋末阴雨绵绵，降雨量比常年同期增加三倍以上。麒麟生物制药工地处于地势低洼区，积水严重，当时虽然进行了积水清理，但处理不够彻底，深层积水没有处理干净，加之冬季气候寒冷，温差急剧变化，前几天地基已出现部分裂缝。除天气原因外，由于大量使用过期水泥，工程关键部位降低水泥标准，地基承压能力大大降低，导致四号大梁弯曲断裂。事故造成一名施工人员死亡，十多人受伤。

鲁金虎赶到事故现场时，宋惠明正在和杨程远和陈学坚他们开会研究处理方案。鲁金虎知道了事发原因，大骂陈学坚无耻。宋惠明挡住他说：“现在不是互相抱怨的时候，当务之急是研究事故的处理方案。”

宋惠明清楚，这次事故既有财产损失，又有人员伤亡，属于较大事故，如果按照现有的伤亡人数上报，他们几个都要负刑事责任，将会对公司和个人造成无法估量的损失。宋惠明看看大家，想听听他们对处理这次事故的意见和建议。陈学坚心里明白，如果真要负刑事责任，第一个进去的就是自己。陈学坚心里有鬼，就先开口说：“大家心里都有本账，谁也不想蹲监狱，只能大事化小，小事化了。”

宋惠明看了看陈学坚，问：“你说怎么大事化小，小事化了？”

陈学坚说：“把伤亡人数少报点，降低事故等级。”

宋惠明和杨程远互相看了一眼，还没表态，鲁金虎先发了言：“我不同意陈学坚的方案，瞒天过海的事我们怎么能做？退一步说，出了这么大的事故，施工人员都在现场，哪有不透风的墙，能瞒得住吗？”

陈学坚听了鲁金虎话，很是不爽，恶狠狠地对鲁金虎说：“你站着说话不腰疼，想蹲监狱？那你去。”

鲁金虎说：“凭啥我去？偷工减料又不是我干的！处理过期水泥的时候你怎么保证的？是谁保证今后不再重犯？”

陈学坚说：“过去的事都过去了，多说无益，大家都是一根绳上拴着的蚂蚱，出了事都别想跑。”

鲁金虎怒斥道：“啥叫多说无益？该说的就要说清楚，谁的责任谁承担，毋庸置疑。”

宋惠明见他俩争执不下，忙拦住说：“你们俩别争了，老鲁你少说两句，建筑行业的一些行规你不懂。”

宋惠明说自己“不懂”，鲁金虎就知道他们没有和自己在一条线上，他的话没人爱听，明显是在偏袒陈学坚。他心里憋屈，便气呼呼地坐在一旁，一言不发。

宋惠明看着鲁金虎不服气的样子，心里打起了小鼓，他把眼镜往上推了推，轻轻咳了一声，然后对鲁金虎说：“老鲁，我们分个工，你办法多，要不你到外面看看情况，万一有闹事的，你处理一下，小心再惹出麻烦。”

鲁金虎听出这是宋惠明的逐客令，不想让他知道核心机密，便顺水推舟，到外面散心。

看着鲁金虎走了，宋惠明把陈学坚和杨程远聚到一起，低语了一会儿，然后分头行动。

按照中国人的习俗，过了腊八就是年。眼看着春节一天一天的临近，过年的氛围越来越浓。准备结婚的男男女女显得格外忙碌，把过年的气氛推向高潮。过了小年，购买的各种年货陆续到位，孩子们也穿上新衣服在外面玩耍，遇上下雪天，堆雪人、打雪丈，再拿上大人买的爆竹在雪地上来回跑显得更热闹。大人们在孩子们的嬉笑中把房前屋后打扫得干干净净，祭完灶，家里的长辈请回天上的神仙和过世的亲人，这时，离大年就不远了。

过年也是年关，一年最忙的时候，既是一年的收尾，又是新年的开端，就像天平的支架，支撑着两端。再过几天就到除夕了，鲁金虎也忙得不可开交，等处理完公司的事就能安心过年了。这天早上刚上班，公司大门外一群人情绪激奋，高声喧哗。一会儿儿，保安跑来报告，说几十个民工要回家过年，到现在工资没发，今天来总部讨说法。鲁金虎问："是那个工地？"

保安说："他们说是生物制药工地的。"

鲁金虎让保安稳住楼下的民工，自己忙向宋惠明汇报。宋惠明听了这事说："不应该呀，生物制药的工程款又付了一部分给陈学坚发工资，怎么还能拖欠民工的工资呢？"他忙打电话问陈学坚怎么回事？陈学坚支支吾吾了半天，没说出个名堂。宋惠明让陈学坚到他办公室，把问题说清楚。

陈学坚到了宋惠明办公室，抵赖了半天，不得不说出实情。

自从麒麟生物制药工地出事后，为了及时赔偿逝者和受伤人员的费用，尽快息事宁人，避免自己受牢狱之苦，陈学坚接受了最大的妥协，支付了工地死亡赔偿金和伤者医药费超过五百万，再加上打点"各方神圣"支付的打点费共计七百多万。陈学坚认为这些费用应该由麒麟总部承担，而宋惠明认为，按照麒麟公司和世友建筑公司签订的承包合同，这次事故的直接原因是世友建筑公司因使用过期水泥造成的事故，支付的所有费用都应该由世友建筑公司承担，为此双方产生了分歧。陈学坚对宋惠明的说法极为不满，便自作主张，在没有协商一致的情况下，擅自克扣了民工的工资，以此逼迫宋惠明就范。而陈学坚对民工讲，克扣他们工资是因为他们违反操作流程，是引起事故的主因，他们要对事故损失承担相应的责任。民工不服，反驳说，他们早就发现了建勇水泥有质量问题，并在第一时间向陈学坚和工程监理反映了情况，但陈学坚和工程监理对他们反映的问题置之不理，没有及时处理，责任不在他们。民工还说，他们只是施工人员，按照工作流程施工，技术问题与他们无关。双方各执一词，缠斗了多日，互不相让。眼看临近年关，辛苦了一年的民工也希望尽快与家人团圆，过个喜庆的春节，民工们等着发工资，可左等等不来，右等等不来，怎能不心焦？实在没辙，他们经过私下串联，决定聚集在一起，到公司总部要求按期发放工资。

宋惠明听完非常生气，责问陈学坚怎能这么处理问题，如果事件继续发酵，造成不良影响，引起群体事件如何收场？陈学坚知道这事自己理亏糊弄一下就过去了，没想到这些人会闹到总部，他也不敢得罪宋惠明，就想息事宁人，他对宋惠明说：“宋总，我知道这事咋办了，你放心，我现在就领人处理纠纷。”

宋惠明还不放心，问：“你怎么处理？”

陈学坚说：“我现在就领人回公司发工资。”

宋惠明示意陈学坚一定要处理好这件事，不能再节外生枝了。

陈学坚满嘴答应了宋惠明，他花言巧语地告诉民工，让他们跟着自己回公司，工资已经准备好了，明天保证发放到位。听了陈学坚的保证，民工跟着他离开了公司总部。

宋惠明看着远走的陈学坚，冷笑了一声。

寒冬腊月，正是一年最冷的时候。这天晚上。刺骨的西北风呼呼地刮着，简易工棚的外墙被风吹得哗哗作响，民工们蜷缩在被窝里，虽然天寒地冻，但想着就要发工资，他们心里暖和着呢。

约莫十点，灯光一闪，陈学坚带着财务人员笑嘻嘻地走进工棚，民工们惊奇地看着陈学坚，都坐了起来。

陈学坚满面堆笑地对大家说：“大家辛苦了，今天到公司总部闹事的事我也受到公司领导的批评，我回去后也反思了一下，有些地方我也有错误，知错就改嘛！现在，请大家给我一个知错就改的就会，趁时间还早，提前给大家发工资。”

民工一听发提前工资，都激动不已，忙围拢到陈学坚身旁。陈学坚示意财务人员开始发工资。几个工友拿着刚发的工资清点，感觉数字不对，忙问财务人员：“工资咋只发了一半？”

财务人员看了看陈学坚。陈学坚笑嘻嘻地对大家解释说：“今天下午公司派人到银行给大家取工资，银行现金短缺，今晚先给大家发一半，等过完年再发另一半。”

几个民工一听，马上明白陈学坚是想糊弄大家，就嚷了起来。有几个说他过完年家里有事就不来上班了，有的说他要回家娶媳妇，过完年也不来了，要求必须全额发放工资，不然，他们不答应。

陈学坚脸一沉，说：“你们都知道公司的现状，前段时间公司出了人命案，花了不少钱，现在资金运行困难，请大家谅解。”

一个民工带头喊道：“公司资金困难与我们有啥关系？我们都是打工的，靠工资养家糊口。”

陈学坚解释说：“事故就出在你们工地，大家都要理解，共渡难关。”

听到这里，民工们不乐意了，纷纷喊了起来说：“事故是管理问题，我们理解啥？与我们有啥关系？我们要工资，我们要工资。”

民工们义愤填膺。

陈学坚见形势不妙，他边往外走边说：“好好好，我去给大家筹钱去。”他们刚走了两步，一个身影挡住了他们的去路。陈学坚一抬头，见鲁金虎挡在面前。陈学坚指着鲁金虎问：“你……你咋在这？”

原来，宋惠明对陈学坚答应他给民工发工资这事一百个不放心。之前，陈学坚要求他增加预算，说明他的资金运转出了问题，今天遇到民工讨薪，又痛快地答应了，宋惠明一百个不放心，他暗地通知鲁金虎，让他悄悄观察陈学坚耍的啥花招。鲁金虎得到宋惠明的指示，暗地里打听和观察陈学坚的一举一动。下午，他得到陈学坚到银行去了一大笔现金，说晚上要给民工发工资的消息，鲁金虎暗喜，没想到陈学坚发了善心，能体谅民工的苦处了。鲁金虎没有声张，暗中观察者陈学坚的蛛丝马迹。晚上，他悄悄跟着陈学坚来到民工驻地，远远注视着陈学坚一行人的举动。一会儿，他听见工棚里民工们大声喧哗，仔细一听，原来是陈学坚想偷梁换柱，克扣民工工资，激起民愤。陈学坚见势不妙想溜走时，鲁金虎挡在了他面前。陈学坚没想到鲁金虎在这么关键的时候会出现在自己面前，结结巴巴地问：“你……你来干啥？”

鲁金虎像一堵墙似的站在门口，说：“看你给民工发工资。”

陈学坚知道他每次遇到鲁金虎都没有好结果，就一边往外挤，一边说：“钱不够了，明天再发。”

鲁金虎清楚陈学坚这是用假话骗他，挡在门口毫不退让，陈学坚急了，说："你……你想干啥？"

鲁金虎说："监督你给民工发工资。"

陈学坚不以为然地说："不是告诉你没钱了吗？"

鲁金虎嘿嘿一笑说："我看你会计手里有不少钱啊，咋能说没有呢？"

陈学坚说："钱不够。"

鲁金虎知道他想要的把戏，如果放了陈学坚这一马，后面不知道他还会有啥幺蛾子。鲁金虎上前一步说："有多少发多少。"

陈学坚很生气地说："他们不要啊！"

鲁金虎微微一笑，说："我发他们就要。"

鲁金虎走到陈学坚会计面前要过了工资清单对民工说："今天不巧，陈老板带的钱不够发所有人的工资，我有个建议，现在我们先发家里距离远的人的工资，距离家近的明天早上发，大家都是打工人，互相理解，怎么样？"

民工中发出一阵欢呼声，好多人齐呼："好啊！好啊！"

陈学坚气得对鲁金虎说："后面没资金了你全权负责。"

鲁金虎看了他一眼，说："好呀！"

陈学坚一脸无奈，愤怒的情绪全写在脸上。

生物制药工地的民工陆续回家过年了，宋惠明对鲁金虎处理民工拖欠工资的事很满意。这天，宋惠明让鲁金虎到他办公室，宋惠明说："马上要过年了，现在还有啥紧迫的事要处理。"

鲁金虎说："人的问题。"

宋惠明嘿嘿一笑，说："你说说，看我们是不是不谋而合。"

鲁金虎说："受伤的民工。"

宋惠明哈哈大笑起来。他安排鲁金虎去医院看看，考虑一下怎么能让受伤的民工过好年，别再惹出麻烦。鲁金虎也是在农村长大的人，和受伤的民工有相似的经历，他十分同情这些人。鲁金虎到公司找来几个年轻人和他一起去慰问受伤的民工，他安排给每个受伤的人送上一束鲜花，再带上一些水果。到了病房，他把买的鲜花摆放在受伤民工的床前，再把水果分发给大家吃，然后把自己的经历告诉了这些人。他说，他自己也来自农村，和大家一样，打过零工，受过坏人的欺负，让人骗过钱，他请受伤的人放心，他们受的伤就和他自己亲人受的伤一样，他会处理到底。他还告诉所有病友，大家现在的目标就是安心养病，早日恢复健康，和家人团聚，过一个快乐祥和的新年。他承诺：医院的医疗费由公司全部承担，等大家身体康复了，就兑付全部工资。

鲁金虎说得诚心诚恳，民工们心潮澎湃。一个病友问：“你说的话能算数吗？”

鲁金虎说：“我是公司派来的，专门负责大家治疗的事。这几天就和大家在一起，有问题可以随时找我。”

民工领头人将信将疑，问了一句：“你和世友建筑公司是不是一伙的？”

鲁金虎诚恳地说：“我知道你担心的是啥，这个请你放心。我实话实说，世友建筑公司做错了事，大家对他们有疑虑这个我可以理解，世友公司确实是我们总公司的下属单位，也归总公司管。下属公司出了问题，总公司就要全盘接手。世友建筑公司的负责人做错了事，他的管理权已被取消，负责人陈学坚已经停职了，大家就放心吧，你们的事总公司会全权负责到底。”

民工领头人点了点头，说：“你不能再骗我们了，再发生不愉快的事，我们就到省里上访去。”

鲁金虎笑着说：“放心吧，你担心的事不会再发生。”

距离除夕越来越近，受伤的民工人心浮动，一些轻伤的民工按捺不住回家的心情，提出要回家过年。鲁金虎把这事给宋惠明汇报了，请示如何处理。

老谋深算的宋惠明暗暗一笑，认为机会来了，他对鲁金虎说：“你回去告诉所有受伤的民工，先走的先发工资，后走的后发工资，走一个发一个。没痊愈的民工，愿意走的，治疗费可以协商处理。”

眼看着年关将至，鲁金虎也心浮气躁，觉得宋惠明说得这个办法简便易行。他提前想好了补助方案，到医院用商量的口气对病友说：“年关将至，大家都想回家和亲人团聚，我有一个办法，看大家愿意不愿意听？”

受伤的民工七嘴八舌地说：“你说，我们愿意听。”

鲁金虎知道了民工的态度，就说：“马上就要过年了，大家都归心似箭，想着尽快回家。为了实现大家回家过年的愿望，我让医生给大家检查一下身体。大家治疗的都是外伤，外伤治疗的方法在各个医院都是一样的，住着院也是每天换换药，打打针，回到家，方法和现在一样。轻伤的人能自由活动，不一定住院，还可以在家调养。”

鲁金虎四下看了看，见所有人都全神贯注地听自己讲话，更有了底气，他接着说："我有个想法，公司愿意根据你们病情的轻重程度，给大家发补助，你们可以拿着补助回家一边治疗，一边和亲人团聚，过上一个团团圆圆的幸福年，大家觉得这个办法咋样？如果大家同意，就按这个办法发工资，给予补助。不同意走的，可以继续住院治疗，直到治好为止。"

民工们面面相觑，把视线对准了领头人。领头人看了看大家，对着几个轻伤的民工说："你们几个同意吗？"

受轻伤的人当然同意了。鲁金虎让医生给这几个同意的民工评估了一下，分别给了二千元到三千元不等的医疗补助，再给他们发了工资，这几个高高兴兴地回家过年了。没几天，病友们陆陆续续回家了，病房里住院的人越来越少，几个重伤号也按捺不住性子，提出要回家过年。鲁金虎让医生评估了一下，医生对鲁金虎说："重伤号不能走，耽搁了治疗会产生严重后果。"

鲁金虎把医生的话转告给了几个重病号，让他们安心养病，把身体养好最重要。看着空荡荡的病房和听到远处时不时传来的鞭炮声，几个重伤号终于按捺不住压抑的心情，坚持要回家过年。鲁金虎实在没办法，只好把这事汇报给宋惠明，宋惠明沉默了半天，最后对鲁金虎说：这是好事，多给点补助，让他们回家过个团圆年吧！

今年的春节特别热闹，鲁金虎把甜杏从家里接来熹园，等开元放了寒假，一家三口总算能聚在一起。熹园过年布置得特别喜庆，好像是专门迎接甜杏和开远似的。小区大门口四个红红的大灯笼早早挂了起来，"欢迎回家"四个字重新刷了油漆，颜色特别鲜艳。环形塑胶跑道进行了更新，健身跑步的人你追我赶，好不热闹。道路两旁的松树，银杏，樱花树枝缠满了白色的彩灯，就等着夜幕的降临，把满天的星星送给大家。

鲁金虎带着甜杏和开元，看大雁塔，登城墙，还吃了好多稀奇古怪的东西，吃完连名字都说不清。

美好的东西总难挽留，就像时间你无法定格一样。春节很快就过去了，开元去北京上学了，鲁金虎去忙工地上的事了，经常不在家。甜杏一个人在家也不习惯，硬要回老家去住，鲁金虎也没办法，就随她去了。

年味越来越淡，人们逐渐从喜庆、喜悦中走出来，生活慢慢恢复了正常。立春刚过，迎春花迫不及待地吐出几朵花蕊，给人们带来春的气息。柳枝也不甘落后，把自己修长的枝条慢慢舒展开来，吐出小小的嫩芽。一株株小草勇敢地从发黄的枯叶中钻出来，给干瘪的黄土地增加了绿意。慢慢的地也绿了，池塘的水也清了，成群的燕子在湖边飞翔，寻找着合适的位置，准备衔泥筑巢，孕育新的生命。

四十五　尚彩旗的身份

春节刚过，天气一天比一天变暖，出行的人们跟着季节的节奏增减着衣服。虽然立春已过，距离春暖花开的日子不远了，但秦汉市风言风语的传闻却并没有像春天般的温暖，反而像西伯利亚的寒流，一波接一波。宋惠明从未遇到过如此严峻的形势，承受着巨大的压力。从各方传递来的消息都聚集到同一个方向，有人向市住房和建设局举报，麒麟生物制药建筑工地使用过期水泥，隐瞒事故真相。法院也收到不少民事诉讼状。市住房和建设局为此成立临时工作组，开始了解麒麟生物制药工地伤人事件。

消息来源说，市住房和建设局给上级通报了成立了临时工作组的事。临时工作由四位领导，三名专干组成，临时工作组组长是市住房和建设局工程质量安全监管处处长史耀成。临时工作组组织的会议、调查对象、工作方案不对临时工作组以外的任何人公布，工作组的人口风很紧，调查进度外人一概不知。

宋惠明从临时工作组的工作作风判断，这回调查麒麟生物制药是下了真功夫，只有把临时工作组调查的内容搞清楚，才能制定出有效的办法，把担心的事消灭在萌芽状态，否则，后患无穷。他让杨程远通过关系四处打探消息，得到的回复都是临时工作组消息密不透风，只好绞尽脑汁，再想办法。

一天上午，临时工作组突然找到了陈学坚，宋惠明得到消息后，急得像热锅上的蚂蚁围着办公室乱转，他知道临时工作组找到陈学坚，下一步肯定会找到自己。他派人盯着陈学坚的家，一旦有陈学坚的消息，让人马上向他汇报。时间到了晚上，盯着陈学坚的人向他报告，陈学坚回来了。宋惠明喜出望外，马上去见陈学坚。陈学坚看见宋惠明，脸色苍白，气急败坏地大骂鲁金虎不是好东西，误了他的大事。

宋惠明忙给他倒了一杯热水，让他冷静冷静，有话慢慢说。陈学坚喝了口水，把临时工作组问询的情况告诉了宋惠明，他抱怨说，现在发生的一切都怪鲁金虎。陈学坚告诉宋惠明，事情的引爆点还要从受伤的民工说起，麒麟生物制药工地发生事故时，距离年关已经不远了，医院在给这些受伤人员治疗时，比较仓促，加上公司答应给受伤民工医疗补助，大部分民工在没有治愈的情况下，都急着出院回家过年了。轻伤员走后，没有治愈的重伤员受不住诱惑，也蠢蠢欲动，急着回家。一个叫徐思过的重伤员，看到别人都回家了，心里着急，嚷嚷着要出院。公司说尊重伤者意愿，就让他出院回家了。谁知道徐思过回家后伤口感染，病情恶化，家里人把他送到省城治疗。省人民医院经过检查，判定徐思过错过了最佳治疗时间，只有截肢才能保住性命。徐思过没办法，只好按照省医院的治疗方案，决定进行截肢手术。徐思过失去了右腿，突然变成了残疾人，他实在想不通，回想起建筑公司对自己的敷衍行径，一怒之下，在家人的陪同下，把麒麟生物制药工地伤人的事告到了住建局。徐思过向住建局反映，公司领导鲁金虎负责他们的治疗，把他的生命健康当作儿戏，没有充分尊重医生的意见，抱着侥幸心理，让他回家过年，耽误了他的治疗，让他成了残疾人。他们还举报了公司瞒报伤亡人数等问题。住建局认为事情重大，就成立了以史耀成为组长的临时工作组。

鲁金虎知道了徐思过截肢的事，十分后悔，没想到自己一念之差竟毁了徐思过的一生，他心里烦闷，担惊受怕。人在窘困中总会想起一个对自己来说重要的人，这是自然界的法则。现在世界上最窘困的人就是鲁金虎了，他突然想起了彩旗。他神情恍惚地走向医院。尚彩旗正在化疗，见到鲁金虎，尚彩旗觉得奇怪，忙问：“金虎哥，你个大忙人，今天咋有空来看我？”

鲁金虎知道尚彩旗这是在埋怨他，忙说：“最近遇到麻烦事了，确实来得少了，你就谅解一下。”

尚彩旗说：“我知道你忙，但不至于抽不出半天时间吧，医院离这儿也不远。”

彩旗妈见女儿说话难听，忙给鲁金虎解围，让女儿少说两句。尚彩旗一听妈妈的话，更来了气，讽刺道：“当个老总就了不起了！啥老总，说白了就一个烂包工头。”

鲁金虎看尚彩旗不依不饶，怕她生气伤了身体影响治疗，只好低声对尚彩旗说：“彩旗，别生气，这回真要出大事了，说不定有牢狱之灾。”

尚彩旗听到“牢狱之灾”几个字，吓了一跳，再看鲁金虎忧郁的眼神，也没了平日里大大咧咧、嘻嘻哈哈的样子，尚彩旗仿佛被人压了一块大石头也害怕起来，她低声问：“是不是又死人了？”

鲁金虎说："这回虽然没死人，但比死人更可怕。"

尚彩旗急切地问："到底是啥事？你快说。"

鲁金虎告诉尚彩旗，麒麟生物制药工地伤人事故被告到住建局了，瞒报伤亡人数的事藏不住了，估计还有更大的事被揭出来，自己也被牵扯进去了，弄不好有牢狱之灾。

尚彩旗吃惊地说："啊！咋会这样？那快想办法解决呀！"

"这事不是你想象的那么简单，住建局成立临时工作组，直接查，口风紧得很，秘而不宣，各种关系都用了……我现只知道住建局临时工作组的组长叫史耀成，其他啥情况都不知道。"

尚彩旗叹了口气说："这可咋办呀！"

说者无意，听者有心。彩旗妈坐在一旁，突然问了一句："金虎，你刚说的那个组长叫史啥来着？"

尚彩旗瞪了妈一眼，生气地说："妈，你懂个啥？就爱听闲话。"

彩旗妈说："你这死女子，我就随便问问。"

鲁金虎见尚彩旗对妈态度不好，怕伤了老人心，提高了嗓门说："叫史耀成。"

彩旗妈惊了一下，提高了嗓门问："你说他叫啥？"

"叫史耀成！"

彩旗妈关切地问："那他多大年龄，长得啥样？"

鲁金虎说："我也没见过，听人说快退休了，应该快六十了吧。"

尚彩旗见妈啰里啰唆地问来问去，不厌其烦，让妈快快闭嘴，到一边坐着去。

彩旗妈瞪了女儿一眼，不再理她。他把鲁金虎拉到一边，悄悄对鲁金虎说："你快帮姨打听一下这个人，姨有用。"

鲁金虎见彩旗妈情绪激动，看上去很急迫，也很认真，不像随便问问的样子，就点头答应了她。

鲁金虎找到市政府的一个同学，打听史耀成的情况。打听完后，就连忙到医院告诉彩旗妈。一个农村老太太为啥会关心史耀成的情况？鲁金虎感到有点奇怪，他猜想这里是不是有啥隐情？从那天彩旗对妈的态度看，他觉得这事应该回避一下彩旗，免得遇到麻烦。他偷偷走到病房门口，见彩旗妈一个人在病床上休息，他还不放心，就问彩旗去哪了？彩旗妈告诉他说，彩旗到外面转去了。鲁金虎这下放心了，他趁机把史耀成的个人情况告诉了彩旗妈。彩旗妈听罢鲁金虎的叙述，泪水夺眶而出，捂住脸失声痛哭。

鲁金虎不知所措，忙问：“姨，你咋了？是不是我说错了啥？”

彩旗妈摇摇头告诉鲁金虎，她的大名叫韩大妮，虽然没上完小学她就辍学了，但在她所处的年代，农村女孩子不上学是很普遍的事。她刚过十八岁，正是情窦初开的年纪，国家号召知识青年上山下乡，他们村也不例外，从城里来了一批年轻人，为了劳动方便，知青被分成了几个组，分散居住在村子的角角落落，史耀成被分在她们家居住的这个组。她和这些下乡知青一起劳动，一起生活，因此有了很多接触。其中有一个年轻人引起了她的注意，后来她知道，这个年轻人叫史耀成，而在无意间，她发现这个年轻人也经常偷偷看她。

二十世纪六七十年代，夜色中的山村安静得出奇，一到晚上，村子里除了星星点点的昏暗灯光，也没有什么娱乐活动，只有皎洁的月光和黑魆魆的山峰。年轻的史耀成晚上实在无聊，经常在村里转悠，韩大妮去邻居家时，好多次与史耀成“不期而遇”。慢慢地他们在小溪边，树林里对着月光有说不尽的悄悄话。随着时间的推移，在一个风清月高的晚上，年轻的冲动和少女的情窦初开，让她和史耀成紧紧拥抱在一起，一切不该发生的事都发生了，一切不该做的事他们都做了。她和史耀成都觉得这是人生最高兴的初次。

在他们相处的日子里，史耀成在劳动之余，总是偷偷跑到附近的商店给韩大妮买好吃的，这些东西都是她从来没吃过的，她感到幸福极了。时光像流水般向前流淌，又一次，韩大妮发现自己的例假没按时到了，她有点害怕，偷偷把这事告诉了史耀成，史耀成也吓了一跳，让她不要声张，说不定过几天例假就来了，可左等右等，她的例假就是不来。韩大妮知道纸里包不住火，就把她怀孕的事悄悄告诉了母亲，母亲听到消息，狠狠地抽了她两个耳刮子。母亲虽然气愤，但女儿怀孕这事不能不管，母亲找到史耀成，问女儿怀孕这事他准备咋办？史耀成二话没说跑回城，把户口本偷出来和韩大妮登记结婚。

世界上就没有不透风的墙，史耀成和韩大妮偷偷结婚的事传到了城里，史耀成的母亲来到乡下，逼着儿子和韩大妮离婚。为了安抚韩大妮，史耀成的母亲答应韩大妮，只要韩大妮不生下这个孩子，她给韩大妮丰厚的补偿。韩大妮死活不同意，坚持要把孩子生下来。史耀成的母亲见自己说话没有用，气呼呼地回城了。可没过多久，史耀成收到了调令，他被调到其他村了，史耀成没办法，只能拿着调令去了其他村，好在史耀成过几天就会回来看她。

这样的日子没过多久，史耀成却像人间蒸发了一样。韩大妮每天偷偷站在村口，等着史耀成身影的出现，可是，过了一天又一天，也没看到史耀成的人影。

韩大妮和家人四处打听史耀成的消息。有的人说他回城了，有的人说他家出事了。他不知道别人说的话那句是真，那句是假，只能每天以泪洗面。

有一天，邮差给她送来一封信，她看见信封上史耀成的名字，差点就要晕过去了，她分不清自己是激动还是悲哀，忙打开信看起来，

大妮：

真对不起，千言万语，不知从何说起。

自从那天早上我和你分别后，原想着一切都会照常，我们的相爱不会因为父母的反对而发生变故，但人世间的事变化无常，让人难以捉摸。自从离开你后，我总想着自己好好劳动，干完田里的那份工作就能回村看你，谁承想，没过几天公社通知我去开会，到了那里我才知道，我家人因当时的政治环境要随父亲发配到新疆劳改，我被人立即带走，再也没法回到村里和你道别，没法告诉你我家发生的变故，让你受惊了。

大妮，你是个好姑娘，本打算和你幸福地度过一生，但现在都成了过眼烟云。我不能再连累你，也不想连累你的家庭，就不要让孩子出生了吧，不能让他成了没有父亲的孩子。新疆和秦汉市相隔万里，我们几年内也不可能相见，这样的婚姻生活我拒绝。我们离婚吧，这封书信就是我们的离婚证明，也是我和你的诀别信。

好好生活吧！

史耀成

9月20日

韩大妮听到这个消息，哭得死去活来。他的父母听到这个消息，捶胸顿足，悔恨不已。长辈都是有社会经历的人，他们看到史耀成的诀别信，逼着女儿和史耀成离婚。父母带着她到医院做流产手术，医生检查后说孩子月份大了，过了手术期，强行流产大人会有生命危险，父母只好作罢。后来，她生了个女孩。孩子出生后，

她心灰意冷，在父母的逼迫下，她只能违心嫁给一个又老又丑的丧偶尚姓人家，女儿随尚姓，就是尚彩旗。

韩大妮和尚彩旗寄人篱下。母女二人吃不饱，穿不暖。尚家父子经常把彩旗打得鼻青脸肿，韩大妮多次受尽侮辱保护彩旗，才让她一天天艰难长大。彩旗长到十八岁，一边种地，一边跑到城里打工，慢慢脱离了苦海。

听完韩大妮的哭诉，鲁金虎眼角流出了泪花。他没想到尚彩旗从小吃了这么多苦。更增添了对彩旗母女的怜悯。鲁金虎看了看彩旗妈，问：“姨，史耀成回来了，你是咋想的？”

韩大妮擦了擦眼泪，对鲁金虎说：“我就想亲口问问这个负心汉，他从新疆回来了，也不问问我们母女过得怎么样？”

鲁金虎想了想对韩大妮说：“姨，我知道了你的想法，这可不是小事，我合计一下，看咋处理好。彩旗现在还不知道这事，按她的个性，如果知道了真相，要大闹起来就不好收场了。”

韩大妮说：“你说的是，先不要告诉彩旗，等条件合适了再告诉她。”

鲁金虎点头。

鲁金虎回到公司，发现公司的气氛与往日大有不同。宋惠明铁青着脸，显得心事重重，他没敢问宋惠明，就偷偷去问杨程远。

四十六　史耀成的定力

鲁金虎心情郁闷地去看尚彩旗，宋惠明也没闲着。宋惠明也不是一般的人，他闯荡江湖这么多年，遇到大大小小的麻烦事数不胜数，也积累了无数的经验。在无数的经验中，“有钱能使鬼推磨”这句话最有用，花钱办事，效率高一倍。

宋惠明早就派人打听好了史耀成住宿的地方，默默筹划着下一步的计划。他想到了陈学坚，觉得不妥，陈学坚正处在风口浪尖上，盯着他的人太多，鲁金虎呢？宋惠明摇摇头，在行贿问题上鲁金虎根本就不行，因为上次商量瞒报伤亡人数时，他就把鲁金虎看清了。宋惠明觉得让杨程远送去比较合适，如果他自己亲自去送，一旦有个闪失就没有回旋的余地了。

宋惠明告诉杨程远，市住建局临时工作组这次调查的对象就是麒麟生物制药工地伤人事件，他们几个都是一根绳上拴的蚂蚱，谁也别想跑。杨程远向宋惠明保证，说自己知道了。按照宋惠明的授意，杨程远找到史耀成的住处，亮明了身份，拿着准备好的银行卡放在茶几上。史耀成斜眼看了看茶几，问："多少？"

"十个。"

史耀成坐着纹丝未动，半天没说一个字。杨程远看不出史耀成是啥意思，他神情焦虑地猜了半天，屁股半挨在沙发上，头上冒出了虚汗，他现在不知道是该走还是该留。

杨程远快速地转动着他的思想，凭他几十年商场沉浮的经验，他判断现在该走。现在不走，难道还等史耀成请他吃饭不成？他拿定主意，刚站起身，史耀成"哼"了一声。杨程远吓得又坐在沙发上。

史耀成旋转着手指，轻声问："你们打算怎么处理这事？"

杨程远被史耀成问蒙了！他来给史耀成送礼，只要史耀成收了他的礼物就完成了任务，没想到史耀成会这样问。事出突然，杨程远没想好合适的回答，而这么重要的决定也不是他杨程远能答复的。杨程远脑袋旋转了半天，终于想起了生意场上的规矩，说："一切听从史组长安排。"

史耀成睁开双眼，瞪了杨程远一眼，说："好吧，那我就向公安局报告这件事情的来龙去脉，让陈学坚进监狱。"

杨程远吓得满头大汗，说："史组长，我……我不是这个意思。"

史耀成说："你刚说听从我的安排嘛！"

杨程远这时稍微冷静了下来，说："我们的意思是把陈学坚放了。"

史耀成抬头望着天花板，好半天才自言自语地说："把人放了，那我回去怎么向上面交差？"

杨程远脑袋又飞快地旋转起来，分析着史耀成刚才的问话。史耀成是说要回去向上面交差的，那意思是要有个人承担责任吗？那找个替罪羊不就完了吗？杨程远理清了思路，开始梳理身边的人。他首先想到了宋惠明。不行，他是麒麟生物制药工程的掌舵人，自己都是他的助手，宋惠明说他们是一根绳子上栓的蚂蚱，出了事，他也跑不了。陈学坚？本来就是"主角"。他是麒麟集团的人，高贵的铁杆，背后的关系深不可测，宋惠明现在都不想让他担责，拼命保他，不敢得罪。鲁金虎？这也不行，他和高贵有特殊的关系，自己能有今天，靠的就是鲁金虎，鲁金虎出了事，他自己既跑不了，还落个忘恩负义。想着，想着，杨程远突然脑洞大开，说："有了。"

史耀成，问：“谁呀？”

“丁佩丽。”

杨程远之所以让丁佩丽当替罪羊，是和建勇水泥厂签合同的事有关。丁佩丽签的合同，供的过期水泥，这就是造成麒麟生物制药工地事故的主因，让她担责理所当然。供出丁佩丽自然就牵扯出丁丽娜。杨程远见丁丽娜常和陈学坚混在一起，两人磨磨唧唧，说不清，道不明。丁丽娜长得漂亮，杨程远看见丁丽娜也浑身发痒。好吃的东西自己看着好，就是吃不上，他心里嫉妒了许久。今天把丁丽娜牵出来，给自己“报仇雪恨”，一举两得，岂不美哉。

史耀成不解，问：“丁佩丽？她分量够吗？”

杨程远忙解释说；“丁佩丽是供货商，她伙同建勇水泥厂给麒麟生物制药工地销售过期水泥，从中牟利，是造成事故的元凶。如果水泥质量合格，根本就不会出事。”

史耀成问：“你说的话有啥依据？”

杨程远说：“史组长，上次发生事故之前，我们已经发现建勇水泥厂供应的水泥不合格，并且对水泥质量进行了检验。当时的化验结果还在公司保存着。建勇水泥厂虽然进行了整改，但好景不长，丁佩丽又偷偷给工地供应过期水泥，还变本加厉地降低水泥标准，结果发生了事故。我们才是受害者，冤枉得很！”

史耀成显得很惊讶地说：“原来是这样。”

史耀成思忖了一下，问杨程远：“你们那里是不是有个叫鲁金虎的？”

杨程远一惊，史耀成为啥突然提起鲁金虎呢？他怎么知道鲁金虎这个人呢？杨程远摸不清史耀成问话的意思，就吞吞吐吐地说。“有，有呀……”

杨程远当然不知道了，临时工作组分成几个小组在开展工作。

那天，临时工作组找到丁丽娜，询问她水泥采购的事。丁丽娜告诉史耀成，她虽然是陈学坚的助理，分管财务和材料采购，但陈学坚是公司的法人代表，所有的事都是陈学坚说了算。和建勇水泥厂的采购合同虽然是她签订，但具体细节都是按照陈学坚的意思办的，她只是个经办人。丁丽娜告诉史耀成，她从来没去过建勇水泥厂一次，也不认识水泥厂的任何人。丁丽娜把自己和建勇水泥厂的关系撇得干干净净，史耀成忍着性子看丁丽娜表演。为了转移临时工作组的调查视线，丁丽娜想起了一个人，鲁金虎！在丁丽娜的心中，自从见了鲁金虎，她就没过上几天好日子，他对鲁金虎插手处理她女儿紫玉的事耿耿于怀，恨之入骨；再加上他和宋惠明、陈学坚搅在一起，沆瀣一气，处处盯着自己的口袋，企图断了自己的财路。现在，临时工作组找她谈话，何不趁机给他鲁金虎加点“油”，让他身上也不自在，说不定还能让临时工作组替自己报了仇。这事史耀成记住了，今天和杨程远谈话，正巧问问。

史耀成漫不经心地对杨程远说：“有人举报他包养情人。”

听到“情人”二字，杨程远赶忙说：“鲁金虎包养情人？我咋没听说呢？他的情人是谁啊？”

“尚彩旗。”

“啊？！”

杨程远哭笑不得，他忙对史耀成解释说：“谁说的？我咋不知道他有情人。”

史耀成说：“你不知道就别问了。男女之间的事本来就是捕风捉影。”

杨程远见到鲁金虎，把史耀成说他养“情人”的事透露出来，算是给他告了密，鲁金虎气得跳脚骂。他知道丁丽娜对他处理她离婚财产分割不满，后来对抚养女儿等问题心存怨恨，举报他养“情人”非丁丽娜莫属。没想到丁丽娜会栽赃他和尚彩旗，鲁金虎气得浑身发抖，疯了似的在房子里乱转。杨程远不停地安慰他，让他冷静。说史组长只是提了提，说不定明天起来就忘了。

四十七　史耀成的泪

鲁金虎咬牙切齿了好半天，他脑子猛地打了个转，欧？史组长，史耀成？这不是韩大妮要找的人吗？鲁金虎心中爆发出无名的怒火。他想，史耀成这个道貌岸然的小人都成了领导，我正要找他呢，揭开他的真面目！

鲁金虎到住建局，要求见史耀成。工作人员问他找史组长干啥？鲁金虎说他有事举报。工作人员说史组长工作繁忙，他们也可以接待他。

鲁金虎很生气，说有重大事项举报，必须亲自向史耀成说。工作人员无奈，只好报告了史耀成。一会儿，工作人员领着鲁金虎进了史耀成办公室，史耀成正坐在沙发上看文件。鲁金虎看见史耀成约有一米八的身高，体材消瘦。满头的白发剪得短短的，看起来精神矍铄。两眼虽不算太大，但炯炯有神。黑黑的脸庞布满了皱纹，络腮胡子刮得干干净净。他上身穿一件蓝色中山装，下身穿灰色筒裤，脚下的皮鞋擦得锃亮。

他让鲁金虎坐在自己对面的沙发上，一边看文件一边问："你叫什么名字？"

鲁金虎大声说："韩大妮。"

史耀成一惊，眼睛离开了手里的文件，坐直了身子，问："你说什么？"

"韩大妮！"

史耀成慌乱地看着鲁金虎，问："工作人员不是说你叫鲁金虎吗？"

鲁金虎带着满腔的怒气，说："我是叫鲁金虎，但还有一个人叫韩大妮。"

史耀成感到鲁金虎来者不善，忙关上房门。他走到鲁金虎身旁，压低声音问："你怎么知道韩大妮？"

鲁金虎没好气地说："韩大妮是我大姨，我能不知道吗？"

史耀成猛地一惊，迫不及待地问："她现在在哪里？"

鲁金虎说："就在附近。"

史耀成身体开始颤抖，抓住沙发的扶手慢慢坐下来。等了半天，才用颤抖的声音问了一句："她……她现在过得好吗？"

"不好。"

"有……有多不好？"

"她和她的女儿受尽了旁人的白眼，受尽了人间的苦难！"

史耀成忙问："她……她还有个女儿？"

鲁金虎点点头。

史耀成坐在沙发上，脸色发青，他用手抓着自己的头发沉思了半天，嘴里喃喃自语。想了半天，史耀成问鲁金虎："你大姨结婚了吗？"

"结了。"

"和谁？"

"一个比他年长的男人。"

"这么说她女儿就是和这个男人生的。"

"不是。"

"那是谁？"

"一个负心人。"

史耀成疑惑地盯着鲁金虎问："负心人？"

鲁金虎肯定地点点头，说："是的。"

史耀成像热锅上的蚂蚁在房子走来走去，他使劲搓着手，好半天才问鲁金虎：

“你大姨说没说这个负心人是谁？”

“说了。”

史耀成急切地问：“他是谁？”

鲁金虎看了看史耀成，冷笑一声，说：“那你要亲自问我大姨。”

史耀成满脸羞愧，他鼓足了勇气对鲁金虎说：“我以前在这里下过乡，也认识韩大妮，你能不能安排我们见个面，我想她谈一谈。”

鲁金虎说：“我试试吧。”

鲁金虎见到韩大妮，把他和史耀成见面，史耀成想见她的话说了一遍，韩大妮听完，满脸泪珠，她说她真不想见这个负心人。

鲁金虎等韩大妮冷静下来对她说：“大姨，世上的事太复杂了，有时和我们想象的不一样，你和史耀成相爱过，也做过夫妻，他想见你，肯定有些心里话要对你讲，外人不方便听。我觉得你们见见，也能化解你前半生的疑虑，以后就不留遗憾了。”

韩大妮擦了擦眼泪，同意了。

鲁金虎安排二老到一个私人会所见面，这里环境幽雅，比较偏僻，是说话的好去处。当二老走到一起，看到对方时，相拥而哭，几十年的委屈与思念交织在一起。韩大妮望着满头白发的史耀成，老泪纵横，几十年一晃而过，没想到当年那个意气风发的英俊青年，已经变成白发苍苍的老头。史耀成看着面前的老太婆，怎么也没法和当年那个天真可爱，活泼动人的小姑娘联系在一起。虽然世事沧桑，二老脸上都布满了皱纹，但他们从彼此的痕迹中感受到了对方往日的存在，找到了当年的影子。韩大妮用手使劲打着史耀成的后背，痛苦地问：“你回来了，为啥不问问我们母女过得怎么样？看看我们过的啥日子？”

史耀成也很悲伤，他痛苦地说：“一言难尽啊！一言难尽啊！”

史耀成告诉韩大妮，他父亲被打成右派后，他们一家就失去了人身自由，而且在限定的时间内必须前往新疆，根本没有商量的余地。到了新疆，生活慢慢安定下来，他偷偷往回跑了几次，但都被抓了回来。这事让他妈知道了。他妈告诉史耀成：“我和你爸原来反对你和韩大妮的婚姻，现在想起来是不对的。韩大妮是个好姑娘，现在你们两人两地分居，天各一方，永远也没法见面了。咱家的地位也变了，我们不能害了韩大妮啊！”

史耀成开始想不通，梦里时常想起韩大妮。他时常想起母亲对自己说的话，也怕拖下去连累了韩大妮。他一狠心就给韩大妮写了绝笔信。随着年龄的增长，在母亲的催促下，他在新疆重新结婚生子，就不敢再联系韩大妮了。

后来，他们一家又回到了省城。心里虽然有个疙瘩，也曾想联系一下韩大妮，了解一下她的生活状况，但一方面因工作的关系，另一方面要顾及现在的家庭，他不想再让另一个女人受伤，考虑到几十年的人情变故，世事沧桑，怕画蛇添足，影响韩大妮的生活，就没敢联系，没想到现在成了这样。

韩大妮一边哭，一边说："你就这么狠心吗？这么多年了，我的死活无所谓，你也不问问你女儿过得咋样了？苦不苦？"

史耀成听到"女儿"二字，又回想起他和韩大妮在小树林的经历。鲁金虎前几天提到的"负心人"是不是说的就是自己？史耀成明白了八九，他知道这里一定有隐情，忙问："我们……我们有女儿？"

韩大妮痛哭起来，说："女儿呀，你命好苦啊……"

史耀成用疑惑地目光看看鲁金虎，鲁金虎对着史耀成点点头。史耀成看着失声痛哭的韩大妮，急切地问："我们的女儿……"

史耀成明白了一切。他懊恼地流下两行泪，对韩大妮说："大妮，我错了，我错了……"

鲁金虎怕二老悲痛过度，伤了身体，就劝二老保重身体。史耀成擦了擦眼泪问韩大妮："今天咋不把我们的女儿带来？"

听到史耀成提起女儿，韩大妮又哭了起来。

鲁金虎把史耀成拉到一旁，把彩旗为啥没来的原因给史耀成解释了一下，史耀成觉得鲁金虎考虑得周到。过了一会儿，韩大妮平静了许多，她指着鲁金虎对史耀成说："我们的女儿从小缺吃少穿，营养不良，抵抗力很弱，前段时间得了大病，如果不是金虎替你女儿交了住院费，她早就不在人世了。"

史耀成忙对鲁金虎说："那太谢谢你了，救了我的女儿！"

鲁金虎说："应该的，应该的！"

四十八　父女相见

这天，尚彩旗闲来无事在公园散步，看见三五成群的人聚在一起，议论纷纷。尚彩旗不爱听别人嚼舌根，也不在意，继续顺着步道向前走，她拐过弯，聚集议论的人更多。看着议论纷纷的人群，好久没见到鲁金虎的面，尚彩旗不免有点心慌，她忍不住停下脚步，想听听这些人在议论啥？仔细一听，才知道麒麟公司出事了，公安局开始抓人了。尚彩旗听到麒麟公司的名字，心里一惊，忙问说话的人消息可靠不？说话的人吃惊地说："现在报纸都登了，还有假吗？"

尚彩旗忙买了份最新的报纸，果然有麒麟公司出事的消息，再仔细一看，上面还有金虎哥的名字。她把报纸反复读了好几遍，发现金虎哥也在被处理的人里面。

回到家，彩旗妈看见女儿不停地哭，忙问女儿这咋回事？

尚彩旗哭着说："金虎哥被抓了！"

韩大妮一听，问："为啥？"

尚彩旗说："麒麟公司出事了，也把金虎哥牵扯进去了。"

韩大妮"啊！"了一声，吓得坐在凳子上半天说不出话来。尚彩旗拿着报纸不停地翻看着，当看到鲁金虎的名字时就捂着脸哭。韩大妮见女儿哭得死去活来，心疼得很，她怕女儿过度伤心，引起病情恶化，那就前功尽弃了。韩大妮安慰女儿说："别担心，公安局问问话就把你金虎哥放出来了，没事，没事的。"尚彩旗聪明得很，那能让妈妈糊弄了呢？她狠狠瞪了妈一眼，说："进去了，能轻易放出来吗？"

尚彩旗在公安局门口打听了好几天，也没得到鲁金虎被释放的消息，她越发的悲伤和烦躁。韩大妮看在眼里，痛在心头。她知道现在能让女儿开心的唯一办法就是听到鲁金虎出来的消息。彩旗妈虽然是个农村妇女，但社会上的人情世故她也知道不少。按照她听说的经验，要想把鲁金虎救出来有两条路，一条是花钱办事，一条是上面有人。她家穷得叮当响，女儿看病花的钱都是鲁金虎出的，花钱办事是不可能的。上面有人……史耀成！他是住建局的领导，可以将事情的来龙去脉模糊化啊！为了救鲁金虎，也为了救女儿，她犹豫了几天，拉下老脸，去找史耀成求情。史耀成给韩大妮讲了半天政策，告诉了韩大妮麒麟公司伤人事件的危害性和警察拘捕他们的理由。

韩大妮唉声叹气地回到家，再也想不出救鲁金虎的办法。彩旗妈正在忧虑，尚彩旗因过度悲伤，突然呕吐起来。韩大妮吓得脸色苍白，忙给女儿清理了呕吐物。尚彩旗是个懂事的孩子，她身体有所好转，见母亲忧心忡忡，安慰母亲说："妈，我身体不好，整天让你担惊受怕的。金虎哥要有个三长两短，我活着也没意思了。"

韩大妮忙阻止女儿说："别胡说，你是妈的依靠，你要珍惜自己。"

听了母亲的话，尚彩旗抱怨说："这样要死不活的，何时是个头呀？"

韩大妮听出女儿是看不到希望才说出这种话。她无奈地自语道："唉，报应啊！报应啊！"

尚彩旗有点不高兴，对母亲说："妈，你一辈子受了那么多苦，任劳任怨的，没干过一件害人的事，咋能说有报应？干了坏事才有报应，要真有报应，也不会发生在你身上。"

听完女儿的话，韩大妮更加悲伤。尚彩旗有点激动地说："妈，我说的都是实话，你咋越哭越厉害呢？"

韩大妮忍住悲伤，说："彩旗，有些事妈没告诉你。"

尚彩旗忙问妈啥事？韩大妮只好把她的身世和史耀成的关系告诉了尚彩旗，说这就是报应。尚彩旗呆呆地睁大了眼，等了半天，才自言自语地说："我没这个爸，我没这个爸。"

韩大妮忙说："妈听你的，你说没有就没有。"

这天晚上，尚彩旗和韩大妮都翻来覆去睡不着。两个人各有心思，唉声叹气。尚彩旗睁大双眼望着窗外，皎洁的月光一会儿明亮无比，一会儿又被乌云遮住，尚彩旗心里烦躁，当乌云遮住月亮时，她的心里就产生了无名的怒火，直到后半夜，她才微微有了睡意。她看到金虎哥身后跟着一只斑斓猛虎，那老虎拼命追着金虎哥跑，金虎哥满脸是血，对着彩旗喊："妹妹，快来救我，妹妹，快来救我！"她惊叫一声，猛地坐起身，才发现刚才是一场梦。

尚彩旗梦吓得一身冷汗，汗水湿透了衣襟。她的泪水夺眶而出，她不敢去想金虎哥现在在哪儿睡着，睡得怎样？他受苦了吗？

韩大妮被女儿的尖叫声吵醒。当她知道了女儿惊叫的原因时，忙安慰女儿说："彩旗，好好睡吧，梦都是反的。"

尚彩旗突然说道："妈，我要去救我金虎哥。"

韩大妮吓了一跳，她摸摸女儿的头，说："你没糊涂吧？"

尚彩旗坚定地说："没有。"

韩大妮问："你咋去救你金虎哥？"

尚彩旗说："我要找史耀成！"

韩大妮被女儿的回答吓了一跳，不敢相信自己的耳朵，忙问："彩旗，你……你刚说啥？"

“我要去找史耀成。金虎哥肯定受了很多冤屈，他刚托梦给我，让我救他，我再不想办法救他，金虎哥下半辈子就完了。”

韩大妮说：“彩旗，你想好了就行，妈支持你。”

当尚彩旗出现在史耀成面前时，他满脸泪痕，抑制不住激动的泪水，他嘴里喊着女儿的名字，痛哭流涕。史耀成张开双臂，想去拥抱尚彩旗。尚彩旗用手挡住史耀成伸过来的双手，冷冷地说：“少来这套。”

史耀成愣住了，张开的双臂凝固了半天。他没有生气，用手擦了擦满脸的泪珠，对彩旗说：“女儿，我理解你现在的心情。我不生气，都是我的错，也是我这辈子的报应啊！”

韩大妮知道女儿一时接受不了史耀成，又怕伤了史耀成的心，忙对彩旗说：“彩旗，你冷静点，有话好好说。”

尚彩旗瞪了妈一眼，然后质问史耀成：“这么多年了，你对我和我妈不闻不问，你知道我和我妈受的苦吗？你知道不知道我和我妈常遭受村里人的白眼？你知道不知道一个没有亲生父亲的女儿会遭到别人的嘲笑吗？”

史耀成含着泪说：“彩旗，我错了，错在这么多年我对你和你妈不闻不问，冷了你们的心，让你和你妈受尽了屈辱，现在，我找到你和你妈了，我会想尽办法弥补我以前的过错的。”

韩大妮劝尚彩旗说：“彩旗，这么多年都过来了，不要再提过去的伤心事了。都过去吧，过去吧。”

尚彩旗生气地说：“妈，你说过去就能过去吗？”

史耀成忙说：“孩子，是过不去。你放心，我会用我的后半生弥补你们的。”

尚彩旗大声哭着说：“说得轻巧，我和我妈的钱财可以弥补，可我和我妈受伤的心怎么弥补？怎么弥补？”

史耀成脸色苍白，看着情绪激动的女儿不敢说什么，只能默默地忍受着，任凭她发泄。过了好久，尚彩旗的情绪慢慢平复了一些，韩大妮对女儿说：“以前的事我们慢慢说吧。彩旗，你今天有事找你爸，就好好说吧。”

尚彩旗瞪了韩大妮一眼，说：“谁说他是我爸？谁说的？”

韩大妮被尚彩旗怼得哑口无言，史耀成忙帮腔说：“大妮，别说了。彩旗现在想怎么叫我都行。”

尚彩旗瞥了史耀成一眼，说：“要想我叫你一声‘爸’，就看我今天说的事你办得咋样？”

史耀成忙问：“彩旗，你说啥事要我办？”

为了给史耀成施加压力，尚彩旗故意说：“事情很简单，只要你肯办，一定能办成。”

史耀成恳切地说：“孩子，你说，我一定办！”

尚彩旗说：“你和公安局说明麒麟公司的安全事故和鲁金虎无关，让他们把我金虎哥放了。”

史耀成迟疑了一下，问：“哪个金虎哥？”

尚彩旗说：“还有哪个金虎哥？鲁金虎，公安局刚关进去的。”

史耀成倒吸了一口凉气，说：“鲁金虎可是有罪的人啊！”

尚彩旗狠狠地瞪了史耀成一眼，说：“你刚还说一定办！咋又不行了？”

史耀成被噎得半天说不出话来。韩大妮对史耀成说：“金虎可是我们家的救命恩人呀！”

史耀成听出韩大妮说话的分量，陷入沉思。尚彩旗看着史耀成为难的表情，气愤地把自己的假发扯下来扔在地上。史耀成看见尚彩旗光秃秃的头，吓了一跳，指着尚彩旗说：“这……这是怎么回事？”

韩大妮难过地对史耀成说：“彩旗去年得了宫颈癌，没钱做手术，医生说，再耽搁下去，错过了最佳治疗时间，彩旗就没救了。当时，手术费要十几万。我们哪里能拿出这么多钱呀？多亏了金虎帮忙，缴清了医疗费，彩旗及时做了手术女儿才得救了。要不然现在你还能见上女儿吗？”

听完韩大妮的话，史耀成热泪盈眶，他对尚彩旗说：“孩子，你受苦了，我对你们了解得太少了。以前都是我不好，害得你和你妈受苦。我看看我能想到什么办法。”

尚彩旗满脸是泪。

四十九　父亲的来信

晚上，史耀成半躺在床上，久久不能入睡。他两眼紧盯着屋顶，女儿彩旗光秃秃的头顶在他眼前闪来闪去。他知道长长的秀发对女孩子的重要性，他多么希望自己的女儿留着飘逸的长发站在他面前，高兴地叫一声：“爸爸！”这该是多么美妙的瞬间啊！他从韩大妮和彩旗描述的情况判断，鲁金虎对彩旗一家是多么重要，他只有不遗余力把鲁金虎救出来，才能打开彩旗的心结，这也成了实现他史耀成修复自己和女儿关系的唯一选项。

然而，麒麟生物制药工地伤人案案情复杂，犯罪情节确凿，这让他左右为难。他记得临时工作组刚成立时，他被住建局局长任命为临时工作组组长时，局长专门找他谈了话，把秦汉市民工伤亡案的影响和严重性向他做了特别叮嘱，并表达了对他这个老党员、老同志的信任，希望他将此事调查得明明白白。史耀成知道，这是他在住建局工作多年，即将退休前，领导给予他最大的信任，他必须格外用心。他按照举报人徐思过提供的线索，联合本地公安局的警察同事，先从秦汉市人民医院等几家急救中心入手，查清了工地出事当天秦汉市各大急救中心的接诊情况，弄清了当日接诊医院的死亡人数，然后与举报情况相对比，得出事故的真实伤亡人数。接着，他根据掌握的情况，对造成这次倒塌事故的原因进行了调查，判定使用过期水泥，降低了水泥强度是造成倒塌事故的主要原因。

史耀成见了建勇水泥厂的负责人。建勇水泥厂的负责人开始还想和麒麟生物制药工地购货人沆瀣一气，死守攻守同盟，百般抵赖，但在威严的法律下，建勇水泥厂负责人被迫交出了他和世友建筑公司签订的合同附件。史耀成从合同附件中看到，建勇水泥厂与麒麟生物制药签订的合同中明确写着，麒麟生物制药工地同意购买过期水泥，水泥价格要求每吨便宜五十元，发票按原价二百三十八元出具，至于水泥的用途与他们建勇水泥厂无关。这明显就是阴阳合同，属于严重的违法案件。

史耀成发现建勇水泥厂提供的购货人叫丁佩丽，他找到了丁佩丽。经过警察的审问，丁佩丽交代说她是受人之托，具体购货细节她也不知道。审讯中警察发现丁佩丽对自己的犯罪事实轻描淡写，不肯配合，便郑重地向丁佩丽宣讲了公安局的办案政策，说明了要害，讲清了她拒绝配合调查的后果。丁佩丽顶不住压力，招出她为自己的姐姐丁丽娜办事，她们的幕后老板是陈学坚。陈学坚答应事成之后给她二百万元辛苦费。工地发生了倒塌事故，陈学坚以事故损失巨大，他负担不起为由，只给了她一百万元辛苦费，她不答应，还把陈学坚告到了法院。

为了让这起安全事故尽快有结果，史耀成决定抽丝剥茧，重新从丁丽娜身上下手。丁丽娜被警察带到审讯室时，气焰嚣张，质问警察为啥要抓她？警察二话没说，拿出他们签订的阴阳合同放在桌子上让她看。

看着阴阳合同，丁丽娜说她不知道，合同是别人签订的。丁丽娜是什么样的人，警察已经了解清楚了，他们让丁丽娜想好了再说。丁丽娜面对警察的询问脑子也没闲着，她自己的事自己肯定清楚，成了调查对象，死扛肯定是不行的，必须说点什么。她绞尽脑汁想了好几个方案，最终想出了一举两得的妙招。警察再次审问她时，她招出鲁金虎包养情人的事。也让史耀成第一次听到“尚彩旗”这个名字。

这些下三烂的招数怎能逃过史耀成的眼呢？丁丽娜见蒙混过关这招实在不行，为了减轻自己的罪责，就把陈学坚购买过期水泥吃回扣以及宋惠明瞒报伤亡人数作弊的事捅了出来。

史耀成让陈学坚和丁丽娜面对面对质，丁丽娜百般抵赖，只承认合同正本签订的内容，至于附件承诺的事她一概不知。陈学坚仰天长叹，终于“享受”了最毒不过妇人心的感觉。为了自保，丁丽娜把陈学坚怎样利用她的姿色引诱各级领导，拉拢利益攸关方下水的事实告诉了临时工作小组和警察，以求宽大处理。

在铁证面前，陈学坚还心存侥幸，死不认账，等着宋惠明来救自己。宋惠明为了平息这次事件，不出陈学坚所料，果然出手，让杨程远给史耀成送来十万元现金。史耀成早有准备，全程录下杨程远给自己行贿的过程，这些行贿细节也正好形成证据链，让这些违法者无路可逃。

眼看着窗外已经泛起白光，启明星高高挂在天际，史耀成还是没有一点睡意。这些违法分子犯罪事实清楚，罪证确凿，公安局开始收网了。眼看着就有一个圆满的结局，没想到鲁金虎的事与自己多年未见的女儿有牵连，虽然鲁金虎并涉入太深，但他依然是麒麟公司的人啊！鲁金虎是女儿的救命恩人，女儿第一次向自己开口求情，于情于理他都要答应，他能犹豫吗？史耀成真的要愁死了！

尚彩旗这几天也心事重重，急切地等待着她想要的消息，社会上各种传言不断。有的说麒麟公司被查封了，有的说麒麟公司被逮了几十个人，反正她自己想听到的消息不是这些。她又听说，公安局对此案已经结案。她不相信这样的消息，也不敢相信这样的消息。时间一天天过去，她愈加焦虑。

这天，尚彩旗正在家中休息，邮递员送来一封信，她觉得很奇怪，谁会给自己写信呢？她慢慢打开了信。

彩旗：

当你收到这封信的时候，我已经离开了秦汉市，我不知道怎么对你说，怎样面对你和你的母亲，只能用这样的方式与你辞别。我知道我不配做你的父亲，但是，我还是想叫你一声：“彩旗，我的女儿。”

因为年轻无知，因为单纯、幼稚，我把你带到了这个世界上，让你和你的母亲受尽了人间痛苦和折磨，看到你瘦弱的母亲，看到你病恹恹的身躯，特别是看到你卸下假发，露出光秃秃的头颅时，我痛不欲生，心如刀绞，我只能从心底里对你说，女儿，实在对不起了！

我知道鲁金虎对你和你母亲的重要性，更确切地说他对我也很重要，因为在见到他之前我根本不知道这个世界上还有一个你的存在，一个漂亮乖巧的女儿的存在。所以，我非常感激鲁金虎！我明白如果没有他的救助，没有他的关怀，你可能早就离开了人世，我永远也看不到你——我的乖女儿！

彩旗，我们几十年没见过面，作为父亲的我有许多对不起你和你母亲的地方，按理说，女儿你提出的任何要求我尽量无条件满足，特别是第一次，这也是我向你和你的母亲谢罪的最好机会。我作为住建局临时工作小组的组长，掌握着麒麟集团伤人案件的证据，有条件在提交证据时避重就轻。鲁金虎不过是这起案件的胁从人，只要我稍做手脚，销毁或者忽略一些证据，他就可以免受处罚。但我反复斟酌，我不能这样做，因为我是一个老共产党员，一个有着坚定信仰的人，不能在一个地方跌倒了，好不容易站起来了，又在同一个地方倒下去。如果这样，那我这个人就是白痴，就是瞎子。几十年前我已经犯下大错，给你和你的母亲带来了无尽的痛苦，如果让鲁金虎这样的人轻易跳脱法律的制裁，我不知道如何面对那些无辜的受害者！

彩旗，请你和你的母亲原谅我做出的决定。我不敢说我有多么高尚和大义凛然，我只是觉得这是我作为一个老党员、老同志应该坚守的本分！一个史耀成倒下了，会有千万个史耀成站出来。法网恢恢，疏而不漏，每一个犯罪分子都会被揪出来，绳之以法。

彩旗，本分中能做的事我没有做，于公来说是高风亮节，但于私来说，这是我对你和你母亲的背叛与失信。冥冥之中我们父女或许只有一面之缘吧！初见即是永别。女儿，我是一个心理素质极差的人，我再也无颜面对你和你的母亲，只好默默地选择离开。请原谅我的不辞而别。

一个不配做父亲和丈夫的人　史耀成

8月10日

尚彩旗看完史耀成寄来的信，眼睛睁得大大的。她没有流下一滴眼泪，脑子里只剩下了愤怒和失望。她呆呆地看着放在床边的信纸和写在信封上大大的自己的名字，慢慢闭上双眼，沉默了许久。她拉开抽屉，拿出火柴，慢慢划着了一根。火柴发出橘黄色的火苗，一闪一闪的。她把放在床边的信纸拿在手中，引燃了信纸的一角。燃烧着的火苗慢慢向信纸的四周蔓延，直到烧向尚彩旗拿着的信纸的角。尚彩旗猛地把那个角扔向空中。

信纸燃烧的白烟在屋中扩散着。尚彩旗狠狠地吸了口气，使劲吹向那股白烟。白烟迅速地向窗外飘去，飘去。

五十　重回圪塄村

“想吃啥？”

“油泼面。”

“都吃了几天油泼面了，今天不换个样样？”

“不换了，百吃不厌。”

甜杏嗔怪了一声，进了厨房。

鲁金虎的心境比从前平静了许多。自从甜杏把他从监狱接回家，他就安安静静地守在村中。尽管苏亚洲和高贵都来请他重新出山，他都一一回绝，说再想想。

开元从燕华毕业后，在市开发银行工作，给他和甜杏在市里买了新房，让他俩舒舒服服地住下来，颐养天年。可鲁金虎觉得市里闹哄哄的，实在心烦，静不下去，住在圪塄村舒服多了。他再也不想听到外面的事，只想安安静静地生活。

每天早晨，当东方的天空刚刚露出一丝曙光，甜杏就起来了，给鲁金虎做好早饭，除了做他爱吃的荷包蛋，还会去地里挖点野菜用水煮好给他吃。这是他从小养成的习惯。天气晴好的日子，他总是顺着小棕溪向后山的方向走，河边的一草一木，和他小时候看见的还是一模一样，唯一的变化就是他家门前用两根粗木头搭起的小木桥变成了水泥桥，他现在过桥时再也不会磕磕绊绊，怕掉进水里了。

他经常走过小桥，顺着小棕溪往后山坡上走，过了坡边的小竹林，站在高高的坡顶望着甜杏家的方向，久久不肯离去。有好几次，甜杏问他：“你在看啥？”

鲁金虎头也不回地说：“我在看前面屋里扎着羊角辫的小姑娘。”

甜杏不好意思地说：“那个小姑娘再也没有了。”

鲁金虎回过头，嘿嘿一笑说：“那个扎羊角辫的小姑娘就在我身后。”甜杏忙拉住他的胳膊，把头贴在他肩上，害羞地说：“老了，老了。”

鲁金虎傻傻地说：“没有，在我心中，你永远都是那个扎着羊角辫的小姑娘。”

闲暇的时候，鲁金虎总是习惯躺在堂屋的竹椅上，旁边放上一壶热茶，优哉游哉地喝着。甜杏陪着他，每天看日出日落，看细雨绵绵，听竹林涛声，好生惬意。开元也经常回来看他们，从城里买些香蕉、荔枝等时令水果让他们吃。看着已经长大成人，越来越有出息的儿子，他欣慰得很，觉得开元就是他这辈子最大的收获。他时不时地叮咛儿子好好工作，将来为鲁家争光。

鲁金虎很少串门，但他有一个习惯，就是每逢农历初一、四、七，他总会去东扶风镇赶集。

东扶风镇离圪塄村不过二里地，不论风雨，他都要去。说起东扶风镇，那可有历史了。在古时，这里是个驿站。

据传，安史之乱发生时，唐玄宗带着杨玉环西逃，走到马嵬驿时，天色已晚。当时，朝野上下都认定杨国忠是安史之乱的罪魁祸首，禁军中痛恨杨国忠的人数不胜数，趁着混乱之际，他们就动手杀了杨国忠。走到马嵬驿时，有人向禁军龙武大将军陈玄礼报告说，再往西走十里，就是东扶风驿站，过了东扶风驿站，贵妃就不受禁军节制。如果让贵妃杨玉环跑了，杨国忠可是他们这些人杀的，贵妃秋后算账，他们这些人就生死难料了。陈玄礼一听，觉得有理，为了防止不测，阵前兵谏，陈玄礼带领一帮禁军逼着唐玄宗处死杨玉环，以绝后患。唐玄宗无奈，命杨玉环自缢于马嵬驿。眼见杨贵妃已死，兵谏的禁军才保护唐玄宗过了东扶风驿站，逃到了四川。这些都是传说，鲁金虎和村里人只是茶余饭后把这些当个乐子说说而已。

东扶风镇位于关中平原中部，是东西南北交通的十字路口。从古至今，是邻近四面八方物资交流的重要场所。每到赶集的日子，附近的乡亲都会自发来到这里，出售各种农副产品和农用物资，购置自己需要的日常生活用品、家具和农用工具。镇上有两条街道，一条街是古色古香的仿唐建筑，商家主要销售各式服装，米面油茶及日常杂品等，另一条街主要卖农副产品和各式农具，铁锨、铁铲、簸箕、扫帚等应有尽有。这里是农副产品的聚集地，也是老头的聚集地。拄拐的、佝偻驼背的、要人搀扶的，他们不约而同地按时来到这里，仿佛是应邀来开退休干部联席会的。每次逢集，鲁金虎总会毫不犹豫地从这些大大小小、横七竖八摆着的物资中间穿过，走到街道的最东头。这是他每次赶集的终点——魏老汉的茶摊。每逢集日，官村的魏老汉都会把茶摊摆在这里。魏老汉用最古老的手工风箱呼哧呼哧地烧好一大壶茶，等候着陆陆续续前来饮茶的茶客。茶摊十分简易，一张七八米长的条桌当作茶几，条桌铺上塑料油纸，一旁摆上一沓小碗，条桌旁摆上七八个小凳，想喝茶的人坐在小凳上，顺手拿起一只空碗，自己放在条桌上，魏老汉问都不问，拿起长脖壶向空碗满上烧好的茶，茶客抿上一口，咂咂嘴，就算齐活了。所有的茶客都是熟人，坐下就喝，绝不客气。

这天，正是逢集的日子，鲁金虎背着双手，找到茶桌靠边的小凳坐下，魏老汉一句话也不说，拿起个空碗，倒满一碗茶。鲁金虎二话不说，喝上一大口，咂巴咂巴嘴，然后说了声：“好茶！”魏老汉也没空理他，再给他添满茶，又去招呼别的茶友。

五十一　回村创业

节气已过了“白露”，天气慢慢凉下来。这天，鲁金虎和往常一样坐在魏老汉的茶摊喝茶，喝了几口，身体也暖和了许多，他正喝得高兴，听见三轮车发动机的突突声，一个高高胖胖的“小伙”开着三轮车向茶摊后面开去。等车停了，那“小伙”摘了帽子，鲁金虎才发现这“小伙”原来是个大姑娘。这姑娘手里拿着刚摘下的黑色鸭舌帽，短短的头发被鸭舌帽压了一个圆圈圈。她胖胖的脸被太阳晒得黝黑。她身穿蓝色的运动装，脚上穿着乳白色的运动鞋。鞋上破了个大洞，她也不在乎。如果不仔细看，你真分不清她是男是女。

鲁金虎向着姑娘的方向一看，这才发现茶摊后面有一大堆草帘。这姑娘把车停好，放下三轮车的后挡板，顺手从旁边抓起一大捆草帘把车底铺满，又从另一边抓起几捆草帘扔到车厢里，接着，又胡乱地给车厢扔了许多草帘，随后站上车厢，把胡乱扔上车厢的草帘一捆一捆码好。一会儿，草帘整齐地装满了车厢。她又用绳子从两边把草帘捆好，启动三轮车，转眼间，这姑娘和三轮车不见了踪影。

鲁金虎觉得这个姑娘好面熟，但一时又想不起在哪见过。他望着远去的姑娘，心里佩服得很，觉得这姑娘干起活来，比小伙子都厉害！鲁金虎觉得好奇，忙问魏老汉：“这姑娘是谁？”

魏老汉拉着风箱，带着责备的语气说："这姑娘你都不认识，她是皇寺村的村主任，叫吴喜娟。"

"吴喜娟？"鲁金虎听了这个名字，吃了一惊，啊！是她吗？

鲁金虎好奇得很，又问："是不是考上华淀的那个吴喜娟？她咋又回来务农了？"

魏老汉添了一勺茶，白了鲁金虎一眼，说："喝茶。"

原来，吴喜娟考上华淀大学后，因经济拮据，拿不出学费上学，多亏鲁金虎在凌云中学捐资助学，吴喜娟得到了资助，才得以完成学业。经过四年的学习，她从华淀毕业，被分配在秦汉市经济开发区工作。

那年冬天，秋娥因长期劳累，身体抵抗力极差，加上隆冬时节，天气特别寒冷，秋娥感冒后高烧不退，吴喜娟忙把妈妈送到医院医治。经过治疗，秋娥病情好转，但身体还是时好时坏，病经常发作，吴喜娟不得不经常请假照顾母亲。她回村照顾母亲时，看到村里人文化素质不高，对高效农业生产方式一无所知，还是采用传统的模式进行耕作，现代农业生产方法在村上推广不开。吴喜娟在市经开区工作，知道政府鼓励大学生回乡创业，就有了回村种田的想法。她把这个想法告诉母亲，秋娥死活不同意，说："你好不容易考上了大学，离开了农村这个苦地方，又要回村种地，那不让村里人笑掉大牙吗？我年纪大了，活成什么样无所谓，只要孩子你好就行了。"

吴喜娟告诉秋娥说："妈，现在政府鼓励大学生回乡创业，没啥丢人的。况且，国家还会资助一部分资金，作为创业基金使用。"

吴喜娟又告诉母亲，现在你身体不好，有她在妈妈身边也能照顾好，再说，她在单位上班，经常请假也不好。吴喜娟还告诉母亲，自己可办理停薪留职，如果真的创业失败，她还可以回单位继续上班，没有后顾之忧。

妈妈拗不过女儿，只好勉强答应。

五十二　蔬菜大棚

吴喜娟是接受新时代教育的一代精英，通过对农业方面的规划和观察，她认为，种植大棚蔬菜是皇寺村农业发展的方向。她找到农林科技大学的张建力教授，向他请教建设蔬菜大棚的方案。张建力教授是建设蔬菜大棚的倡导者和设计专家，也是个热心人，他把建设蔬菜大棚的技术传授给吴喜娟，手把手地教她种植大棚蔬菜的方法和技巧。吴喜娟按照张教授提供的图纸，找来建筑队，打夯筑墙，开始干起来。

蔬菜大棚前期投资很大，她没有足够的资金，就找到在市开发银行工作的同学鲁开元，申请了农业创新贷款。很快，第一个蔬菜大棚建了起来。经过张教授的指导，蔬菜大棚里的圣女果和黄瓜秧苗长出了新芽，又长出藤蔓，藤蔓顺着搭好的支架，慢慢向上生长。看到此情景，吴喜娟可高兴了。时间一天一天地过去，很快，一部分黄瓜藤蔓开出了花朵。吴喜娟心想，马上就要结出果实了，心里格外高兴。可好景不长，前几天还生机勃勃的秧苗像小孩犯困似的，盛开的小黄花一夜之间全枯萎了。吴喜娟急得要哭，赶快去找张教授。张教授看了生病的秧苗，告诉她，这是烂根病，因为她心太急，没有控制好水量，浇水太多，秧苗发生了病变。

吴喜娟吸取了教训，把腐烂的秧苗拔掉，又种植了新的秧苗，可到了节骨眼，藤蔓看上去又有枯萎的迹象。吴喜娟心想，上次秧苗枯萎是因为浇水太多，秧苗得了烂根病，她吸取了上次的教训，控制了浇灌水量，秧苗咋又蔫了？她又对着发病的藤蔓大哭起来，不知道该咋办。张教授得到消息，忙来指导，他看了看藤蔓的枯萎情况，对吴喜娟说："这回和上次不同，是秧苗的根部被细菌感染了。"他让吴喜娟去市里买了些杀菌的农药喷在秧苗根部，没过几天，秧苗慢慢地有了活力，没过几天，藤蔓上结出了新的黄花，黄花下面挂上了小小的黄瓜，圣女果也露出了绿绿的、圆圆的头颅。吴喜娟特别高兴！这次，她怕藤蔓再出现啥问题，就在大棚里支了一张小床，就住在大棚里守着，没有特别的事，就让自己的助手韩巧燕把饭送到大棚里，她自己一步也不愿离开。

终于，第一批蔬菜要出棚了，吴喜娟请来张教授鉴定品尝。正当大家对这批大棚蔬菜品头论足的时候，有人喊："令县长来了。"

令县长在凌云县任职，他身高一米八，身形偏瘦，精神矍铄。他头发虽不浓密，但剪得短而整齐，略微黝黑的脸上戴着黑边眼镜。他上身穿蓝色中山装，裤子是灰白色，浅黑色的跑鞋颜色已经有点灰白了。令县长兴致勃勃地边走边看新建的大棚，吴喜娟忙迎上前握住令县长的手说："令县长，感谢您在百忙中还记得我们。"

令县长看了看吴喜娟，说："华淀毕业的高才生，我咋能不惦记？这是必须的。刚在镇上检查工作，听镇上的同志说你们第一棚蔬菜已经成熟了，今天要出棚，我也很高兴，就带着镇上领导来看看，也代表县委、县政府对你们蔬菜培育工作的成功表示祝贺。”

吴喜娟忙说：“谢谢令县长的关心和支持，我们一定不辜负领导的希望，把大棚蔬菜种植好。”

令县长说：“有了你这句话，我就放心了，希望你们再接再厉，总结经验，把附近村里的乡亲们都带动起来，把大棚种植变成我县的支柱产业，让村里人都富起来！”

吴喜娟说：“请令县长放心，我会按照您指引的方向继续努力。”

令县长语重心长地对吴喜娟说：“种植大棚蔬菜是个新生事物，今后还会遇到预想不到的困难，希望你们克服困难，迎难而上。如果有解不开的疙瘩，就来找我。”

吴喜娟激动地说：“太谢谢令县长了。有令县长的支持，我们大棚种植的前景肯定会越来越好！”

吴喜娟一边和令县长交谈，一边让韩巧燕拿来新采摘的黄瓜和圣女果，请令县长和镇上领导品尝。令县长和其他领导边品尝，边夸奖，说她们种植的蔬菜质量好。

秋娥听说女儿种的大棚蔬菜出棚了，而且还得到令县长的表扬，悄悄跑到女儿种植的大棚地里观看，看着长势喜人的各种蔬菜，她也特别高兴。她偷偷摘了几个圣女果放进嘴里，酸酸甜甜的味道真好。她打消了对女儿创业的担忧，心里舒坦了许多。

吴喜娟种植大棚蔬菜成功的消息很快传遍了十里八村，四面八方的乡亲都来参观，有许多人想学经验，和她一起种植大棚蔬菜，吴喜娟成了东扶风镇的明星。这年春天，村委会改选，大家都推荐吴喜娟当村主任，希望她带领皇寺村村民改变祖祖辈辈受穷的历史。秋娥听说大家要选自己的女儿当村主任，坚决不同意，她觉得喜娟太年轻，乡里乡亲的，好多人都是她的长辈，当上村主任难免遇上磕磕碰碰的事，处理不好吃不了还要兜着走。而皇寺村的村民可不这么想，大家意见一致，认为吴喜娟有知识，能担当，是大家最好的带头人。

吴喜娟高票当上皇寺村的村主任。在就职典礼上，吴喜娟向村民们保证，只要全村人团结一心，群策群力，改变村民长期形成的懒、散、慢的习惯，皇寺村一定会变成远近闻名的富裕村。

经过一段时间的实践和摸索，吴喜娟已基本掌握大棚蔬菜的种植技术，各种蔬菜也大规模上市。她让韩巧燕领着村民管理大棚，自己静下心来，想想村上发展的问题。

五十三　整治村风

俗话说，新官上任三把火，吴喜娟自然也不例外。由于投入与产出不成正比，谷贱伤农的事，伤了不少农村人的心，以致大批农田撂荒。吴喜娟知道，要杜绝这些现象只有在发展高效农业上下功夫，提高农作物品质，才能物有所值。前几天，令县长来参观蔬菜大棚，给了她很高的评价，让她信心倍增。大棚蔬菜种植是高效农业发展的典型代表，刚刚在皇寺村起步，发展空间很大，因此，她决心带领村民继续加大大棚蔬菜种植。厘清了思路，她打开村上的高音喇叭，通知村民下午两点到村委会开会，研究扩大蔬菜大棚种植的办法。可是，到了两点，一个村民也没有来。吴喜娟觉得很奇怪，是不是大家都没听到？就拿起话筒又通知了一遍。可是，她等到了天黑，连一个人影都没看见。为了一探究竟，吴喜娟走到村口，见王四在村口乱转，就问他听没听到广播的通知，王四说听到了。

吴喜娟问："那你为啥不来开会？"

王四说："我一没钱，二没体力，开那会干啥？"

她又问："村里的其他人都干啥去了？"

王四指了指村东，示意她去看看。

吴喜娟来到村东口，见牛二叔正和一群人围在一起打牌。吴喜娟来到他们身边，牛二叔他们几个都没发现。吴喜娟很生气，对着众人喊道："难道你们没有听见广播通知开会吗？还在这里聚众赌博！"

牛二被这喊声吓了一跳，转头一看是村主任吴喜娟，才松了口气说："我还当是谁呢！"说完，看也不看吴喜娟一眼，继续打牌。

吴喜娟气得满脸通红，对牛二说："牛二叔，你再聚众赌博，我可报警了。"

牛二听到吴喜娟威胁的话，嘿嘿笑了笑，说："原来是村主任，不打了，不打了。"

众人刚想散去，吴喜娟问："刚才通知到村委会开会，你们为啥不来？"

牛二摇摇头，说："又没通知领救济款，开啥会？"

大伙一听，哄堂大笑。

吴喜娟气得半天不知说什么好，她冷静了一下，对几个人说："你们只知道领救济款，靠救济金活着，难道就不知道脸红吗？"

"脸红？"牛二说，"救济款是党给我们的好政策，为啥脸红？"

吴喜娟说："靠劳动才能致富，你们有的是力气，把大棚蔬菜种起来，自己有钱了，就不需要国家的救济了，这样多好。"

牛二和几个人一听，哈哈大笑，一哄而散。

吴喜娟今天算是碰了个软钉子，她去找村支书田富贵商量怎么办。田富贵只是摇头，说："皇寺村自古经济基础薄弱，是远近闻名的贫困村，再加上这些年年轻人上学的上学、打工的打工，村上只剩下老弱病残和不务正业的人，留下的人一没钱，二没技术，三好逸恶劳。对于咱们村的情况，我也无能为力。"

听了田富贵的话，吴喜娟心里很不高兴，说："那我们村委会也不能听之任之，任凭村民就这样混下去吧？"

田富贵说："要想皇寺村有所改变，办法倒是有。"

"啥办法？"

"先要止住村里的歪风邪气。"

"村里有啥歪风邪气？"

田富贵一笑，说："你晚上在村里转转。"

天刚麻黑，吴喜娟把大棚的温度和湿度测量了一下，发现没啥问题，就想再看看书，在书里找找还有啥新技术可以用在大棚种植上。大棚外伸手不见五指，她突然想起田富贵给她说的话，马上放下书，摸黑在村里转。她刚走到村东，一个黑影从她身边闪过，她大喊一声："谁？"

那个黑影一声不响，逃窜得没影了。

她环视了一下四周，发现村东头朱红鸟家的灯一闪一闪的，就想过去看看。她知道，朱红鸟是个寡妇，多年来一直没再嫁人，现在过去，正好陪她说说话，顺便了解一下村里的情况。她走到朱红鸟家门口，听到屋里有说话声，朱红鸟应该在家。她一推门，发现门反锁着。她看看表，现在才九点多，估计朱红鸟也不可能这么早就睡觉吧，刚还听见里面人说话，自己也凑凑热闹，她没有多想，就使劲儿地敲门，等了半天，朱红鸟才在屋里问："谁呀？睡了。"

吴喜娟忙答道："四姨，是我，喜娟。"

一听是吴喜娟。屋里传来穿衣服的声音，一会儿，柳三狗开门走了出来，吴喜娟一看出来的是自己的三舅，忙问：“三舅，你在这儿干啥？”

柳三狗头也不回地往前走，边走边说：“我在这儿给你四姨讲种庄稼的事呢。”说着，就不见了人影。

吴喜娟走进屋问朱红鸟：“四姨，我三舅在这里干啥？”

朱红鸟一笑，说：“晚上没事，我俩在这说闲话呢。”

吴喜娟一看朱红鸟床上乱七八糟的样子，大概猜出了八九成。朱红鸟不好意思地看着吴喜娟。

吴喜娟正想发作，院子又走进一个人，刚想进屋，看见吴喜娟，撒腿想跑。吴喜娟认出了他，喊道：“黑鹳叔，你跑啥？”

黑鹳发现吴喜娟认出了自己，忙停下来，不好意思地说：“没事，我随便转转。”

吴喜娟问：“黑天半夜的，不好好睡觉，胡转悠啥？”

黑鹳嘿嘿一笑，说：“我给你四姨送条毛毯，怕她晚上着凉。”

吴喜娟看出了黑鹳的心思，故意说道：“黑鹳叔，你也给我送条毛毯，我晚上也怕冷。”

黑鹳一听，忙拒绝道：“瓜女子，我是你叔，咋能给你送毛毯。”

吴喜娟故意说：“这有啥，给侄女送，也没人笑话。”说着就从黑鹳手里抢过毛毯。黑鹳一万个不痛快，但也没有办法。

朱红鸟给黑鹳使了个眼色，示意他快点儿走。黑鹳送了毛毯，还没得到好处，当然不想走，就在朱红鸟的房子转圈圈。吴喜娟知道，他想和四姨套近乎，就对黑鹳说：“黑鹳叔，天色不早了，你快回去吧，我今晚和四姨商量事，就住这了。”

黑鹳满脸失望，但还不死心，说：“你四姨屋里老鼠多得很，你住这，怕把你鼻子咬了。”

吴喜娟说：“我从小胆子大得很，不怕老鼠。”说着，拉开黑鹳送来的毛毯，躺在朱红鸟的床上。黑鹳气得直跺脚，只好悻悻地往外走。

黑鹳没走远，吴喜娟对着黑鹳的背影喊道：“黑鹳叔，你明天也别来了，明晚我还住这！”

朱红鸟看见黑鹳走远了，心里很不高兴。心想，这死女子，美美的事，让她搅了。吴喜娟看出她的心思，也不想说破，躺在床上假装睡觉。朱红鸟实在忍不住了，推了推吴喜娟说："人都走了，你快回去吧。"

吴喜娟睁开眼，对朱红鸟说："四姨，我今晚真的不走了，我想和你谈谈。"

朱红鸟很不高兴，说："谈啥？"

吴喜娟说："四姨，刚才发生的事，我都明白了。你这样下去，老了咋办？"

朱红鸟若无其事地说："我这样不是挺好吗？考虑那么远干啥？"

吴喜娟说："四姨，人无远虑，必有近忧。你现在感觉很好，有人给你送这送那的，你能吃香的、喝辣的。等你人老珠黄，谁还会找你？"

朱红鸟叹口气说："我有啥办法？自从你四叔死了以后，我也是本本分分做人，可我一没钱，二没靠山，三没有田地。一日三餐都成了问题。我只好破罐子破摔，高兴一天是一天。"

吴喜娟说："四姨，我能理解你，一个人过日子确实是难上加难。我现在当了村主任，就想帮帮你。现在村里建了大棚，种上了大棚蔬菜，地里正缺人手，你明天就到地里来，工资待遇一切从优。等日子走上正轨，我看着给你找个老伴，好好过日子，咋样？"

朱红鸟叹息说："唉，你说得轻巧，我在村里混了这么多年，远近人都知道四姨干的啥，今后谁还敢要我？"

吴喜娟说："四姨，这个你放心，常言说，浪子回头金不换，只要咱向好的方面努力，那一定能行。"

吴喜娟和朱红鸟谈得正欢，忽然听到门外有动静，她和朱红鸟忙跑出来，发现没人，以为听错了，刚转身往屋里走，突然门前靠墙堆着的柴火堆哗啦一下倒了。她二人吓得惊叫起来，这时，只见黑鹳从柴火堆里爬出来，撒腿就跑，后面还跟着一个人，没跑利索，被什么东西绊倒在地上，吴喜娟一看是村里的栓娃，气得猛踢了他一脚，栓娃求饶道："侄女，别打，我这就走，我这就走。"

吴喜娟突然想起一件事，问："我刚从村口过来时，是不是你从我身边跑过去的？"

栓娃不敢撒谎，赶忙承认说："就，就是我。我看见主任你走过来，心里害怕，就跑了。"

吴喜娟说："你害怕啥？"

栓娃支支吾吾地不敢说。吴喜娟生气了，对栓娃说："快说，不然我就不客气了！"

栓娃赶忙说："我就是觉得你四姨一个人晚上挺可怜的，想在门外看看她，看她有什么需要没……再也不敢了。"说完就要跑。吴喜娟让他站住，问："你愿意加入我的大棚种植团队吗？我四姨也来。"

栓娃说："当然愿意。"

吴喜娟说："愿意就好，你明天和我四姨一起去蔬菜大棚上班，好好配合，等有了出息，我给你找个媳妇，怎样？"

栓娃高兴地说："这太好了！一言为定。"

吴喜娟说："一言为定。"

第二天，栓娃和朱红鸟一起去蔬菜大棚上班。黑鹳得到消息，质问栓娃咋回事？栓娃说是昨天晚上吴喜娟告诉他的，让他和朱红鸟收收心，一起来大棚上班。黑鹳不信，就去找朱红鸟问个究竟。朱红鸟告诉黑鹳，栓娃说的不假。黑鹳气得对着栓娃就是一顿拳脚。吴喜娟领了一帮人赶来制止说，如果黑鹳再来捣乱就要报警。黑鹳怕事情闹大自己吃亏，气呼呼地走了。

吴喜娟让人给栓娃包扎了伤口，说："不要怕，黑鹳再敢闹事，不让你俩安心工作，我们一起收拾他。"

此后几乎每天晚上，吴喜娟忙完大棚里的活，就去朱红鸟家里坐着。和朱红鸟说话。起初，朱红鸟心浮气躁，有点儿心不在焉。吴喜娟清楚，让朱红鸟立即改变不靠他人的补给，专心务农并不现实。她相信有一天，她一定会改变朱红鸟的思想，让她的日子过得比谁都好。

这天晚上，栓娃给朱红鸟送凉皮和搅团，吴喜娟觉得，栓娃还算有眼色，就让他把朱红鸟家的小桌子端出来放在院子中间，然后把他买来的凉皮和搅团放上去。朱红鸟家院子的灯照得四周亮闪闪的，不像往日那么死气沉沉了。看着桌上放着好吃的，吴喜娟也觉得饿了，就和朱红鸟一起吃起来。

吴喜娟看着傻里傻气的栓娃，对他说："栓娃叔，你会唱戏吗？"

栓娃说："会一点儿。"

吴喜娟说："那好，你就随便唱几句。"

栓娃吼了起来："祖居陕西韩城县（现韩城市），杏花村中有家园……"

栓娃的吼声传遍了大半个村子。

五十四　“丈五”的脚

蔬菜大棚一个接一个地建起来，村里加入大棚种植的人越来越多，就连外村的人也跟着动起来，偷懒的人越来越少。这天，蔬菜大棚的灯忽明忽暗，韩巧燕忙去告诉吴喜娟，说蔬菜大棚数量增加得太快，用电量激增，电压不稳，需要增加一条线路稳定电压。吴喜娟早就预料到了这些，找到小寨村的电工，让他从小寨村接根线过去，增加皇寺村的大棚用电。

吴喜娟让韩巧燕把买好的电线拉过去，赶快施工，以免影响大棚用电。韩巧燕二话没说，开上三轮车装上电线就走了。一会儿，韩巧燕急匆匆地跑回来告诉吴喜娟，说小寨村的人不让接线，说要从他村接电可以，要咱们拿一万块过去，说咱们从他村接线，增加他们村的用电负荷，必须补偿。吴喜娟知道出了岔子，忙和韩巧燕赶到小寨村。小寨村村口站了不少人，带头的人姓朱，名武强，外号叫“丈五”，意思是谁要不服，他一脚能把人踢出一丈五远。吴喜娟看见“丈五”带着人气势汹汹地站在电线杆下，个个双手合抱在胸前，一看就是要打人的样子。

吴喜娟知道这些人都难缠，嘴甜甜地对着“丈五”说：“老朱叔，我是吴喜娟，皇寺村的村主任。我们修的大棚电压不稳，想从你村接根线过去，请你高抬贵手。”

“丈五”看了吴喜娟一眼说：“噢，知道，皇寺村的女主任，巾帼英雄。”

吴喜娟见来人知道自己，觉得这事好办，就说：“老朱叔，那就让电工接线吧。”

“丈五”说：“接线可以。不过，你们接了线增加我村用电负荷，影响我们用电安全，你们皇寺村要补偿一下。”

吴喜娟知道这是“丈五”故意找碴，就说：“我问过你村的电工了，接这条线，不会影响你们村用电。”

“丈五”听了吴喜娟的话，回头看了看自己村的电工，问：“你说的？”

电工被吓得躲到一旁，连忙摆手说：“我没说，我没说。”

吴喜娟觉得这电工说话不算数，忙质问道：“昨天不是说没有问题，这咋又变卦了？”

“丈五”听到吴喜娟这么说，抬起一脚，把电工踢了一丈五远，然后指着电工问：“是不是你说的？”

电工捂着肚子不敢说话。吴喜娟也不是好惹的，她气愤不过，上前与“丈五”理论。说着说着和“丈五”纠缠在一起，吵吵闹闹地动起手来。

韩巧燕见情况不妙，怕吴喜娟势单力薄，动起手吃亏，忙跑回村告诉她妈秋娥，让她赶快想办法救女儿。

秋娥听说女儿和“丈五”纠缠在一起，心里发了慌。她清楚“丈五”是远近闻名的恶人，一旦动起手，女儿一定吃亏。秋娥急忙让韩巧燕开着三轮车，去毽子沟娘家找她哥柳三狗。

柳三狗正在打麻将，手气正冲，身边放了一大堆钱。秋娥大声叫柳三狗，说他外甥女喜娟让人打了，赶快去劝架。

柳三狗一边出牌，一边问：“谁敢打我外甥女？”

秋娥赶紧说：“小寨村的‘丈五’。”

柳三狗“噢”了一声，继续打牌。秋娥急了，说：“三哥，你能不能快点儿？”

柳三狗正打得高兴，有点儿不耐烦地说：“急啥，再打三圈就去。”

秋娥很是生气，说：“三哥，你能不能忙点儿正事，就知道干些歪门邪道的事。”

柳三狗不慌不忙地说：“快了，快了。”

秋娥见柳三狗没有马上走的意思，心里着急，气愤地冲上去，抓起牌桌上的筹码，扔了一地。然后呜呜地哭起来。柳三狗愣了一下说：“你看你，马上就要扣炸弹了。”他看了一眼满眼泪珠的秋娥，叹了一声气，说：“我又没说不去。”

柳三狗把手里的牌一扔，趁人不备，抓起放在桌子上的钱，一溜烟地跑了。打牌的人这才清醒过来，骂道：“狗日的，要脸不？没有牌德。”

柳三狗骑上摩托车，带上秋娥就往小寨村赶。到了小寨村一看，吴喜娟正哭得伤心。看见外甥女吃了亏，柳三狗把摩托车推倒在一旁，大声喊：“喜娟，哭啥？三舅来了，我看哪个狗日的敢欺负你！”

吴喜娟只顾伤心地哭，也不理会他三舅。秋娥忙把女儿拉到一旁，安慰她，说他三舅来了，会给她做主。

“丈五”看见柳三狗来了，知道事情起了变化。没想到，吴喜娟会和柳三狗牵扯上，上前笑嘻嘻地说：“三哥，你来了。”

柳三狗瞪了一眼“丈五”，说：“放你娘的狗屁，谁是你三哥？”

"丈五"忙改口说："三叔，我错了，我错了。"

节气虽说还没数九，但已是冷气袭人。出行的人们已经穿上厚厚的棉衣御寒。柳三狗看了看围观的人群，把上衣一脱，甩在地上，光膀子盘腿坐在地上，耍起了"二屎"。他在地上捡了个烟头，让旁边的人给自己点着，吸了一口。周围的人看见柳三狗脱光了上衣，心里骂：这个二屎货，别人穿着棉衣都冷，他也不怕冻死了。柳三狗吸了几口烟，打量了一下四周的人，然后骂道："哪个狗日的把我外甥女打了？看我找他怎么算账。"

"丈五"知道，柳三狗这货说到做到，自己惹的祸自己清楚，万一柳三狗找他好好算账，他可得罪不起。他忙赔笑说："三叔，你快把衣服穿上，这么冷的天，小心感冒了。没人敢打你外甥女，就是声高了点，把你外甥女吓哭了，是吓哭了。"

柳三狗知道是"丈五"欺负了吴喜娟，假装糊涂地问："是不是你狗日的动的手？"

"丈五"赔笑道："没，没，没，都是误会，误会。"

柳三狗半睁着眼，问："你知道不知道喜娟是我外甥女？"

"丈五"支支吾吾了半天才说："知……知道，唉，不……不知道，唉……"

柳三狗骂道："你狗日的到底知道不知道？"

"丈五"清楚说知道也不对，说不知道也不对，忙掏出烟递给柳三狗，想把这事搪塞过去。柳三狗接过烟，也想尽快了了这事去打牌，就不再追究"丈五"。反而问"丈五"为啥事吵闹？

"丈五"说："也没有多大的事，就是皇寺村要从我们这里接线，大伙儿说，要给一点补偿。"

柳三狗一听，慢慢从地上站起来。他看了看'丈五'，然后说："要补偿？多少？"

"丈五"说："不多，就一万。"

柳三狗说："叔来了，给个面子，打五折，五千。"

"丈五"一咧嘴，说："五千少了吧！"

柳三狗一瞪眼，说："少吗？"

"丈五"见柳三狗发了火，忙改口道："不，不少，不少。"

柳三狗见"丈五"松了口，忙对吴喜娟大喊："外甥女，拿笔和纸来。"

吴喜娟不知道三舅要笔和纸干啥，也没多问，就让韩巧燕把笔和纸送过去。吴喜娟看见三舅在纸上写了几个字，然后递给了“丈五”。

“丈五”拿过柳三狗递来的字条一看，快要晕过去了。

原来，柳三狗递给“丈五”的是一张打了五千元的欠条。“丈五”知道，柳三狗是远近闻名的混混，就靠吃拿卡要混日子，自己手里的钱，他都敢抢，打的欠条还等着他还，那不是白日做梦吗？

“丈五”知道今天遇上了硬茬，不敢再造次。心想君子报仇，十年不晚，就笑嘻嘻地把柳三狗打的欠条还给他，说：“三叔，自己人，还客气啥？欠条你收着，咱俩谁和谁呀！”

柳三狗望了一眼“丈五”，对着他噘了一下嘴说：“那叔就不客气了。”说着接过欠条放进怀里。

柳三狗盯着电工看了一眼，指着他骂道：“你还等什么？上电线杆接线。”

电工见柳三狗发话，刚想上电线杆接线，又看了看“丈五”，迟疑了一下，柳三狗明白，抬起腿就是一脚，踢在电工的屁股上，骂道：“你想死呀！”电工会意，麻利地上了电线杆，接线通电。

“丈五”眼睁睁地看着爬上电线杆接线的电工，气得直咬牙。

“丈五” 今天在人面前丢尽了人，吃了大亏。他心里十二分不高兴，晚上躺在床上，翻来覆去睡不着，想着这仇怎么报？窗外一阵冷风吹来，电灯来回地摇晃，“丈五”一笑，有了主意。

凌晨两点左右，田野里一片漆黑。村里的人早就睡熟了，四周一片寂静。只见一个黑影在村里来回地走动，不一会儿，就消失在黑暗里。

吴喜娟和平常一样，早早起床来到蔬菜大棚，她发现今天大棚的温度特别低，忙去四处检查。她摸了摸大棚里的增温器，发现是冰凉冰凉的。啊！她意识到大棚停电了。

此时正是寒冬，室外温度很低。大棚的气温就是靠增温器运转制热，提高大棚里的温度。吴喜娟不知道为啥断了电。如果大棚的温度低于秧苗承受的幅度，秧苗就会枯萎。吴喜娟清楚，如果秧苗受冻，这一段的辛苦白干不说，每个大棚还要损失五万元，这可咋办？

她一边哭，一边去找电工查找停电的原因。电工检查发现，是有人故意把电线剪断了，明显是破坏。吴喜娟让电工赶快想办法抢修，自己去派出所报案。

派出所接警的是两个警察，一胖一瘦。胖的矮，瘦的高。吴喜娟急急火火地把大棚电线遭人破坏，损失巨大的情况叙述了一遍，胖警察一看是吴喜娟，不紧不慢地说：“吴主任，你咋能判断是人为破坏？会不会是被风刮断的？”

吴喜娟说：“若是电线被风刮断的，电线就会有毛刺，剪断的线口是齐齐的，电工一看就能分辨出来。昨晚就没有刮风，咋会是风刮的？你们看看路边的监控，就一清二楚了。”

瘦警察说：“黑灯瞎火的，监控也只能看个人影影，看不清人的脸。”

胖警察向瘦警察摆了摆手，说：“吴主任说得对，我们一会儿去现场看一下。”

吴喜娟看胖警察态度好，忙说：“谢谢你了，警察同志！你们啥时候能到？”

胖警察眨了眨眼，说：“我们所的车正在修理，等一会儿修好了就到。”

吴喜娟心里急，就对胖警察说：“你们所的车修好了不知猴年马月，不如你俩坐我的三轮车，我现在拉着你们去。”

瘦警察“哼”了一声，说：“啥？三轮车？”他又龇了龇牙，说：“你，你先回吧，我们一会儿就到。”

吴喜娟无奈，只好开着三轮车回去等警察来勘查现场。

吴喜娟从上午等到下午，眼看着天都快黑了，也没等到警察过来，她急得想哭，韩巧燕抱怨说：“还不如找三狗舅来，说不定事就办了。”

吴喜娟瞪了巧燕一眼，说：“我就不相信这世上没有王法了，走正规途径，我就不信，找不到是谁剪的线。”

吴喜娟望了望天，咬了咬牙，拿起了电话。

吴喜娟让电工抢修好线路，自己赶忙向张教授求救，希望能找个好办法弥补。张教授得到报告，告诉吴喜娟，赶快提高大棚温度。同时，尽快在受寒的秧苗上喷施绿叶肥，抗寒能力强的秧苗就会缓过来，减少部分损失，对枯死的秧苗尽快清理，补种适合的新秧苗。

吴喜娟按照张教授的指导，让韩巧燕找来朱红鸟和栓娃等人连夜加班，村民们各负其责，大棚一派繁忙。

吴喜娟带着大家按照张教授的方案，一直干到后半夜才忙完。她刚迷糊了一会儿，就听见有人敲门，睁眼一看，天已大亮。她打开房门，几个警察站在门外。她吓了一跳，不知道发生了啥事？忙问：“警察同志，这是咋了？”

听到吴喜娟的问话，一个高个子警察向吴喜娟敬了个礼，说："吴喜娟主任，我是县公安局刑警大队大队长白大军，你昨天向令县长投诉的我局东扶风镇派出所民警不作为一事，我局非常重视，连夜组织精兵强将，组成专案组，对你反映的案件进行了侦查，经我队对事发现场调查取证，并经过技术处理，确认大棚断电事件是一起刑事案件，我局已经立案。现已查明，犯罪嫌疑人是外号'丈五'的小寨村村民朱武强。他供认，对你们接线时没有给他补偿心存不满，破坏电线是为了报复，就起了坏心。此人已被我局刑事拘留，相关案件经我局审理后将移交司法处理，请你放心。"

吴喜娟揉了揉眼，用手敲了敲自己的头，这才说："警察同志，我不是做梦吧！"

白警官笑笑说："你没有做梦，这是真的。"

吴喜娟说："太感谢你们了。"

白警官说："不用客气，我代表我局领导向你表示歉意，我局接案民警故意刁难，没有及时出警，态度恶劣，局党委已决定暂停他俩的工作，让他俩停职反省。希望你今后对我局的工作加强监督，多提批评意见。"

吴喜娟说："你们太客气了，有你们这样的警察，我们就放心了。"

蔬菜大棚一个接一个地建起来，吴喜娟看在眼里，喜在心头。乡亲们都发动起来了，可建设资金遇到了麻烦。她联系了市开发银行的同学鲁开元，鲁开元让她上报了资料，但好长时间没有音信。吴喜娟实在等不及，就打电话催，鲁开元让她来一趟行里，说签完合同就能放贷了。

吴喜娟找来韩巧燕，说她要到市里去几天，催一下贷款，让她这几天多观察一下大棚，过几天她就回来了。韩巧燕说："姐，你就放心走吧，技术上的事，我完全掌握了，如果有不明白的地方，就打电话问你。"

吴喜娟说："技术上的事我不担心，你要多观察四姨他们，我是怕这几天我不在，她老毛病又犯了。"

韩巧燕说："四姨现在改变了不少，最近老老实实地待在大棚修剪秧苗呢，我盯着她，你放心走吧。"

吴喜娟说："那就好。"

五十五　巧燕订婚

吴喜娟去了市里，韩巧燕怕大棚地里有个闪失，晚上就住在大棚喜娟姐的小床上。她不敢怠慢，白天除了在大棚里处理一些技术问题，还要带着朱红鸟她们给秧苗除草，施肥，辛苦得很。

这天晚上，韩巧燕忙了一天，也困得很，早早就上床睡了。不知过了多久，她感觉有人在她身上轻抚，睁眼一看，发现是村书记田富贵的儿子田卫涛站在她旁边。韩巧燕吓了一跳，缓过来后，韩巧燕骂道："田卫涛，不要脸，你想干啥？你要不走，我就喊人了。"

田卫涛嬉皮笑脸地对韩巧燕说："我喜欢你！"

韩巧燕怒不可遏，骂道："快滚，谁稀罕你？看见你我就恶心。"

听到韩巧燕的警告，田卫涛无动于衷，继续对韩巧燕动手动脚。韩巧燕有点害怕，拼命躲闪，想摆脱田卫涛，可一个弱女子哪有力气挣脱如狼似虎的男子？她刚想大声呼喊，田卫涛用手掐住她的脖子，她感觉自己呼吸都困难了。韩巧燕拼命反抗。这时，田卫涛头一侧，耳朵露在了韩巧燕的嘴边，韩巧燕立马张开嘴，使劲咬住田卫涛的一只耳朵。田卫涛哪里能想到韩巧燕会有这一招，瞬间耳朵像被刀割了似的疼痛难忍。他发疯似的想从韩巧燕的嘴里把耳朵拔出来，可他越拔耳朵越痛，最后，他像猪一样的惨叫，嘴里不停地向韩巧燕求饶，"好妹妹，我错了，饶了我吧！我再也不敢了，再也不敢了！"

韩巧燕把田卫涛的耳朵咬住半天，感觉嘴里涌上来一股血腥味，不觉一阵恶心，一松口，把嘴里的血吐了出来。田卫涛忙抽身用手捂着耳朵，龇牙咧嘴，疼痛难忍。过了五分钟，他像是没事儿了一样，又想对韩巧燕撒野。这时，不远处几道手电筒光向这边照来，田卫涛知道巡逻的人来了，赶紧跑了。巡逻的人看见韩巧燕惊恐地瘫坐在小床上，忙问咋回事？韩巧燕觉得自己受到了凌辱，不好意思对外宣传，怕惹出大麻烦，便对巡逻的人说："没事，刚有一波巡逻的人才走。"韩巧燕怎么也睡不着，她觉得自己被侮辱了，又难过又生气，她发疯似的想报复田卫涛的办法，可越想心里越乱，最后还是决定，等喜娟姐回来和她说说，再一起想办法。

过了几天，吴喜娟办好贷款手续从市里回来，到大棚看了半天没看见韩巧燕身影，忙问朱红鸟："四姨，巧燕干啥去了？"

朱红鸟假装没听见，只顾干活。吴喜娟心想是不是自己声音小了，四姨没听见，就提高了嗓门，又问了一遍。朱红鸟瞪了她一眼，气呼呼地说："正在办喜事呢！"

吴喜娟不解，忙问："办啥喜事？"

朱红鸟轻蔑地说："找了个好女婿，正在订婚呢。"

啥？订婚！吴喜娟觉得很奇怪！她每天都和韩巧燕在一起，没听巧燕说她有对象啊，咋能突然订婚呢？吴喜娟想不明白，忙问："四姨，巧燕和谁订婚？"

朱红鸟讽刺道："攀上高枝了，田富贵的儿子田卫涛。"

吴喜娟听见巧燕和田卫涛订婚，吃了一惊。田卫涛可是个村里都知道的街痞混混，靠着他爸田富贵这座大山，整天游手好闲的，巧燕咋能看上他？吴喜娟觉得这里肯定有蹊跷，她必须找到巧燕问个究竟。

吴喜娟来到田富贵家，见他家门口贴着红对联，张灯结彩，一派喜气洋洋的样子。院子里摆了十几桌酒席，高朋满座，猜拳行令，好不热闹。看见吴喜娟来了，田富贵迎了上来，笑嘻嘻地说："喜娟主任，昨天就去邀请你参加我儿卫涛的订婚宴，可听说你去了市里了没见上，现在来了正好，正好。"

吴喜娟没好气地随口说道："恭喜，恭喜。"

田富贵一伸手，说："那里边请。"

吴喜娟问田富贵："巧燕在哪里？"

田富贵嘴里支支吾吾的。吴喜娟管不得礼节了，径直往里屋走。看到吴喜娟来了，院子喝酒划拳的人马上鸦雀无声，再也没了刚才的欢愉，直愣愣地看着吴喜娟。吴喜娟走到里屋，见韩巧燕坐在偏僻的墙角，表情木讷，没有一点订婚的喜悦，吴喜娟便猜出了八九。韩巧燕见喜娟姐进屋，泪水夺眶而出，她忽地站起身，抱住吴喜娟大哭起来。吴喜娟抱住巧燕，拍拍她的后背，说："巧燕，别哭，有啥事你告诉姐，姐给你做主。"

其实，田卫涛早就看上了韩巧燕，经常向韩巧燕献殷勤。韩巧燕知道田卫涛好逸恶劳，不务正业，不是什么好人，半只眼都看不上他。儿子看上韩巧燕这事让田富贵知道了，田富贵便给儿子出了个馊主意，他告诉儿子，韩巧燕白天在大棚里忙，晚上经常睡在大棚里。他暗示儿子找个机会，将生米做成熟饭，他再出面就好办了。

此后，田卫涛经常在大棚外转悠，寻找机会下手。这天，他听说吴喜娟要去城里办事，晚上不回来，他知道机会来了。天刚摸黑，他偷偷藏在韩巧燕休息的大棚旁，仔细观察韩巧燕的一举一动。眼看着过了十点，韩巧燕迷迷糊糊地睡着了，他认为时机已到，就偷偷溜进韩巧燕睡觉的地方，在韩巧燕身上乱摸，图谋不轨。

结果，田卫涛想办的事没办成，还差点让韩巧燕把自己的耳朵咬掉了。田卫涛跑回家后，捂着被咬的耳朵躺在床上不停地惨叫。田富贵听到儿子的惨叫，忙过去问儿子咋回事？田卫涛捂着耳朵，埋怨老爸出的馊主意，自己荤腥没沾上，还差点没了耳朵。田富贵气得快要发疯，没想到儿子没有尝到甜头，还反而让一个小女子给咬伤了。田富贵想，儿子既然在韩巧燕那尝不到甜头，那就让舆论给她施加点压力——请君入瓮。

一大早，韩巧燕眼眶红红的，但她还和往常一样观察大棚蔬菜的长势，看看哪些地方需要技术处理。她在几个大棚来回地观察着，但感觉今天大棚干活的人看她的眼神和往日大不相同，她走过的地方身后总有人窃窃私语，她实在受不了，就问一个干活的妇女在议论啥？这个妇女像躲瘟神似的，摆摆手说："没说啥，没说啥。"

韩巧燕越发的奇怪，她是个心里放不下事的人，把话问不清楚她决不罢休。她急匆匆找到胡红鸟，问："四姨，大伙都在议论啥？"

胡红鸟听到韩巧燕的问话，脸上也抽了一下，敷衍着说："没啥，没啥。"

韩巧燕见自己的四姨也回避她，很生气地说："你还是我四姨吗？别人躲着我，你也躲着我？有没有实话！"

胡红鸟见巧燕怒了，也不敢再瞒，叹了口气对韩巧燕说："唉，四姨不是想躲你，确实张不开口呀。"

韩巧燕既生气又着急地说："四姨，我是你侄女，你对我有啥张不开口的？"

听完这话，胡红鸟也不再顾忌，鼓了鼓勇气对韩巧燕说："那，那四姨就说了，你听了可别生气。"

韩巧燕急红了脸，说："四姨，有啥话快说，你要急死我吗？"

"那……那四姨就说了，村里都传遍了，说……说昨晚你让……让田卫涛给糟蹋了。"

韩巧燕眼前一黑，觉得头晕目眩……

韩巧燕清醒时，已经躺在了自己的家里，母亲满眼的泪水，白头发都冒出了几根。看见女儿醒了，巧燕爸拿起锄头要到田富贵家算账。巧燕妈怕老伴惹出大事，忙夺了老伴手里锄头，说："急啥？把巧燕问清楚了再说。"巧燕爸气得坐在一旁使劲抽烟。

田富贵这老狐狸早早就想好了应对方法，没等韩巧燕父母上门问罪，就提着礼物到了韩家。巧燕爸看见田富贵，心里的怒火瞬时充满胸膛，田富贵对巧燕爸的反应早有预判，忙拉住巧燕爸的手说："老哥，老哥，别生气，有话屋里说，屋里说。"说着还像屋子的主人一样，硬把巧燕爸拉进了屋。

田富贵让巧燕爸坐在椅子上，嘴上一口一声"亲家"。巧燕爸气愤地说："谁和你是亲家？谁和你是亲家？"

田富贵套近乎这招没得逞，忙笑嘻嘻地拦住巧燕爸说："嘿嘿，说错了，改。老哥啊，常言说得好，家丑不可外扬，这话您老肯定懂！现在事情都发生了，您也莫生气，有事好商量。"

巧燕爸指着田富贵的鼻子骂道："我女儿让你儿子欺负了，吃了这亏，还有啥好商量的？换成你女儿，你还会商量吗？我现在就去派出所报案，让你儿子去吃牢饭。"

田富贵赶紧拉住巧燕爸，说："老哥，老哥，不要冲动，冲动要坏事。"

巧燕妈怒气冲冲地说："已经是天大的事了，还怕冲动？"

田富贵对巧燕妈说："老姐姐，你说得没错，这就是天大的事！可要好好斟酌呀。弄不好咱两家的脸面都丢尽了。"

巧燕爸气愤地说："我家丢脸的事还不是你田家造成的吗？"

田富贵忙堆笑说："对不起老哥，我也觉得丢脸。现在事已经发生了，咱哥儿俩商量商量，看能不能把坏事变好事……"

巧燕爸说："这绝不可能！"

田富贵说："老哥，老哥，你听我说，我有办法化解您的愤怒，把这丢脸的事变成好事。"

田富贵硬拉着巧燕父母坐下，继续说："老哥，老姐姐，老话说得好，'好事不出门，坏事传千里'，您二老想想，坏事要关在门里，还能让它行千里吗？我儿子干了对不起你女儿的事，坏了巧燕的名声，这么大的丑事传出去让你女儿咋活人嘛！我今天一大早提着礼物来赔罪，就是想把这事压住，保住你女儿的好名声。让她今后好好活人，咱自己如果不想着把这事压住，把两个娃的名声弄坏了，那不是就让全天下的人看两个娃的笑话吗？巧燕这么心疼的娃，可是你老两口的心尖尖啊！娃还小，一辈子活人的时间还长着呢，昨晚的事让村里人都知道了，那娃以后还咋在村里待？”

巧燕爸听到这儿愣了半天，不知说啥好。田富贵见状，知道事情有了转机，忙说：“坏事里面有好事，好事里面也有坏事。就看你二老愿意不愿意把坏事变好事？”

巧燕妈不解地问：“坏事咋能变好事？”

田富贵拿起烟斗狠吸了一口，不紧不慢地说：“你二老知道，我的家境在咱十里八乡也是数一数二的，我就一个儿子，巧燕如果能进我家门，我家的财产和你家的有啥区别？你二老就等着颐养天年吧。我绝对亏不了巧燕。你家女儿是咱十里八乡数得清的心疼娃，我儿子虽然比不上你女儿，但也凑合，我们两家结为亲家，让巧燕给我家做媳妇，我让卫涛八抬大轿把她迎回家。这样坏事不就办成了好事吗？”

巧燕妈默不作声，巧燕爸气愤不过，说：“我女儿吃了大亏，就这么算了？光八抬大轿咋能行？”

田富贵假惺惺地叹了口气，说：“八抬大轿就不错了，你女儿现在也有了瑕疵，破了身，生米做成了熟饭，这话传出去好说不好听嘛，谁家还愿意……”

听到“破身”二字，巧燕父母的肺管子被彻底捅破了，这两个字结结实实打了巧燕爸妈的脸。田富贵要把没有发生的事强加在自己女儿身上，把韩家人的脸打得啪啪作响，巧燕爸不发火那才叫奇怪呢！巧燕爸顺手拿起身边的锄头站了起来，指着田富贵的鼻子骂道：“放你娘的臭屁，谁说我女儿破了身？你儿子让我女儿差点咬掉了耳朵，像丧家犬似的跑了，啥时候占了我女儿的便宜？你这臭嘴就应该打。”说着抡起锄头就砸向田富贵。田富贵知道自己说错了话，犯了韩家人的大忌，他像受到了惊吓的狗开了门就赶紧跑。巧燕妈怕老伴真的惹出人命，见田富贵撒腿跑了，忙拦住老伴，不让他再追。

田富贵像丢了魂一样跑回家，缓了半天才回过神来。没想到自己本来想用“巧燕破身”这句话给巧燕脸上抹黑，压韩家一头，让韩家人顾忌脸面向自己服软，后面要说的话就有了铺垫，儿子的事就好办了，没想到事与愿违，韩家不但不屈服，还把自己赶了出来，让自己脸面尽失。他心有不甘，没想到自己在皇寺村呼风唤雨了半辈子，这回遇到了硬茬。他左思右想，盘算着如果不在儿子这事上扳回一局，那他以后就没法在村里混了。田富贵能在村上混这么久，也就不是一般的人，他紧闭双眼，脑子不停地转动，思索了好几个小时——终于有了办法！

五十六　王二妈出山

这天吃过早饭，巧燕妈正在院子洗衣服，王二妈手里提了一兜点心走进来，看见巧燕妈忙着呢，她老远就打招呼说："老姐姐，忙着呢！老妹子来看你了。"

巧燕妈听到熟悉的声音，再抬头一看，这不是远近闻名的媒婆王二妈吗？巧燕妈一边忙着手里的活，一边问道："哪阵风把你吹来了，稀客，稀客。"

王二妈笑嘻嘻地走到巧燕妈身边，把手里的点心往茶几上一放，说："没事还不能看看老姐姐吗？"说着忙帮巧燕妈洗起衣服。

巧燕妈知道王二妈无事不登三宝殿，到了她家肯定有事，就随口问道："妹子，你今日来有啥事？"

王二妈笑道："老姐姐。我走了半天的路，也不给口水喝，就知道问正事。好事我能忘了你吗？"

巧燕妈无奈，只好进屋给王二妈倒了杯水喝。王二妈喝足了水，在巧燕家院子来回地转，一会儿说她家的院子干净卫生，一会儿说她家的房屋盖得阔气，一会儿又说她家风水好，是村里大富大贵的人家。巧燕妈被王二妈说的晕头转向，猜不出她想干啥？没办法，巧燕妈只好问："王二妈，你是个大忙人，今日来我家究竟有啥事？如果没啥事，我还忙着呢。"

王二妈嘿嘿一笑说："老姐姐说这话是想赶我走吗？那我就开门见山地说了。"

巧燕妈说："自家人，有话直说。"

王二妈说："有老姐姐这话，我也就不拐弯抹角了。一句话，为了咱女子巧燕的婚事。"

男大当婚，女大当嫁，这是天下父母的共识。巧燕现在年纪也不小了，到了谈婚论嫁的时候，王二妈是东扶风镇远近闻名的媒婆，给女儿提亲，作为巧燕母亲的她当然高兴了。她问王二妈："不知你给巧燕介绍的是谁家的公子？"

王二妈得意地对巧燕妈说："老姐姐，刚还赶我走呢，现在看把你急的，让我先喝口水。"

巧燕妈只好对王二妈说："不急，不急。"

王二妈喝了口水对巧燕妈说："给巧燕介绍的对象长得一表人才，一米七五的个头，不算低。他家里有钱有房有车，是远近闻名的富裕户，巧燕要是进了他家门，那可是享不尽的荣华富贵啊！”

巧燕妈被王二妈这一忽悠，心里像十五个水桶打水，七上八下的，忙问道：“老妹子，你快说到底是谁家？”

王二妈嘿嘿一笑，神秘地说：“这小伙你认识。”

“我认识？是谁呀？”

“田家的田卫涛嘛。”

巧燕妈听到这个名字，既吃惊又生气，她怒火冲天地王二妈说：“你是真糊涂还是专门来气我的？我家和田家现在都成了仇人，难道你不知道吗？这咋能做亲呢？”

王二妈若无其事地说：“东扶风镇就这么大点地方，啥事能瞒住我呀！”

巧燕妈气呼呼地反问说：“既然妹子你知道这事还来提亲，这不是有意气我吗？”

“老妹子，巧燕遇到的事原委我都知道，我也不是故意来气你。我知道你女子的事，按理今日不能来提这事，既然今天已经提起这事，我就想和老姐姐掏掏心窝子，你觉得行，咱们姐儿俩再说；你觉得不畅快那咱就拉倒，怎样？”

巧燕妈知道王二妈是死缠烂打的主，你不让她把话说完，她明天肯定还要来搅和你。巧燕妈只好耐着性子听王二妈絮叨。王二妈说：“不瞒老姐姐，你家巧燕可是咱十里八乡远近闻名的漂亮女子，长相呀，身段呀都是万里挑一。在我耳边嘟囔说看上你家巧燕的小伙不下三十个，这些人都托我把巧燕介绍给他们，我看了一下他们这些人要钱没钱，要房没房，要车没车，要模样没模样，就一个个拒绝了。呸！”说着，王二妈狠狠地向地上吐了一口，发泄自己的不满。

听到这，巧燕妈忙说：“老妹子，你知道我家和田家结了仇，结亲这事万万不能办。巧燕到了谈婚论嫁的年龄，除了田家，其他的小伙你随便给巧燕介绍介绍都行，让他们交往去。”

王二妈喝了口水，半天没说话。巧燕妈看到刚才还侃侃而谈的王二妈突然安静了下来，心里不解，忙问她为啥不说了？

王二妈显得为难地说：“张……张不开嘴呀！”

巧燕妈有点着急，看着王二妈吞吞吐吐的样子，明白她话里有话，忙问：“老妹子，你有啥话就直说，没啥张不开嘴的，说一半留一半我心里憋闷。”

王二妈看着巧燕妈，支支吾吾地说：“那……那我说了。”

巧燕妈点点头。

王二妈说："自从你女子和田卫涛发生了那事，我就听到了各种闲话，难听得很哪。老姐姐你知道，我这人行得端走得正，谁说的脏话侮辱巧燕我都不信。但巧燕把田卫涛的耳朵差点咬掉了是事实……"

王二妈欲言又止，巧燕妈忙让王二妈把话说清楚。

王二妈喝了口水接着说："我知道你家巧燕和田卫涛并没有实质的事，但这两天，我留心找了几个原来对巧燕有意思的小伙问了问，想给他们和巧燕撮合撮合。如果说成了，也算解了你们家的燃眉之急。可我一提这事，那些人直摇头，笑着对我说：'巧燕好的时候你不介绍，现在都成了……"

巧燕妈实在听不下去，气愤地说："别说了，别说了……"

王二妈忙解释道："老姐姐，我本来就不想说，你非让……"王二妈见巧燕妈泪流满面，也不敢再说话。

一会儿，巧燕爸从外面回来，见王二妈在自己家，老伴在一旁哭得伤心，巧燕爸一脸的不快。王二妈见状，皮笑肉不笑地看了看巧燕爸，说："时间不早了，老姐姐、老哥哥，我明日再来。"

晚上，巧燕妈把王二妈对自己说的话原原本本地告诉了自己的老伴，巧燕爸气得又要拿起锄头找田家算账，巧燕妈忙拦住巧燕爸。巧燕爸气得一夜都没合眼，直到天亮时才迷迷糊糊睡着。

第二天一大早，王二妈偷偷来到韩家，从远处看看韩家没啥动静，就悄悄来到门口，从门缝看见巧燕妈正在院子收拾柴火。王二妈蹑手蹑脚地推开门溜进院子。巧燕妈听见门的响声，看见王二妈溜进自家门，没好气地说："你还来干啥？想把我老两口气死吗？"

王二妈嘿嘿堆笑说："老姐姐说的哪里话，我们都是一家人，我来说话办事都是为了大家好，哪能气你呢！"

巧燕妈板着脸对王二妈说："那你今日来又干啥？"

王二妈偷偷向里屋看了看，问："老哥哥在不在？"

巧燕妈没好气地说："找他干啥？想把他先气死吗？"

王二妈忙辩解说："老姐姐别这样说，我今日找他有好事。"

"哼 ，好事？"说着，气呼呼地抱着柴火进了厨房。这时，巧燕爸从里屋出来，看见王二妈气不打一处来，他对着王二妈吼道："快走，我不想看见丧门星。”

王二妈嘿嘿笑了一下，说：“老哥哥，这话从何说起？今儿来找你有好事。”

“好事？”

“是！”

“啥好事？”

“包地的事。”

巧燕爸不解地问：“包哪里的地？”

王二妈说：“你以前想包没包成的。”

“可能吗？”

农村人都对土地有着深厚的感情，对土地的热爱就像爱自己的孩子。巧燕爸从小和土坷垃打交道，对土地有着深厚的感情。前几年，村后靠近小苇河有十几亩水田，土地肥沃，种庄稼绝对能有好收成，他见村里年轻人都去了城里打工，这块地都快撂荒了，就找到村支书田富贵，提出了自己想承包这块地的想法，田富贵说让他想想。等了好几天，也没个音信，巧燕爸就去问田富贵想得咋样了？田富贵还是说让他想想。隔了几天，巧燕爸见到自家宗族的二兄弟，把自己想包地的事说了说。他二兄弟告诉他：“人家田富贵说想想就是让你去送礼，这个你都不懂？还在瞎等。”听了二兄弟的话，巧燕爸开了窍，提着礼物去找田富贵。看见巧燕爸来送礼，田富贵眉开眼笑，说：“老哥说的事我想好了，不过……”田富贵欲言又止。巧燕爸急了，忙问田富贵：“还有啥话你就直说。”

田富贵磨叽了半天终于开口说：“包地的事我一个人说了不算，还要其他人同意，你还要再……”

“还要再啥？”

“你再拿五千元，我还要活动活动。”

巧燕爸吃了一惊，问：“这么多？”

田富贵嘿嘿一笑，说：“老哥如果嫌多，那就算了。”

巧燕爸铁心想包这块地，就答应了田富贵，拿了五千元给他。可等了两天，田富贵告诉巧燕爸说，这块地他承包可以，但最多他只能包三年，要续租的话到时再商量。这话彻底激怒了巧燕爸，他抓住田富贵的脖领子就和田富贵扭打在一起，心想着欺负人也不能这样啊！今天听王二妈提起包地的事，让他又想起了以前的不快。巧燕爸气愤地对王二妈说：“提起包地的事满肚子都是气，不包了，不包了。”

王二妈嘿嘿一笑，说：“老哥生这么大得气干啥？此一时，彼一时嘛。”

巧燕爸问：“此话怎讲？”

王二妈说：“人家田富贵是村里的老大，一言九鼎说什么是什么，你没权没势也没办法，可现在不同了。”

巧燕爸问：“有啥不同？”

王二妈说：“现在他儿子欺负你女儿的事犯在你手上了，你能拿捏住田富贵了，这就是转机，你还不趁机让他也吃个哑巴亏。”

巧燕爸是真心想承包这块地，听了王二妈的一顿忽悠，他怎能放过呢？他长出了口气，坐着抽起了烟。

王二妈见情况有了变化，心里有了底，她凑到巧燕爸耳边说：“这事就交给我去办吧。”

巧燕爸脸上露出一丝慰藉，这个变化怎能不被善于察言观色的王二妈发现呢？王二妈清了清嗓门，压低了声音对巧燕爸说：“老哥哥，包地的事我给你搞定，你也要为自己女子做个长远的打算啊。现在巧燕也老大不小了，常言说得好：女大不能留，留来留去结怨仇啊。”

巧燕爸低头不说话，使劲抽烟。

王二妈看着巧燕爸的脸，见他平静了一些又接着说：“老哥哥，你听了村里那些闲话生气，我也和你一样生气，咱就把那些说闲话的人嘴堵住。我们都是过来人，想当年我们还不是嫁鸡随鸡嫁狗随狗，一辈子不是也过来了嘛。咱心里清楚巧燕没毛病，但外人看巧燕身上总有些把柄，架不住别人乱说。巧燕的事总不能老放着吧，眼看着娃一天天地长大，再耽搁几年，找不到婆家，这就麻烦大了。”

巧燕爸心乱得很，他实在没辙，问：“那你说咋办好？”

王二妈见自己的话有了成效，压低声音说：“田家也是咱这一带响当当的人家，有钱有房有车，田卫涛虽然娇生惯养，但也是一表人才。让你女儿嫁过去，两口子成了家，进了洞房，以前的事就成了谈恋爱时候发生的事，那些流言蜚语便不攻自破。巧燕嫁到田家，让她好好管管女婿，把他带上正道，巧燕有钱有车有房，你们老两口也有了依靠，两全其美，谁敢说不好？”

听着王二妈唠叨了半天，巧燕爸也没了主意，他一边叹着气，一边不停地抽烟，进也不是，退也不是。他深思熟虑了一会儿，说：“女子大了，又是个有主意的娃，还是要问问巧燕咋想的。”

王二妈心里暗喜，忙对巧燕爸说：“老哥哥，有你这话，我去找巧燕问问。”

王二妈找到巧燕，添油加醋地把她和巧燕爸的话告诉巧燕，巧燕火冒三丈，说：“亏得我爸想得出来，这事绝对不可能。”

王二妈毫不气馁，笑嘻嘻地对巧燕说：“瓜女子，田卫涛虽然不是个正经人，有了这件事，他的把柄都攥在你手里了。你过了门，你就是田家的掌柜的，花钱办事都随你，你想咋收拾田卫涛就咋收拾他，田家谁敢说个‘不’字？”

韩巧燕气愤地说：“二妈，这就不是钱的事，田卫涛就是个混混、流氓。我咋能和这样的人过一辈子呢？”巧燕说完便起身要走。

王二妈心有不甘，追着巧燕说：“巧燕，你爸那脾气你是知道的，他定的事十头牛都拉不回来，你不同意，我向你爸咋交代？”

巧燕坚定地说：“不同意就是不同意。你转告我爸，这事我要等我喜娟姐回来，我问过她之后再定。”

自从吴喜娟回村创业以来，韩巧燕俨然成了吴喜娟的跟屁虫。她对家里的事不闻不问就算了，吴喜娟的话巧燕是言听计从。巧燕爸对女儿很是不满，但巧燕妈总是劝他，女儿是干事业呢，没啥，没啥。

吴喜娟回村后，听完韩巧燕的哭诉，气得肺都要炸了。她恨自己太大意，没有保护好巧燕，让田卫涛这个家伙钻了空子，害了巧燕。她不同意巧燕和田卫涛订婚，让这个流氓逃脱了法律制裁还得到好处。吴喜娟把自己的想法告诉了巧燕父母。巧燕爸很生气，说：“巧燕的事是我的家事，外人少管！”

吴喜娟说：“叔，巧燕的事是你的家事没错，但你的家事也是村上的事。我是村主任，违法乱纪的事不能不管。巧燕出了这档子事，发生的地点在我们大棚，与我有关，是我没有把巧燕照顾好，保护好，是我对不住她，我不能不管。”

巧燕妈说：“喜娟，你是好心姨知道，眼下因为这件事，绊倒我们的石头太多了，姨和叔也是没有办法。”

吴喜娟说：“姨，不要怕，现在都啥年代了，您二老还是老思想。田卫涛是个游手好闲的混混，啥正经事都干不了，现在就是靠他爸打下的基础混日子，再过些年，田富贵不在了，巧燕跟了他，还能有好日子过吗？这不是害了巧燕一辈子吗？再者说，田卫涛干的是违法的事，我们不能糊里糊涂地将巧燕嫁给犯了罪的人呀！”

韩巧燕坐在一旁听着喜娟姐和父母的对话，止住眼泪说：“喜娟姐说得对。我根本就看不上田卫涛这个混混，以后咋和他一起生活？如果因为一些流言蜚语，怕被中伤而便宜了这个流氓，谁知道他以后还会干出啥事？我绝不会向暴力妥协。”

巧燕爸气愤地说：“巧燕，不听老人言，吃亏在眼前。爸的话你不听，以后出了啥事，你就别怪爸没给你打预防针。”

韩巧燕坚定地说：“爸，我现在长大成人了。跟着喜娟姐工作，我现在有思想，有远大的抱负。我不会让这件事牵着我们全家的鼻子走，我不会同意的。”

巧燕爸气的扭头走了。巧燕妈“唉”了一声，说：“女大不由娘啊！”

五十七　巧遇秋娥

鲁金虎听得入了迷，半天忘了喝茶。魏老汉使劲儿拉了几下风箱，他才醒过神来。

魏老汉接着说了后来村里发生了一些事，鲁金虎咂巴着嘴，觉得吴喜娟这女子很特别，也不知道啥原因，自从他第一眼看见吴喜娟，就觉得这姑娘不一般，而且打心眼里对吴喜娟有种不一样的感觉。这种感觉是发自内心的，没有一点儿矫饰。

鲁金虎心里烦躁，就背着手往回走，吴喜娟的事在他脑海中久久萦绕。他不断想着魏老汉给他讲的吴喜娟的事，不知不觉来到岔路口。这路口一边是回圪塄村的，是自己的家，一边是去皇寺村的，就是吴喜娟那个村。鲁金虎抬头看了看日头，天色还早，转念一想，不如去皇寺村看看。

鲁金虎走进皇寺村村口，看见皇寺村的村容村貌不同一般，平整的水泥路面把各家各户连通起来，房前屋后的墙面刷得白白的，朴素而整洁，到了街口，墙上还画着建设新农村的水彩画，一派生机勃勃的景象。

鲁金虎不知不觉走到村子中央，正东张西望，一个女人从拐角跑出来，挡住了他的去路。鲁金虎抬头一看，倒吸了口凉气。只见这女人五十岁开外的模样，胖乎乎的脸颊被太阳晒得黝黑黝黑，长长的头发已经花白了多半，用皮筋扎了个发髻盘在脑后。黑红色的上衣，宽大的黑色裤子，一双黑色牛筋皮鞋没了样子。

这女人指着鲁金虎问：“你来干啥？”

鲁金虎一眼就认出她是秋娥，心里一慌，支支吾吾地说：“没……没啥事，随便转转。”

秋娥显得既惊喜又生气，对鲁金虎说：“你怎么知道我在这个村的？以后少来我们村转悠，这里不欢迎你。”

鲁金虎被骂得一脸通红，磨磨蹭蹭的，想说什么，但喉咙好像被卡住了似的，站在原地一动不动。秋娥看他见到自己居然一句话都没有，生气地指着鲁金虎的鼻子骂道：“快走，别再让我看到你。”

鲁金虎正想辩解，从远处传来三轮车的突突声。时间不长，三轮车停在他和秋娥身旁。鲁金虎一下就认出开车的是吴喜娟，他有点兴奋，刚想和吴喜娟打招呼，吴喜娟却对秋娥说：“妈，你在这干啥？和谁说话呢？”

秋娥尴尬地说：“我想去你三姨家，刚好路过这，碰上这个人。没啥，没啥。”

吴喜娟看见鲁金虎，笑了笑说：“叔，你来我村有啥事？我是村里的村主任。”

鲁金虎刚想上前接话，秋娥挡住女儿说：“我刚问了，这人没啥事，路过，路过。”

吴喜娟说：“那就好，有事你就告诉我，我一定帮忙。”

鲁金虎笑着说：“我是对面圪塄村的，姓鲁，你就叫我鲁叔。”

吴喜娟说：“好的，鲁叔。”

秋娥听到吴喜娟把鲁金虎叫“鲁叔”，气得涨红了脸，忙挡住女儿说：“我找你三姨还有急事，快把我送过去。”说着便坐上女儿的三轮车，催她快走。

吴喜娟启动了车，回头对鲁金虎说：“鲁叔，我去送我妈了，有事就说一声。”

鲁金虎高兴地说：“好，女子。”

秋娥使劲掐了一下吴喜娟的后背，催促女儿道：“废话多得很，快走。”

晚上，鲁金虎翻来覆去睡不着，脑海中不断出现吴喜娟开着三轮车载着秋娥远去的身影。甜杏问：“你今天这是咋了？整晚上翻来覆去折腾个啥？”

鲁金虎不敢对甜杏说实话，就骗她说是茶喝多了。好不容易等到了天亮，鲁金虎草草吃完早饭，说自己有事要办，就匆匆离开了家。甜杏望着远去的鲁金虎，嘟囔着说：“整天神道道的，不知忙啥。”说完，忙她的事去了，不再想鲁金虎。

五十八　再遇吴喜娟

鲁金虎还是照样去东扶风镇赶集，照样会去喝茶，但心境与从前大不相同，他没有想去皇寺村的冲动了，因为他怕再次遇到秋娥，看见她时自己真的觉得对不起她。不过，他赶集喝茶时，总会下意识地盯着魏老汉茶摊后的草帘垛，想看见那个他想见到的身影。他喝着喝着，有了倦意，靠着墙睡着了。不知过了多久，三轮车的突突声把他吵醒了，他向草帘垛的方向看去，那辆三轮车正向那里驶去，那个熟悉的身影就在他的面前。他激动地站起来，不由自主地喊道："喜娟，喜娟。"

吴喜娟见是鲁金虎，忙说："鲁叔，你也来赶集了？"

鲁金虎忙说："是，是，是。"

吴喜娟把自己的棉手套脱下来放在车座上，然后，用手使劲地搓着自己的脸。鲁金虎看见喜娟的脸被风吹得像个红柿子，心疼地说："喜娟，这么冷的天骑三轮也不穿暖和，小心把脸冻伤了。"

吴喜娟笑笑说："叔，没事，我都习惯了。"

鲁金虎问："今天咋还拉草帘子？"

吴喜娟说："这几天大风降温，气温低，本来草帘子够用了，我怕老棚子保温性下降，就再来拉点，给老棚子多加一层。"

鲁金虎关心地问："你也不找个帮手，一个人太累了。"

吴喜娟笑着说："我自小身体好，我妈把我当男孩子养呢，这会儿大家都在棚里忙，我就自己来了。"说着，抱起一大捆草帘子往车上装。

鲁金虎问："喜娟，你忙了一早，吃饭了没？"

"还没顾上，干完活再吃。"

鲁金虎一听，忙说："瓜女子，那你等着，叔去给你买点儿吃的，干体力活，吃不饱可不行。"

"叔，你不用操心。我不饿。"

"这是啥话！别走，等着我。"鲁金虎说完，就往街上走。

一会儿，鲁金虎拿着甑糕和油茶来到吴喜娟的车旁。吴喜娟已经把草帘子装满，正在用绳子捆绑。

她使劲儿拉了一下绳子，突然痛苦地"啊"了一声，鲁金虎不知发生啥事，忙上前去看，发现喜娟手上打了许多血泡，刚才用力拉绳子时挤破了一个。

鲁金虎心疼地说："瓜女子，还说不累，手上都起血泡了。"

吴喜娟见鲁金虎发现了自己的秘密，忙收起手，说："叔，没事，没事。"说着，继续把绳子拉好扎紧。

鲁金虎看着吴喜娟流血的手，很不忍心，就从口袋掏出干净的纸，让吴喜娟擦擦。吴喜娟接过纸，说："谢谢叔。"

鲁金虎把买来的甑糕和油茶递给吴喜娟，喜娟接过，也没有客气，大口大口地吃起来。她吃得正香，猛一抬头，看见鲁金虎正目不转睛地盯着自己看。吴喜娟害羞地问："叔，是不是我的吃相太难看？您盯得我都不好意思了。"

鲁金虎忙摇手说："没有，没有。叔就看你吃得挺香。你快吃，你快吃。"

鲁金虎也觉得不好意思，忙躲开吴喜娟的视线。他也不知道为啥，自从见了喜娟，他就有一种亲切感。这种感觉既神秘，又诡异，似乎有一道看不见的电波把他和喜娟连在一起。

吴喜娟吃完饭，对鲁金虎说："叔，我吃完了。谢谢你。多少钱？我给你。"

鲁金虎忙拦住吴喜娟说："瓜女子，咋说给钱的话？你说好吃就行，不要客气。"

吴喜娟也感到奇怪，自从她见到鲁叔后，虽然没见过几面，但她与这个男人交流时，一点儿都不感到陌生，像是多年未见的亲人似的。所以，当鲁金虎给她买来好吃的时，她很自然地大口大口吃起来，没有一点儿顾忌。

吴喜娟突然想起前几天的事，忙问："叔，你前几天去我村，有啥事要办吗？"

"我闲来无事，就到各村胡转呢，正巧，在村口碰上你妈了。"

"我妈说话声大得很，对你态度不好，她就是那脾气，你不要介意。"

"没事，没事。"

吴喜娟启动着三轮车，准备出发，对鲁金虎说："叔，闲了就到我大棚来，我在那儿等你。"

鲁金虎向吴喜娟挥挥手，说："一定，一定。"还没有等鲁金虎说完，三轮车已不见了踪影。

晚上，鲁金虎更是心事重重，直到半夜，也没一点儿睡意。甜杏狠狠地蹬了他一脚，骂道："你得了魔怔是不？滚来滚去的干啥？"

鲁金虎不敢说实话，又说茶喝多了睡不着。

鲁金虎再不敢在床上胡翻腾，假装睡着了。他心里乱如麻，二十年前的事像过电影似的在他眼前浮现。

鲁金虎像死人似的躺着，心里却活泛得很。这么巧！这么巧？他反反复复地问自己，突然想起一句古语：心有灵犀一点通。如果不是和他想的一样，为啥他见到喜娟时总有极强的亲近感，而喜娟见到他时似乎也不陌生。他感觉心怦怦地乱跳，心慌得厉害，他使劲掐了一下自己的胸口。

吃过早饭，鲁金虎给甜杏说自己有事，就去了镇上。他买了些凉皮、肉酥饼、油糕和一些吃的好东西。这回他不敢再从皇寺村中间走，偷偷绕到村外的田埂上，抄了小道到蔬菜大棚里找喜娟。吴喜娟看见鲁金虎来了，高兴地说："叔，你来了，来我的大棚参观参观，多提宝贵意见。"

鲁金虎笑着说："种大棚菜我是外行，你是专家，哪能提意见。我就是参观参观。"说着把自己买的好吃的递给喜娟。喜娟接过吃的说："叔，你客气啥，来了就好，还买这么多东西。"

鲁金虎说："没啥，没啥。我知道你忙，吃饭也没个准点，怕你饿着，随便买了些。"

吴喜娟也不客气，打开袋子一看是自己爱吃的凉皮，对鲁金虎说："叔，你真好，我最爱吃凉皮了，这会儿还真饿了。"说完"咯咯"地笑起来。

鲁金虎说："吃吧，吃吧，就是专门给你买的。"

鲁金虎看着吴喜娟狼吞虎咽地吃着，然后注意到吴喜娟的手，关心地问："喜娟，你的手还疼吗？都起了血泡。"

吴喜娟把碗换到左手，伸出右手让鲁金虎看，说："叔，不要紧，刚包扎了，过几天就好了，不碍事。"

鲁金虎说："你一个女娃娃，可不能这样。"

吴喜娟一笑，说："我妈从来不这么说，从小我就是个假小子，砍柴、爬树、掏鸟窝样样都干过。"说着又"咯咯"地笑起来。

鲁金虎埋怨道："唉，这都怪你妈。"鲁金虎见吴喜娟手上包扎的绷带渗出了血，说："你手流血了，小心感染，药要按时换。"

吴喜娟把自己的手在鲁金虎面前晃了晃，说："没事，没事。"

鲁金虎思忖了一下，问："喜娟，你在哪换的药？没去看医生？"

吴喜娟面有得意之色，把自己包扎的手举在空中，说："小菜一碟，我自己换的。”说完她努努嘴，示意鲁金虎，说：“换了的纱布就在纸篓里。没毛病，嘿嘿。”

鲁金虎发现吴喜娟今天脸色不太好，心事重重的样子。鲁金虎关心地问：“喜娟，你今天咋不高兴？发生了啥事？”

吴喜娟苦笑道：“叔，没啥，没啥。你不要担心。”

吴喜娟越轻描淡写，鲁金虎越觉得事情重大，又追问喜娟。喜娟无奈，只好告诉他，随着季节的不同，最近各种蔬菜集中上市，她们大棚生产的蔬菜出现了滞销情况。她联系了好多经销商，但都没得到明确的答复，她心里着急。

鲁金虎对喜娟说：“孩子，干任何事情都有波折，不会一帆风顺。现在，蔬菜出现了滞销，你再慢慢想办法，困难是暂时的，不要急坏了身体。”

吴喜娟说：“叔，我性子急，心里搁不下事。我相信办法总会有，你放心吧。”

鲁金虎回到家，躺在堂屋的椅子上闷闷不乐。甜杏看着他丧气的脸，骂道：“整天吃了睡，睡了逛，还有啥不开心的？”骂完，去了后院。

鲁金虎心里明白，但不敢对甜杏说实话，只是忍着让甜杏骂。他摇摇晃晃地在椅子上摇了半天，心里总想着喜娟的事。过了半天，甜杏从后院回到堂屋，见鲁金虎还躺在椅子上没挪地方，气得骂道：“你能不能滚远点儿，让我清静几天？”

听到甜杏让他滚远，鲁金虎心里一惊，猛地从椅子上坐起来。他拍了拍自己的脑壳，心里有了想法。趁着甜杏出了门，他拿起电话，等了半天，对方才问道：“哪位？”

鲁金虎见有人问话，忙说：“马老板吗？我是鲁金虎，好久没有联系了，还记得我吗？”

对方马上说道：“鲁兄，说的哪里话？咋能忘了你呢！”

鲁金虎忙问马伟斌，最近忙啥？现在贸易公司生意咋样？

马伟斌说：“这些年老本行一直没撂，生意还马马虎虎。”

鲁金虎忙说：“那就好，那就好。”

马伟斌是个生意人，洞察市场、判别人情世故是他的强项。

鲁金虎这些年的经历，他是了解的，今天，鲁金虎突然来电话，肯定有事相求。马伟斌为人正直，不是那种见利忘义的小人。想当年，鲁金虎风光的时候给他帮了不少忙，马伟斌一直记着。今天接到电话，他发现鲁金虎只是问好，没有提相求的话，忍不住问道：“鲁哥，你有啥事要老弟帮忙就直说，不要客气。”

鲁金虎支支吾吾了半天，才不好意思地说："其实，也没啥大事。"

马伟斌明白了，他诚恳地说："不管大事小事你随便说，老弟一定量力而行。"

鲁金虎说："就是我侄女种的大棚菜销售出现了问题，你有贸易公司，能不能帮忙销售一些我侄女的蔬菜。"

马伟斌哈哈大笑起来，说："鲁兄，我还以为是啥事呢，小弟就是搞贸易的，做的蔬菜生意，顺手的事。"

鲁金虎忙道："那太谢谢你帮忙了。"

马伟斌告诉鲁金虎，他明天就带人来找他，协商解决蔬菜销售的事。鲁金虎把这一好消息打电话告诉了吴喜娟，吴喜娟高兴得跳了起来。

没过两天，马伟斌带着采购科长来找鲁金虎，鲁金虎把吴喜娟介绍给马伟斌，两个人一拍即合，马伟斌当场拍板，订购了皇寺村所有大棚的蔬菜，吴喜娟和马伟斌还签订了长期供货合同，皆大欢喜。

吴喜娟把鲁金虎帮她销售蔬菜的事告诉了秋娥。秋娥愣了半天，清醒过来后，对着女儿直擦眼泪。

吴喜娟没弄清妈流泪是啥意思，兴奋地说："妈，你是不是替我高兴呀？"

秋娥咬了咬牙，说："高兴，高兴。"

五十九　"银保富"

时间像长了翅膀，在不知不觉中慢慢流逝。转眼到了仲夏，随着时令的转换，蔬菜大棚的作物反而成了淡季。吴喜娟利用这些时间，把冬季才用的设备收起来保管好，再组织人把大棚的塑料薄膜揭开，让炽热的阳光把棚里冬季积累的细菌杀死，为冬季的播种打好基础。

过了夏至，日头更毒，晒得人头晕目眩，稍不注意就有中暑的危险。到了三伏天，除了火热的太阳，暴风、暴雨等灾害性天气也随时威胁着大棚的安全，吴喜娟未雨绸缪，早早把防雷、防雨的设备安装妥当。

这几天，天热得出奇，连续几天，地表温度都超过40℃。天空瓦蓝瓦蓝的，连一片云都没有。到了晚上，村里更加闷热，空气就像凝固了一样，一丝风都没有。知了躲在黑暗的树丛里发出刺耳的尖叫声。乘凉的人坐在树下，拿着蒲扇使劲地摇着，生怕猛地停下来被这热浪融化了。

这天，吴喜娟听气象局预报，由于受西伯利亚副高压气旋影响，全国气候炎热。除局部山区外，大部分地区降雨稀少，部分地区可能出现暂时性对流雨，有突发灾害性天气的危险，请大家提前做好防范。

吴喜娟了解对流雨天气，懂得对流雨对农业设施的破坏力和冲击力。她不敢怠慢，组织大家防患于未然，提前着手准备沙袋和防雨设备。

栓娃擦擦头上的汗，看了看瓦蓝瓦蓝的天，对吴喜娟说："天上一朵云都没有，还能下雨，真是笑死人了。"

吴喜娟瞪了他一眼，说："你懂个啥？好好干活，不要动摇军心。"

栓娃心里不服，懒洋洋地拉着沙袋，慢腾腾地往大棚地里走。吴喜娟观察了地形，认为小苇河对皇寺村的大棚威胁最大，如果小苇河泛滥，会直接威胁到大棚的安全。她没有懈怠，把预防小苇河涨水作为防洪重点，组织村民把小苇河南堤加高加厚，还准备了很多沙袋备用，防止小苇河涨水时漫过堤岸，冲毁大棚。

这天午后，从山南吹来一阵凉风，西北方向隐隐约约看见一丝黑云。吴喜娟听天气预报说，晚上局部会出现雷暴天气，请有关部门做好防范。她马上把村里的高音喇叭打开，让各家各户按照提前准备的预案，做好抗击雷暴天气的准备。

村民们望着瓦蓝瓦蓝的天空，没人相信今天天上会下雨，嘲笑吴喜娟神经过敏，都没把她的话放在心上。到了傍晚，一片乌云慢慢从西北方向朝皇寺村这边压过来，远处不断传来轰隆隆的雷声。一些村民开始紧张起来，慌乱地准备着防雨的工具。到了十点，狂风大作，呼呼作响，村民们纷纷躲进屋里，等待一场酣畅淋漓的大雨来荡涤多日的酷暑。然而，等了许久，天上零零星星掉下几滴雨水，一点儿也看不出雷暴天气的影子。村民们泄了气，埋怨这个与人作对的老天。栓娃望着乌黑的夜色，笑着对吴喜娟说："这天只刮风不下雨，逗我们玩儿呢。"

吴喜娟瞪了他一眼，说："闭嘴，就你爱说风凉话。"

朱红鸟狠狠地在他屁股上踢了一脚，栓娃回头一看，不敢再乱说话。

过了一会儿，知了恢复了叫声，树梢纹丝不动，雷声、风声都没有了，地球好像停止了运转。吴喜娟无奈地伸开双臂，试探着空气流动的感觉，可她一丝气息都感觉不到，大气中只有黄土的味道。吴喜娟急忙跑到院子中间，抬头望着黑乎乎的天空，看了半天，也有点儿泄气，低头回到屋里，轻轻地叹了口气。这样的结局她也没有预料到，看着松松垮垮、睡意渐浓的村民们，她提醒说："大家不要懈怠，按原计划就地休息，再坚持一下。”

吴喜娟坐在凳子上，看着呼呼睡去的村民，也有了倦意，慢慢闭上了双眼。

不知过了多久，一道闪电照亮了整个夜空，一声闷雷像炸弹般地在熟睡的村民头顶炸响，暴雨像瀑布般从天上泼了下来，夜色中狂风大作，发出火车汽笛般可怕的嗡嗡声，浓烈的黄土味伴着雨水扑面而来，熟睡的村民们都被吓醒了。瞬间，地面像小河般流淌，村子和大棚地成了流动的海洋。

吴喜娟震惊极了，她从小还没见过下这么大的雨，村民们早被这场景吓蒙了，不知所措。吴喜娟稍一迟疑，很快恢复了平静，忙督促大家不要惊慌，准备防御洪水。

栓娃被这狂风暴雨吓傻了，嘴里直喊：“妈呀！妈呀！”

朱红鸟在后面骂道：“你刚才不是说没雨吗，现在害怕了？”

吴喜娟劝朱红鸟说：“现在不是斗嘴的时候，准备防洪吧。”

不大一会儿，一个村民向吴喜娟报告说，小苇河发大水了，洪水快要漫过大堤了。吴喜娟一听，向大家一招手，说：“快走。”

小苇河像发了疯的怪兽，平日里宽阔的河道现在整个灌满了洪水，洪水一浪接一波地向皇寺村的堤坝打来，没有丝毫退却的意思。吴喜娟组织大家背上提前准备好的沙袋往大堤跑，加固岌岌可危的堤坝。村民们刚堵住南坝的洪水，又有人喊，北坡漏水了。吴喜娟又带着村民奔向了北坡。一会儿，又有人喊：“南坝垮了……”

雨，越下越大，小苇河的水从上游不断地涌来。终于，皇寺村搭起的堤坝一段一段都轰然倒塌，洪水像脱缰的野马，向蔬菜大棚扑去……

狂风雷暴来得猛，去得也快。快到黎明，风雨戛然而止。经过一夜的折磨，吴喜娟和村民们已经疲惫不堪。她见雨停了，眼前伸手不见五指，一片汪洋，也分不清救灾的方向，就让大家就地休息，天明再干。

吴喜娟刚迷糊了一下，高低不一的哭声把她从睡梦中惊醒。她揉揉眼赶紧起来，眼前的景象让她惊呆了。只见大片的蔬菜大棚被洪水夷为平地，先前筑起的蔬菜大棚后背墙早就没了踪影，只留下一堆一堆的黄泥。大棚地里的蔬菜棚架横七竖八地乱搭在地上，厚厚的黄泥和水覆盖了整个大地。蔬菜大棚上覆盖的塑料薄膜和草帘被洪水冲得左一块，右一片，到处都是。杂草和树枝乱压在蔬菜大棚的支架上，蔬菜秧苗七零八落地在泥水上漂着，早就失去了生命，绿色的、黄色的、红色的蔬菜果实漂浮在黄色泥水里，惨不忍睹。

眼前出现这样的景象，吴喜娟忍不住流下了眼泪，真想大哭一场。

不远处一群妇女哭哭啼啼的，这哭声在提醒她，现在不是哭的时候，自己不能倒下，她必须坚强地挺起身子，带领大家走出困境。她坚信，办法总会有的！她用手擦了擦脸上的泪水，勇敢地走到这些痛哭的妇女面前，说："大家不要悲伤，振作起来，哪里跌倒哪里爬起来，我们总会想出办法的。"

她刚说了两句，一个妇女对她恶狠狠地骂道："贼女子，大话谁不会说！都是你鼓动我男人建大棚，建大棚！现在好了，棚倒了，钱没了，我家以后这日子可咋过呀……"

"就是的，这下可完了。"

"以后我们可怎么过呀。"

四周一片哀号！

吴喜娟委屈得很，但她只能强忍着村民们的谩骂，让这些人发泄发泄。

村民们慢慢地向大棚地聚集，不满的情绪越来越多地暴露在愤怒的脸上，好似拆了引信的炸弹，随时都有爆炸的危险。

看着愤怒的村民，吴喜娟不断安抚大家说："请大家放心，村党支部、村委会会想办法弥补大家的损失，请大家沉着冷静，办法总会比困难多。"

人群中发出一片不满之声，纷纷议论说："糊弄鬼呢！有啥办法？"

"骗子！骗子！"

眼看着村民的不满越来越强烈，有失控的危险，吴喜娟感觉快要撑不下去了，这时，有人喊："县上好像来人了，在小苇河堵水呢。"

吴喜娟仿佛找到了救星，赶紧往小苇河边跑。她远远看见三十多个人排成一行，从卡车上背起沙袋，围堵被洪水冲开的缺口，垫高被大水冲毁的河堤。吴喜娟走近一看，救灾的人群中，有一个熟悉的身影，他穿着一身深蓝色运动服，身上沾满了黄泥巴，裤脚高高地挽起来，露出了大半个腿，脚上的鞋子早就分不清是啥颜色。吴喜娟忍不住惊叫一声："令县长！"

令县长正忙着指挥大家抢险，根本没有发现身后的吴喜娟，喜娟只好再向前进了几步，喊道："令县长！"

听到这喊声，令县长才回过头来。吴喜娟看见令县长一脸疲惫，眼里布满了红血丝。看见吴喜娟站在自己身后，令县长抱歉地说："喜娟，昨晚的雨实在太大了，百年不遇，全县都在抗洪，经过一夜的奋战，县城总算保住了。今早，我们才抽出身赶到你们这里，我们来晚了，对不起大家。”

吴喜娟面带泪水对令县长说：“令县长，昨晚的大暴雨把我们村的大棚全毁了，这可咋办呀？”

正说话间，一名抗洪人员过来报告说，皇寺村被洪水冲开的缺口堵住了，请示下一步工作。令县长说：“大家辛苦了，你们再沿堤岸检查一下，出现问题抓紧处理。”

抗洪人员应了一声就又去忙了。

令县长向吴喜娟挥挥手，说：“走，到你们大棚地看一下。”

说完，带着几个工作人员一边查看灾情，一边商量着什么。吴喜娟不敢插嘴，只好跟在令县长他们后面。

一会儿，村民们越聚越多，把令县长围在了当中。有人突然喊道：“遭了这么大的灾，我们可咋活呀？”

一些村民附和道：“就是！就是！明儿就领着老婆和娃要饭去。”

人群中风凉话四起，一阵骚乱。

令县长向四周看了看，找到一个稍高的地方面对村民们站着，冷静地看了看大家，说：“乡亲们，从昨晚十一点半开始，我县突降暴雨，根据县气象局的报告，这是我县百年来遭遇的最大降雨，十小时降雨量达到二百七十毫米，这么大的雨水，达到了我县以往半年的降雨量。”

人群一阵骚动，议论纷纷：“啊！这么大的雨，怪不得我们防不住。”

令县长向大家挥挥手，示意大家安静，然后说：“刚才，我和县里的几名同志看了一下你们皇寺村的灾情，损失巨大，触目惊心。我代表县委、县政府对大家表示慰问。”

这时，人群后面有人喊：“嘴上慰问有啥用？别来虚的。”

一些村民随声附和道：“对，就是的，别来虚的，来点实际的。”

令县长向大家招招手，示意大家安静，他让身后的一个年轻人走到自己身边。此人大约四十出头，中等身材，圆脸，上身穿一件米黄色的夹克，黑色的裤子也沾满了泥巴。令县长用手指了指身边的年轻人说：“我向大家介绍一个人。这位是保险公司的经理郝明同志。”

人群中发出一阵唏嘘声。

有人高喊：“我们又没有参加保险，大棚毁了才来，这不是马后炮吗？”

人群中喊声一片，说：“就是！就是！”

“马后炮！马后炮！”

令县长让大家安静，说：“居安思危，防患于未然，始终是我们县委、县政府关心的头等大事。县政府根据人代会制定的十大惠民规划，今年年初，安排县财政局，用财政资金给全县所有的蔬菜大棚投保了‘银保富’蔬菜大棚保险。”

吴喜娟忙问：“令县长，你给我们投保了吗？”

令县长说：“你们皇寺村的所有蔬菜大棚都投了保。”

人群一阵静默。

突然，有人高喊：“太好了！太好了！”“我们有救了！我们有救了！”

吴喜娟高兴地流下热泪，他对令县长说：“我太激动了，我太激动了。令县长你可真是我们村的救星！想问题、办事情总在我们前面。”

令县长望着群情激动的人群，挥挥手，让大家安静一下。他接着说：“刚才，我和几名领导查看了一下你们村的大棚损失情况，保险公司的郝明经理和我商量，你们的大棚损失属保险责任，下午就给你们皇寺村预付保险赔偿金二百万元。”

“太好了！太好了！”人群中发出震耳的欢呼声和掌声。

令县长示意大家安静，继续说：“如果后续还有损失，再按规定增加赔偿。”

村民们鼓起掌来。

这时，令县长又向大家挥挥手，说：“还有一个好消息要告诉大家。”

人群中发出疑问：“还有啥好消息？”

令县长从身旁拉过一个人，此人胖胖的身材，穿着灰色的中山装，面对村民，满脸微笑。令县长拍了拍此人的肩膀，介绍说：“这位是县农商行的董事长林立同志。”令县长看了看周围的村民，发现人群的反应没有刚才强烈，他笑了笑继续说：“刚才我和林立同志也商量了，鉴于你们皇寺村在这次暴雨中损失巨大，今后村上还要扩建蔬菜大棚，扩大再生产，还要投入更多的资金。因此，县农商行决定再给你们村提供低息贷款五百万。”

人群中一阵惊喜，有村民开玩笑问：“不要利息行吗？”

人群中一阵大笑。

吴喜娟擦了擦眼泪，拉着令县长的手说：“太感谢令县长了，这下可解决我们的大问题了。”

鲁金虎被昨晚的大暴雨震惊了，活了几十岁，还没见过这么大的暴雨。望着倾盆而下的雨水，他心急如焚，担心着吴喜娟的安全。他知道，吴喜娟此时肯定在大棚地里或者在小苇河的河堤上。大棚都是用土夯成的，虽然之前有雨水预警方案，但抗灾能力毕竟有限，遇到这么大的暴雨，蔬菜大棚肯定损失不小。天刚麻麻亮，他就起床，告诉甜杏说，到外面看看灾情。甜杏也没拦着，随他去了。

鲁金虎来到皇寺村，看到成片成片的大棚倒塌了，心疼得很，思忖着这么大的损失将来咋挽回？他远远看见吴喜娟正和村里人忙着抢救大棚，就跑过去问。

吴喜娟看见鲁金虎来了，忙说："叔，这么早，你来干啥？"

鲁金虎说："昨晚下了这么大的雨，我不放心，过来看看。大棚都倒塌了，这可咋办呀？"

吴喜娟说："叔，你不要担心了，刚才令县长带着县里的领导来了。给我们村把资金问题解决了。从现在开始，我们就重新建大棚，生产自救了。大家的收入一定会比受灾前多。"

鲁金虎说："太好了，这我就放心了。"

六十　璀璨的流星

这几个月抢修大棚，可把吴喜娟忙坏了。他把张教授请到村里来，利用大棚重建的机会，对全村的大棚重新调整布局，吸取这次大棚遭灾的教训，把原来不合理的地方全部改过来。按照张教授的建议，她除了修补原有的大棚外，又利用县农商行提供的五百万低息贷款，新建了一批高质量大棚，让新建的大棚在抗灾能力上有大幅度提升。经过改造，一批新型大棚拔地而起，吸引了邻村的村民也加入种植大棚蔬菜的队伍。新纪元合作社不断壮大，村民们喜笑颜开，对未来充满了希望。

很快，重新建好的大棚长出新鲜蔬菜，吴喜娟装了满满一车送到县政府，让各位领导品尝。令县长执意不收。吴喜娟说："令县长，这是村民们的一点儿心意，也是对您帮助我们村生产自救表示感谢，请您一定要收下。"

令县长拗不过吴喜娟，只好答应按照成本价把蔬菜收了。然后，安排县政府办公室把这些蔬菜送到敬老院，让敬老院的老人尝尝皇寺村种的新鲜蔬菜。

这天，韩巧燕找到吴喜娟，说上次下暴雨时南侧堤坝后的地面冲毁了一大块，现在趁着管理不太忙，安排人拉土垫一下。吴喜娟看了看地形，觉得应该修修，就让韩巧燕安排施工队抓紧维修，把隐患尽快排除掉。韩巧燕找来工程队，从北塬的高台上取土，把冲走的地面垫高一些，以后收获的蔬菜就可以在这儿装车，也节省人力。

这天吃过午饭，吴喜娟跑到北坡，想看看那里的秧苗长势情况。她和韩巧燕进了大棚，把秧苗观察了一遍，觉得这里的田间管理差了一些，让尽快安排人给秧苗喷点叶面肥，增加叶面营养，要不然会影响坐果率。

她和韩巧燕忙了大半天，看见朱红鸟她们在大棚外面坐着说话，也想歇歇，就走过去。朱红鸟看见吴喜娟和韩巧燕过来，忙站起来搭话。

吴喜娟说："四姨，这会儿不忙了？"

朱红鸟说："刚把西瓜秧子盘好了，没事休息一下。"

吴喜娟夸赞道："你们干得挺快。"

朱红鸟笑着说："现在棚里的活儿都熟练了，不像前几个月笨手笨脚的。"

吴喜娟笑笑说："那倒是，熟能生巧嘛。"

吴喜娟看了看朱红鸟，想起一件事，问："四姨，咋没看见栓娃？"

朱红鸟没好气地说："谁知道他死哪儿去了。"

吴喜娟觉得朱红鸟话里有话，就问："你和栓娃现在咋样？"

"啥咋样？"

吴喜娟嘿嘿一笑，问："你们俩什么时候结婚呀？"

朱红鸟脸一红，说："我咋知道？你去问他。"

吴喜娟说："我下次碰见他，要好好说说他，让他对你好点儿。"

朱红鸟举了举拳，说："他敢对我不好，看我捶不捶他！"

说着说着，二人都笑了起来。

吴喜娟正往前走，看见不远处一群人正在整理蔬菜，就和韩巧燕走过去看看。大家一看是吴喜娟来了，纷纷打招呼。吴喜娟告诉大家各忙各的事，她随便转转，不碍大家的事。她看见几个人正在收拾刚摘的西瓜，就顺手抱起一个问："刚摘的，甜度咋样？"

摘西瓜的村民说："这是张教授刚研究出的新品种，甜度提高了百分之二十，咱们合作社试种成功了，再向其他地方推广。"

吴喜娟说："那太好了！"

吴喜娟正专注地看着西瓜的成色，突然听见"咔"的一声，紧接着有人大喊：

“快跑，三轮车刹车失灵了，快躲开……”

所有人被这突如其来的喊声吓蒙了，还没来得及反应，失控的三轮车已经到了眼前。吴喜娟刚躲到一旁，发现三轮车向左拐了一个弯，对着韩巧燕撞去。韩巧燕吓蒙了，愣在原地不知躲避。吴喜娟急中生智，猛扑上去，把韩巧燕推到一旁，只听“啊”的一声，三轮车冲了过去……

救护车急促的尖叫声响彻了整个皇寺村，人们惊呆了。为了救韩巧燕，吴喜娟受了重伤，被送进了县医院急救。

村民们从四面八方拥向县医院，聚集在急救室门口，焦急地等待着、等待着……

秋娥哭得死去活来，嘴里不停地喊着：“喜娟，喜娟……”

鲁金虎拨开人群，望着抢救室发红的指示灯，哭着说：“老天爷啊！你可要开开恩，救救喜娟呀！老天爷呀，你咋不长眼呀！这么乖的孩子……”

时间一分一秒地过去，等待的人们都快崩溃了，晚上两点刚过，抢救室的红灯熄灭了，吴喜娟被推了出来。人们满怀希望地看着医生。医生摘下口罩，摇了摇头，说：“我们尽力了。”

医院里哭声一片。

天空中落下蒙蒙细雨，田野里吹来丝丝凉风，四周死一般的沉寂，只有树叶发出细微的摩擦声，仿佛在默默地哭泣。皇寺村的村民们感到刺骨痛心地冷。

令县长默默站在吴喜娟的遗像前，久久不愿离开。等了好久，他才回过头来，用低沉而痛苦的声音对送别的人说：“吴喜娟同志离开我们了，我们失去了一位好村主任，好党员。她用她年轻的生命，诠释了一个共产党员应有的品格。她不惧困难，勇担风险！她勇于开拓，敢于创新！她见义勇为，舍己救人！是我们全县青年学习的楷模，我们要号召全县的共产党员和青年，向吴喜娟同志学习，做一个不愧时代的好青年。吴喜娟同志，安息吧！”

六十一　吴喜娟的坟

吴喜娟被安葬在皇寺村北面高高的土坡上，她的坟正对着她辛辛苦苦，花费无数个日日夜夜亲手建起的那一排排蔬菜大棚。她每天日出日落，都能看见大棚里忙忙碌碌的人们，能看见丰收的果实从大棚里运出。

今天，是吴喜娟的百天忌日。鲁金虎带着蜡烛和纸钱早早来到吴喜娟的坟前。他从怀里掏出一张叠得整整齐齐的纸来，然后将蜡烛点燃。鲁金虎把这张纸在吴喜娟的坟前晃了晃，然后轻声地说："喜娟，这张纸装在我的怀里好久了。我多少次看见你，就想拿出来亲口告诉你，就怕你无法接受，伤害了你。你妈妈是个苦命人，她一直知道我和你的关系，直到我无意中发现她多次阻挠我和你亲近，我才意识到我们之间存在的秘密。你妈承受着巨大的压力，怕揭开了你的身世，被世人耻笑，所以她一直羞于启齿，我只能默默地关注着你。这张纸我就在你的坟前烧掉了，孩子呀，你好好看看吧！这也是我和你之间的秘密。"

鲁金虎泪如雨下，他哭着把手里的纸点燃，高高举过头顶。燃烧着的白纸冒出一股青烟，在空中画了一个美好的白圈，慢慢向四周飘去。天空阴沉沉的，阵阵寒风从远处吹来。突然，半空中响起一声闷雷。一股凉风吹来，从远处高高的树枝上飘来一条白布，落在鲁金虎的身旁，他捡起来，看见白布上写着：

姐呀，你匆匆地走了，
没有留下一句话。
姐呀，我悄悄地来了，
却没有听到你说一句话。
姐呀，你匆匆地走了，
是怕我听见你被妈妈训斥的声音，
还是怕我看见你，
手里握着的发霉的馒头？
姐呀，我悄悄地来了，
是想告诉你，
你的期末考试又是全年级第一，
你参加的数学竞赛成绩在全省拔得头筹。
姐呀，你匆匆地离去，
是怕我看见你皴裂的双手，
还是怕我看见你打着补丁的裤子？
姐呀，我悄悄地来了，
是想告诉你，

你华淀大学的录取通知书到了，
你可要好好请我吃顿饭哟，
别太小气。
姐呀，
秧苗得了烂秧病，你哭啥？
我们不是已经打药了吗？
姐呀，
大棚贷款你已经跑了无数趟，
再铁石心肠的人也该批了吧。
姐呀，你的劳动模范的牌子，
我领回来了，
就挂在村委会的墙上，
好多人都在看呢。
姐呀，
保险赔偿和低息贷款都到了，
这下你该高兴了吧！

鲁金虎老泪纵横，他抹了一把热泪，继续看：

姐呀，
你为啥每次走路都那么匆忙？
你别急，别急，
放慢你的脚步哟。
你看，
十里长街上铺满了粉红色的花瓣，
那是用满湖的荷花装点的。
姐呀，
快去乘上小船泛舟湖上吧，
那高高的莲蓬给你撑起小伞，
采几株荷花，

摘几棵莲蓬，
观赏自由轻松的小鱼，
看看奋力划水的天鹅，
空中白云袅袅，楼台亭榭，雕梁画栋，
嫦娥姐姐与你赏玉兔，
七仙女与你采仙桃。
姐呀，
待到明年春暖时，
你就伴着轻风，
化成春雨，
来看看你的好姐妹，
还有你心心念念的蔬菜大棚吧！

鲁金虎从吴喜娟的坟头回来，情绪低落得很。甜杏以为他病了，摸着他的头问他咋了？他只是敷衍着说：“没事，没事，就是困得很。”甜杏骂他，让他去镇上医院看看。鲁金虎去了，但没有去医院。他坐在魏老汉的茶摊前，一杯一杯地喝着茶，然后，死死地盯着那堆草帘。他多么希望能再看到那个熟悉的、盼望已久的身影。坐着，坐着，他突然听见有人喊：“鲁叔，我饿了，给我买碗凉皮，辣子多放。”

他听见是吴喜娟在叫他，赶快起身。

他重重地摔在地上，睁开眼，原来是一个美梦。他不想从梦中醒过来，又闭上了双眼。

六十二　底线的崩溃

一整天，鲁金虎迷迷糊糊地躺在堂屋睡觉，甜杏急急火火地跑来，说：“开元出事了！”

鲁金虎一下从床上坐起来，着急地问：“他出啥事了？前几天不是还回来了吗？”

甜杏说：“彩旗打电话来了，具体没说啥事，让我们赶紧往市里走。”

鲁金虎和甜杏来到市开发银行，发现开元没有在办公室，就问和开元一起上班的小刘。小刘吞吞吐吐地说：“您二老去柳巷子街看看吧。”

鲁金虎和甜杏以为开元在那里办事，就没有多想，按着小刘说的地址去找开元。他俩刚到柳巷子街口，就发现这里情况不对，巷子里聚集了好多人，一些白发苍苍的老者举着白横幅情绪激动地大喊大叫，白横幅上写着：还我血汗钱，抓住吸血鬼。还有人高举着拳头，大声高喊："抓住鲁开元，还我血汗钱。"越往巷子深处走，聚集的人越多。

看到白横幅上开元的名字，鲁金虎和甜杏吓了一跳，心里直犯嘀咕，开元这是咋了？与血汗钱有啥关系？好不容易挤到前面，发现一家叫作"开元金融投资公司"的大门被人们团团围住，大门上被法院贴了白色的封条。

甜杏看见大门上法院的封条，知道事情不会小，她偷偷问身旁一个白头发的老者咋回事。那白头发老者说："我们都被这家公司骗了，让我们集资，到时给我们付百分之二十的利息，现在连本都还不上了。"

听了这话，鲁金虎忙拉着甜杏往外走。甜杏推了他一把，说："肯定是开元让人骗了，我们把事情问清楚。"

鲁金虎捂住她的嘴，说："快走，我们问不清楚，现在情况不明，这些人知道了我们的身份，弄不好还要吃大亏。"

甜杏不肯走，鲁金虎连拽硬拉，甜杏才离开了柳巷子街。

晚上，他们找到尚彩旗，问这是咋回事。尚彩旗叹了口气，低下了头。

这事还要从鲁开元从燕华大学毕业后说起。开元被分配到秦汉市开发银行工作。工作伊始，开元利用自己所学的金融知识为行里开拓了许多新业务，很快得到行领导的赏识，被调到信贷科工作，业务范围也得到急速拓展，获得了大量客户信息。由于出色的工作成效和表现，成了开发银行的业务骨干。

鲁开元在行里最要好的朋友叫惠冲，是信贷科的副科长。

有一天，惠冲发现鲁开元的情绪低落，垂头丧气，就问他怎么回事。鲁开元摇摇头不想说，惠冲坚持要知道，逼着鲁开元说出实情。

原来，鲁开元的女朋友叫郑娇艳，前两天过生日，鲁开元在假日酒店为她庆生，在温馨的气氛中，享受着二人世界。其间，鲁开元拿出自己买的礼物送给郑娇艳，一个棕色的手提香包，郑娇艳拿起包一看就扔在地上，生气地对鲁开元说："你拿这个烂包包糊弄我，根本就没把我放在眼里！"说完，生气地走了。

鲁开元起初百思不得其解，后来才知道，现在好多女孩都追求奢侈品。几百元的包包，郑娇艳根本看不上。鲁开元打听了一下这些奢侈品的价格，看得上眼的都要好几千元，甚至过万元。他可怜的工资哪够买这些奢侈品？根本就买不起。

惠冲知道了开元的困惑，嘿嘿一笑，说："这事你找我呀。谈女朋友是大事，不能耽搁。"说完，就拉着鲁开元进了专卖店。鲁开元看见一款粉红色的包包，心想如果郑娇艳背着一定很好看，就问了一下价格，营业员说："四万五千元。"

鲁开元皱了一下眉头，没敢再说话。惠冲早就看出了开元的心思，走过去问营业员："这个包还能打折吗？"

营业员淡淡一笑，说："这个款式是昨天刚到的货，限量款。幸亏你们来得及时，一会儿就断货了。"

惠冲示意营业员打包，然后付了款。他把粉红色的香奈儿递给鲁开元说："拿着。"

鲁开元说："我拿它干啥？"

惠冲笑笑，说："你把这包包送给你女朋友呀！"

鲁开元"啊"了一声，说："这么贵，我哪儿买得起？"

惠冲问鲁开元想不想谈女朋友？鲁开元点头说想。惠冲拉过鲁开元的手，把包包塞给鲁开元。鲁开元拗不过，勉强接过包。惠冲看了一眼鲁开元说："快去，看看效果。想和你女朋友在一起，就别耽搁。"说完，开着车走了。

鲁开元站在原地，思索了许久。

秦汉市夜色降临，灯火辉煌，人来车往，一片繁华。鲁开元早早来到郑娇艳上班的地方等着。下了班，郑娇艳从办公楼里走出来，看见鲁开元傻乎乎地站在门口，瞥了一眼，假装没看见，故意避开鲁开元。

鲁开元快速跑到郑娇艳面前，挡住她的去路，把包包抱在胸前，然后说："娇艳，我错了，今天专程向你赔罪。"

郑娇艳看了看鲁开元，眼睛却落在他手里的包包上。她站在原地，慢慢地闭上了双眼，脸上露出一丝笑容。鲁开元蹑手蹑脚地凑上前，慢慢把自己的嘴对着郑娇艳的面颊轻轻亲吻了一下，然后把手里的包包递到郑娇艳手里。郑娇艳拿着包包看了一眼鲁开元，开心地笑了。鲁开元忙扑上前，紧紧地抱住郑娇艳，深深亲吻她的脸颊。

第二天，鲁开元心情非常好，他一边工作，嘴里还不忘哼上两句歌。惠冲凑到他面前，说："爽了吧！"

"爽！"鲁开元低着头只管笑，他似乎想起了什么，满意地抬起头对惠冲说：

"谢谢！"

惠冲站直身子，略带嫉妒地说："爽了就好！"

节假日是年轻人浪漫的日子，对鲁开元来说，也不例外。有了上次的经历，鲁开元仿佛开窍了许多，他想尽各种办法来满足郑娇艳。他们的恋情迅速升温，大量的投入虽然让他有些吃不消，但有惠冲做后盾，有求必应，他不用想太多。礼拜天下午，鲁开元和郑娇艳约好去逛街。他们在各大商场和大街小巷逛了几圈，再去公园坐完过山车，太阳就要落山了，郑娇艳说，她累了，鲁开元就和她在路边的小摊上吃冰激凌解渴。这时，一个穿着时尚的女孩从他俩身旁走过，郑娇艳目不转睛地盯着这个女孩看。过了一会儿，她对鲁开元说："你看刚才那女孩穿的衣服好看吗？"

鲁开元漫不经心地说："哪个女孩？没看见。"

郑娇艳很是生气，知道鲁开元在糊弄她，把手里的冰激凌狠狠地扔在地上。

鲁开元看见郑娇艳生了气，忙问："怎么了？冰激凌不好吃吗？"

郑娇艳嘴噘得老高，转过身不再理鲁开元。

鲁开元忙凑到郑娇艳面前问："怎么了？生啥气？"

郑娇艳用手指着鲁开元的鼻子说："你是木头，没听见我说话吗？"

鲁开元很迷惑，忙问："你刚说啥了？"

郑娇艳"哼"了一声，说："我说那个女孩穿的衣服很好看，难道还要我说一百遍吗？"

鲁开元突然清醒过来，忙说："抱歉，抱歉。都怪我耳拙。咱俩现在就去专卖店。"说完，拉着郑娇艳往专卖店走。

郑娇艳看着木讷的鲁开元很不高兴，嘴里嘟嘟囔囔地埋怨不停。他们来到专卖店，找到了同款的衣服，郑娇艳试了试很合身。郑娇艳高兴地穿在身上，在镜子前转来转去，根本没有脱下的意思。鲁开元知道郑娇艳的脾气，也不敢得罪她，忙去收银台付账。他一看价格，八千八百八十八元，心里咯噔一下，他知道如果今天不买，郑娇艳肯定会和他翻脸。他没有惹怒郑娇艳的勇气，给惠冲发了个短信，让他给自己打上一万元，然后，付清了衣服的费用。

郑娇艳对着镜子看来看去，欣赏着自己的新衣服，见鲁开元磨磨蹭蹭，半天没来，就对着他喊道："好了吗？"

鲁开元忙从收银台出来，说："好了，好了。"就急匆匆跑到郑娇艳身边。

第二天，鲁开元坐在办公桌前打蔫，惠冲看在眼里，凑到他身旁说："昨晚又去开心了吧，看你没精打采的样子。"

鲁开元坐起来，伸了伸懒腰说："开心个屁，哪有那么多好事？难啊！"

惠冲问："有啥难？"

鲁开元想了半天，最后无奈地说："唉，这个月你的钱还不了了。"

惠冲转过头，说："我以为是啥大事。好兄弟，不提钱。"

时间一天一天过去，鲁开元感到压力越来越大，他变得沉默寡言。惠冲坐在他的对面，冷眼观察着。

一天吃过午饭，鲁开元买来两瓶啤酒喝了起来，疲惫地坐在休息室。惠冲看见鲁开元在喝闷酒，就跑过去给自己倒了一杯，和鲁开元对喝起来。

惠冲问："喝啥闷酒？有啥不开心的事，聊聊。"

鲁开元半闭着双眼，说："唯女子和小人难养也。"

惠冲哈哈一笑，说："女人就像小宝宝，你哄得她开心了，你俩就好了！"

鲁开元说："我也是这么想的，但钱却不这么想。"

惠冲偷偷看了一眼鲁开元，说："怎么，手头又紧了？"

鲁开元喝了一口酒，瘫坐在椅子上，啥也不想说。

惠冲往前凑了凑，对鲁开元说："手头紧找我呀，你老弟一句话，老兄两肋插刀。"

鲁开元问："你插的刀都在我两肋，你和我同在一个屋檐下，我们面对面坐着，你为啥这么有钱？"

惠冲把嘴贴到鲁开元耳边，问："想知道吗？"

鲁开元半躺着说："想！"

惠冲压低了声音，说："马无夜草不肥，人无横财不富。"

鲁开元听到这话，猛地坐起来。他知道这话是啥意思，他悄悄地问惠冲："怎么发财？"

惠冲被鲁开元的举动吓了一跳，忙说："算了，算了。就当我没说，就当我没说。"

鲁开元坚守着自己的底线，可手头却越来越紧，入不敷出。为了维持和郑娇艳的关系，他只能硬撑着。郑娇艳迷人的风采和娇柔的身姿让他着迷，他觉得自己一刻也离不开她。为了赢得郑娇艳的欢心，鲁开元使出各种办法讨好她，让她开心，满足她的虚荣心。但让女朋友开心的背后，他不得不一次次向惠冲开口借钱。

慢慢地，他感觉惠冲的钱不好借了，惠冲在有意无意中会透露出对他的不满。渐渐地，他不得不向惠冲低头，央求他在资金上给予帮助。

惠冲抱怨说："我的钱也是靠自己的辛苦换来的，也不是天上掉下的。"

鲁开元实在没办法，就对惠冲说："我们都是好兄弟，你告诉我'夜草'在哪儿？"

"想通了？"

"想通了！"

惠冲嘿嘿一笑，说："你是学财经的，得到'夜草'的门道，你比我知道得多，就看你敢不敢下手？"

鲁开元咬咬牙说："你指条路！"

惠冲说："既然这样说，那就好办。"

六十三　误入歧途

晚上，惠冲领着鲁开元见了一个人，他六十岁开外，花白的头发，脸上疙疙瘩瘩长满疖子，皮肤黝黑，像从非洲刚晒完太阳回来。体重超过二百斤，胖得走起路来都摇摇晃晃。他上身穿着浅灰色的唐装，手里拿着一把折扇坐在沙发上。惠冲看见此人，忙给鲁开元介绍："这位是吉祥建筑公司的陈重天陈老板。"

鲁开元双手合十，向陈重天表示敬意。

陈重天见惠冲带着鲁开元来见自己，用手抓住沙发的扶手，撑起他肥胖的身体，对着鲁开元点头笑笑，说："欢迎，欢迎。"

惠冲对陈重天说："这位是我的同事鲁开元，燕华大学的高才生，我以前给你介绍过。"

陈重天看见鲁开元，用折扇一指沙发，热情地说："知道，知道。坐，坐。"

鲁开元双手合十，再向陈重天点头示意，然后坐下。

陈重天看着鲁开元，笑嘻嘻地说："见到你很高兴，惠科长多次介绍，说你年轻有为，后生可畏，是难得的人才。"

鲁开元忙说："过奖了，过奖了。"

陈重天说："听说你在大学学的是经济。"

鲁开元说：“是，学的金融。”

陈重天惊讶地一竖大拇指，说：“好，难得的人才，青年才俊呀！好，好！”

鲁开元被夸得不好意思。

陈重天继续说：“我们吉祥建筑公司目前是业务大发展的最好时候，公司的经营范围越来越广，涉及地产、餐饮、交通运输、娱乐等多个方面，现在公司求贤若渴，迫切需要你这样的优秀人才出谋划策，以后还请多多指教。”

鲁开元忙说：“不敢，不敢。只要我能帮上忙，我一定尽力。”

陈重天高兴地说：“非常感谢，我现在有个不成熟的想法，不知当讲不当讲？”

鲁开元说：“陈老板客气了，请讲。”

陈重天说：“我想请你担任我们公司的业务发展顾问，不知你是否愿意屈尊来我这？”

鲁开元犹豫了一下，说“这……”然后，看了一眼惠冲。

惠冲心领神会，忙帮腔说：“陈老板不愧是见过大世面的大老板。开元可是我们行里的业务翘楚，是难得的人才。如果有开元给你们当顾问，你们吉祥建筑公司一定会蒸蒸日上。”

陈重天笑容满面地对鲁开元说：“那就请鲁老师屈尊赏脸吧。”

惠冲给鲁开元挤了挤眼，示意他答应。

鲁开元在惠冲的纵容下，只好半推半就地说：“承蒙陈老板厚爱，那我就试试看吧。”

陈重天高兴地说：“太好了，太好了！欢迎鲁老师加盟。”

陈重天向身边的工作人员招了招手，一个工作人员提着小包递给陈重天。陈重天又把小包转递给鲁开元说：“这是给你的首笔顾问费，请笑纳。”

鲁开元打开小包一看，里面装着十万元，忙推辞说：“还没有出力呢，您这也给得太多了。”

陈重天用手压着小包对鲁开元说：“不多不多，都是小钱。”

惠冲给鲁开元使了个眼色，示意他拿着，鲁开元没有办法，就把陈重天送来的小包拿在手里。

回家路上，惠冲边开车，边对着鲁开元拿着的小包龇牙，不停地搓自己的手心。鲁开元会意，知道是惠冲催他还钱。

鲁开元假装没看见，说："难怪你小子这么有钱，现在才告诉我。"

惠冲对着赵开元嘿嘿一笑，说："有才不用，过期作废。"

鲁开元说："就你能，说得一套一套的。"

惠冲提示了半天，见鲁开元没有反应。惠冲停好车，出了车库，趁鲁开元不注意，一把抢过鲁开元手里的小包，笑着撒腿就跑，鲁开元被惠冲这突然的举动吓了一跳，等他清醒过来，惠冲已经跑了好远。他赶紧往前追，边追边骂："站住，你小子太不厚道！"

自从和陈重天拉上了关系，鲁开元心里有了底气，花钱也阔绰了许多，和郑娇艳的关系更加亲密了。这天，他正在办公室忙，郑娇艳约他晚上见面，鲁开元高兴地答应了。下了班，鲁开元把自己打扮了一下，就去和郑娇艳约会。两人正走着，郑娇艳认真地问了一句："咱们什么时候结婚呀？"

鲁开元毫不犹豫地说："那当然越快越好了！"

郑娇艳看了一眼鲁开元，说："我看上了一款红色的跑车，过两天你就给我买。"

鲁开元"啊"了一声，觉得她的要求不可思议。

郑娇艳脸一沉，说："不行吗？"

鲁开元看着郑娇艳越发阴沉的脸，说："买，买，买。"他嘴上答应，心里却没有了底气。

鲁开元心里明白，那款跑车要值多少钱。他虽然嘴上逞一时之快答应了郑娇艳，也是权宜之计，只是想先把郑娇艳稳住，再慢慢地想办法应付。可郑娇艳不这么想，她不依不饶，说答应她的事必须兑现。

鲁开元头大得像斗，郁闷得很。惠冲问："愁啥？"

鲁开元对着惠冲搓了搓手指。惠冲马上明白，说："这个好办，要多少？我有。"

鲁开元伸出两个手指，说："两百万，你有吗？"

惠冲故装惊讶地说："干啥？这么多？"

鲁开元挖苦惠冲说："不吹了吧！"

惠冲想了想，又问："你要这么多钱干啥？"

鲁开元说："买辆跑车。"

惠冲听完，坐在那里半天没有说话。他突然一拍后脑勺，说："有办法了！"

鲁开元心里一震，问：“啥办法？”

惠冲说：“找陈老板呀！”

鲁开元知道说出去的话，泼出去的水。如果在郑娇艳面前失言，那是万万不行的。他硬着头皮找到陈重天，把自己的想法说了一遍，陈重天嘿嘿一笑，说：“这有啥难办的。”

鲁开元心里暗喜。他找陈重天是受了惠冲的蛊惑，只想死马当作活马医，根本没想到，陈重天会答应得这么痛快。二百万可不是一笔小数字，陈重天是在和自己闹着玩吧？陈重天答应的真假难辨。鲁开元半信半疑，故意追问道：“这么多钱，陈老板真大方。”

陈重天没有接鲁开元的话，时间不大，财务人员拿了一张二百万的支票给陈重天，陈重天一边看着支票，一边对鲁开元说：“这张支票你自己拿去银行取现金，还是让我派人去取？”

鲁开元看着陈重天手里的支票，说：“我自己去吧。”

鲁开元必定是学财经的人，懂得规矩，接过陈重天递来的支票后，知趣地给他打了张欠条，然后说：“谢谢陈老板。”

陈重天眼看着鲁开元打的欠条，嘴上却说：“自家人，太客气了。”

鲁开元心存感激，他对陈重天说：“我借了陈老板这么多钱，以后咋报答陈老板呀？”

陈重天对着天花板叹息道：“唉，端着金饭碗要饭吃，真是可惜。”

鲁开元不解地问：“陈老板，我不明白你说的啥意思？”

“你有知识，有资源，也不知道好好用一下！”

“陈老板的意思是……”

“你在市开发银行工作，这么好的资源，稍微利用一些，还用看别人的脸色吗？”

“那我怎么做就不看别人的脸色了？”

陈重天让鲁开元过来，在他耳边嘀咕了半天。鲁开元疑惑地说：“这样能行吗？”

陈重天失望地说：“你说不行，那就算了。你不办，其他银行我们也可以合作嘛。不说了，不说了。”

鲁开元沉默了好一会儿，说：“让我想想。”

陈重天耳语时告诉鲁开元，他是搞房地产的，手里需要大量的资金运转。现在银行贷款审批麻烦，等待时间长不说，好多商机就白白错过了。为了尽快获得现金流，房地产开发商都设法通过各种关系，避开银行，从民间借贷。陈重天还告诉鲁开元，让他利用在银行工作的便利和人脉关系，把吸收到的存款转移给他，他可以给付比银行更高的利息。

鲁开元睁大了眼，说："这是非法揽储，是犯罪。"

陈重天说："唉，话不能这么说，这叫搞活流通。只是各人理解的不同嘛！"

回到行里，鲁开元把陈重天的话给惠冲讲了一遍。惠冲眼睛一眨，嘿嘿一笑，说："你说呢？"

鲁开元用手一指惠冲，说："你也是这么干的。"

惠冲神秘地一笑，说："这是你说的，我啥都没说。"

得到惠冲的确认，鲁开元利用自己开发银行工作人员的身份，很快联系到一千万元的存款，转交给陈重天。陈重天拿到一千万存款，立即在鲁开元面前把他当初打的二百万元欠条撕了，鲁开元满意地笑了。

开始和陈重天打交道，鲁开元心里没有底，他留了个心眼，就想试试陈重天有没有信用。过了三个月，他去找陈重天，说客户有要事急需资金，请他把上次借贷的资金退回五百万元。陈重天二话没说，当即让财务按照鲁开元说的账户，退回了五百万元资金。

鲁开元觉得陈重天这个人说话丁是丁，卯是卯，算是守信用的人，心里踏实了许多，与他合作的空间越来越广。

鲁开元给郑娇艳买了辆红色的跑车。郑娇艳好开心，开着跑车满世界兜风。过了好久，鲁开元发现郑娇艳也不再提结婚的事了，心里也松了一口气。

六十四　发财梦的破灭

这天，惠冲告诉鲁开元说他看到一些内部消息，说国家为了支持民营经济发展，扩大民间投资。鼓励民间小额贷款公司作为支持民营经济的补充，为地方经济发展保驾护航。鲁开元也看到了有关文件，认为国家既然支持小贷公司发展，也是他发挥特长的最佳时机。惠冲鼓励鲁开元说："你现在年轻有为，精力充沛，应该大干一场，活出自己的精彩人生。机不可失，时不再来，大好的机遇就在眼前。"

鲁开元觉得他说得正合自己的意思，和惠冲一拍即合。

鲁开元是学金融出身，对金融运作模式了如指掌。为了确保小贷公司能够顺利运行，他又找到陈重天，希望和他继续合作，实现信贷业务的大融合。陈重天一听，十分高兴，说："你们的想法太好了，前些天听朋友介绍过这个业务，我曾经动过心，但能力有限，对金融业务更是一头雾水，怕弄不好。你们是这方面的专家，也给我吃了定心丸，一切问题迎刃而解，看来是英雄所见略同啊！现在咱们双方合作，真是水乳交融，天衣无缝啊！希望我们能合作开辟新领域，在金融创新上再显身手。"

陈重天听了鲁开元创立小贷公司的设想，说鲁开元是燕华大学的高才生，金融创新是他的特长，工作能力强，又有专业知识，就以鲁开元的名字作为名称对外营业。鲁开元心存疑虑，说："我现在还在银行上班，以我的名义成立公司，是否妥当？"

陈重天对鲁开元说："我查了有关法规，没有明确规定说，在职人员不能开公司。另外，世界上叫开元的人多的是，谁知道是哪个开元？"陈重天又鼓励鲁开元说："公司创立初期，业务要快速铺开，才能迅速打开局面，占领小额贷款业务的发展制高点。你现在就是我们的领头羊，有你在，业务发展一定会蒸蒸日上。"

"这事让我再想想。我再咨询一下我的老师。"

"咨询个啥？年轻人就要有开拓精神，办事要雷厉风行，不能像女人似的婆婆妈妈，要不然，黄花菜都凉了。"

鲁开元还是很为难。陈重天见鲁开元态度暧昧，犹犹豫豫，眼珠一转，说："公司成立后，你就是总经理，公司利润你占五成，我们三个按五成、三成、二成分成，到时候筹措的资金都用在吉祥房地产项目上，资金安全有保障，你怕啥？"

陈重天忽悠了半天，鲁开元勉强答应。但最后留话说，公司先试行半年，再根据国家政策及时调整。

陈重天说："行！说干就干。"

开元小额信贷公司开业了。鲁开元除了完成自己行里的本职工作外，将小贷公司的业务也办得有声有色，业务迅速铺开。他利用自己在银行建立的客户群，找到一些手里有闲钱的客户，按照高于银行百分之五的利息吸收存款，很快，大量的民间资金流入他的小贷公司，接着又进了陈重天的吉祥房地产项目。

为了确保资金安全，测试陈重天的资金运用能力，资金运转三个月的时候，鲁开元对吉祥房地产公司进行了三次测试，陈重天都及时还清了贷款。陈重天见到鲁开元嘿嘿一笑，说：“鲁总，你的安全防范意识不错，我非常佩服。我们筹措的资金都在自己公司使用，肉烂都在锅里，你还担心啥？”

鲁开元说：“哪里，哪里，这些都是银行的常规操作，你也别介意。”

陈重天说：“这是我们的公司。如果我是总经理，也会这样做。我也是小贷公司的股东，我们都是拴在一根绳子上的蚂蚱，出了事谁都跑不了。目前公司大量的商品房正在成交，现金源源不断地回流，你就放一百二十个心吧！”

鲁开元说：“就是，就是。”

这天晚上，鲁开元难得休闲，坐在咖啡厅休息，听音乐。他正听得入迷，一个女孩走到他身旁。这女孩长长的头发披在肩后，长睫毛下大大的眼睛一眨一眨，十分水灵，白皙的脸上有两个小酒窝，微微一笑，非常动人。这女孩看着鲁开元，问：“你是鲁开元鲁总吗？”

鲁开元看这女孩面生，就问：“你是……”

这女孩大方地坐到鲁开元身旁，说：“我是做服装品牌生意的，叫冯丫丫。认识你很高兴。”然后举起手里的酒杯和鲁开元碰了一下。

出于礼貌，鲁开元说：“见到你很高兴。”他看了一眼冯丫丫，问：“你是怎么知道我的？”

冯丫丫说：“你现在是秦汉市的大明星，谁不认识你呀！”

鲁开元淡然一笑，说：“没那么夸张吧？”

冯丫丫说：“鲁总好谦虚呀！”说完，大方地要了鲁开元的联系方式，还加了他的微信，希望他常来惠顾自己的服装店，多多支持。

自从认识了冯丫丫，对比之下，鲁开元觉得郑娇艳太刻薄，把他像手里的玩物一样玩来玩去，根本不顾及他的感受。有了冯丫丫的存在，他感觉释然了好多。冯丫丫会体贴人，他交代的事，冯丫丫都是言听计从。即使不满意，也会和他商量。和冯丫丫在一起，他感觉舒心了许多，慢慢疏远了郑娇艳。

郑娇艳发现了鲁开元的反常，便偷偷留意鲁开元。这天，她发现鲁金虎正和冯丫丫喝咖啡，气愤地跑过来和鲁开元扭打在一起，场面极其尴尬。

第二天，惠冲看到鲁开元脸上的伤疤，笑嘻嘻地说：“和美女打闹打的？”

鲁开元瞪了他一眼，不想接话。

有了这次尴尬的经历，鲁开元更加愤怒，再也不想搭理郑娇艳。

时间过得真快，转眼间春夏秋冬又是一年。这天，鲁开元从客户那里了解到一个可怕的消息，说吉祥房地产公司出事了，由于投资规模太大，收益不如预期，资金链出现问题。他心里一沉，忙去找陈重天。鲁开元询问吉祥房地产的经营情况，是不是和他听到的消息一样。

陈重天否认说："这都是房地产竞争对手诋毁他，公司经营一切正常。"

鲁开元还是不放心，借故说要还客户资金，让陈重天拿出一千万元还贷。陈重天二话没说，就给鲁开元划拨了一千万元资金。

眼见为实，鲁开元判断外界的传言都是假的，就继续和陈重天合作。

一个客户急需资金，让鲁开元返还五百万元。他忙去找陈重天，陈重天面带难色，说："再过几天吧，马上就要交楼了，楼交给客户马上还钱。"

鲁开元无奈，只好请陈重天赶快筹措资金，说这个客户催得紧。

过了几天，鲁开元发现陈重天那边没有动静，就去上门找他。可办公室没人，他打电话联系，陈重天说他在外地，正在筹措资金，让他再等等。

鲁开元心里发毛，感觉事情和以前有点儿不同，就去问惠冲。

惠冲说："没事，这个人很讲信用，我们和他打了几年交道，你心里也清楚，怕啥？"听完惠冲的话，鲁开元好像吃了定心丸，心里踏实了许多。

这天，鲁开元正在浏览网页，突然看见一条新闻，说吉祥房地产公司因资金链断裂，商品房未能按期交付，被人告到了法院。

鲁开元看到这条消息，如雷轰顶，忙去找陈重天。陈重天办公室紧闭，敲了半天门也不开。这时，一个工作人员走过来，问："你找谁呀？"

鲁开元说找陈老板。

工作人员说："老板最近不在，有事你打电话联系。"鲁开元忙打电话给陈重天，打了半天，没人接听。他又去问工作人员，陈重天啥时能回来？工作人员说，他也不知道。

鲁开元急得像热锅上的蚂蚁，不停地联系陈重天。开始还能接通电话，后来电话提示用户已关机。他忙去找惠冲想办法。惠冲安慰他："别急，总会联系上的。"好像这事与他无关似的。

鲁开元感觉现在惠冲和陈重天的态度差不多，便威胁说："我们可是拴在一条绳上的蚂蚱。出了事，你也跑不了。"

惠冲冷淡地说："我是股东，只知道分红，经营的事与我无关。"鲁开元指着惠冲的鼻子，气得说不出话来。

吉祥房地产公司违约的事在全市迅速传开。投资人得到消息，聚集到开元小额贷公司门前，要求兑付资金。鲁开元愁得焦头烂额，想尽各种办法找陈重天。但很快得到消息，陈重天已经被收监。鲁开元都要急疯了，以公司现在的经营能力，他根本无法收拾这样的残局。很快，金融监管部门找到他，调查开元小贷公司高息揽储问题，让他尽快拿出方案，兑付投资人资金。鲁开元满口答应，说尽快想办法兑付投资人资金。他嘴上是答应了，可将近两亿的违规资金，自己哪儿有能力解决？只好东躲西藏。

鲁金虎和甜杏到了市里，好不容易找到鲁开元，问明情况后，两人气得七窍生烟。甜杏哭得死去活来，说："这可咋办呀？"

尚彩旗说："我们在这里生气也没儿用。现在钱让陈重天骗走了，开元也是受害者，不如我们起诉陈重天？"

鲁金虎说："这只是权宜之计，解决不了啥问题。那些投资人要的是救命钱，没钱还人家，才是大问题。"

鲁金虎垂头丧气地坐在那里生闷气。甜杏急了，说："那我们先想办法替开元还钱，再起诉陈重天，让他还钱。"

鲁金虎说："两个亿，我们有那么多钱吗？"

甜杏脸色发青，气得捶头顿足，骂道："我咋生了这么个败家子呀！"

鲁开元被骂了半天，气呼呼地说："一人做事一人当，我的事不要你们管。"

鲁金虎指着儿子的鼻子，半天说不出话来。

恶有恶报，善恶不欺。尽管鲁金虎想尽办法想帮开元处理各种难题，但违规揽储、非法集资的事实没法改变。鲁开元和陈重天因违法揽储，高息放贷，给社会造成严重影响，扰乱了社会秩序，成为秦汉市的不稳定因素。陈重天因犯诈骗罪、非法集资罪、扰乱金融秩序罪，依法判处有期徒刑十年。鲁开元因非法集资罪、违法经营罪被判处有期徒刑五年。

尾　声

鲁金虎看着开元的判决书整日唉声叹气。甜杏像魔怔了，没黑没明地喃喃自语："开元，开元。"而鲁金虎大部分时候只听见她嘴里呜啦呜啦地说着，不知道她在说啥。他寸步不离地守着甜杏，怕出了意外。

今天是探监的日子，鲁金虎和甜杏早早来到监狱门口，他们在等尚彩旗去办手续，一会儿就能见到儿子了。甜杏把买的东西紧紧地抱在怀里，生怕丢了似的。

鲁金虎说："不用抱得那么紧，没人要的。"

甜杏说："我怕拿的油糕凉了不好吃，抱着暖暖。"

鲁金虎有点儿不耐烦地说："石头馍脆得很，就怕压。你从车上一直抱到现在，早就碎了。"

甜杏转过头去，背对着鲁金虎说："我的事，你少管。"

时间不长，尚彩旗办好探监手续，带着他们往里走。狱警验了手续，监狱的门哗啦啦地打开了，刚好容得下他们三个一起并排进去。

鲁金虎和甜杏站在接见室门口，盯着监狱里面的动静。一会儿，狱警领着鲁开元走了出来。鲁开元穿着浅蓝色的囚服，头发被理成了光头，精神有点儿沮丧，看起来无精打采的。当甜杏第一眼看到自己的儿子时，忍不住放声大哭。狱警忙制止她，让她保持安静。

甜杏强忍着悲痛，关切地问开元："孩子，我和你爸今天来看你，你还好吗？"

鲁开元看了一眼外面的人，显得很平静。他摸了摸自己光秃秃的头，冷漠地说："没事，好着呢。"

甜杏心疼地说："你好着就行，我和你爸就放心了。妈今天来，也没啥带的，就带了点儿你小时候爱吃的油糕、石头馍啥的，你一会儿慢慢吃。"

鲁开元长出了一口气，说："妈，你费这心干啥？我已经长大了，早就不爱吃这些东西了。"

听完儿子的话，甜杏心像被刀扎一样难受。她原本想利用有限的时间和儿子好好交交心，让他在里面安心改造，争取早日出狱，没想到儿子变得像冰一样冷漠。

尚彩旗听了鲁开元对甜杏说的话，很是不满，没想到原来那个朝气蓬勃、知书达理的孩子，会变成这样。她实在忍不住，生气地对开元说："开元，我和你妈、你爸这么远来看你，希望看见一个积极向上的你、一个乐观的你，我们也就安心了，你咋能这样对你妈说话呢？"

鲁开元低着头，一句话也不说。

鲁金虎知道儿子心里委屈，对妈说点儿过分的话也就算了，他让甜杏坐到一旁，自己拿起话筒和儿子交流起来。

鲁金虎对着开元笑了笑，说："儿子，爸、妈在外边挺好的，身体也硬朗，闲的时候，我和你妈到家门口的小棕溪边走走转转，地里农活也不多，都机械化了。现在啥都不缺，你在里面好好改造，我们有时间就来看你。"

听见鲁金虎啰唆了半天，鲁开元有点儿不耐烦地说："爸，你和我妈以后不要来了，大老远的，来了也没啥用。"

鲁金虎有点儿生气，说："你胡说啥？你妈天天念叨你，想着你，咋能不来？我们都盼着你早点儿回家呢。"

鲁开元听到鲁金虎说"家"，仿佛触到了他的痛点，他情绪有点儿激动，说："爸，你别再提那个家了。你们从小培养我，无非就是想望子成龙。可我没有给这个家争光，还给你们脸上抹了黑，丢了人，我不想再回那个家了。"

鲁金虎忙拦住儿子的话，说："你胡说啥！不管你做错啥事，你都是我们的儿子，只要你改了就好，你妈、你小姨、我，以及所有的人都欢迎你回来。我们在家等着你！"

汽车慢慢地向着家的方向驶去，甜杏已经流干了眼泪，他们都沉默了，彼此的交流只剩下眼神。

离监狱越来越远，他们的车也越开越快。鲁金虎见到了儿子，想起开元和他的对话，看着儿子忧郁的表情，让他无比恐惧，他十分担忧自己的儿子。这一幕幕的情景，像一块巨石，重重地压在他的身上，他越来越感到沉重。他身上就像燃起了一团火，烧得他痛苦不堪，难以忍受，但又发泄不出来。他恨不得跳下去，对着天空高喊几声，把这怒火喷向远方。但他知道，现在只有一个字——忍！

鲁金虎正憋闷得抓狂，突然感觉甜杏的手动了一下，重重地搭在车的座椅上。他低头一看，发现甜杏脸色发暗，嘴巴使劲儿地撮着。他感觉不妙，忙抓住甜杏的手，甜杏的手仿佛刚从冰窟中取出来，冰凉冰凉的。他赶忙抱住甜杏的身子，发现甜杏的身子和手一样冰凉……

鲁金虎使劲地摇着甜杏的身体，大声地喊着："甜杏！甜杏！……"